卷首语

孟夏草木长，绕屋树扶疏。大自然夏季的画幅被阳光、草木携手展开，《大地文学》也借广大读者之手打开了夏季卷。

华北地区一向号称“冬长夏不短，春秋一眨眼”，那么，在第一朵玫瑰与最后一朵玫瑰之间是华北漫长的夏季。如此甚好，让玫瑰有充盈的时间尽情绽放。

继续来说说玫瑰吧，它是女性的另一个名字。本卷深度纪实栏目中《大漠玫瑰》，写大漠深处油田的女性，当无数惊心动魄的经历已成为一段段动人的故事，荒凉的大漠或许仍旧荒凉，但油田女工的人生却绚丽得宛如玫瑰；《从江西出发》亦是女性视角、女性题材，是另一支玫瑰，地质队的女钻工在逆境和困顿中顽强坚守，巍巍大山见证了她们的坚韧精神。

小说麦田栏目依然充满行业特质，《清清小溪水》讲述地质钻探工人的爱情故事，爱情如水般清澈，也如水般伤感；《地质锤》是对老一代地质人品格的赞美，也是对地质峥嵘岁月的怀念。

随笔天下栏目中《星落大南山》是向苍穹致敬、向植物致敬，夜空星河浩瀚，山中花事盛大，举头观星与俯身望花皆是人的美好姿态；《岭上民歌》写一方风土人情下的悲欢喜乐；《偶遇黑颈鹤》关注生态变化，表达人与自然的和谐共生；《李四光和他的小提琴曲》讲述一段佳话，表达一支曲子的更多涵义。

诗行大地栏目中《山水之间，诗意的栖居》充满对山水的敬畏，《大地行记》饱含对大地的深情，《雨水下地之前》抒发对雨露的感恩。

草木葳蕤，夏季盛装前行，文学表达我们对万物的热爱。

编　者

大地文学　2024 夏季卷　总第 72 卷

中国自然资源作家协会
中国地质大学（北京）
中国矿业报社

DADI WENXUE

大地文学

2024

夏季卷

（总第72卷）

中国自然资源作家协会
中国地质大学（北京） 编
中国矿业报社

山东画报出版社
济南

图书在版编目（CIP）数据

大地文学. 2024. 夏季卷 / 中国自然资源作家协会，中国地质大学（北京），中国矿业报社编. -- 济南 : 山东画报出版社，2024. 8. --（大地文学 / 中国自然资源作家协会）. -- ISBN 978-7-5474-5046-8

Ⅰ. I217.1

中国国家版本馆CIP数据核字第2024QC3321号

DADIWENXUE 2024 XIAJIJUAN

大地文学·2024·夏季卷

中国自然资源作家协会
中国地质大学（北京） 编
中国矿业报社

责任编辑 董冠秋
装帧设计 徐 潇

主管单位 山东出版传媒股份有限公司
出版发行 山东画报出版社
社 址 济南市市中区舜耕路517号 邮编 250003
电 话 总编室（0531）82098472
市场部（0531）82098479
网 址 http://www.hbcbs.com.cn
电子信箱 hbcb@sdpress.com.cn
印 刷 山东华立印务有限公司
规 格 165毫米×260毫米 16开
15印张 270千字
版 次 2024年8月第1版
印 次 2024年8月第1次印刷
书 号 ISBN 978-7-5474-5046-8
定 价 56.00元

目　录

深度纪实

小说麦田

随笔天下

诗行大地

评论言说

内刊选粹——《重庆地矿》推荐作品

协会讯息

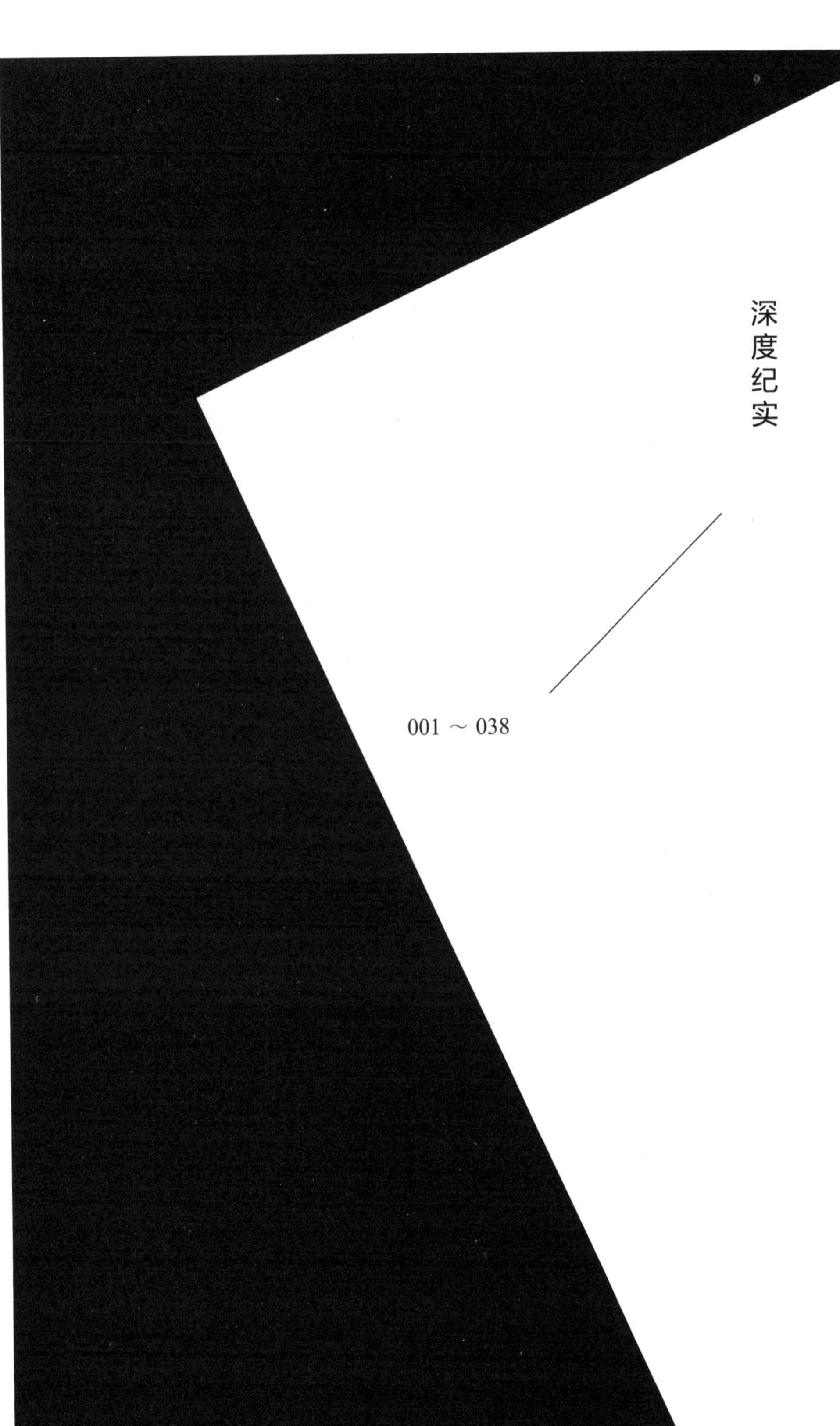

深度纪实

大漠玫瑰

叶浅韵

地图上，一条红色的曲线沿着塔里木盆地蜿蜒而行，全长 4704 千米，红线上有星罗棋布的供气站，一共 73 个。这是塔里木油田南疆利民工程的管网分布图。管道中的天然气经过长途跋涉，抵达南疆百姓的家里，成为最日常的人间烟火。

塔里木盆地，塔克拉玛干沙漠。死亡之海，生命的禁区。这些在教科书上出现的常识，曾在我心里展开过无数次想象，当我走近的时候，似乎一切都在想象之外，除了用“震撼”两个字，我有些失语了。随后，进入辽阔和悠远中，望着与天相接的地方，久久出神。

沙漠，像山一样，有棱角，像海一样，有线条。沙尘跟在车的后面奔跑，一团团，一阵阵，一仗仗，也像贪玩的孩子，形成一个个漩涡，进入它们自己的狂欢。沙尘暴来的时候，像呼啸的大海，壮观，也令人生畏。

分明是触手可摸的天际，却像是怎么也走不出的迷阵。地下，埋藏着丰富的油气资源，民生工程的管道穿越沙漠腹地，从这里走进千家万户。卡哈尔师傅一路上指认着天然气管道的标识牌，神情庄严而自豪。他说，地下埋着的天然气管道，是石油人心中的地下长城。他是一个把自己的一生贡献给石油事业的老工人，不只是他，还有他的妻子和儿子。

当我在轮南公寓小憩时，中央新闻联播中正在播出塔里木油田的消息：位于塔克拉玛干沙漠腹地富满油田的果勒 3C 井近日顺利完钻，井深达 9396 米，标志着塔里木油田正式迈入 9000 米级油气勘探开发新阶段。果勒 3C 井所在的富满油田地下地质构造异常复杂，油藏埋深普遍超 8000 米，具有世界罕见的超深、超高温、超高压等特点。近年来，塔里木油田超深层开发接连取得重大突破，已成功钻探 72 口超 8000 米的超深井。

时空交错之间的惊喜，令人振奋，仿佛我也参与了这一伟大时刻，与有荣焉。

自 20 世纪 50 年代至 80 年代初，塔里木盆地石油勘探开发历经了“五上五下”的艰难探索，从发现依奇克里克和柯克亚两个中小型油气田到如今建成 3300 万吨级大油气田和重要天然气生产基地，形成了西气东输和西气西用两大战略能源格局，为国家的能源安全筑牢了底线。无论多么宏大的历史叙事，都像是沙漠中的一阵狂风，塑于形，造于神，声色淡定地守望着祖国的边疆。

车驶过黄沙漫漫的塔克拉玛干沙漠时，我还沉浸在展厅的讲解员古里米拉动情的讲述中。这个从中国地质大学毕业的柯尔克孜族姑娘，她的生命已经与油田合为一体。仿佛我跟着她回到一个个热火朝天的场面，在珍贵的历史记忆中，体悟石油人的艰辛与骄傲。一个个冰冷数字的后面站着一个个鲜活的石油人，他们在沙漠中勘探、测量、筑路、植树、钻井，是汗水、泪水、血水，甚至是用生命换来的成绩。

建设一个家园，守护万家温暖

没有到沙漠，就不知疆域之辽阔。没有进油田，就不知家有多温暖。

穿越塔克拉玛干沙漠，即使是坐车，也是一件需要消耗很多体力的事情。一路上，遇见穿着红色工装的石油工人，巡线的，检修的，维保的，养护的。他们裹着风沙，顶着艳阳在劳作。沙漠中的红色，耀眼而夺目。

想起 1958 年秋天，最早进入沙漠路线进行踏勘的那支四人小分队，他们没有现代交通工具，需要雇佣驼夫，骑着骆驼，凭着坚定的理想和顽强的毅力，从巴楚县色力布亚镇出发，渡过叶尔羌河，进入塔克拉玛干沙漠，沿着麻扎塔格山往东穿行，经过 40 余日的长途跋涉，行程约 300 千米，才抵达和田河西岸。那是怎样一段艰难的历史呀，他们冒着危险，征战生命的禁区，为油田勘探获得了最珍贵的第一手资料。

无数惊心动魄的往事已成为一段段动人的故事，后人沿着他们的脚步，用不同的交通工具，探测沙漠中的宝物。我们到达和田河作业区时，夕阳正在西垂，沙漠在阳光温柔的照拂中，像披了袈裟，肃穆庄严，美好圣洁。原本我以为的和田河，或许应该是一条河流。然而，这是沙漠的腹地。饮用的水来自地表深处 100 米，要经过层层的处理工序，才能达到使用标准。在路上时，我问了卡哈尔师傅一个问题，需要开导航吗？他笑了，不用开导航，因为沙漠里只有这样一条路，是为油田专门建设的。一时之间，我的脑袋像是进了许多黄沙，停止了思考。

大屏幕上醒目地写着家文化建设的标语：在和田河，就在家；在家，想念和田河。油田工人从各个地方奔赴而来，离开自己的小家，来到油田的大家庭。共建家园，就成了油田工作目标的重中之重。在作业区做资料员的马娟怀告诉我，离此地最近的喀瓦克乡也有 156 千米的距离。一出门都遇不到一个人，偶尔遇到一个，也都是自己的同事。在这里，我们都是家人。

作业区的后大门有两排板房，马娟怀夫妻和另外两对夫妻分别住在三个夫妻房里，这是单位给他们的专门福利。为方便工作，又解决夫妻分居的困难，特地建设了夫妻板房。每一间25平方米左右，全部按标准间建设，生活起居很方便。

马娟怀的丈夫叫刘强，在作业区负责自动化仪表工作，他们俩是高中同学。他们 2018 年 7 月 21 日结婚，24 日就奔赴前线。他们的家在离作业区一千多千米的库尔勒。没有孩子的时候，更多的感受是作业区的小板房就是他们俩的小家。那时，小马觉得很浪漫。一起散步，滑沙，看星星，参加单位的家园共建活动，比拼工作业绩。爱情与工作在同一条线上发生共振，一切都很美好。

小马还在作业区养猫，繁殖力超强的猫生生不息，一年一窝。小马给它们取了名字：大吉，小花，小老虎，小豹子，咪咪……它们一听到小马的声音，就欢快地围上来。猫也在作业区有了自己的家园。小马还把其中的三只猫送给离和田河作业区有 120 多千米的玛东三井，那口井上还有两个同事，有猫的陪伴，他们就不孤独了。

后来，小马夫妻的爱情结晶出生了，生活的实际困难就摆到了他们面前。为了让他们夫妻俩安心工作，小刘的母亲承担了照顾孩子的重任。夫妻俩在板房的家园又变成了临时的，夫妻俩按单位的制度轮流休息，但总也有错不开的时候，就只有老人带着孩子在家。有一次，孩子已经有一个多月没见到妈妈，奶奶带着他去医院输液，两岁的孩子跟着护士叫妈妈。叫得奶奶很心酸，到小马这里，心酸又被无限放大了。一个年轻母亲的心被撕裂成两瓣，一瓣与孩子在一起，一半与工作岗位在一起。而这样的状态，不仅小马一个，在油田工作又做了母亲的人，大抵都是这样的状态。

隔壁的另一对夫妻，妻子叫布阿佳，是一个能歌善舞的维吾尔族姑娘，是单位的文艺扛把子。音乐一响起，小小的板房里，她在有限的空间舞得欢畅。印度舞、哈萨克舞、塔吉克舞、维吾尔族舞，所有的舞蹈都盛开在她曼妙的身姿里。她说已经有 5 个春节没回去了，她必须要为留守的员工们献上最美好的节日。

布阿佳在公寓客房部做领班，她的丈夫努尔沙提在工程部做领班。布阿佳才 5 个月的时候，妈妈去世，10 个月时，爸爸又去世了。她跟着奶奶长大，从小学到初中一直是班长。她在三年级时，老师才知道她的双亲不在了。因为要开家长会，要求爸爸或妈妈到场，她的奶奶老了，身体又不好，没办法来参加家长会，老师就不让她进教室，她哭得很伤心，也不敢问奶奶爸爸妈妈的情况。直到现在她也不知道，具体发生了什么事情。读完高一，她就辍学了，后来就跟随丈夫来到这里工作。如今他们的儿子已经 8 岁了，跟着爷爷奶奶生活。布阿佳很喜欢这里的工作氛围，觉得这里就是她的家。

当听我说想采访付冬萍时，布阿佳很开心，她说这是跟她结对子的亲人，待她像亲姐姐一样。和田河作业区的家文化丰富多彩，结对子是其中的一项。作业区有好几种民族，达斡尔族、维吾尔族、土家族、回族等，每周都要开展“民汉一家亲”活动，打球、读书、滑沙、种菜。我注意到有一个高大的棚子，门头上写着三个红色大字“家和苑”，里面种植了一些花卉和蔬菜，家和万事兴之美意在夕阳中，熠熠生辉。

初见到我时，付冬萍有一点点紧张，她的一只手不断在摆弄着另一只手的衣袖。五分钟后，她整个人放松下来，跟我说起油田往事，用她的话说就像跟自己的家人聊天一样。她是采油区的工程师，也是和田河唯一的女工程师。作业区开始工作的时候，只有她一个女性。她从一开始就没有把自己当作一个女人，男人能干的活她也能干。其实，在穿上红色工装的那一刻，她就模糊了自己的性别，觉得自己跟他们是一样的。因为此前在泽普石油基地职工培训中心做过老师，许多工人也都是她的学生。无论走到哪里，她都不觉得陌生。

在这里，人们没有按常态称呼她为付工，所有人都叫她付老师。而她在老师这个称呼里，鞠躬尽瘁，受人爱戴。布阿佳成为她的结对亲人以后，她一路陪伴，亲眼见证她的不断成长和蜕变。刚来时，布阿佳是个胆小的孩子，像一枚青涩的小果子。但她聪明好学，现在已经成长为能独当一面的姑娘了。

作业区甲乙双方共融管理的模式，让同事们在工作中结下了深厚的情谊，荣辱与共，心心相印。大家亲密得像一家人，一心一意为了油田的安全生产，为了万家灯火更加温暖敞亮。有一次付老师冒着风寒在井上作业，发了高烧，一下班就赶紧回宿舍躺下。餐厅的工作人员小师发现她没去吃晚餐，就去房间里看她，给她量了体温，送了粥，直到身体恢复健康。付老师在荒凉的沙漠中，时时感受到家的温暖。

2014 年，对于付老师来说，刻骨铭心。这一年，塔里木油田再创佳绩，墨玉县和洛浦县的天然气入户网管工程竣工了。这一年，她失去了爱人。工作业绩是大家齐心努力的结果，每一年的喜讯都像是藤上结出的一个个大瓜，他们辛勤耕耘，共享丰收。但每一份收获也都离不开家人的默默付出，付老师的世界一下残缺了，她不知道生活应该如何继续。但她知道前线还有工作在等着她。处理完丈夫的后事 7 天后，她就来到了工作岗位。说起同事们对她的关心和爱护，付老师几度哽咽。在忙碌的工作中，有同事们的陪伴，她一点点走出悲伤的阴影。

付老师说，有一次在井口上劳作，加班至深夜，抬起头，忽然看见满天星星，辽阔的沙漠，浩瀚的星空。她像第一次发现了新大陆的哥伦布，痴痴地仰望着星空。后来她就迷上了星空，跟同事一起辨认北斗七星，天王星，银河系，牛郎织女星。还学会了手机延时摄影，随时拍些美丽的照片传给亲戚朋友们。

离作业区不远处的那口井上，我看见了一面飘扬的旗帜，工人师傅们要借着风力看旗帜飘扬的方向，确定自己在上风口的位置操作，以确保最大限度的安全生产。比起从前粗放的生产模式，全自动化、智能化已全面应用在生产中。坐在操控室的大屏幕边，就能清晰地掌握生产的状况，并及时处理突发事件。这一切，付老师一步一个脚印走过。

付老师说她有个同事叫张保红，刚刚退休，经常打来视频电话，就是想看看她养的花，她住的房子，问一下装置怎么样，运行平稳不？她以前干内部操作，在中控室看仪表参数。退休以后按规定就得从工作群自动退出，也就是说，她已经看不到单位的任何信息，没有了家的感觉，心就空落落的了。其实说到底，她的心还在塔克拉玛干沙漠深处，在和田河跟大家伙在一起，她就像一个刚刚出远门的家人。

她们把浪漫的情怀都献给了沙漠里的油田，把这里当作自己的家园，并以家人的身份自居一辈子。也许是在沙漠中待久了，热爱就变成了一种自觉的行为，就像爱惜自己的家一样。小马说，躺在沙漠上遥望星空时，再怎么纠结的心事，都会一下子放下了，天空那么大，还有什么是容不下的呢？付老师说，当太阳出来的时候，觉得阳光就是触手可及的幸福，像是伸开双臂就能把太阳抱在怀里。于是，她用母亲一样的胸怀，温暖了布阿佳，给予她成长的力量。

付冬萍这些年带过好几个徒弟，每一个都当成家人，尽心尽力教导他们，爱护他们。有一次，有一个徒弟因为春节回不了家，就难过得直淌眼泪。付冬萍就耐心地安慰，告诉她，我们的工作就是保障老百姓在节日期间的用气安全，你想一想，我们输出的气，这一头连着我们，那一头连着父母，其实我们是在一起过春节的。小徒弟破涕为笑。

正如泽普采油区的刘峰书记所说，缺氧不缺信仰，有人更有石油人。再荒凉的沙漠，也因为有穿着红色工装的石油人而充满了希望与活力。在这里，他们信仰的是家园的力量，各族人民团结友爱的大家园，由沙漠的腹地，辐射到万家灯火。

我从板房出来的时候，浮尘袭来，天空昏暗，有两只猫站在氤氲的灯光中，像一对互相守望的恋人。远处，有一只小猫，咪呜叫了一声，两只猫迅速向前奔去。为了生生不息的生活，人与动物都在建设自己的家园中，奋不顾身。

只有荒凉的沙漠，没有荒凉的人生

1970 年出生的刘萍，马上就要退休了。她还在轮南前线工作，是她主动请缨来的。这是因为前线能连休15天的假，她可以陪父亲去看病。此前，她已经在前线工作了好多年，历经过不同岗位的淬炼。父亲是老石油工人，参与过石油勘探前期最前线的工作，那时，从前线写一封信到家里需要一个月的时间。刘萍深受父亲的影响，技校毕业后成为父亲最理想的油田接班人。

刚参加工作时，刘萍被分配在筑路公司，第一次参加乌西一井钻前工程。4700多米的海拔，80度就能烧开水，到了晚上被冻得打起冷摆子，上下牙齿碰撞的声音和着大风吹过铁皮营房的巨响，她觉得自己就像易碎品。这一次，上山进行钻前工作的队员一共有46个人，只有她一个女队员。男队员们担心她的身体，就动员她先下山。她说，那种感觉就像枪声还未响，就自己主动败下阵来的士兵。她实在不服气，很长时间都还在心底埋怨自己没有经验，准备不够充分，拖了大家的后腿。到大部队进山的时候，好强的刘萍硬是跟来了，她要把上次落下的功课补回来。

山里的气候说变就变，一年四季可以在每一天中轮番上演。40多个工作队员，唯有她一个女性，主要负责现场成本的计量和核算。上山才几天，就遇上了困难。队里需要一个负责吃喝拉撒的炊事员，来了一个年龄小的，因为山上的条件太艰苦，下山了。又来了一个年龄大的，因为身体的高血压、糖尿病，又下山了。本来已经忘记自己性别的刘萍，忽然就母性爆发，迎难而上。那生命中的8天时间，她说这一辈子也忘记不了。

4个大盆，每天两袋面粉，蒸锅上每一屉蒸32个馒头，5屉。起初，她看见从野外劳作回来的工友们一口气要吃六七个馒头，就在心里犯嘀咕，希望他们能少吃一点。那每天总也和不完的面，就像看不到边际的沙漠。可野外的工作强度，注定了工友们不可能少吃。他们狼吞虎咽地吃了掉一个又一个白胖胖的馒头，再满血复活地投入艰苦的工作中。到了晚上，她心疼加班的工友师傅们，给他们煮茶叶蛋，下面条。除此，还要完成自己的工作。刘萍感觉身体都不是自己的了，偏偏在这时候，身体的亲戚来访了。

也许是因为劳累，也许是因为高原反应，这身体里的亲戚足足缠绵了40多天。刘萍仗着自己年轻，硬扛了下来。最尴尬的是，要寻个有障碍的地方进行方便，又不能走得太远，山里有野牦牛、野猪、野兔等动物，一不小心就会危险。那时就特别羡慕男同事，可以不受身体之负累。

8天的时间终于过去了，单位派来了炊事员。但这8天的时间，就像她生命中划过的一道深深烙印。此后，在工作和生活中，无论遇到任何困难，在刘萍这里，都变成了小儿科。

刘萍在山上想念父母的时候，就去到一个固定的小山丘上打电话，那里有信号。接连好多天，母亲都说，父亲出去了。有一天晚上十一点多钟的时候，她给母亲打电话，母亲依然说父亲出去了。那么晚的时间还出去，凭直觉，刘萍觉得有问题。她连夜跟了单位采购物资的车下山，才知是父亲生病了。可是第二天一早，她又跟单位的车上山了，父亲说工作要紧，一个螺丝一个眼，马虎不得。也就是那一次，父亲的身体检查出了癌症。

在她做会计工作的时候，严格控制单位的成本核算，曾有人想钻空子，想通过给她好处来收买她虚开单子，被她义正辞严地拒绝了。他们的对话正好被午休中的领导听见，从此“正直”一词成为她身上的标签，别人在成本会计的岗位上在一定时间内需要轮岗，她一干就是多年。

刘萍说，比起当初在山上的日子，现在的日子真是在天堂里了，吃饭有食堂，而且每顿都有那么多菜，住的地方像宾馆一样干净，单位经常开展不同的活动，在单位真是像家一样。跟同事的相处，也就像家人一样。事实上，跟家人在一起的时间，远没有跟同事在一起的时间更多。

刘萍有无数个节日没有跟亲人在一起，她觉得最愧对的就是自己的孩子。孩子6岁那年，跟妹妹去了克拉玛依上小学。9岁时才有条件接到自己身边上学，孩子对家里的任何一样东西都要问她，妈妈，我可以吃这个吗?妈妈，我可以用那个吗? 刘萍的心被女儿弄疼了。她抱着孩子哭，恨不能给她全世界。

可一次次在小家与大家之间取舍时，她依然是放下小家，奔向大家。她特别感谢父母亲，永远是她最坚实的后盾。其实在油田工作的很多人，因为工作的地方很远，带孩子的事情就落到了父母亲的头上。常常是这样，一个家庭，爸爸在一边，妈妈在一边，年迈的父母亲带着孩子又在另一边。

在艰苦的工作中，互相帮助成了一种美德。尤其是女性之间的友谊，更会成为在沙漠中最动人的情谊。刘萍有一个好朋友，她们从一工作就在一起干活，就连带孩子的事情也经常互相搭把手。然而，令刘萍没有想到的是，多年以后她听到一个令她震惊的传言。因为种种原因，孩子很小的时候她就离异了。用她的话来说，到该结婚的时候就结，到了该离婚的时候也就离了吧。她一心扑在工作上，也没有想要开始自己的新一段情感。孩子大学以后，有人给她介绍了一个对象。她想着，也许可以开始另一段新生活了，便试着相处。一段时间之后，对方就忽然冷淡起来。依了刘萍的性格，她也不可能主动去跟对方聊什么。她的思想还停留在传统的男女婚恋观念上，男的不主动，女的更不可能主动。一年之后，介绍人对她说，你跟别人搞同性恋这件事情全单位都知道了，你怎么能这样呀? 刘萍瞪大了眼睛，她怎么也不明白自己怎么会跟“同性恋”这三个字搞上关系? 不开心了一些日子之后，她就淡然了。

所以，当我问她这段油田工作的花絮我是否可以书写时，她笑得很坦然。一句“随便你”，让我领略了沙漠中铿锵玫瑰盛开的力量。那是经历了万水千山之后的豁达与明朗，还有什么比油田赋予她的能量更强大呢？在荒凉的沙漠中，成就了她丰茂的人格。

她说，父亲看病花了很多钱，一粒抗癌药要花几百块钱，如果没有油田作为家的后盾，个人的力量多么渺小呀。尽管没有挽留住父亲的生命，但因为她已经尽力了。就像在每一次工作中，她都拼尽了全身的力气，只因为自己想要对得起手中的饭碗。父亲把一生贡献给了石油事业，她的一生也在石油战线上开出最美丽的花朵。她很遗憾，女儿没有继承自己的衣钵，倒是生发了另一种希望，希望找一个油田的女婿。油田工人身上的踏实、可靠、可亲，让刘萍觉得无比安全。

刘萍获得过很多个人荣誉：优秀党务工作者，先进财务个人，双文明先进个人……而她一再强调，这只是她的岗位能力。比起单位给予的，她总觉得自己做得还不够。当然，她也曾有过灰暗的时刻，那是她刚开始竞聘上会计岗位时，领导一看来了个女的，就没给好脸色，还各种刁难。后来，她凭着自己硬啃硬拼的精神，在工作中打了一次又一次的漂亮仗，让领导刮目相看。她说，最大的骄傲就是没有在工作中有过什么重大失误。自尊和自律，让她在每一个岗位上都闪闪发亮。

刘萍说，能把这一生贡献给油田是自己最大的荣幸，一想到千家万户的衣食住行，都会与一个小小的自己发生关联，这是多么神奇的事情啊。说这话的时候，感觉她的心胸就像沙漠那么宽广。随即，她又笑着说自己运气还是不算太好，在油田里坚持工作了 4 个月，没有休息过一天，待总书记与油田工人连线的时候，恰好自己轮休了，错过了人生中的高光时刻。说完又补充一句，其实在电视里观看的感受也是一样的激动人心。

她说，等到退休那一天，真的会舍不得。她还告诉女儿，等有一天真的离开这个世界了，一定要把她的骨灰撒在青山绿水的地方。看着茫茫无际的沙漠，从荒无人烟到油田绿洲，刘萍亲眼见证过。那一句刻在沙漠上的话：只有荒凉的沙漠，没有荒凉的人生，正是无数个石油人的真实写照。刘萍感谢父母亲让她成为一个石油人，其实这是她的养父养母。其间的曲折经历，就像人生戏剧一样。然而，正是油田的精神滋养了她，让她拥有一个比别人更丰富多彩的人生。

南疆利民，功在千秋

塔里木油田人经历了几代人的艰苦卓绝的努力，从 2013 年 7 月南疆利民工程主干线正式投产，到 2023 年建成 4704 千米的环线管网，十年磨一剑，像是柯克亚的名字中包含着某种玄机：刺破青天。

还记得发现油田时的盛大场面，在钻至井深 3783.10 米时发生强烈井喷，初期日喷油 1300 余立方米、天然气 260 万立方米，由此而发现了柯克亚气田。发现油气田后，石油工人和各地群众在现场载歌载舞，热烈欢庆，那流淌的散发着地底温度的石油啊，是一条幸福的河流，流进了南疆百姓的心里，流进了全国人民的心中。

从前的柯克亚，有一个民谣：一天要吃二两土，白天不够晚上补。经过 45 年的建设，如今的柯克亚已成为一片绿洲。早上 8:40，300 多人在操场上做广播体操的场面甚是壮观，像跳动的红色火焰，燃烧着青春的激情。早餐后，他们进入各自的工作岗位。

偌大的一片绿洲，像一个大公园，高楼林立，草木多姿。他们还开辟了专门的果园，苹果、葡萄、巴旦木、梨子、核桃、桑葚、桃子、李子、杏子、无花果，应有尽有。苹果和梨子从九月能吃到来年三四月，储备在地窖里。我们餐桌上的水果，就来自矿区的地窖里。苹果的个子很小，他们说是丑苹果，但味道极甜美。此外，还种植各种蔬菜，小白菜、茄子、玉米、生姜，应季而生。也在大棚里种绿箩和各种花卉。瓜果飘香的季节，一片丰收的景象。

柯克亚的 300 多位职工中，一共有 16 位女职工。在我访问的对象中，有一个叫王英华的职工，她在监屏岗，1975 年出生，1994 年参加工作。在她值班的过程中，曾发生一件十分危险的事情，如果处理不好就会酿成大祸。2023 年 2 月初，夜班凌晨零点十分左右，她在监屏上发现甫沙 8 号井，井口出现火花。她马上汇报给班长，班长汇报给值班领导，他们要在最短的时间带上应急物资赶到三十里外的井口处理险情。事后，因为她出色的工作表现，单位嘉奖 5000 元。她一直在强调，那是自己的职责。她的工作态度是：把岗位放到心上，把心放到岗位上。

远远的地方，有强烈的光射过来，她说，那是正在建设中的储气库的两个井架。夏天的用气需求少，冬天的用气需求量大，为了平衡供需的矛盾，要建设储气库。这是油田增产增量的重大措施，更是南疆利民工程的保险库。作为油田的工作人员，她亲眼见证了柯克亚的变化。她说，不是他们把青春奉献给了柯克亚，而是柯克亚点亮了他们的青春。

展厅中，陈设着柯克亚的历史。那里有无数先烈们为了油田建设，献出了宝贵的青春，甚至生命。有一个叫戴健的女子，她担任地质大队依奇克里克详查队副队长，在带领实习生张怡蓉和助理技术员李越人赴深山作业时，突遇暴雨和山洪，她和李越人被洪水冲走，壮烈牺牲。戴健年仅 24 岁，李越人只有 20 岁。当地质队员们在十千米外的戈壁滩上找到戴健和李越人时，戴健的怀里还紧紧抱着地质包。为了纪念两位年轻的烈士，塔里木矿务局将他们牺牲的地方命名为“健人沟”。

筚路蓝缕，不忘来时路。敢于刺破青天的精神，鼓舞着一代代石油人。随着天然气管网的建设，南疆的各族百姓使用天然气取暖、做饭、烤馕，受益 800 万百姓，平均每年每户可以节约六至八百元。“再也不用烧煤了，家里干净了，我们的生活是越来越好了”，这不仅是柯克亚乡阿其克拜勒都尔村和塔尔阿格孜村易地搬迁户们的心声，更是很多南疆老百姓的共同心声。从前，他们用煤炭、柴草、牛粪取暖，用天然气不仅节省了体力劳动，节约了生活成本，还极大地改善了生态环境。有一个抱着孩子的维吾尔族青年妇女说，从前下雪，因为空气受到污染，白雪变成了黑雪。这几年天空飘落的雪花，落在大地上，白得耀眼。

塔里木油田的天然气是南疆百姓心中的“福气”，这福气彻底改变了他们的生产方式和生活方式。是油田把福气送到了家门，让他们告别了烟熏火燎的日子。他们见到红色的石油服装，就像见到自己的亲人，很多村里的姑娘都希望能嫁到油田去。

不仅如此，天然气管网的建设，还为南疆各地招商提供了便利。西域雪鸭便是其中一家，天然气极大地降低了企业运作的成本，据冉经理介绍，仅仅是半年时间，企业产值 8000 万，带动 5000 农户，每户增收 2000 至 5000 元。目前，企业正准备扩大生产规模，带动更多的百姓走向致富路。

与天然气相关的化工产业更是如雨后春笋般冒出来。随着天然气管网的日益完善和天然气的加快普及，南疆各地州迎来了大建设、大开发、大发展的良好局面。2010 年，库尔勒年产 80 万吨尿素的塔里木大化肥项目建成投产，生产大颗粒尿素填补南疆市场空白；2012 年，阿克苏 45 万吨合成氨、80 万吨尿素项目相继开工建设……还有许多已经投产和正在建设中的项目，享受着来自塔里木油田的“福气”。这些可喜的成果，让地方各项经济指标连年攀升，为地方经济发展注入了强大的活力。

此外，南疆利民工程还发扬了另一种可贵的精神，那是我们传统文化中最可贵的“让”，是真正把老百姓的利益放在心中的“让”。地下的天然气管网交错复杂，要穿过沙漠、沼泽、河流，随着经济社会快速发展，与地方发展规划难免发生交织重叠的现象。为支持地方经济社会发展，确保管道及周边公共安全，塔里木油田以大局为重，不惜增加投资，主动为铁路、机场、铁路、物流中心等国家、自治区级重点工程“让路”。为了保护沙漠中的胡杨林，在设计施工中，让专门让管道线路走出“S”形给胡杨“让路”。

南疆利民工程真正体现了“利民”二字中，在塔里木油田人的心中，时刻装着老百姓的幸福。如今，绿洲之上，生机盎然，工业、农业、商业欣欣向荣。喀喇昆仑雪山，近在眼前，像是万山之脉赐予他们无穷的力量。

千年的胡杨林，枯了，又黄了，美丽灼目，意蕴丰沛。塔里木油田的千秋利民功德，亦如千年胡杨林，生生不息，代代有人。

世上本无路，人走多了便有路了。粒粒尘埃降落，便成沙漠，颗颗红心升起，便是人间。

2023 年的 3 月 8 日，笔者正赶上泽普管理区的三八妇女节，循着花香，我闯入她们中间。十几个女员工正在搞妇女节的活动：插花比赛。鲜艳的红玫瑰，像她们茂盛的青春。鲜花在沙漠里都有不菲的价格，玫瑰更是。有人从花篮上给我送了一支玫瑰花，盛开的心情，比节日更盛大。

在艰苦的环境中，最是磨炼一个人的意志。通常，形容钢铁战士时，眼前会浮现一个男性矫健的身姿。然而，在塔里木油田中，有无数个女性，她们忘记了自己的性别，把青春献给了这片热土，她们是盛开在大漠里的铿锵玫瑰。

为了万家灯火可亲，她们无惧风沙，无惧岁月，为油田的建设，注入女性的力量，母性的力量。张晓莉、田美霞、郭瑛、胡岚、朱月琴……还有许许多多我叫不出名字的她们，在油田默默奉献。每一个人的故事都是一首动人的歌，她们正在以自己的方式诉说着油田的昨天、今天和明天。性别，并不成为任何特殊的礼物，这只是一种认知的样本，让我们走近油田，并热爱和祝福。

路漫漫其修远兮，塔里木油田人正在上下左右求索中，攻坚克难，缔造幸福。他们攻破一道又一道难关，刷新着一项又一项纪录，他们是祖国最忠诚的能源卫士。展厅中，在醒目的位置上悬挂着塔里木油田逐年递增的圆柱形产量图，他们向祖国人民交出了一份最满意的答卷。截至 2022 年 12 月 31 日，塔里木油田全年油气产量当量达到 3310 万吨，同比净增 128 万吨，油气产量当量连续 6 年超百万吨增长，其中生产石油液体 736 万吨、天然气 323 亿立方米，再创造历史新高。这是塔里木油田用铁肩和脊梁担起的央企责任，这是塔里木油田人用赤子之心大写的辉煌篇章。

夜深了，我在矿区散步，迎面从大门走出一个穿红色工装的姑娘。我问她，你是油二代吗？她说，别说我是油几代，只说我是石油人，我为祖国献石油，我骄傲，我自豪。她的眼睛里有种动人的光辉，刺破黑暗。

叶浅韵，云南宣威人。作品见于《人民文学》《十月》《中国作家》等报刊杂志，多次获奖，多篇文章被收录进中学生辅导教材及各种文学选本。出版个人文集多部，代表作《生生之门》。

云上高坪

阙建华

高坪：新型避暑胜地

2022夏，我回浙江遂昌老家度假，陪父母去本县一个山区乡——高坪避暑，它距离遂昌县城有六十千米。做了多年遂昌人，我才第一次去高坪。不过，高坪于我并不陌生，一是这十几年，高坪乡茶树坪的高山杜鹃林，名声远扬，“人间四月芳菲尽，山寺桃花始盛开”，高坪的万亩杜鹃花在“五一”前后进入花开最盛的时节。这个品种的杜鹃有一人多高，花开盛时，万山红遍，景观完全超过老电影《闪闪的红星》，确实是视觉盛宴；二是这十余年，高坪乡所属各村由于海拔高，已经被评为浙江十大避暑胜地，每年有数以万计的金华、衢州、温州、乃至于杭州、上海各市县人来此山乡，各寻一个村子住下，避暑消夏度假；三是我的表妹夫罗志华老师是高坪乡湖莲村人，他们全村人和我们一样，也讲一口纯正的、几百年前的闽西客家话——汀州话，属于清初福建汀州府（今属龙岩市）上杭县客家移民后裔。遂昌是浙江各县中，闽西客家移民最多的一个县，据说有十万人，占全县一半人口。

目前，高坪乡虽然知名度暂时还比不上浙西天目山，但在电子商务勃兴的新时代，它以“美丽乡村”和“智慧乡村”为目标进行建设，以夏季避暑、春天赏杜鹃花、冬天高山滑雪为主导产业，在十几年间迅速崛起，声誉日高，似乎也骎骎然能并驾齐驱了。

高坪乡政府所在地高坪村，其实只有一条半街道——一条长街，几处短巷。街市最夺目、最典型的标志是在街道拐弯处，有四五棵须两三人才能合抱的参天古树，高大笔直，耸立街头，是柳杉。古树保护牌显示，这几棵树都有二百八十年以上的树龄。看其位置，应该是当年村口的“风水树”。由这几株古树，大概可以推知高坪村的历史至少可以上溯到三百多年前。但乡村的古建筑似乎已经没有了。据五十岁以上的老住户回忆，在古树群边上，过去有个大庙，庙里还有一座大戏台，逢年过节还请外地戏班来唱戏。20 世纪七八十年代，大庙拆了，分给村民做了宅基地。

我在高坪乡转了一圈，发现一座最古老的房子，石砌墙脚有近一人高，两进院子，一个天井，应该是民国建筑。村民介绍说，这是当年大队拿来做粮仓的，在这之前是做什么的，她也不知道了。高坪村还保留了几座 20 世纪七八十年代的老房子，是平房。

此外就是这十来年新盖的上百栋三层四层的小洋楼，每层有三四间屋子，现在都做成民宿。邻近的几栋民宿楼围在一起，中间建个小花园，摆两张桌子，几把椅子，就是避暑休闲游客的茶座或咖啡桌。这样较大的民宿小区，高坪乡政府所在地就有两个，都建成三四排连体的民宿，落地玻璃隔成阳光房，乡所属各村几乎也都是这样。民宿的名字起得很有意思，或很切题，叫“大树下”；或很有诗意，叫“忆春天”。

因为高坪乡各村，除了湖莲村只有五百多米，其他各村海拔大多在八九百米，比平地温度低了十几度，除了中午时分，阳光略有点热度，早晚之间，山风吹拂，竹林送绿而凤尾森森，松涛阵阵而龙吟细细，溪水潺湲而暑气尽消，极为凉爽，晚上睡觉，甚至还需要盖被子。

一路看去，高坪乡各个村几乎都停满了前来避暑旅游度假的自驾车，可谓新兴旅游度假避暑小镇的经典景观。

小区边上，点缀着几亩稻田，种一些蔬菜水果，就是农业观光采摘体验园，这也是美丽乡村、智慧农村和现代新农村建设的样板。

和其他乡镇多半是集市日热闹，平时冷冷清清不同，七八月份的高坪乡，天天都很热闹。长街不长，只有两三百米，商店、民宿、本地特色餐馆鳞次栉比。街道两侧用木头隔成很多花坛，里面种着花，外面摆着花，开得很热闹。街上的商店多半是多功能的。我在本地理了个发，理发店主体部分是个小超市，只在大厅一侧摆了两张椅子，两面大长镜，就是理发馆了。

因为大量游客来高坪乡及所属各村避暑度假，把本地的农村特产、山货等迅速转化为商品。高坪最有特色的山货是黄精，外表看似连在一起的桑葚，九蒸九晒后，呈黑褐色，可以像吃红枣一样吃，也可以煲汤，是大补肾气之物。现在，一些对市场敏感者已经开始人工种植，人工种的黄精就显得比较大。还有一种风味小吃，叫灰汁糕，是用一种植物烧后的草木灰浸泡糯米、粳米，碾成粉，再加适量的白糖拌匀，蒸熟后呈青绿色，像老家的清明粿。另外，高坪的风味食物中，本地泥鳅、黄鳝肉质鲜嫩，味道特别好。因为遂昌植被茂密，自然环境极好，野猪成长快，已经允许山民狩猎了。至于土猪、土鸡、土鸭等，更比比皆是。每一批来度假的游客返程时，必购买大批这类山货土产回去。至于高山茶叶、高山绿色蔬菜、笋干、土酒（本地的谷烧），在遂昌各乡都有，在外地人则是特产，都绿色食品。

沿长街再往里走约两千米，就是赫赫有名的景区——北斗崖。春夏秋三季可以滑草，冬季可以滑雪。尤其是与北斗崖同一个景区，是本地最古老的景观——石姆崖，是典型的丹霞地貌，巨大红色的山岩巍然突兀，耸立在青山翠谷之上，是古代生殖崇拜的象征。崖下还有一所天然形成岩洞，被本地人改造成求子的古庙。这些景点都值得另外再写一篇文章。

古村落：茶树坪和桃源村

茶树坪村是遂昌县高坪乡海拔最高的一个行政村，其中地势最高的自然村叫桃源——一个秀美而富有诗意的村子，这个自然村据说是高坪农家乐和“避暑经济”的发祥地，非常值得一去。

从下溪的三岔路口右转，过了“茶树坪”石牌坊，两条小溪流经的区域都是茶树坪行政村的范围。有两条路可以上去，一是自驾车沿山间公路盘旋而上，十来分钟就到。公路修得极好，路面不宽，两侧都是茂密的青松翠竹，即使在夏天开车，也不需要开空调。车行处，仿佛在山巅之上行走，天地之间带着浓得化不开的绿意和松竹杉茶等植物的自然香气，扑面而来，这才叫“与天地精神相往来”。

茶树坪是村委会所在地，建有很大的停车场。村里多数农家都建成了农家乐，一批一批本地和外地游客来此悠闲自得地避暑度假。

还有一条路，是沿石砌台阶走，那是一条几百年的古道。有一批外地退休游客与我们同时从三岔口出发，步行到茶树坪，再到桃源古村。他们说，他们八个人加起来，有五百四十多岁了！走古道，他们和我们同时出发，前后到达。脚力让人佩服！

茶树坪村口也有一片古树，树龄有一百多年，比高坪乡的古树略年轻一点，也是柳杉，高大挺拔苍翠，也是作为村口的“风水树”保存下来的。

本地还有一位黄姓乡贤，前几年回乡兴建了一个“蓝莓庄园”，既做种植业，又做休闲旅游，走农旅结合之路，建设“高山花园”，还引进其他杜鹃品种，丰富了高坪的杜鹃种类，增强了观赏性，为地方经济做出了贡献。

再开车往上走几分钟，就到了神秘的桃源村。这是高坪地势最高的自然村，海拔已达千米，再往上就是欣赏万亩杜鹃的地方。

桃源村有四五十户人家，村口也建有很大的停车场，几排一百多年的柳杉古树矗立村口，作为“风水树”。村后通往杜鹃山上的古道也有很多柳杉，挺拔高大。看来高坪乡一带的村落多喜种植柳杉为风水树，可以算是高坪乡的“乡树”了。柳杉高大挺拔，树干笔直雄壮，枝叶匀称精致，树型峻拔硬朗，柳杉木质坚硬，力度和美感十足，实用性和观赏性极强。挺拔苍劲的柳杉、满山遍野的青青翠竹与粉墙黛瓦的民居互相掩映，古意盎然。

桃源村有四大看点：一是它是高坪乡农家乐和“避暑经济”的发祥地。因为该村海拔已近千米，最热时节也只有二十四五度，当年不知谁最先“发现”了这个避暑胜地，开发出来，其首创之功，确实功不可没。现在，借助互联网一呼百应的连锁效应，避暑经济越来越火。在古道、乡间公路、村落，随处可见衣着清凉、穿着时尚的花衣裳、裙子、裙裤等避暑的外地游客，成为另一道靓丽风景。当然，生意做久了，有时不免会趋于油滑，也要警惕过度商业化的问题，避免重蹈某些古镇古村的“覆辙”。古往今来，商业经济都是“信用经济”，钱要挣，也应不失山区人的厚道和好客之风。

二是桃源村有三百亩高山梯田。当年由副县长赵文明倡导推广，种植高山有机富硒大米，大大提高农产品的附加值。此举把传统与现代、农业和旅游、农耕文化和智慧乡村有机结合起来。与江苏相比，江苏全省平均海拔不到四十米，全省几乎都是平原，交通建设成本极低，经济发展好，成为“苏大强”是有理可据的；而浙江则以丘陵山地为主，道路建设和交通成本很高，经济还能搞得那么好，足为全国表率，其中原因值得好好分析总结。我以为，这与浙江省农业现代化的充分发展、农村经济的繁荣和农民的富裕有着必然的联系。中国要进入现代化，光有城市化和城市的现代化是不够的，这只是“半截子”的现代化；只有实现了农业、农村和农民的现代化，才是真正的、完整意义上的现代化。当然，仅有经济的富裕还不够，还要有社会制度体系的保障和思想文化的现代化。

三是桃源村属黄姓聚居村，村中心有个黄氏宗祠，是民国时所建。宗祠一个天井，上下两排正厅，匾额题写黄氏的郡望——“江夏郡”。黄姓是五帝之二——帝高阳（颛顼）之苗裔，陆终的后裔，封于黄国（在湖北），以国为氏。唐五代时期，桃源黄氏的祖先随节度使王潮入闽，居福建邵武，再迁江西宜黄，其中一支再迁到浙江遂昌县高坪乡桃源村，落地生根，渊源和脉络都很清晰。宗祠后厅的神龛供奉一排排祖先牌位，宗祠柱础苔痕处处，已经有点失于保护。据说，高坪乡政府所在的塘下村还保留了一座祝氏宗祠，淡竹村还有一所周氏宗祠，有机会去可去访古寻幽。

四是桃源村已是茶树坪这条“源”（本地土语，指水源和流域）的最高处和最后一个村子。再往上走，就是欣赏万亩杜鹃的名胜之地——杜鹃山。这几年，由于引进了更多的杜鹃品种，杜鹃花期已经从二十几天延长到四十多天。五一前后是杜鹃花开最盛的时节，届时有更多远道而来的嘉宾来此赏花品茗，度假旅游，进行祖国山河的审美活动。

住在桃源村这个海拔千米的高山之巅，夜观满天星辰，朗朗明月，呼吸林间清风，苏轼有赋云："唯山间之清风，与江上之明月，耳得之则为声，目遇之而成色。"李白有诗云："危楼高百尺，手可摘星辰。不敢高声语，恐惊天上人。"这里能充分满足你对隐居终南山中、绝情谷底、桃源深处的陶渊明式的、金庸式的浪漫想象。

古村、古树、古道、古宗祠等共同构成了桃源村能够名列第一批浙江省传统村落和第五批中国传统村落名录的条件。

浙闽古道上的古村——淡竹

在高坪乡避暑，趁机寻访了周边的古村古迹。据茶树坪新村公路边"上溪农家乐"老板傅长富说，他外婆家的淡竹，是一个古村，村中保留有古民居，还有一所周氏宗祠，离此十来里，于是前往寻访。

到高坪古镇的大树下，左转进入一条小巷，然后继续前行，很快就进入乡间公路。虽然是混凝土路面，质量也很好，但路面窄，急弯多，对面时有车子驶来。幸好平时养成了靠右行驶和转弯前鸣一两声喇叭的习惯；只有一两次与对面车子狭路相逢，转弯处的路面实在有点窄，须往后退一小段，略让行，方可顺利通过。

这一段路与去桃源村颇类似，是行走在高山之巅，"会当凌绝顶，一览众山小"。如果春秋季节来，山间晨雾飘起，车子穿林度雾而来，好像上庐山，"跃上葱茏四百旋"。到山顶后，又盘旋而下，两侧之山，崖高峻陡，弯道极多，好像抗战时期滇黔公路的"八十一道拐"的样子。

下山到山腰处，转个弯，前面豁然开朗，有一个类似预备做停车场的大块空地，前方隐约露出几栋楼房，估计该到了。再拐个弯，进入一个大停车场，一问，果然是淡竹。问村民：村名何以叫"淡竹"？他们都憨厚地笑着说，祖上传下来的，不知道原因，一直就这么叫。停车场估计是当年生产队的晒谷场改建而成。高坪经营民宿的村子大多都是这样，否则，山村道路狭窄，停车、掉头都是个大问题，这也算是因地制宜吧。

淡竹村位于半山腰的一个凹陷处，背靠大山，面向山间盆地，像个罗圈椅，果然是个藏风聚气的宜居之地。

沿村路进去，迎面一栋古建筑，即"淡竹精厦"。村民介绍，这是当年村里一位地主的宅院，一个天井，上下两厅，数间厢房，规模、格局与遂昌很多民居类似，但门梁、柱、石鼓均有精美的石雕，异于寻常民宅。古宅已多年无人居住。

淡竹村民大多姓周，为同姓聚居村，紧挨着"淡竹精厦"的古建筑就是周氏宗祠。2019 年，淡竹村列入国家级“中国传统村落”名录。据我观察，这个周氏宗祠是遂昌县规模较大、建筑较精致的一所宗祠。浙南一带宗祠多以两进院落居多，而淡竹村周氏宗祠有三进院落，两个天井，每进三开间，两厢房，大门由水磨砖砌成，门楣、门槛、门梁均为大条石，有精美雕刻，整个宗祠估计有三百五十多平方米。宗祠第二三进院落比第一进高出一米多，须走六七级台阶。宗祠第一进院子，背靠大门，建有一个大戏台，戏台正对着最后一进院落的神龛，非常符合东西方戏曲（戏剧）自诞生之初，都是既为“娱神”，又为“娱人”而设。

据村民介绍，明朝时，本村周氏已建过宗祠。这所宗祠是清代所建，而村民应该在元朝就已经聚族而居于此，那时是从本县大柘镇迁居而来。在这之前，应该从江西迁来。周氏是遂昌大姓，人口多，分布广，分支多，宋明清三朝，周氏是遂昌县科举大族，人才辈出。如果细细研究遂昌周氏历史，或许可以折射出中古以后的遂昌移民史的很多问题。

周氏宗祠外侧的白粉墙上，至今保留了红军时代，粟裕、刘英领导的红军挺进师的标语。为避免日晒雨淋和剥蚀，当地政府已经用玻璃罩保护起来。标语共十条，自右至左、自上而下书写，大部分文字清晰可辨，内容是当年我党在红军时代提出的十大革命纲领。浙西南各地红军标语保留不少，但像这样书写完整、内容丰富的革命纲领，还不多见，弥足珍贵，已列入红色文物的重点保护范围。

淡竹村的另一大看点是穿过村子的古道。这条古道是“浙闽古道”的一个重要组成部分。据地方史料记载，当年第一个大规模开辟仙霞岭浙闽古道的是唐末黄巢农民起义军。黄巢起义军为了南下进攻广州，曾在仙霞岭劈山开道七百余里，成功避开唐朝政府军的围剿，并从福建南下，攻占广州，继而北上，占领首都西安，迫使唐僖宗出逃四川，成为继唐玄宗之后第二位出逃四川的唐朝皇帝，不亚于一次伟大的长征！史料记载，黄巢起义军开辟的仙霞岭大道，主体部分从浙江江山开始，经过廿八都、仙霞关，直到福建浦城，并继续向南延伸。过去，沿钱塘江溯江而上的货物，在江山市清湖码头卸货，雇佣挑夫，沿仙霞岭古道运至福建浦城县西码头，转入闽江水系。这一段山区古道有一百多千米，挑担往返需要四五天，形成“江山船帮”和“浦城挑夫”两大行当。

淡竹村所在的这一段浙闽古道，正是仙霞岭古道的一个组成部分。据当地村民说，沿着这条古道到高坪，步行只有五里路。当年，这条古道曾经多次“过兵”（军队往返）。1935 年至 1937 年南方三年游击战期间，粟裕、刘英率领的红军挺进师也是从这条古道，往返转战于浙西南（粟裕、刘英领导）和闽北（黄道领导）、闽东（叶飞上将领导）几个游击区，因此才在淡竹村的周氏宗祠外墙上留下大段红色标语。因为古道穿村而过，交通便利，民国时期，淡竹村一度还作为高坪乡乡公所的所在地。当年，方志敏领导的闽浙赣（赣东北）苏区主力红十军曾经占领过江山县的廿八都镇。金庸最出色的武侠小说《笑傲江湖》曾经有几章写到“恒山派血战仙霞岭”“令狐冲大闹廿八都”，都是小说中荡气回肠的情节。

2019年，淡竹村也入选国家级“中国传统村落”，牌子就钉在村中心的周氏宗祠大门上。

遥想当年古道开辟后，北宋的王安石到福建去，走过这条古道，南宋的陆游、杨万里、辛弃疾、朱熹也走过这条古道，明代的徐霞客也走过这条古道。南明福王朱由崧弘光政权的兵部尚书、著名戏曲家、汉奸阮大铖，在降清后，为清兵前驱，攻打南明另一个政权——福建唐王朱聿键的隆武政权。为了表“忠心”，年过花甲的戏曲家阮大铖一路小跑，登上了海拔千米的仙霞关，结果在关口上，突发心肌梗塞猝死，就葬在仙霞关关城边上。阮大铖戏曲写得好，人品却不足道，也没人去凭吊他。

淡竹村的浙闽古道，经历代维修，部分路面已换成条石，但多数还保留古道的基本格局。尤其值得一看的是，历代淡竹村民在古道两侧种了很多树，以柳杉、红豆杉、枫树和香榧居多，高的有四十多米，树身粗壮，要三四人才可合抱。这样的古树，淡竹村至今还保留了一百多株。古道与古树互相掩映，成为村中一大景观。

淡竹村后山是一片高达几百米的悬崖绝壁。地方政府在绝壁上修了一段栈道，做了观景台，每天有避暑的游人四五点钟就起来，上观景台看日出，成为村中另一景。

淡竹村对面还有一片悬崖峭壁，村民称为“洋犬石”。据当地人说，过去在悬崖绝壁边上还有一所寺庙，有僧人面壁修行。后来佛寺毁圮，仅存遗迹。这些文化资源将来都可以考虑做进一步的深度开发。

丹霞地貌——北斗崖和石姆岩

距离遂昌县城六十千米的高坪乡，有三张重要“名片”——万亩高山杜鹃、作为避暑胜地的海拔八百多米的各个高山乡村民宿、江南丹霞地貌——北斗崖和石姆岩。

石姆岩位于高坪乡和金竹乡之间，多年来就是本地一个重要风景名胜，也是一个本地重要的地理标志。既然来到高坪，怎能不去看看石姆岩?

从高坪乡政府出发，一路都很平坦，不过两三千米就到北斗崖景区（北斗崖景区包括了石姆岩）。作为遂昌县平均海拔最高的乡，高坪乡各村海拔大多在七八百米，大多位于群山环抱中的一片山间平地，所以好几个村子都叫“坪”，如高坪、茶树坪等。海拔高到千米以上，就会出现轻微的高山反应，对江南山民来说，就不太适合居住了。这片“坪”的最深处是一片高山，景区门口矗立着两片红色巨石——暗示这是丹霞地貌，上面标出“北斗崖”三个大字。

进景区后，坐缆车缓缓往上升，需要十几分钟，可见景区之高。从缆车往下看，在青青翠竹和郁郁苍松翠柳之间，时不时隐隐出现几处石砌小路，一座长长的缆桥，这是登山步道。估计步行上山需要两个多小时，坐缆车上山还是大大节省了游客的体力。就像登泰山，一般都是坐缆车上山，步行下山——泰山是我国自然和历史文化双重遗产，如果上下都坐缆车，只能看到山顶岱庙、“泰山极顶”那片景观，途中的南天门、中天门、十八盘、五大夫松等自然和历史景观就看不到了，不免有很多遗憾。

缆车到终点后，右边有一片较大的高山湖泊，这也是丹霞地貌山麓脚下常见的湿地景观。因为今年天气炎热，湖里水量不多。另一侧是新建的春夏秋三季滑草和冬季滑雪的场所。

从缆车终点到北斗崖，步行需要半个小时左右。有两条山路可走，一条较平缓，一条是走陡崖栈道。我们沿较平缓的登山路上行，最后一段是较陡的台阶，约有上百级，都是石砌台阶，难度不大，但考验耐力。盛夏天热，还好沿途皆绿树成荫。途中，我们选一树荫浓密处稍坐，小憩片刻，歇歇脚力，继续登顶。

终于到了山顶。北斗崖顶部是一片开阔的平顶，沿山顶悬崖做了一圈观光栈道，还有一个悬空挑出的大型U形玻璃栈道，全长大约有几十米。可能是维护不便，这一段时间没有开放，比较遗憾，没有体会到走高空玻璃栈道那种“玩的就是心跳”的感觉。旅游经济是一种体验经济，能让人全身心投入，能“吓我一跳”的，大多是好玩和有意思的。

站在北斗崖顶，四处望去，仿佛置身于群山的最高处，一览众山小。北斗崖这个名字取得不错。

前方不远处就是石姆岩，还有大钟岩，都是典型的丹霞地貌。“风蚀雅丹，水蚀丹霞”，“雅丹”一词源于维吾尔语，雅丹地貌属于风蚀地貌，在我国主要分布在干旱的西北地区，是在罗布泊、古楼兰一带首先发现和命名的。雅丹风蚀城堡景观奇特，怪石峥嵘，号称“魔鬼城”，北魏郦道元在《水经注》里就有记载，叫“龙城”。

丹霞地貌在我国分布更广，主要是水蚀地貌，在南方广泛分布。最早是1928年，由前辈地质学家冯景兰先生在广东省仁化县（今属韶关市）丹霞山首先发现并命名，主要是红色的沙砾岩被流水长期侵蚀风化形成。因为“色如渥丹，灿若明霞”，故名“丹霞”，是非常具有汉族构词特征和美感的地质学术语。闽浙赣交界处的武夷山就是典型的丹霞地貌，主要特点是平顶、陡崖、缓麓，红色砂砾岩，丹山凸起，奇峰耸立，映衬在南方的碧水蓝天和绿树丛林之中，极具游览和观赏价值。

记得小时候，看过香港一部比较另类的武侠片——钟楚红主演的《碧水寒山夺命金》（1980 年，杜琪峰执导的第一部电影），就以武夷山为主要外景地。20 世纪 80 年代，内地香港合拍的武打片、蝉联几届南拳冠军的邱建国主演的《南拳王》（萧龙执导，1984 年，华文影业公司）中，南洋华侨“南拳王”林海南和红船子弟相伴到福建南少林深山习武，那一段也是在典型的丹霞地貌——武夷山九曲溪拍的外景。遥想当年，碧水丹山、侠义英雄，刚猛的南拳，伴随着叶振棠那激扬热烈的豪放派粤语歌曲《遂我英雄愿》，激动了多少港台和内地少年的心！可见，丹霞地貌碧水丹山的美景早已被各路电影导演所钟爱。

顺便说说，最早命名丹霞地貌的冯景兰先生（1898—1976）是中国地质大学（原北京地质学院）的建校元勋之一，我国第一代院士（学部委员）。冯景兰先生从美国哥伦比亚大学硕士毕业后回国，从事地质研究和地质教育长达五十余年。他是我国地质学界的元老，矿床学的奠基人。他哥哥冯友兰（1895—1990）是我国著名的哲学家，中国哲学史的奠基人之一，著名学者刘文典教授称冯友兰是当代中国“三个半”懂《庄子》的哲学家之一。冯友兰先生以一己之力、穷十年之功，写出了七卷本皇皇巨著《中国哲学史》，了却平生夙愿。冯景兰先生的妹妹冯沅君（1900—1974）是著名的古典文学史家，她与先生陆侃如合著的《中国诗史》，影响了几代学人。当年，我到青岛开会，专程寻访了冯沅君、陆侃如夫妇在青岛山东大学（校址今为中国海洋大学）任教时的故居，保护得很好——附近还有老舍故居、闻一多故居、康有为故居、熊希龄故居……距离都很近。

南方丹霞地貌是以武夷山为中心，沿两侧分布，北延到浙江江山市的江郎山——这里有明代心学创始人湛若水（广州增城人，号甘泉先生，王阳明的前辈）题写的“壁立万仞”摩崖石刻，为之增色不少；南到南岭广东仁化的丹霞山。江西贵溪的龙虎山既是典型的丹霞地貌，又是中国南方道教的总部——天师道的大本营，历代张天师（西汉开国元勋、留侯张良的后裔）的府第，《水浒传》故事发生的“源头”，“洪太尉误走妖魔”的地方，也因为丹霞地貌而列为中国第八处世界自然遗产。另外，近年名气很大的甘肃临泽县（今属张掖市）的“七彩丹霞”位于西北干旱区，虽然面积广阔，视觉壮丽，但没有“平顶、陡崖”，不算是很典型的丹霞地貌。

我们遂昌的地势主要属于武夷山的支脉——仙霞岭，丹霞地貌也有广泛分布。除了北斗崖、石姆崖外，还有一处在遂昌县革命老区王村口镇的独山古村（有明代石牌坊、叶氏宗祠），村口有座“独山”，孤峰凸起，耸立在乌溪江畔，人称“小赤壁”。1935年，红军挺进师师长粟裕、政委刘英率部转战浙西南，一度曾经把指挥部设在独山；另一处是遂昌、松阳两县交界处赤岸村的万寿山，也属于丹霞地貌，太平军石达开的一支部队曾经一度驻扎在那里。万寿山山顶也有古寺一座。

沿另一侧陡峭的步道缓步下北斗崖，在山麓处有一个凉亭，往右走是回下山缆车，往左走是通往石姆岩方向。

从北斗崖山麓往石姆岩，有两条路，左侧是新修的步道，都有台阶，通往观看石姆岩的四层观景台；右侧是没有修过的古道，通往石姆岩古庙。正确行走路线是从右侧古道走，如果从左侧新修的游步道走，无疑会错过石姆岩古庙，那是游人的一个巨大损失！

古道比想象的要宽一些，是历代砍柴、采箬叶、采药材和进香人用鞋底踩出来的路，也经过历代热心于修桥铺路的地方公益人士的不断维护，较陡的路面大多铺了一些石砌台阶。

沿古道走约十分钟，转个弯，就看到一片石岩矗立在眼前。山形巍峨，陡崖处自上而下，壁立千仞，崖壁没有草，没有树，能看到构成山体的红色砂砾石原貌。石姆岩下，有一处水蚀形成较大的岩穴，后人在此修建了一座石姆岩古庙。

古庙内部主体部分大约有三四十平方米，外墙涂成一片粉色，显然是后来重修者缺乏文化感和古典审美观所为。两侧石穴还残存一些断壁颓垣，是全盛时期的石姆岩古庙，面积相当大，可能还有供香客夜间住宿的厢房。古庙上方岩壁上，有“寿星仙岩”四个大字，用白漆写成，繁体行草，估计是当年旧题，没有落款，没有刻为摩崖石刻。古庙外侧是一对石狮子，雕刻细致，因年深日久，外表已呈黝黑色，已有些风化剥落了，显得古意盎然。古庙外还有石砌台阶和石砌花纹地面，都已成黝黑色，估计是明清时修建的古庙残存旧物，沧桑感很强，样貌颇为古老。

古庙前还有两座新的青铜小塔，做工粗糙，和古庙风格不符，和当下很多维修基金不足的民间小庙类似。

佛教刚传入中国时，僧人惯常的修行方式是“穴居岩处”。不过，石姆岩古庙与其说是一座佛教寺庙，不如说是一所小型道观，或者像很多民间小庙，非佛非道，亦佛亦道，比较典型地折射出中国人实用主义的神道观。北方道教——全真道的创始人王喆（王重阳）在陕西终南山修行的“活死人墓”，其实也是这样的岩穴，经过金庸小说神来之笔的塑造，成为北方新道教（不同于江西龙虎山的南方天师道）大本营和武林圣地之一。

和很多丹霞地貌一样，这个陡立的红色孤峰实际上是古代生殖崇拜的象征物。石姆岩古庙里供奉了很多神像，做工虽然粗糙，仔细看去，除了左右两侧神龛上供奉的土地和山神之外，主神龛上供奉的绝大多数是女神像，既有佛教的送子观音，也有道教的送子娘娘、金光圣母等，还有其他林林总总十几位女神，多与生殖崇拜、医药之神等有关。

生殖崇拜是世界各文明最早出现的原始崇拜之一，无论作为个体的人还是人类整体，“生”和“死”都是人类的终极问题，也是文学艺术的永恒母题之一。只有参透了生死，才能达到人生的“达观”和文艺的自由境界。古希腊神话的第一位女神就是管生殖的大地之母——盖娅，古印度的大神“湿婆”也是生殖之神，古老的瑜伽术也与生殖能力有关。战国时期，儒家学派大师孟子也坦率讲过“食色，性也”。可惜，古代生殖文化在中国大多数时期被认为不登大雅之堂，文人学士因其有伤风化，避之惟恐不及。

最早系统研究中国生殖文化的，居然是荷兰著名汉学家高罗佩（1910—1967）和他的名著——《秘戏图考》，1952 年在东京完成。国民党大佬俞大维 1986 年在台湾出版该书时，还被指斥为“有伤风化”，被当局所禁。1992 年，中国内地公开出版该书，加上各种盗版，据说有几十万册。十年后，高罗佩在荷兰出版了更宏伟的著作《中国古代房内考》。当然，高罗佩最为国人熟悉的著作是他以西方人的视角写的、又高度中国化的小说《大唐狄仁杰断案》，已改编成好几部电影、电视剧。在中国小说史上，高罗佩的《狄公案》与《包公案》（宋代包拯）、《海公案》（明代海瑞）、《施公案》（清代施世纶）并称中国古典“四大公案小说”，而最具有现代性意义和心理分析价值的，似乎还是这位荷兰汉学家所写的《狄公案》。

在古庙一侧的桌子上，还摆着几摞香烛和草纸，标了价格，有心的游人可以自捐、自取、自烧。另一侧还摆着两张桌子，几把椅子，一些茶具、水壶，甚至还有茶叶，没有庙祝看守，估计是方便前来游览的香客自我服务的。

让我惊讶的是，古庙里居然还搭着一顶双层野营帐篷！难道是方便前来求子的人，夜里在此住宿，以便祈愿求子的吗？当然，这也让人联想到宋元明清历代话本小说中，妇女们为了求子，在古寺留宿的无数故事，以及或香艳、或恐怖的种种场景，比如《火烧红莲寺》之类。深山古庙，观音送子，男女双修，应该是发生过很多动人故事的。将来有机会，绝对可以在此拍一部精彩绝艳和惊险刺激的古典爱情故事。

据高坪、金竹一带乡民说，以前每月初一、十五，经常有人去石姆岩古庙烧香；有时碰到特定节日，还有人来此“打醮”——这是一种南方比较盛大的民间祭祀仪式。

有机会走到石姆岩古庙的游人很少。在我观察古庙的半个小时里，只偶尔有游人路过此地，是几个年轻的温州游客，背着行囊。他们看了一眼这座貌似颇为简陋的乡村古庙，没有进来细看，很快就走了。

从石姆岩古庙继续往前走一小段，就接上那条新修的步道；沿着步道再走一段路，就到了四层观景台。上到最高一层，眺望四周，北斗崖、石姆崖、一线天都在眼前。天空晴朗，艳阳高照，青山苍翠，丹崖高耸，无论从哪个角度看，都是一幅幅精美的图画，视觉效果极佳。盛夏季节，太阳仿佛就在头顶上照着，离我们距离很近。幸好沿途植被茂盛，草木葱茏，除了少数地段裸露在阳光下，多数栈道两侧都绿树成荫，太阳的热度经过树林绿叶层层过滤，降低了很多。

四层观景台附近还有一条小径，比石姆岩古道要狭窄得多。小径两边长满高大的杂树，低处还有无数箬叶。因人迹罕至，落叶满地。由此往前，是另一个景点“一线天”。这是两座陡立的丹霞山，中间有一条狭窄的石缝，是经过长期水蚀而形成的，也是地理奇观。景区新修的步道没有延伸到这一段，估计是等二期工程继续开发。

有报道说，2010年，广东仁化的丹霞山、江西贵溪的龙虎山等南方六大丹霞地貌，已经以“中国丹霞”的名义，列入世界自然遗产名录。那么，遂昌县的石姆崖、独山村的独山、松阳县的万寿山等，似乎也应该联合去申报国家地质公园，并进一步成为科普教育和青少年地质地理研学活动基地。

石姆岩古庙还可以进行深度加工，拆除过于现代的元素，恢复它作为人类原始崇拜和民间祭祀的古老风貌。

民宿故事：好客的老板和有故事的客人

七八月份，正是最热的季节。我们和高坪乡茶树坪村的小傅预约，到他家开的农家乐避暑。小傅有五十出头，依然满头黑发，貌似三四十岁的样子，尤其是他八十岁的父亲老傅还健在，只能叫他“小傅”了。他家在茶树坪新村开的“上溪农家乐”，能住近二十人。不过，我们去的时候正是外地游客来高坪乡各村避暑最多的时候，他家早已住满。幸好，他嫂子也开了一家“和谐农家乐”，挤出两间给我们，幸甚！

父母年龄大了，腿脚不便，傅家嫂子给他们安排住一层，非常凉快！中午最热时也不用开电扇。我住三层，也几乎不用吹风扇，晚上还要盖薄被，屋子里的空调纯属摆设！三层外有个很大平台，可以晾衣服、晒被子。四层只有半层，没有建房，相当于隔热层，设计不错！

窗外就是青山翠谷，山上满是青青翠竹，间有苍松翠柏，还有本地常见的柳杉，都高大挺拔，仿佛周围空气都洇然成绿色的！窗外阵阵清凉，还有竹子、松树、杉树的清香，扑面而来，沁入心脾，确实是远离城市喧嚣，洗肺和养生养心的好地方。

透过窗户，看着青青翠竹，仿佛

是一幅图画，很像台湾导演李安的《卧虎藏龙》（2000年，周润发、杨紫琼、章子怡、张震、郑佩佩主演，奥斯卡最佳外语片）在浙江安吉县天目山大名鼎鼎的“浙西竹海”取的外景地，充满了构图的美感和强烈的造型感，窗户本身就是一个构图的画框。

小傅的农家乐位于茶树坪通往高坪乡政府的乡村公路边。吃饭在房子外增建的一个凉亭，摆了三张大圆桌，坐三十几人还是很宽敞。过了两天，小傅家终于腾出两间房，我们住了进去。窗外依然是青山翠竹，另一侧面向一条清清小溪，山谷凉风习习，《诗经》云：“谷风习习。”横跨小溪有三座小桥，在大桥洞下摆一张小桌，几把椅子，下午和傍晚，在桥洞纳凉，沏壶本地高山茶，翻几页书，仿佛全身心融化在这天地间，真是给个神仙也不换！

年届八旬的老傅，大名傅代金，是茶树坪新村最老的住户，也是清初福建汀州府上杭县客家移民的后裔，也说一口几百年前的“汀州话”，遂昌本地人称为“福建腔”。20世纪80年代中后期，他从茶树坪村搬到这里。当年，这条从高山上流下的小溪落差比较大，小溪转弯处，村民利用水力，曾经建有好几个纸槽作坊，用本地盛产的毛竹制作土纸，他的住宅就建在这样的地方。老傅说，在人民公社时代，他除了种地，还兼生产队的会计，村里的赤脚医生等，要做好几个人的工作，所以别人一年挣三千多工分，他能挣六千多工分。不然，三个儿子怎么培养出来！老傅心灵手巧，精通竹编工艺，他编的竹篮等还是本地的非物质文化遗产，获得过县里的奖励。现在家里做民宿了，还有些避暑的游客请他开些调养身体的中医土方。他三个儿子，两个在附近盖了新房，经营民宿，小儿子读了大学，在丽水学院工作，还当上了教授。

二儿子傅长富是见过世面、受过教育的现代农民。他曾经做过一任茶树坪村的村主任，现是还兼高坪乡卫生院的驻村医生——类似于城里的社区医生。他是本地最先开始经营农家乐的农户之一，当年参加过县里组织的考察团，去浙江较早经营农家乐的安吉、衢州等地参观学习。那时，县里为了鼓励农家乐，要求有条件做农家乐的农户对新住宅进行改造，每个房间都新建了新式卫生间；还提出“一户一景（亭）”，当年还给予一部分补贴。他家用作餐厅的凉亭就是这样建起来的。

本地农家乐经营者都说，高坪的农家乐能风风火火地做起来，要感谢两个人：一个是浙江杭州大成职工疗养旅行社的老总——胡宪章，他最早发现了高坪这个避暑胜地，组织本系统的职工一批一批来此避暑疗养。那时候，高坪的乡村公路还是砂石路面。后来，胡总自己来疗养时，高坪那些“资深”民宿老板还对他说，应该在高坪的某个地方，给您树个雕像，不能忘了您啊！还有一位是曾经担任过高坪乡党委书记的孙培莲女士，现在是县委常委、统战部部长。她在高坪乡担任书记时，敏锐地发现本地发展乡村旅游和农家乐的未来前景，大力加以推广，把几户农家乐发展为上百户，终于形成一个良性循环的产业。后来，我回城参加县里的一个聚会，刚好孙部长也应邀参加。她很肯定地说，是的，茶树坪村是高坪乡最早开始经营农家乐的，又是从该村海拔最高的自然村——桃源村开始，向其他各个自然村延伸。她 2010 年到 2012 年在高坪乡担任书记，敏锐地感觉到乡村旅游和避暑胜地的前景，积极把它往产业化方向引导。在任期间，她通过组织培训、给予适当补贴、进行民居客房宾馆化改造等多种方式，使高坪乡的农家乐由最初的五个床位，发展到五百个床位（现在已经有几千个了），为本地文旅产业、康养产业和以后的产业升级奠定了基础。此外，山区民风淳朴，政府和乡民关系融洽，乡党委、政府拥有很高的威信，号召力极强，这也是高坪乡能迅速动员，形成合力，在很短的时间里就能把避暑产业做成现在这个规模的重要原因。这应该是乡镇工作中发展经济、处理党群关系、干群关系时值得深思和借鉴的。

小傅的夫人卜凤媛是本地最具有亲和力的农家乐老板，也是遂昌县、丽水市的名人，每年都有县市，甚至省里的报社、电视台来采访她。她说，2013 年，她在政府号召下，开始把自己的房子改造成农家乐。最初，她家曾接待过一批永康来的客人，她像接待贵客一样接待他们，彼此相处非常愉快。以后，这些客人每年都约亲戚、同学、朋友来她家避暑度假，有的客人已经连续九年在她家的民宿度假，真是金杯银杯，不如老百姓的口碑！后来，客人带客人，越来越多，她一家住不下，就介绍给周围的邻居。后来，她嫂子也开始经营农家乐，另外从茶树坪村里搬下来几户也都盖了房子，经营起农家乐，有口皆碑，都是客户源源不断，生意火爆！

卜凤媛老板家的菜大多是自己菜地里种的高山蔬菜。有的村民不具备经营农家乐的条件，就多种蔬菜，饲养土鸡土鸭土猪。这里，农村每一条“源”（同一条山谷、一条小溪连缀的一串村子）里都有几个农民，每天开着农用小四轮，沿着乡村公路来出售本地出产的菜、肉，本地产和外地批发来的水果等，供民宿老板和游客选购。一辆小四轮就相当于一个流动的“市场”，也可见浙江人善于发现商机，能积极创造市场，做生意的头脑无比活络！

卜凤媛老板家的民宿，炒菜都是用柴火烧，这在城里早已消失多年了。卜老板说，柴火锅大，一锅炒出的菜，能分装三四盘；火也旺，炒出来的菜香，入味，好吃。遗憾的是，永康客人大多不吃辣，而高坪是深山区，山高雾大，湿气重，本地乡民几乎每菜必辣，无辣不欢；客人们不吃辣，她的很多炒菜绝活都施展不出来，只能象征性地“点缀”一下，颇为遗憾。农村大锅锅灶里还装有一个隐蔽的“热水器”，一边炒菜，一边用锅的余热烧水，一个多小时，菜炒完，同时能烧开好几壶开水。

在傅长富和卜凤媛夫妇经营的小溪农家乐那几天，我们和那批永康客人朝夕相处，认识了不少很有故事的人物。父亲认识了一位义乌来的老干部，八十岁了，善于学习新事物，智能手机玩得很溜！两人一聊之下，发现都是20世纪60年代从部队转业到第二机械工业部的，原来是老战友！只是过去属于二机部下属不同的分公司，真是有缘千里来相会！两位老人都喜欢下象棋，棋力也差不多，棋逢对手，每天下午杀上几盘，时光就这么静悄悄地从指缝间流逝了。

年纪最大的一位老同志，九十岁了，金华人，是志愿军老战士。当年解放军二野四兵团南下解放浙西南时，他刚初中毕业，就参加了陈赓大将的第四兵团，后来去了朝鲜战场。因为他有文化，部队让他做教员和防疫兵。三年后回国，部队送他去军医大学学习。五年毕业后，分配到云南省军区做军医。他眼不花，耳不聋，精神很好，每次饭后必抽一支烟。每次我从三楼下来，都看到他在二楼客厅里，用手机看书，手机用支架架在桌子上，可谓活到老，学到老，也印证了“人的衰老从大脑衰老开始”这句话，只要大脑还在积极运转，就是健康的！他夫人是成都人，八十七岁了，原来也是军医。老太太风度气质极佳，说话嗓音细润，语调婉转，言辞优雅。我是中文系毕业，也学过一点语言学，虽然做不到像英国著名幽默作家萧伯纳的歌剧改编的好莱坞歌舞片《窈窕淑女》里，语言学家赫根斯教授那样精密的辨音水平，也还是能辨别出她说话时，语音语调中尚带有微弱的“川普”，颇有韵味。

还有一位永康国土局的退休干部，六十五岁，身材魁梧，服饰整洁，相貌堂堂，头发几乎还都是黑的。他也是从部队转业的，在部队做过测绘工作。他心灵手巧，三天两头就约几个游客，自己买些肉、菜，给全体客人做馒头，做永康饼，包粽子。他一边做，一边说，馒头要怎么做，才不用刀切；永康饼要怎么做，才不发硬；煮粽子是先放开水还是放冷水，口感和味道有什么区别，他口里说着，手上做着，大家边听边学，都极度惊诧于他生活经验之丰富和烹饪技艺之高超！他说，夫人去世十五年了，他也无意再婚，多年来都是自己照顾自己，反复尝试，总结出来丰富的炒菜做饭经验，全在这些不起眼的细节里。我们惊诧他伉俪情深，他说，也没那么高尚，就是假如再婚，那样的家庭夫妻、子女关系都不好处，还是一个人过好，简单利索。

他们的言行举止都使我想起南宋以来，浙江兴起的“婺州学派”（金华）和南宋状元、永康人陈亮（字同甫，辛弃疾好友）开创的“永康学派”，还有小傅嫂子家住的那批温州客人——也算“永嘉学派”吧。言谈举止中，他们都崇尚实际，讲究功利，不务虚名，颇有浙江人的商业精神和侠气。虽然他们不一定读过吕祖谦、陈亮、叶适等思想家的著作，却在精神气质和为人处世方面，不期然留下了诸多浙江前辈的“痕迹”，这些都构成了浙江人独特的文化性格，也是浙江人在这一千年和一百多年近现代史上，能够比较从容地进行现代化转型的精神动力和智力支持，是非常值得当今的文化学者做更深入研究的。

他们每一个人都有自己的故事，如果用回忆录记下来，都是一个时代变迁的“口述历史”，都是浙江人性格的生动写照，构成了“文化浙江”的一种景观。

卜老板说，她们经营农家乐，客人来避暑最晚到九月份。金秋十月，她也要和先生一起到外面旅游度假，放松心情，顺便学学外地办农家乐的经验啊！

我记得过去有位县领导曾经说过，遂昌的经济瓶颈还是缺少大工业支柱。这话当然很对，不过，工业、科技需要集约经营，作为县域经济，不能搞“小而全”，可以集中在特定的工业科技园区。在高坪这样的乡村，搞现代农业，文旅产业，康养产业，使本地乡民摆脱小农经济和作坊式的小手工业，既保护了青山绿水，又留住了乡村记忆，还让农民扎扎实实地富裕起来，多好！现代化也要因地制宜，藏富于民才是王道《战国策·秦策》记载，商鞅当年西入秦，游说秦孝公，曾经列举过“帝道”“王道”“霸道”三种国家发展模式，秦国选择了能短期强大的“霸道”，六世而统一天下，却二世而亡，“其兴也勃焉，其亡也忽焉”。从本质上讲，中国的农业、农村、农民实现了现代化，中国才算真正完成了现代化。

云上高坪的乡村生机勃勃，而美丽乡村的建设模式还在继续探索和不断丰富完善。

阙建华，中国自然资源作家协会会员，中国地质大学（北京）人文经管学院文学教研室主任，自然文化研究院文学研究所所长。曾十二次荣获中国地质大学（北京）“我爱我师”十佳教师称号，获十佳教师“终身荣誉奖”。

从江西出发

李 曼

一

宾馆的门被推开，一名六十开外的女子风风火火地进来，一边擦汗，一边高声说，她打完太极拳就赶过来了。我惊得睁大了双眼：这么小的个头！目测过去，她大概1.5米多一点儿，皮肤不白。她叫英瑛，曾是一名地质队的女钻工。

我在地质队生活工作了五十多年，尽管我没上过机台，没在深山老林里打过钻，“钻机”和“钻工”这两个名称，却与我有千丝万缕的联系。我所在的地质队于20世纪60年代初建队，就是以钻探为主业的。我认识的女钻工，在野外工作了一段时间以后，也如英瑛这样大嗓门。不过我的社交圈子有限，我还没有见过像英瑛个头这么小的女钻工。我不能把我的诧异说出来，我知道，女人都很在意自己的个头。虽然眼前的英瑛已年过六旬，我仍然要把那些不该说的、不该问的话咽下去。

然而，我实在无法将英瑛和女汉子般的女钻工关联起来。我担心联系采访的同志弄错了，这个英瑛是不是与我要采访的英瑛同名？眼前的英瑛，别说能否抬起40公斤左右重的钻杆，她能自如地用扳叉扣住钻杆吗？她敢爬上23米多高的钻塔吗？一连串的问题从我的大脑涌出，演变成我疑惑的表情。这表情撞上了英瑛的眼神，她不介意，爽直地告诉我，1976年，她18岁刚上机台时，关于1.53米的身高有过一段趣话。

野外钻探工作，在地质队属于繁重体力劳动，抬重物，爬钻塔，噪声大，条件差，风险高。对男同志来讲，都需要有一副好身板，有足够的力气和胆量，否则很难胜任，更别说女同志了。今日的采访，我将倾听英瑛的讲述，想知道70年代中期，和英瑛一般大的那些如花似玉、满脸稚气的姑娘们，在人迹罕见的荒漠戈壁、崇山峻岭，风餐露宿、栉风沐雨，她们都曾经历、遭遇过什么呢？

二

1976 年 2 月，为加速勘探步伐，经国务院批准，在安徽开展庐枞铁矿大会战。大会战以安徽省地质局 327 地质队为基础，组建了庐枞铁矿会战指挥部，先后汇聚江西省地质局 909 地质队、陕西省地质局第二物探队、中国科学院华东地质研究所、武汉地质学院（现中国地质大学〈武汉〉）、合肥工业大学等单位的 3000 多名地质工作者，50 多台钻机赴安徽庐江，开展了罗河矿区多兵种联合作战。

正逢高中毕业的英瑛，通过地质队内招成了江西局 909 地质队（1998 年重组为赣南队，现为第二地质大队）的第二代地质人，也成为了第一批赴罗河矿区，参加大会战的“女子三八钻”的一员。沉浸在穿上工装喜悦中的英瑛，接到马上要去距离赣南 1700 多里之外的安徽工作的通知，兴奋、喜悦、忐忑交织在一起。这可是她第一次离开父母，离开家门，走出江西呀!

3 月份，1300 多名地质、钻探、后勤以及机关工作人员，乘坐解放牌大卡车，从赣州经九江、安庆抵达罗河矿区。途中，大家就像印度电影《大篷车》中描述的那样，挤挤挨挨、颠颠簸簸好些天才抵达目的地。

70 年代，地处长江三角洲的安徽，人们生活很苦。那年又受唐山大地震的影响，909 地质队到达安徽之后，职工们分散居住在 300 多个农民家中，还有的住在用篾片搭建的防震棚里。住处最远的距工作地点有 20 多里路。

从江西的地质大院到点着蜡烛和煤油灯的简易房，他们得克服水土不服、气候不适应等各种困难。进入 10 月份，才过中秋，气温骤然降至零度。往年这个时候，在气候温暖的赣南，大家穿件衬衫都感觉微热；而在罗江，姑娘们把洗好的衣服晾出去不到 5 分钟，衣服就冻成了硬邦邦的大冰块儿。呼啸的寒风把防震棚和钻塔的帐篷吹得发出瘆人的怪叫，让这些初来乍到的江西地质人即使穿上毛衣，也冷得直打哆嗦。添一件棉袄仍冻得不行，再套上一件，还是冷。浑身裹得像粽子一样，依旧难抵严寒。到了 12 月份，大雪纷飞。第一次看见下大雪，大家好兴奋啊！夜里睡觉就惨了，被子捂了大半宿都是冰凉的。等到天亮，厚厚的积雪不仅把竹篾子门给堵了，她们的床底下也都是雪。大家都猫在被窝里不想起床，机班长就喊“一二三，快起床！一二三，快起床！不然要迟到了！”一听要迟到了，大家都跳起来，生怕挨批评。

激情燃烧的年代，人们思想质朴，无论男女老少，对工作均充满“革命加拼命”的干劲儿，个个都怀揣不服输的念头。平整场地、竖立钻塔、钻机入场、起钻取芯，均需人拉肩扛。

“没有条件，创造条件上；遇到困难，迎着困难上；争分夺秒，抢着时间上；土法上马，因陋就简上；破除迷信，打破框框上”的大庆“五上”精神，贴在墙上，更落实到了行动上。

参加会战人员当中有不少新工人，一部分是刚高中毕业的学生，一部分是下放回城青年，还有一部分从地质系统外招而来。男职工组建的机台叫“青年号”，女职工组建的机台叫“女子钻三八”。

青年钻工培训大概过了半个月，主管领导在会场把大手一扬，高声说道，这一边的上机台，那一边的去食堂。会场顿时炸开了锅，被叫去食堂的姑娘们没能风风光光地上一线，垂头丧气，当场就哭了；被安排到机台的丫头们则兴高采烈，一蹦三尺高，又是唱又是跳，闹腾了一宿。在农村下过放的女青年年龄稍大，比学生妹“见过世面”。见“学生妹”欣喜若狂，连晃晃悠悠的帐篷，都被她们折腾得快撑不住了，就板着脸喊：“吵死了！吵死了！还睡不睡觉啊？”

英瑛的爸爸是 909 队第一代地质人，深知地质工作的艰苦。妈妈是医生。夫妻俩生有三个儿女，英瑛排行老二。在大讲奉献的年代，人们野外作业的防护意识普遍淡薄，英瑛的父亲为此落下了职业病——矽肺病。想着女儿刚参加工作就要远赴安徽，英瑛爸爸着实放心不下。那时许多家庭都不骄纵孩子，也没条件视自己的孩子为“掌上明珠”，但英瑛毕竟是自己的亲生女儿呀！她个头小，一旦上机台工作，会有许多意想不到的困难等着她。去安徽之前，父亲对英瑛千叮咛万嘱咐，想让她围着灶台转，不希望女儿做一个整天满身油渍、灰头土脸的女钻工。当着父亲的面，英瑛没吱声。

钻探工作又脏又累，还潜藏着危险性，这在地质队是众所周知的。但英瑛不清楚，这份工作究竟苦到什么程度。蓝天白云、巍巍钻塔，与田野、山川构成了一幅波澜壮阔的美丽画卷，在生龙活虎的青年地质工作者心中，催生出无限的憧憬和遐想，激发了英瑛强烈的好奇心。起初，她的确如父所愿，被安排在食堂工作，但她不想被人照顾，不想当炊事员。在“女子能顶半边天”“男同志能做的事，女同志同样能做”“找大矿，找富矿，我们行”的浓厚氛围中，她藏起了父亲的叮嘱，一心只想亲身体验站在塔顶的勇敢和浪漫，到会战指挥部之后，坚决要求上机台。领导被英瑛的执着感动，答应了她的要求。经过一段时间的学习培训，英瑛的操作技艺进步很快。

有一次，检查组上机台，远远地就听见钻杆“嗖嗖嗖”往下钻进的声音，纳闷却看不见操作的人，误以为是当班人员擅离职守，正想进行严厉批评，走近一看，才发现全神贯注的英瑛正操作刹把。检查组的同志忍不住哈哈大笑，竖起大拇指，夸英瑛动作快，反应灵敏。这个消息传回了瑞金，英瑛的父亲心有不快，埋怨领导没照顾自己瘦小的女儿，要求重新安排女儿的工作。领导这才恍然大悟，解释说，原以为英瑛上机台，是全家人商量好的，没想到是孩子“自作主张”，表示理解英瑛的父亲，答应重新安排英瑛到工区食堂工作。谁知，倔强的英瑛不想离开一线当“逃兵”，坚决不肯去食堂上班。那年代，路况不好，交通不便，从赣州到庐江一趟单程，就得花去好几天。面对女儿的“先斩后奏”，父亲不能赶赴安徽当面说服，既担心又欣慰，欣慰的是自己的女儿能主动接受生活的磨砺了。

为了确保钻探工人吃上健康营养的工作餐，会战指挥部十分重视食堂工作。“安徽的红薯真好吃呀！熬出来的红薯汤又香又甜，吃多少都不腻，吃得我们的嘴都黑了。”英瑛沉浸在对往昔岁月的追忆中，仿佛 40 多年前在罗河的青春岁月，都化成了红薯的香味，留在了唇齿边。

机台工作实行“三班倒”“四班倒”，大家在轰鸣的钻机声中交流工作，得扯着嗓子高声喊话。时间长了，那些原本娇嫩的花季少女，便锤炼成了“巾帼不让须眉”的“铁姑娘”。白天，大家伙儿一起下套管、起钻、取芯，整日里忙忙碌碌心无旁骛。到了夜里，钻塔昏暗的灯光和闪烁的星光交汇，不免让疲惫的姑娘们生发出思乡之情。不知是心理因素，还是什么原因，每次轮到英瑛上夜班，她就肚子疼，却还是忍着。

我问她，同伴会不会说她有意找借口装病，不想上夜班？英瑛摇摇头。野外钻探工作虽然艰苦，但当时整个大环境都是那样，几乎没有人对生活产生不切实际的奢望，而是“理所当然”地接受了生活的简陋与素朴。几十号人又都来自江西，从一个地质大院走出来，要么是彼此熟悉的发小、同学，或是一起在农村插队的知青，即使是外招来的新工人，大家伙儿很快也就认识了，在矿区形成了一个特殊的团体，相当于组建了一个新的大家庭。集体生活，让这群乳臭未干的孩子们感到友善和温暖，他们把地质队相互关爱的淳朴民风也带到了机台。

三

和英瑛同赴安徽的曾德荣是 909 队小有名气的女劳模，曾连续获得两届全国“三八红旗手”称号，被誉为“铁姑娘”。如今六十开外的她，皮肤黝黑，带着几分腼腆。她的同事告诉我，曾德荣性格内向，不爱说话，担心我从她那里问不到什么。承载记忆的墨盒渐渐打开，她略带紧张的情绪放松不少，竟超乎寻常的健谈，动情处眼里不仅闪着剔透的光，还“嘿作嘿作”声音洪亮，比划着唱起了当年的劳动号子。

首次成建制组建的909队“女子三八钻”，是时代的需要，也是安置职工子女的重要举措，最初由四十多个如花似玉的姑娘组成，同时安排了三个经验丰富的男顾问指导“三八”机台的工作。接受钻进技术培训时，师傅们要求大家向大庆学习。那时他们都没去过大庆，只是通过报纸、广播了解大庆精神，用实际行动诠释大庆精神。按照“领导在场和领导不在一个样；白天和黑夜一个样；下雨和晴天一个样”的要求，姑娘们从小事入手，从现场管理入手：柴油机大概800公斤，几个没有足够臂力的人是难以抬起来的。这些不服输的蛮丫头却不请力气大的男同志帮忙，完全是自己动手安装设备、抬钻杆；生产过程中产生的废料、垃圾，她们做到了即产即清，使作业场地看不见尘土，钻杆也摆得整整齐齐；每次起钻前，她们都用干净的抹布把每一根钻杆擦得锃亮，生产场地倒是干干净净了，她们身上的工作服却被油渍和四处迸溅的泥浆沾了一身。旷野的风拍打着姑娘们细嫩的肌肤，在日光、月光与星光交相辉映中，她们将花季中的娇气与任性渐渐转化成了蛮劲和豪气。

机台工作单调、辛苦，特别是夜里在空旷之地上守场，“青年号”一般只安排一个男青年；“女子三八钻”最多也不超过两个人，不免让人感到胆怯。为了排遣野外钻探工作寂寞，那个年代的钻工们会相互取绰号（外号）打趣，比如老铁、老钻、阿古、阿三、大马、大刘、老东北、湘妹子、眼镜、卷毛、扁头等等，大家伙儿相聚甚欢。有些绰号不仅被同事叫了几十年，当事人的丈夫（妻子）也叫，弄得其本人似乎都忘了自己的本名。

年轻时的曾德荣胖乎乎的，同伴都叫她“胖子”，她憨厚地笑，不生气。不过，当领导来机台检查工作，身上和脸上都“挂花”的曾德荣就担心了，怕人笑话自己又胖又脏，便红着脸爬到十多米的工作台上去干活。

十七八岁的姑娘们初次离开家，离开了父母的呵护，并没有完全脱离稚气。有一次，食堂的水管坏了，大家到很远的地方去提水。一个女钻工的父亲在修配车间工作，她约上曾德荣到修配车间去洗衣服，没有向机长请假。等到洗完衣服已经是中午，女钻工的父亲把她俩留下吃饭。那一边，机长和同事大半天不见俩丫头的身影，都以为她们失踪了，焦急万分，四处寻找。待她俩归队，气得机长跳起脚来骂她俩“你们死哪去了？”狠狠地批评她们无组织无纪律，责令她们写出书面检讨。曾德荣吓得胆战心惊，这才意识到问题的严重性。从那之后，她严格要求自己，不敢再出差错。

一段时间以后，姑娘们对钻探工作的新鲜感也慢慢淡去。毕竟整天和近百吨的钻机这个庞然大物打交道，又脏又累，噪声还大。最让姑娘们难受的是，每个月的生理期腹痛难忍，机台附近还没有合适的地方更换卫生纸。“轻伤不下火线”，谁都害羞，不好张口请假，而是咬着牙继续下套管、抬水泥。她们穿着半干半湿的内裤没有停歇地干着，不少丫头大腿之间由此磨破了皮，夜里痛得躲在被窝里偷偷地哭。等到天亮，她们又擦干泪水，穿上了工装。

在钻井队工作，不仅要勤奋，能吃苦，不怕脏，不怕累，还得身手敏捷。倘若稍不留神，潜在的安全隐患就可能转化为可怕的现实。比如离心锤自由下落时探杆脱落，会伤到操作员；钻机在运转时，若麻痹大意不戴安全帽，很可能被塔架顶端的扣件掉落而砸伤。即使从塔上掉下一个小小的螺丝帽，因为重力势能转化为更多的动能，而产生很强的冲击力，也会导致人身事故；泥浆泵在高压运行过程中，如果泥浆管破裂或钻杆堵塞，容易引起泥浆喷射而伤到现场人员；卷扬机上的钢丝绳如果发生断裂，也对操作员的安全造成威胁等等。

有一个从农村招上来的大个子姑娘，文化程度较低，脑子反应慢，动作迟缓，遇到紧急情况，她总是愣愣地立在原地，急得曾德荣不得不拽着她跑到安全地带。特别是上夜班，光线又差，大家都很担心大个子姑娘，提醒她多次无果，只好安排她上白班。

善于总结经验的曾德荣说，尽管工作存在风险，但只要集中精力，用心操作，时间久了还是能准确判断异常动静是从哪个方向来的。如果是机械事故，得立刻断电。倘若是塔顶有异常的声音，就得迅速往机台外开阔的地方跑。

机台每天都可能遇到各种各样的问题和困难，一部分需要经验丰富的师傅帮助解决，一部分得靠丫头们自己去克服。“铁姑娘们”很争气，原定一年完成的钻探任务，她们不到半年就保质保量完成了。每次领导视察之后，都要在大会上说：“你们去看看‘三八钻’，地板上看不见泥浆，各项工作都走在了前头！”

四

庐枞铁矿大会战，是得到国务院批准的重点项目。刚开始，909 队担心新工人拿不下来，特别是不放心新组建的“三八女子钻”。培训的时候，有位师傅反反复复讲解什么是千米钻，什么是百米钻；钻进方法的种类；取芯方法等等，生怕新工人没听懂。师傅讲课的神态像极了电影《决裂》中讲“马尾巴功能”的教授，惹得调皮的姑娘小伙儿课后学师傅的样子，拉长声音比划着说：“啊！你们看，蘑菇头是这个样子的，钻头是这个样子的……哈哈哈！”结果被分队领导看见了，批评他们，生怕他们开钻的时候也疲疲沓沓、嘻嘻哈哈。项目进行到一个阶段之后，大家忍不住夸赞“女子三八钻”：“没想到这些小丫头们干起活来还蛮像样！”

终于能得到认可，这帮丫头没少挨骂、哭鼻子。说这话的是“女子三八钻”的顾问钟长庐。我见到70出头的钟师傅时，他才从医院做完手术回家，脖子上还缠着绷带，说话有点费劲。他的妻子告诉我，钟师傅平日里也话少。刚开始，得知我要他讲讲“女子三八钻”的故事，钟师傅的神情有些迷茫，紧蹙眉头说，哎呀，我退休20年了，好多事都忘了。

怎么忘了？我都记得哇。钟师傅的妻子带着赣南口音，在一旁把话接了过去。会战刚进行两个月，钟大嫂便带着刚满周岁的大儿子，和几个钻工家属，从赣州出发走九江，一道坐船去了安徽。到了庐枞，女人们见自己“当家的”住的是四处透风的牛棚和草棚，五味杂陈，心疼不已。

我问钟大嫂，安徽条件那么艰苦，当时是不是想拉钟师傅回赣州？钟大嫂连连说，不敢不敢！那个年代谁敢跟组织上讲条件？我们当家属的更不敢干涉男人的工作，哪能说走就走？再说，七几年的时候，很多地方都穷，特别是农村连饭都吃不上。而地质队端的是“铁饭碗”，老钟做的又是国家重点项目，多让人自豪啊！临到春节，钟大嫂带着孩子返回了赣州，钟长庐则和钻工们一起留在机台上过年。

妻子的讲述，开启了钟长庐沉寂多年的记忆。钟师傅说，从“三八女子钻”组建的1976年到1981年撤销，他自始至终都在机台上。虽然那时他才26岁，却是一个不苟言笑的老师傅。他说自己脾气不好，经常对新上岗的职工发脾气，搞得那些丫头经常哭哭啼啼，都惧怕他，现在想想，机台上那么多困难，真是挺难为她们了。那时住的地方离钻机有十多里山路，路上都是荒草，见不到几个人。别说夜里，就是大白天，女孩子也得壮着胆子自己走。等到了机台上，还来不及歇口气，马上就得接着干活儿。

有一次，一个女工因为修水泵没按操作规程，被钟长庐狠狠训了一顿，女工委屈得哭了。钟师傅说，不严格按操作规程，那是要出大事的。比如抬钻杆，两人得喊号子，一起用力，不可一人不吱声忽然放下，否则很容易砸伤人。钻机厂房都是硬生生的铁家伙，柴油机、水泵、定木梁，稍不留神还可能把命搭上了。1979年11月份，一个钻孔终孔，大家给机台拆迁，有个女工提前把一个螺丝给卸了，导致站在钻塔上的钟长庐一脚踩空，重重地摔下来，脑袋夹在设备的夹缝里，耳朵被挂断了，他昏死过去，吓得姑娘们哇哇大哭。随队军医肖碧光得知情况后，迅速赶到出事机台，立刻在分队部实施救援，以高超的医术将脱落的耳廓接了回去。

听了钟师傅惊心动魄的讲述，我吃惊地看了看他已经痊愈的耳朵，问他当时没去县医院治疗吗？他说来不及了，工区离县城还有一段距离，那时用车又不方便。如果不及时手术，不仅耳廓不能复位，恐怕还会危及生命。

一个疏忽，差点出大事故，给毛手毛脚的姑娘敲了警钟。

五

70 年代的地质队，大部分女青年都当过女钻工，而能当一名女机长，就得“有两下子”：不仅身上要有使不完的劲儿，还得有管理好女钻工的魄力和包容力。

这次采访，英瑛、曾德荣和钟长庐都不约而同提到了女机长蔡金玲。与蔡金玲交谈时，我总觉得眼熟。她说她九几年的时候担任过人教科科长。哦！九几年我也是人教科副科长。我想起来了，参加全局人事教育工作会议，我们见过。不过，她比我大十岁，我们开会的时候仿佛并未交谈过。没想到 20 年之后，蔡金玲成了我采访的对象。

蔡金玲告诉我，最能锻炼臂力和手劲的方法，就是用牙钳松开或卸掉钻头。不少钻工就是在操作间隙，狠练“打牙钳”。

在钻探队，最脏最累、最危险的工作当属钻机搬家。那时，无论多重多大的机器设备，均是人拉肩扛。钻孔终孔得拆塔衣卸钻塔，进入下一个工地又得把钻塔竖起来，把塔衣装上去。20 多米的钻塔啊！姑娘们上上下下、来来回回，磕磕撞撞。等钻机安安稳稳地矗立在荒野里，姑娘们身上布满了伤痕，累得骨头都散了架。

上高中时，蔡金玲是 909 地质队子弟学校女子篮球队的队员，用她自己的话来讲，篮球场上的训练使她反应迅速灵敏，身体比较壮实。她刚当机长那会儿，有些比她年龄大的女青年不服气，总想找机会难为蔡金玲。这天，她和一个下过放的上海姑娘走在山路上，蔡金玲在前，上海姑娘在后，彼此都不说话。忽然，蔡金玲感觉一阵冷风从身后袭来，紧接着她感觉脖子上冰凉冰凉的，原来的一条蛇打在了她的身上。她并不慌张，立马紧紧接住了蛇的尾巴，还是条活蛇！回头一望，上海姑娘正得意地看她，神态挑衅。蔡金玲一个反转，质问她干什么？即刻把蛇甩了出去，重重地打在了上海姑娘的身上，蛇掉在地上，昏死过去。上海姑娘愣住了，她没想到，比她小七八岁的蔡金玲如此沉着镇定又果敢，连忙说自己是在和蔡金玲开玩笑。

那个年代的人比较单纯，但 20 岁左右的女青年思想逐渐成熟，她们更多的开始关注于自身，耍花招，使小性子，以达到发泄心中不满的目的。作为女机长的蔡金玲明白，要带好“娘子军”，特别是比她大的女钻工，没有真功夫，就揽不了瓷器活儿。当软则软，该硬则硬，刚柔并济，才镇得住有点野性的丫头们。或许真是不打不相识，日后，蔡金玲注意到上海姑娘是个心细的人，渐渐地，她俩成了好朋友。

还有的男钻工见蔡金玲个头不高，

提出和她比手劲，看她能不能将钻机上100公斤的吊水提起来。蔡金玲也不知道自己究竟有多大力气，心想，今天如果提不起来怎么办？她不动声色，先试了试。第一次提起来了，第二次就好办。结果提了三次，她都成功地提起来了！她高兴坏了，朗声说道，谁还来再和我比试比试？然后半开玩笑说，以后你们讲话给我注意点喽！惊得男钻工睁大了眼睛说，这妹子力气好大！从那以后，无论是“青年号”的男钻工还是“三八钻”的女钻工，大家都不敢小觑蔡金玲了。

有作为，才有地位。这些来自江西赣南老区的女钻工，在会战指挥部举办的劳动竞赛中，丝毫不逊色于“青年号”。

六

一摞摞历史资料站立在赣南队资料室里。我在那些安静的文字里寻找到下面的记录：1978年5月17日，江西909队全面完成了国家地质总局下达的钻探工作量，提前44天完成了大会战任务。经会战指挥部验收，909队施工的110个钻孔中一类孔为94个，占85.5%；二类孔16个，占14.5%。在安徽地质局327大队原工作的基础上，基本查明了一个大而富的特大型铁矿。

尽管尘封的记忆里，并没有为“三八女子钻”留下详尽的笔墨，但这群地质队的“铁姑娘”“女知青”，她们从江西出发，从赣南出发，把“干一行，爱一行，钻一行”的初心，还有那些在逆境和困顿中的迷惑和坚韧，留给了峥嵘岁月里的罗河矿区。

李曼，中国自然资源作家协会2020/2022年度驻会作家，中国地质大学（北京）首届驻校作家，江西省作家协会会员，江西省新余市作家协会副主席。作品散见于《散文选刊》《散文百家》《黄河》等文学期刊，著有散文集《栀子花开》。

“金佛山杯”第七届大地文学奖颁奖仪式在重庆南川举行

2024年4月25日，“金佛山杯”第七届大地文学奖颁奖暨金佛山中国自然生态文学创作基地授牌仪式在重庆市南川区举行。

《大地文学》是由中国自然资源作家协会、中国地质大学（北京）、中国矿业报社联合主办的纯文学读本，系全国文学报刊联盟会员单位，已创办十余年。《大地文学》一直以“为人民书写，为时代创作”为宗旨，以培养自然资源作家为己任，为自然资源文学提供了肥沃的土壤，得到了广大读者的喜爱和支持。根据中国自然资源作家协会六届四次主席团会议决议：大地文学奖每两年评选颁奖一次。第七届大地文学奖评选范围为2022—2023年度在《大地文学》发表的优秀作品。

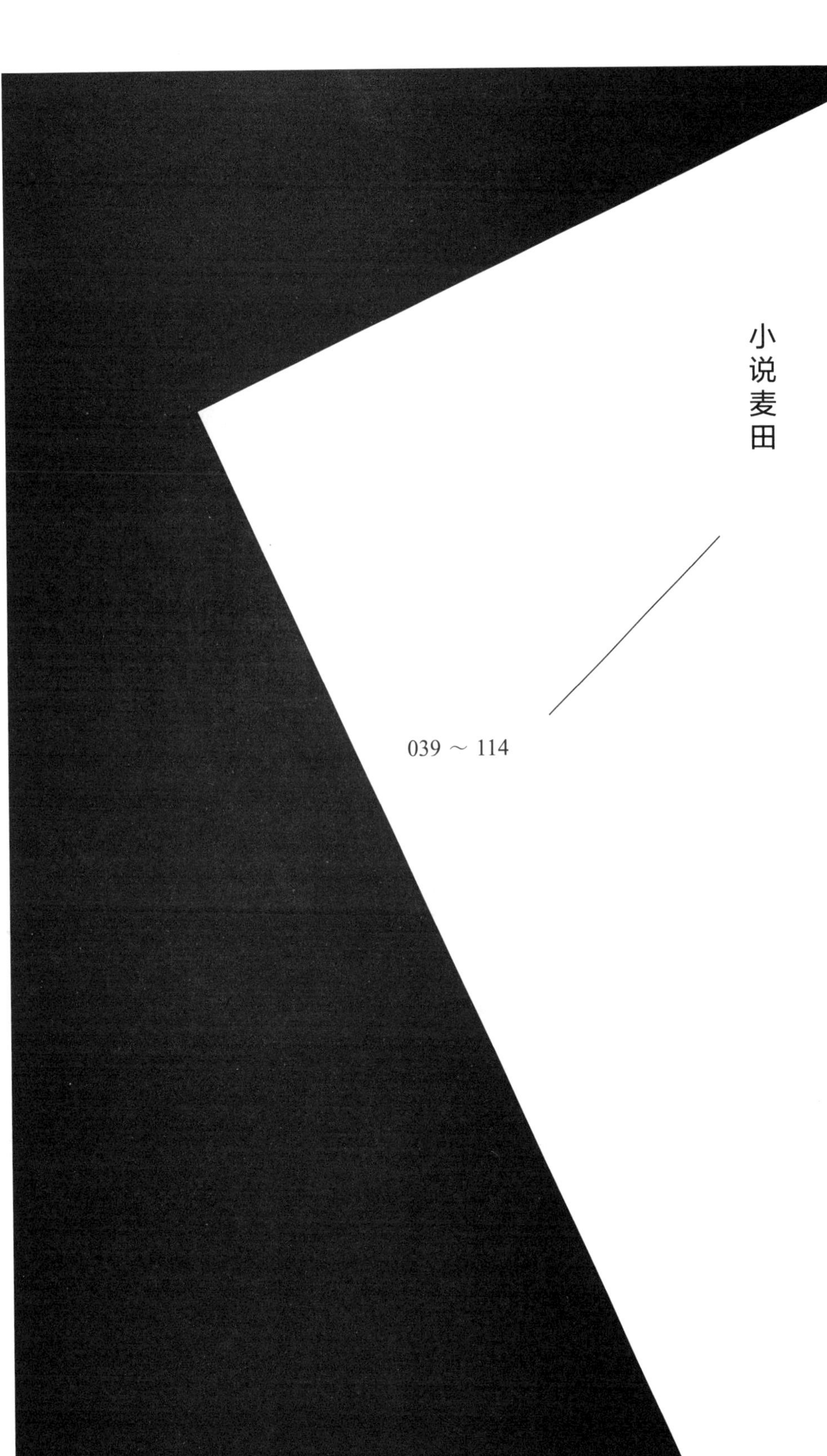

小说麦田

039 ~ 114

清清小溪水

管利明

这条清亮的小溪，自打形成以来，就像一条长长的布带，弯弯曲曲地环绕着这山中唯一的村庄，村庄也因小溪的不断流淌，养育着一代又一代山的儿女。

小溪宁静、安详，天天淌着缓缓的清凉。她是喝这溪水长大的，因此，她有一个很好听的名字：溪妹。

夕阳西下时分，溪妹来到小溪旁，明是洗衣淘菜，其实，她心中早已有了一个不易察觉的秘密。

自从山上那台钻机搬来之后，溪妹就发现那个叫方强的小伙子几乎每天都要来到小溪旁，坐在那块大青石上，捧着那本似乎永远也读不完的厚厚的书，思索那些似乎永远也思索不完的问题，直到黄昏的暮色把他勾勒成一幅黛色的剪影，他才依依不舍地离去。

他念书的声音不高，像这淙淙的流水。随着晚风的吹送，有时溪妹也能听到一句两句。那是洋文，她听不懂，因此她感到很沮丧。姐姐走后，为了操持家里的活儿，她只念完了初中。如果能像姐姐那样念完初中又念高中，然后去城里多见见世面，或许也能听出个道道来。

小溪捡拾起大山每一股清泉汇聚这里，形成一道浅浅的溪流，像个顽皮的孩子，蹦蹦跳跳地奔向远方，奔向山外的另一个世界。溪妹知道，方强就是从那个世界背着地质包来到这里的。溪妹还知道，方强他们来到这里，就是为了探明大山里的铝土矿，一旦投入开发，不但能支持国家建设，他们这里的村民不出家门也能找到挣钱的活儿，也会很快富裕起来。于是，溪妹在心里对小溪村的未来有了一个美好的憧憬，也因此对地质队的人有一种亲切的好感。

说不清从什么时候开始，溪妹已在心中暗暗地喜欢着方强。她注意他，是从他们钻机搬来的时候。很久以来，她就发现他和这台钻机的其他人不一样，他很少去村寨里闲逛，也很少和那些敞胸露怀的年轻人去酒店猜拳行令，喝个烂醉，然后围在一起打牌、抽烟、贴纸条。他喜欢唱歌，唱那些电视里经常播放的流行歌曲。他的歌声在山间荡得很远，只要她打开窗子，那好听的声音就会清清晰晰地跑到她的耳朵里来。唱完了，他就拿出书来，坐在大青石上，念那些溪妹总也听不懂的词句。有人叫他书呆子，她好生奇怪。在溪妹眼里，书呆子应该是小白脸上架副大眼镜。他没有戴眼镜，皮肤也不像那些不晒太阳的城里人那样白。在后来的观察中，她似乎相信了。他总有那么多的书，那么多的笔记本，好像永远也读不完、写不尽，真像人们说的，是个书呆子。

可是最近几天，她发现方强来到小溪边，再也没有带那本厚厚的书，再也不唱那首《故乡的小河》，而是对着溪水发呆。好几次，溪妹发现他常常向自己投来说不清啥意思的眼光。当她的目光和他碰上时，他又瞬间地避开了。她寻思着，却很难知道那目光中到底藏着什么。这就是苦恼吗？城里人也有苦恼？是学习上遇到了难题还是生活中遇到了困苦，或是，对她溪妹有着什么心思……想到这里，溪妹的脸儿不由一阵燥热：你羞不羞啊，一个山里妹子对城里的小伙瞎害什么相思，你配吗？你配吗……怎么不配？她心里又迸出姐姐常说的一句话。“只兴城里人喜欢咱山里妹子，就不兴山里妹子喜欢城里人啊？”是啊，如果姐姐知道她现在的心思，也一定会替她出主意、想办法的。

溪妹决定鼓起勇气和他说几句话，她想，哪怕只说一句，她也会感到踏实些。若是不知哪一天钻机搬走了，她会因为失去今天这个机会后悔死的。溪妹自有溪妹的心计，想了一会儿，溪妹的脑子里忽然有了一个小小的主意。

溪妹提过篮子，三下两下取出里面的衣物，然后将空篮子放进溪水中，任它随溪流漂去……眼看篮子快要漂近大青石，溪妹便佯作惊慌地叫道：

“喂，大哥，请你帮我把篮子截住。”

大青石上的方强，正为前几天收到的那封信而苦闷。这时，忽听一声惊唤，抬头见溪流中一只竹篮时沉时浮地漂了过来，很快就要漂向远处……见此情景，他急忙挽上裤腿，跳入水中，几步上前一把就抓住了篮子。

“帮忙帮到底，我穿着布鞋，走不过去，请大哥给送一下吧。”溪妹站起身，朝着方强喊道。

方强看了看手中的篮子，又看了溪妹一眼，心里不由怦然一动：溪妹那柳叶般的身段，那漆黑油亮的长发和那张秀美的脸庞，多像他以前的恋人啊。可是这一切，如今都似云似烟，已经消散了。

“不愿帮忙，说个话呀。”见方强有些不大情愿的样子，溪妹干脆放下衣服等他。

方强想了想，只好穿上鞋子，理抻裤管，无可奈何地挪动步子，向她走去。

“给。”他把竹篮放在她身边。

“谢谢你。”溪妹目光轻柔地望着方强，对他报以感激的一笑，然后轻声地说：“如果我没猜错，你就是方强哥吧？你们地质钻探机场的方班长？”

“你怎么知道？”方强感到有几分

意外。

“这是秘密。”她边拧衣服，边说，“告诉你，你们钻机上的很多小伙子在我们村子的姑娘心中都有谱儿。”

“你真会开玩笑。”他摇摇头说。

“你不相信？”

“不信。”

“信不信由你。”她又莞尔一笑，“方班长，你想知道我姓什么吗？”

“不想知道。”其实，溪妹这个名字方强早就从机台上的小伙子们口中知道，说她勤劳纯朴、人美心好。但真正把人和名字对上号，还只是最近一段时间。方强常来小溪旁这些天，他突然发现，溪妹长得很像他以前的恋人，因此每当见到她，他就不免多瞟了溪妹几眼，也由此让他勾起那段不愿回想的往事。

“不想知道就算了。”溪妹脸上有些不高兴，但转而又不甘心，便直盯着方强的眼睛问道，“那……你为啥常常偷偷看我？”

“因为……因为……”方强没有料到，这个山里妹子竟会这样毫不拐弯地问他。藏在心底的隐痛，又无遮无拦地浮上了他脸颊。

方强的这些变化，溪妹看在了眼里。她搞不清自己的话在啥地方伤着了他，心里不由一阵难过。溪妹说：“请方哥原谅，我们山里人生来就是直肠子，不会说话。”

“不，不，我没有这个意思。”半晌，方强说，“我承认，我是看过你，那是因为你的出现，使我想起了另一个人。这个人曾经是那样深深地进入过我的心底，而现在，却给我留下了一段不愿再提起的往事……”

“她是你什么人？”溪妹问。

“一个女朋友……不，现在我们已经分手了。”他一声轻叹，若有所思，“只是，她不该和我有那样一段交往，也不该那样绝情地和我分手。”

“……”溪妹似乎明白了方强哥这些天的苦闷，但她又很想知道方强的女朋友为啥和他分手，于是说，“能讲给我听听吗？”

方强沉默了一下，坐上了溪妹身旁的另一块大青石，心事重重地点燃支烟，深吸了几口说：“这事原本不想告诉任何人，可是你的出现，又勾起了我对往事的回忆……不过我事先说明，这是一个既简单又普通的故事，用不着追问过去，也用不着刨根寻底。因此，在我讲这段往事时，请原谅我会隐去她的姓名。因为，我们毕竟有过一段真心的交往。”

溪妹忽闪着一双清秀的大眼，也坐在一旁，似懂非懂地看着他。

指间的烟雾随风飘散，记忆的回放键在方强的脑海慢慢倒转……

一年前，我们这台钻机为解决城市工业用水，在贵阳郊区打了三个水文孔。那时，城里许多人不知道钻探是怎么回事，因此每天有不少人好奇地前来看热闹。这期间，我发现一个喜欢用手绢束一溜披发的姑娘常常来这里，尤其在我当班的时候更是如此。她的出现，起初并没有引起我的在意。时间长了我才发觉，她的目光总是盯着我，没有半点退让和回避。渐渐地，我的心被她那漂亮的发梢拂得痒丝丝的。

有天晚上停钻测水，只有我一个人当班。没料到就在这天，她突然来到我身边。我不否认，任何男子都会把和一个漂亮女孩的交谈当作一件愉快的事情，何况我对她又有很深的好感。在我们的交谈中，我觉得她对地质工作很感兴趣。于是我给她讲钻探工作的意义、讲地质地层结构、讲探矿孔和水文孔的差别……她似乎听懂了，又似乎没听懂。后来她说，她很羡慕地质工作，既潇洒浪漫，收入又可观。我对她说，你也许并不真正了解我们，地质工作有苦有乐，有得有失，是国家工业发展的排头兵，是新时期祖国建设的游击队。她说不管怎样，她对这工作挺感兴趣。那一次，我们谈得很投入，我也知道她是贵阳一家广告公司的职员。她说她来自农村，现在贵阳上班，收入虽然不高，却进了省城，成了一个真正的城里人。

以后，但凡有空她便来机场。久而久之，我们之间的关系无形中成了人们私下聊天的话题。钻工们都说我走了桃花运，我也感到她对我似乎有那种意思。

终于有一天，我们把话挑明了，我们彼此都有相互喜欢的意思。这期间，工作之余，我们逛遍了贵阳的所有公园，走进了贵阳的许多影院，尝遍了城里的所有小吃美味。花前月下，经常有我们两人的身影；林荫道上，到处是我们聊不完的话语。

一晃半年过去了，我们顺利地完成了水文钻孔施工任务，为贵阳打出了工业用水。按照地质队的安排，除了部分人员留下继续做抽水试验外，其他人都要再次走向深山，去清镇铝土矿工区开展钻探工作。在去留问题上，我选择了去矿区。不想，我们为此产生了矛盾。她说，别人都想方设法留在城里，你却甘愿往山里跑，我不晓得你图个啥？你不为自己想，也不替我想想吗？我说，城里的水文工程结束后，我们迟早都要去山里找矿的，我们的工作性质注定离不开大山，离不开矿区。直到这时，她才觉得她和我的相识是一个没有未来的结局。

临走的头天晚上，她来到我们宿舍替我收拾行李。班里的人为了让我们说些体己话，都知趣地回避了。

看着她有些忧伤的样子，我问她：“为啥不说话，心里还有什么事吗？”

她抬头望着我说：“你真的不能留下吗？”

我说：“没办法，我学的探矿专业决定了我应该到矿山去。”

“你这一走，不知我们何时才能相见……”她轻叹一声，“人啊，为什么总有那么多的分分离离……”

我说：“每年的钻探任务结束后，年底我们都会回到城市的。”

她说：“聚少离多，这种生活还有什么意思啊。”

对她的这种想法，我再也不好说什么。

第二天快开车时，她依然来送我，并为我准备了路上吃的水果和糕点。当我接过这些物品时，我发现她眼里有些发亮的东西，她没说一句道别的话，便很快消失在相送的人群里……

说到这里，方强换上支烟，狠狠地吸了一口，又重重地吐出去，仿佛要吐掉心中所有的郁闷。

“后来呢？”溪妹迫不及待地问。

后来，我给她打电话，她总是处于通话中。我又写过几封信，却都没有得到她的回音。等待，原本是一种希望，可这次，我等待的将是什么呢？

前几天，我终于收到她的一封落款为“内详”的来信。

说着，方强从衣袋里拿出一团揉得皱巴巴的纸张，“你看吧，就是这封。”

溪妹犹豫了一下，还是接过来，一字一句地看了下去。

……以前，我认为你是一团熊熊燃烧的火，哪知我想错了，你到底是一块冰冷的石头，不顾我的感受，偏要离我而去。你知道吗，你走后不久，公司一位新提拔的经理对我展开了最热烈的爱情攻势。面临两种选择，我犹豫了。我虽然与他没有过多的相处，但他经济条件好、在公司有地位，能得到许多实际的东西；我心里喜欢你，可你又不能常在我身边，只有孤独和寂寞伴着我。我多么希望你能留下来，我们能共享爱情的甜蜜、生活的欢乐，但最终，你的选择还是令我大失所望。我们之间的性格永远是水与火的矛盾，不是你征服我，便是我征服你。而事实证明，我们彼此都不可能被征服，因此我们只好分手……

看到这里，溪妹不忍再看下去。不知为什么，她心里忽然觉得酸酸的。

“就这样，我们结束了这段来也匆匆、去也匆匆的交往，像是做了一场梦……”说完，方强不由一声叹息，指头狠劲地插入浓密的发中。

看到方强这样苦恼，溪妹心里也不好受。她想，方强哥也太实诚了，早知道她是只能同甘、不能共苦的人，就不该和她交往，免得惹来现在的烦恼。这样的女人到底有啥好呢？想到这，她不禁问道：“她很漂亮吗？”

“是的，确实漂亮。”方强轻轻地点点头，“打个不恰当的比喻，假若你穿上她那件紫色长裙，说不定我会把你当成她呢。这就是你问我，为什么老看你的原因。”

溪妹脸颊顿时浮上一丝不易察觉的红晕，又继续追问：“她姓啥？”

“不是说过，不要刨根问底吗？”

溪妹一时无语了。一阵沉默后，溪妹说：“她和你分手后，你就用读书写字的办法来抵消你的烦闷吗？”

“这倒也不是。在此之前，我只是个地质钻探中专生。因此工作之余，我都在自习高中课本，准备报考成都理工大学地质函授专业，想学到一些更多的东西。”

溪妹想，难怪方强哥念的那些单词她听不懂，但她从心底对他有了一层更深的敬佩。少顷，溪妹忽然想起什么，问道：“方强哥，你是城里人，我想问你一件事。”

“什么事？”

“你们城里人结婚，都会送些什么礼物比较恰当？”

“你问这个干啥？”方强觉得溪妹问得有些突然。

“我有个姐在贵阳上班，前些日子来信说，她快要结婚了，我们家就俩姐妹。尽管我在农村，手头拿不出多少钱，可也得尽到当妹的心意呀。”

“看得出，你很喜欢你姐。”

“以前在家时，我们姐妹亲得像一个人似的……后来她进城打工后，就有些嫌弃农村，老说我土里土气的，我都不知道该送什么礼物才不土里土气的了。有时候我觉得，她都不像我以前的姐了。”溪妹淡淡地说。

“为什么？就因为她说你土里土气吗？”

“当然不全是。也许是她有了点钱，就瞧不起农村，瞧不起我们家了吧。有一次回家，她穿了条绷得能见肉的裤子，嘴巴也涂得像猪血似的，父亲见了，狠狠地骂了她一通。那以后，她就很少回家了。”

“环境会给人带来变化。”方强说，“但是，只要人的本质不变，穿着打扮也是正常的。”

“我也觉得有了钱，穿着打扮时兴点倒也没什么，最叫家里生气的，是她把自己从小长大的名字都改了，她嫌父母给她取的名字土气……”

“嫌名字土气？”方强觉得奇怪，这个世上，嫌这嫌那的都有，哪还有嫌弃自己名字的？”

“是呀，她从前叫陈水莲，其实这名字也挺好听的……”

“水莲，这名字是不错啊。那她现在呢？”方强问。

“陈莎妮。你听，这名字叫起来多拗口，就像泥沙一样。”

“陈莎妮？”方强不由脱口而出。

“你认识？”

“不，不认识。”方强的思维在迅速地搜寻那段难以忘却的往事……

“方强哥，你在想什么？”溪妹直盯着方强问。

“……我在想，这个名字和我以前一个女、女同学的名字相同。”

“你们也很要好吗？”

“不，不，她已经……快结婚了。”方强矢口否认，郁郁地说。然后他站起身来，对溪妹说：“现在天色不早了，我也该回去了，今晚机台还要开个会，研究钻孔终孔的事……”

“你们……要走了？”溪妹心里一紧，问。

“还没得到最后通知，终孔后，估计快了。”方强随口答道。

听到这些，溪妹说不出心里是啥滋味。此刻，她除了对方强哥遇到的不幸感到惋惜之外，更多的是希望向他吐露一个山里妹子的心声，即使他不能接受，她也会感到吐露后的畅快。因为她心里的第一个秘密是在一个热爱大山、有上进心的城里人面前敞开的。

这时，溪妹心里像揣了只野兔，蹦跳得不行。稍顷，她鼓足勇气，终于说：“方强哥，你们这工作风风雨雨的，来得快，走得急。我有句话，早就想对你说，尽管不是时候，但山里人心里敞快，觉得还是说出才舒坦些……”

“溪妹，你不要说……”方强从她羞红的脸庞已经感到她要说什么，忙用惶惑的目光阻止道。

“当然……”溪妹说，“我知道自己是不配的。我没有多少文化，口舌也笨。我虽然叫溪妹，但我决不会像小溪的流水那样无情……”

“别说了，溪妹，你朴实善良，你的心就像这小溪水一样，清澈、透明。”

“你这样夸我，就是喜欢我吧？”溪妹眼里放出兴奋的光。

“不，不，你不要理会错了。”方强回避着那双深情的眼睛，搪塞道，“我是说，你这样好的姑娘，应该有一个更好的命运和美满的归宿。我们地质队东奔西走，流动性太大，不能拖累人家。而且我们马上就要……”

“就要走了，是吗？方强哥，你把我当成啥人了？是不是因为我身在农村……”

“不，不，别误会，我绝没有那么想。只是……”

“只是什么？”

……沉默，又一阵无声地沉默。

“说呀，只是什么？”溪妹急切地问。

“……没什么。以后、以后我再告诉你吧。”方强摇摇头，心情沉重地说。

“我要你现在就告诉我，不然，我不让你走。”她站起来，神态中带着一种娇嗔，挡住了方强的去路。

方强极力压住自己的情绪，对溪妹说道：“让我走吧，你看，山上钻塔的灯都亮了。”

“不。”溪妹固执地噘起小嘴，一动不动。

方强无可奈何，只好说：“今天时间不早了，下次，下次我一定告诉你……”

“那个女同学的故事吗？”

“或许是吧。”说完，方强克制住心中纷乱的情绪，急切地迈开脚步，向山上走去。快到山腰时，他再次回头，见那苍茫的暮色下，溪妹仍痴痴地站在溪边，目送着自己。

他一阵酸楚，望着暮色中溪妹的剪影，心中默默地叹道：“别了，溪妹，只怪命运对我太不公平。”

那天深夜，在长满竹林、小溪环绕的山村里，有个二十岁的姑娘翻来覆去难以入睡，第一次失眠了……

第二天，机台上一个来村里买烟的师傅告诉溪妹，方强这些天为整理钻孔资料一直很忙，没有时间来小溪村。听着这样的话，溪妹觉得心里有些空落落的，像丢了啥东西一样。几天后，有村里人看到，溪妹似乎比前些日子明显地瘦削了许多。

又一日，溪妹来到小溪边放牛，再也没听到方强的歌声，也再没见到方强的身影。她抬头望去，这才发现，山上那座高高的钻塔已经不见了。

她一口气爬上山顶，只见原来的钻塔驻地留下了一片炭火的灰烬和帐篷撤走的痕迹。见此情景，溪妹一头扑上树干，伤心地哭了。

后来，村子里一个曾在机台做过农民工的人交给她一封信，说是一个姓方的班长给溪妹留下的。溪妹跑到竹林旁，急切地撕开了信封：

溪妹：

我们就要走了，到一个很远的磷铁矿工区工作。在那里，也许我们要待上三年五年甚至更长的时间。临别时，我不会忘记许下的承诺。其实，我讲的那个所谓女同学是不存在的，仅仅只是我的一个借口。你问我为什么不能接受你对我的喜欢，现在我可以告诉你。还记得小溪边我讲述的那段往事吗？还记得故事中那个弃我而去的女子吗？她，就是你的亲姐陈莎妮。这是从我们之间的谈话中我无意中得知的。当时，我欺瞒了你，说陈莎妮是和你姐相同名字的我的一个同学。我没想到这个世界有这样的巧合，陈莎妮竟是你的亲姐。在这种情况下，我能接受你的喜欢吗？一旦接受，我如何去面对未来的一切？那样对你、对你姐、对你的家庭都很难堪，我的心也不会得到安宁。这就是我拒绝你的唯一原因。

溪妹，关于我和你姐这段不堪的往事，请把它忘了吧。每个人的世界观、人生观、价值观不一样，对待生活的态度也有所不同，因而免不了发生性格的错位和各自的选择，这也是十分正常的。地质队员的心既能容下千山万水，也能容下悲欢离合。也许将来有一天，我们还会回到那幽静的山谷，回到那清清的小溪边。那时，我们一定将会更加理智、更加成熟……

不等读完信，溪妹早已泪流满面。此刻，她一切都明白了，负心的姐姐站在这山望那山，狠心地抛弃了方强哥，使方强哥在精神上承受了很大的痛苦，又是因为这般巧合的现实，使自己的心愿遭到了拒绝。她憎恨一切见异思迁的人，憎恨一切忘记初心的人。她心烦意乱、满腹愁肠地重又来到小溪边，来到那块光洁的大青石旁。

小溪如泣如诉地静静流淌，流向山外的另一个世界。望着长长的溪水，溪妹突然想到，他们的钻机不论搬到哪里，总离不开溪水。于是，一个急迫的念头在她心中固执地升起：待她凑足了盘缠，她一定要沿着这条清清的溪水，不管走到哪里，不管吃尽千辛万苦，也要去寻找那顶绿色的帐篷，寻找方强的身影……

管利明，男，重庆合川人，地质队员，现定居于贵州省清镇市。发表小说、散文、报告文学两百余篇，近两百万字，多次获奖。出版有小说集《都市无泪》《五彩文集》和《我从山中来》。

地质锤

马半丁

明工看不上我。

他的原话是："你们这代人，我打上眼的没几个。"

我没和他争辩，这是他们单位的项目。我们两个单位有合作关系。他们需要人，我过来只是帮忙。来之前，我给自己的定位是：客卿。反正就是干活，如果能干，一直干下去；若是干不了，卷铺盖走。自会有人补上我的缺。

他说的那是什么话？看不起我就看不起我，怎么要扯上我们这代人呢？真有点倚老卖老。明工满脸如同在焦墨中过过一道似的，李逵都比他白。看人时，只白眼珠在打转，黑眼珠和脸一个颜色，头发是白的。明工的头发全白了。

出野外的人风吹日晒，要比一般人显老，这我明白。可奇怪的是，像他这个年龄（明工看起来至少六十上下，据他说，才五十），在一般地质单位，多半会转做室内工作。看他，都开始掐指头算退休的日子了，何苦还要跑野外呢？

这个项目在昆仑山腹地，海拔实在有些高，缺氧，晚上睡觉，明明感觉睡着了，却又生生地能将人憋醒，就像突然要断气一样，"哦……"的一声醒来。准是缺氧。这里是无人区，除了同事，一天能见到的活物没几个。我们统统挤在帐篷里。据说山下，今年出奇的热，长江、黄河的水都快晒干了。可我们这里，伏天出去工作，都要穿棉袄，帐篷里要生炉子。

在这个无人区，我们算几个活物。刚将帐篷搭好，几只黑老鸹飞过来，朝我们"嘎嘎"叫。我们带上来的一条黄狗，追着它们"汪汪"咬。黑老鸹像逗它一样，黄狗追过来，它们就飞起来，"张"在空中。狗有些失望，蹲下来看，它们又冲下来，朝我们"嘎嘎"叫。

狗刚来这里，大概也有高原反应，有些喘气，它干脆不追了。我们在帐篷里，狗跑过来，卧在我们身边，摇头摆尾。

我一直不明白，这里缺食少水的，为什么黑老鸹偏偏这样大？有时它们落在我们帐篷背后挡风的山包上，真同座山雕一样，黑黢黢的，有些吓人。

我们常吃的水，是在附近水沟里拉的。看着来路不明的水，我自我安慰说，这是山上的雪水，是干净的。刚上来时，有好几个拉肚子的，我想肯定与这水有关。这水有一股怪味。帐篷门前坐着的大白桶里，就晾着我们拉来的水。黑老鸹有时跑到大白桶下啄食吃。

这里白天还好，一到傍晚——确切地说，傍晚还没有到，约是三点刚过的样子吧，帐篷外便准时开始刮大风，听得人啊，心里直发毛，真想找个老鼠洞钻进去，好躲躲这大风。

除了刮风，还会打雷，奇怪的是，不闪电。“咔嚓嚓”，一声巨响，就在头顶，仿佛撑天的一根柱子折了。遇到这样的天，我们就不用上山，明工这时会蹩摸到我住的帐篷里，找我聊天。

我没话找话，说：“这天气可真吓人。”

明工看看我，说：“你知道共工不？共工发怒，一头撞断不周山，天就塌了。天塌后，女娲才用五彩石补的天。据说这个不周山，就在昆仑山。”他顿了一下，饶有兴味地说：“说不定就在咱们这儿。”

经他这么一说，我再一想，觉得还真像。我佩服明工的博学，心里想，以前的神话传说，该不会都有根据吧？套用一句俗话，也就是：来源于生活，又高于生活？正瞎想着，明工看到我放在炉子边的用来砸煤的地质锤，一字一字地说：“这是地质锤。不能砸煤。”他那神态严肃得很，容不得商量。

我嘴上“嗯嗯”地应承，心里一千个不愿意。不就是个锤子嘛，出野外时，随身带上，敲岩石时，它是地质锤，至于回到驻地，放在煤桶里砸煤时它就是砸煤锤，物尽其用，有什么不对？没必要那么死板。

但我不和他争辩。现在这个社会，亮出自己的观点，对别人都是一种冒犯。再说他是前辈。他怎么说，我怎么做。这是他的地盘，客随主便。

后来听同事说，明工现在很通融了。去年，地质锤油光铿亮地放在库房里闲着，那么大的煤砸不开，满屋子地上摔，就是不让用地质锤，奇怪不？这让我很奇怪。

我和明工一起跑过线。跑线是地质人的一种说法，就是在图纸上标出要走的路线，再沿着这条线实地走一趟，看看地质现象，必要时采些样品。有一次我想偷懒，不想爬山，就在山底“飞”了一个山顶的点，没有去那个真实的点。明工便给我讲了个故事，他问我：“你知道斯文赫定不？”我摇头。“他是个大探险家，曾经横穿过塔克拉玛干沙漠。就在昆仑山北边。他在北平见过李鸿章。李鸿章问他，听说你懂点地质，那我问你，你远望一座山，能知道这座山里有没有矿？斯文赫定说，那不可能啊。必须要到实地去看。李鸿章哈哈大笑，说，我以为你们这些搞地质的有什么了不起，原来和我们一样嘛。”明工说完，哈哈大笑。

不能远观，必须要到实地，拿着

地质锤，敲敲瞧瞧，才是跑线。

走，去跑线。

跑线之前，我随便在地质包中塞一点东西，拿上地质锤，其他都不用准备。反正一天就可返回，没什么大不了的。明工呢，他先要带上自己的护膝，又在腰里，郑重地缠一个满是黑毛的东西。他将吃食装进包里，似乎又不放心，翻出来又看一遍。我问："明工，现在又不冷，你缠那个干什么？"明工不说话，提上热水瓶，拿上地质锤，我们出发了。

跑线要带水。我一般只在杯子里装一瓶热水，再多带几瓶矿泉水。明工却要提个热水瓶。

遇到一些新奇的地质现象，明工将热水瓶搁到一边，用地质锤"叮叮"敲个不停，直到敲出岩石的一点新鲜面出来。明工将石头拿在手里，先仔细端详一阵，后又"嘘嘘"吹吹，有时甚至会舔一下。神不知鬼不觉的，在衣兜里摸出一个放大镜，搭在这块石头上。看完，他往往会发表一通高论，说这是石英砂岩，又引伸出沉积环境等问题。明工所说的往往都是老生常谈的地质现象，我都懂，没什么新意。我稍微露出点不耐烦的神情，明工就察觉出来了，便说："你们这代人，你们这代人吃不了什么苦。"

我不知道怎么接话。明工，他说事情，总是扯到我们这代人身上。

那时我和他正在爬山，还没到线头的地方。我看手里的地形图，若是翻过我们正在爬的这座山，从旁边的沟里往上爬，会轻松一些。明工偏不，他认为爬这座山的山脊要容易些。别看明工年龄大，但是他爬山不喘气，很厉害。明工也很以自己能爬山而自豪。他说的我们这代人吃不了苦，不会就是以爬山快慢来衡量的吧？

我们一同爬山，常常没走几步，他就把我甩到后面。他爬得越快，我故意越慢，心里却憋着一股劲，想：等快到山顶时，我要追上你，让你看看"我们这代人"。

明工后来体力不支，越来越慢，在快到山顶时，我铆足劲追上他。他坐在一块大石头上喘粗气，我说："明工，听说你爬山不喘气。"

"让我……塌塌……塌塌汗……不要……不要和我……说话……"明工五官错乱，手一挥，表情有些痛苦。

我故意哈哈大笑，有一种报复的快乐。我坐在明工身边，对着远山大吼一声。明工提起热水瓶，在盖子里倒了一点水，趁我不注意，将两片白色药片放在嘴里。热气哈白了他的眼镜，这时镜片上的数处泥点看起来像脚下的枯花。我问："明工，那是啥药呀？"

他看我一眼，撇下两个字："胃药。"顿了一会儿，他笑呵呵地说："你小子爬山可以。"

过了几天，这边最繁重的活已经完成，另一项目急需人。领导指派我去。我乐颠颠地去了。

要走的前一晚，我已经上床睡下了。明工进来，说领导置办了一点酒，你们明日要走，今晚喝一点，给你们送送行。

我有点不愿意。且不说来这里之前签过禁酒承诺书，单是这种花架子般的场合，我本身也不喜欢。我说：“算了吧。等那个项目收队，咱们到乌市再一起喝？”明工不，非要拉我起来。

我若再不，就真有点不识抬举了。穿上衣裳，随他到另一个帐篷里。一张方桌正中，摆着一盆菜：凉拌牛肉，里面放着几瓣洋葱，他们叫这菜“皮芽孜”，是明工的手艺。这盆菜四周，散乱地放着几根火腿，这是我们爬山时的嘴头，今晚成了下酒菜。

三两杯酒下肚，一个个打开话匣子，说个不停。明工很为我被调走而不平，这边最吃力的活刚干完，又要到另一个海拔更高的地方去，这不是卸磨杀驴嘛。我的领导也在场，我很尴尬地坐在一角，不知怎么接话，直想这个所谓的酒局赶紧早早结束，我好回去睡觉。已是凌晨两点了。

可话题又扯到了我身上，明工说：“小马爬山可以，今天就他追上我了。”

有人很不屑，白了他一眼，说：“你这是变相地夸自己爬山厉害呗。现在能爬山的，都是傻子。你看咱们单位混得好的，哪一个还爬山？”这话很让我难为情。我是故意和明工较劲，才难得爬山厉害一次的。其实我在单位混得不好，爬山也不厉害。

我端起酒杯，专门给明工敬个酒，说：“希望有机会和明工再一起爬山。”这不是客套话，真心的。

这回换成明工哈哈大笑了，说：“你小子……你们这代人……”明工突然停止了话头，不往下说了。

“又要说自己年轻的时候，背着一袋馕，骑着一头驴，进山找矿的事了吧？说什么一条沟一条沟地走，驴饿瘦了，馕吃完了，这时才从山里出来。现在是什么时代？我就不相信苦尽甘来的鬼话，那是不曾吃苦的一些人，专门用来骗人的。”有人插话。

另有人点头应和。有人并不同意，想要争辩，明工打断，问：“你说的啥？”

“我说啊，你身上那些陈芝麻烂谷子的事，嚼头大——得——很。”那人拖长音调说，明工听后大笑。

那人接着说：“让你去挂个副局长，享享清福，多舒坦。你不去，一天要忙死累活地爬山，你图个啥？”明工依旧大笑。一杯酒灌进肚里，徐徐地说：“我们乡里有一句土话，拉着架子车上坡的驴，除了往上爬，难不成要往下溜？”明工盯着那人，接着道：“咱们在一个战壕里摸爬滚打，没必要藏着掖着，说实话，我也心动。后来想想，以我的臭性格，还是算了，爬山自在。爬山不得罪人，大不了就得罪下自己，没什么不好。”

“明工说自己是牲口。”大伙儿又是一阵哄笑。

后来他们说话的声音越来越大，有一阵子，像要吵起来。他们明显是喝多了。我越发地感到无聊，直想逃出去。

明工一喝酒，脸通红，颧骨上的

瘦肉抖动着，肚里的话可劲往外倒。明工说，有一次下线早，经过一块墓地，天下着雪，一个人无事，绕着墓地转了几圈，他一点不害怕。

明工说到自己年轻时经过的一次险情。

有个地方发现了一处金矿，要上钻。钻孔布在山顶，按说帐篷不应该搭在山上，但为省时间，他私意决定将帐篷搭在钻机旁。他负责编钻，除他外，山上还有几个钻工。

那里一般没什么大风。但人倒霉了没办法，那晚睡到三点，山上突降暴风雪，风大的呀，雪是打着旋涡下的，能见度最多只有两米。他们还在帐篷里睡觉。暴风雪将帐篷掀翻了。以前没经历过这样的事，连个反应的时间都没有，帐篷已经被刮跑了。

明工接着说："你们说我蠢到了啥程度，第一反应竟然是提上地质锤，往外跑。往外能跑到什么地方去？大风都把帐篷吹跑了。我当时想，稍微待一下，先等风雪过去。可是实在没个避风的地方。该怎么办，我也不知道。那几个钻机上的工人说，明工，咱们往山下走吧，再不下去，咱们要冻死在上面了。我一听，当时还想，这是什么话，不就是点风雪嘛。当时年轻，又固执，谁想到什么死不死的，一听到这些，我就来气。"

"别说年轻的时候固执，现在还不一样。"有人插话。

明工不理会插话的人，继续说："在山上稍微待了一会儿，冷得实在受不了。有个钻工不管我，蒙着头往下走。现在想，当时山顶雪下了一夜，待在山上，没个取暖的地方，肯定'塔希浪'（维语音译，意为熄火、死掉）。往下走，那里有一条冰川，说不定也'塔希浪'。但是闯下去，谁知道会不会闯活。我应该感谢那个带头往下走的钻工。冷得实在受不了了，我只能带着他们往下走。你们猜我当时想到了啥？那时脑子中竟然闪过风雪山神庙的林冲。我敢保证，林冲那晚经历的风雪，肯定没我的大。我当时就想，我的草料场在什么地方。就是把我活活烧死在草料场上，热死，不冻死，我也愿意。那时天还没亮，我们几个人手牵着手往下走，那种挫败感，哎，一辈子都忘不了。"

明工叹了一口气，接着说："通往山下的那个冰川上下了一点雪，人脚搭上去显滑。我不知道第一个钻工是怎么走下去的，可能他走的是边边，边边没有中间滑。我的脚一搭在上面，快得连个喘气的时间都没有，簌溜溜往下掉。那个冰川说大也不大，说小也不小，要是一直滑到山底，这样就懒得走了，也好。要命的是，冰川前面有个小断崖，要是滑下去，不死也得残。那晚就像有救神。我顺着滑下去时，先是有个大石头，把我稍微挡了一下，快到断崖时，我又下意识地用手里的地质锤在冰面上挂了一下。我给你们说，那时的地质锤还是木把子，就是那一挂，救了我的命。地质锤刮在冰面上，扑簌簌擦出了火花。

现在有一种高级相机，拍出天上的星星，是一道一道的，叫什么星轨，你们年轻人知道，是不是？现在我老是觉得，这些火花要是拍出来，就是天上的星轨。不过这个天，是白的。”

“明工还知道星轨？”我们大笑。

明工白了我们一眼，继续在他的故事中：“我滑了那一跤，开始头有点木，反应过来时，几位钻工已经将我扶起来了。他们说我后背的衣服上有血色，问我疼不？我那时一点感觉不到疼，攒着劲呢。后来我们继续往下走。快到山下时，天麻麻亮，风雪也小多了。我悬着的心这才放下来。这时我才感觉到后背火辣辣的疼。后来我在城市中看到娃娃耍的那些滑滑梯，就会想到那条冰川。我们几个人一直走，说起来可笑，在山上的时候没发现，走出来才知道，我们个个都冻成雪人了，头发、眉毛、鼻子上，都结着一层冰。我流出来的鼻涕都冻成冰棒了，当时一点没察觉。我的腰自从那次事后，就落下了病根子，很长一段时间，连一盆水都端不起来。”

“后来呢？”我还想继续听下去。

“还有什么后来。后来我们几个在医院象征性地住了几天，冻伤恢复得差不多了，就是太阳一照，耳朵、鼻子、手这些地方还是感觉到痒，就像皮肤下有条虫虫在爬。还有野外任务，不能老是待着。人一没事干，心里憋得慌。继续上天山。”

说完，明工起身，到外面撒了一泡尿。我同他一起。抬头一看，月亮挂在天上，满天的星星一闪一亮。夜色清朗。高原上的夜，若是没有星星、月亮，黑沉沉的，四周看不到一点光，人走进去，仿佛随时会被吸进去。今晚可不一样，也许是月亮，也许是满天的星光，将远山的轮廓淡淡地映亮了。

进来时，有人嚷着要睡觉，明工说：“睡觉。”刚听完明工的故事，我却有点意犹未尽，总觉得他讲的故事还没有完，当晚睡得很不踏实。

第二日我便乘车离开那个项目驻地了。早上起来，没见到明工，没法跟他告别。他大概还在睡觉，昨晚数他喝得最多。

后来收队回去，在乌市也没见到他。和他一起喝酒，成了一句空话。离开乌市，因与他们单位合作关系中止，就很少听到关于他的消息了。说起来我与明工不算熟悉。起初大家都叫他明工，我还好奇，以为他是农民工，可即使是农民工，这样直接叫也不妥吧？后来知道，他叫赵明，是新疆某地质单位的员工。明工是大家亲切的叫法。

马半丁，1990年生，甘肃会宁人。中国自然资源作家协会会员。2013年毕业于中国地质大学（武汉）地球科学学院。现就职于四川某地勘单位。作品见于《西部》等刊。曾获第七届大地文学奖新人奖。

嫂 子

王 琴

去年立冬那天，我接到了嫂子的电话。电话里，嫂子咬牙切齿，隔着屏幕，我都能听到咯嘣声，下牙咬上牙，上牙用力抵住下牙，上下牙打架，眼睛也跟着鼓起来，好像在鼓掌加油，一张脸都在用力。

嫂子说，老子要去把那个婆娘砍了，她不要脸老子不要命，老子找得到她住到哪里的，这婆娘，不要脸。

我赶紧在电话里说，姐姐，你先莫动，等着我，我们见面商量下再说。

我相信嫂子说要“砍人”不是空话，情急之下一时之气，砍人她做得出来。

想到这里，我又说了句，我们在砂锅串串店边吃边商量。说完这些，我赶紧出门了。

我之所以把嫂子约到砂锅串串店里，我觉得那个地方适合目前这种情况。偌大的一间屋子，二十多个方桌，同时容纳上百号人撸串串。各点各的菜，各喝各的酒，各聊各的天，大声喧哗而不会有人说你声音大了影响到别个了，在这里，除了相互聊天的人，其他的人都形同虚设。

我要抢先一步到串串店，订好座位，最好靠近菜品区，那里人来人往都在专注着选自己最喜欢吃的菜，还要站在店子外做着一副等待的样子。我的态度要好，要让嫂子首先看到二哥家人的态度，让她心中的那一盆火看到我后能熄一半下去，剩下的火就只有边吃边灭了。

嫂子还是骑着电动车来的，穿的是去年春节过年时的那件玫红色的 PU 皮外套，手肘上的人造皮已经磨损了一些，领子上的那一圈人造毛也不蓬松了。看到我，她的情绪还算稳定，店子外面放好车，钥匙往裤兜里一揣，就朝我走过来。

我赶紧说，嫂子，外面冷得很，走，进店。她答了一声“嗯”，脸上的表情有几分僵硬，没有平时见到我那么亲热。我掀开店门口厚重的塑料帘子，让嫂子先进。眼看就要到小雪了，冷起来了，现在四川这边的餐馆一到冬天，店门就像北方那样挂起厚厚的门帘，进出很方便，外面还可以看到里面热火朝天的样子，真是北为南用。

我说，姐姐，你要吃啥子菜自己拿。对了，我一直称呼“嫂子”为“姐姐”，一开始就这样，我有两个哥哥就是没有姐姐。

嫂子依然没有笑意，她说，随便吃点。我又问她喝点啥子，白的还是啤的。她说，拿瓶小郎酒。

砂锅已经煮上了，我让服务员首先下了两份鸭血，嫂子做的活灰尘大，吃点鸭血清理肺上的垃圾。嫂子此刻倒像个嫂子了，坐在座位上不动，我去拿菜，荤菜素菜拿满了两个铝盘，又去吧台拿了两小瓶郎酒，每瓶二两。一瓶是嫂子保守的量，四两算正常，超过四两，我就要想办法阻挡了。

菜煮好了，酒也倒好了，我说，姐姐，来，先喝一口。我喝了一大口酸奶，嫂子也喝了一大口白酒。我又说，来，吃菜，都熟了。

嫂子放下酒杯，没有动筷子，停了几秒，又端起杯子喝了一大口，眼见得一玻璃杯下去了一小半。我忙着给她碗里夹菜。

嫂子说，这一次，我和那个砍脑壳的离定了，做得太过分了。我赶紧接过话题，说，咋个起的，上次不是已经说好了，要好好过嘛。她说，他说的话就是放屁，臭一股就过了，他管不好自己，他跟那个瓜婆娘还是裹到一起的。说着，又端起杯子倒进去一口。

我赶紧给嫂子倒了一杯苦荞茶，说，慢慢喝，吃点菜再喝。我又小心翼翼地问，咋个晓得他们还裹到一起的呢？嫂子狠狠地说，你二哥那个瓜娃子，自己笨得很还耍女人，手机里存一个“李老板”的号码，他有几个熟人我不晓得啊？我电话一打过去，就是那个瓜婆娘接的。

我说，我二哥要把他的电话给你啊？她说，你二哥硬是笨得出奇，出去拿快递忘拿电话了，我拿过来几下就翻到了，给李老板打了那么多电话，肯定没有好事，我就打过去了。

接下来，嫂子终于放下了刚看到我时的矜持，边喝边吃边聊。我偶尔问一句，她就会竹筒倒水，哗啦啦地说上好一会。她说，她要去那个瓜婆娘的店子，要去砍她要去给她泼硫酸要去当众撕她的皮，勾引别人的男人，莫得好下场。

我劝她，这些事千万做不得，事情本来是人家错了，结果你犯罪了，最后得意的是她。我又说，这一次如果真是这样，我二哥没有改好，那就离婚，你这么能干的女人，自己挣钱那么厉害，又不是离开了我二哥就过不下去了，这样的男人，如果是我早一脚踹开了！

不知道是不是我这几句话起了作用，嫂子的情绪稳定了些，开始吃菜。边吃边骂，她说，要不是看在女儿的份上，这个家早散了，你二哥那个屁人，哪一点好嘛，要长相没长相，要钱没钱，脾气还怪得很，我就想不通还有女人会要他。我说，就是啊，一转眼你们也是半百的人了，女儿都要结婚了，闹得这个样子她咋个办呢？

其实，我这一次真的不知道是帮嫂子还是帮二哥，我个人认为，不幸福的婚姻还不如早早解脱，但是又一想，这世界上有几个家庭是幸福的呢？离婚后，嫂子就会幸福吗？二哥会找到所谓的真爱吗？

嫂子喜欢吃火锅，还要配上干辣椒。我把一碟混合了鸡精、熟盐、花椒面的干辣椒面放到她面前，说，有事情好好解决，你们白手起家，吃了那么多苦，何苦呢？

嫂子在沸腾的火锅里夹了一根青辣椒裹牛肉，放到碟子上，说，不是我要离，你晓得你二哥做的那些事，哪个女人受得了？

隔着火锅上方缭绕的雾气，我一时对眼前这个脸上已经有了红晕略显潦倒的女人非常同情，这个才上了两三年小学，箩筐大的字也认不了几个的山里来的女人，面对失败的婚姻，她没有足够的智慧去处理，她有的就是骂人，喝酒，撒泼。

我第一次看到嫂子，她虽然还是个小姑娘，却已经是家里的顶梁柱了，她的大姐已经结婚成家，脚下的弟弟还在读初中。虽说都是山区，但是她的家比我家还偏僻，山还高，逢场天靠的是马，马驮山里的物产下山卖，又驮了山下的东西上山。她的个子很矮，腿短屁股大。后来结婚后有村里女人拿她的身材开玩笑，她说，从小就爬坡上坎，营养也不够，就长成这个鬼样子了。其实，嫂子的面容长得很好看，皮肤白皙红润，小嘴巴挺鼻梁双眼皮，眉毛就像用了眉笔画过一样又直又细。正是有了这样一副容貌，二哥第一眼就喜欢上了她。农村谈恋爱不过是媒人介绍相互见面没有意见后就确定下来，然后就是逢年过节相互走走，就是走走俩人也没有太多单独的时间待在一起，说是“谈朋友”也没有更多更深入的了解。就这样，一年后，二十岁的嫂子就嫁给了二十二岁的二哥，她当然不知道二哥有诸多坏毛病，不喜欢做家务，死要面子，讲哥们义气，做事不经大脑，脾气暴躁容易冲动。这些我爸妈刻意隐瞒下来的坏毛病，在嫂子结婚后一点点显露出来，就像宣纸上的墨迹，一点点地漫无边际地浸润到了他们的生活，破坏着他们的生活。

嫂子和二哥的矛盾很早就有了，那时嫂子刚生了侄女，月子期。二哥好结交朋友，手里挣了几个钱就呼朋唤友地喝酒打牌，嫂子一闹他眼睛一瞪说她小气说她抠搜。嫂子有一次抱着小被子裹着的侄女半夜找到在朋友家打牌的二哥，冲上去一把扯掉了桌布，大声吼道，我看以后哪个再敢喊他打牌，那就帮他把婆娘娃儿养起。从那以后，嫂子的“凶名声”就在村里传开了，都说张家这个儿媳妇不得了，凶得很。对此，我妈倒是喜忧参半，喜的是二哥这个匪头子终于有人管得住了，忧的是担心二哥以后的日子不好过。

我爸对有这么一个“凶儿媳”最初是哈哈大笑鼓掌欢迎的，他总觉得我们一家人都太软弱了，好说话吃亏多，现在终于进来了个凶人，是好事情。甚至嫂子在村里为了一些鸡毛蒜皮的事和左邻右舍三天两天地吵架后，他也觉得那才是“兴家活人”的样子，他说，“人善被人欺，马善被人骑”，不凶一点处处都要受欺负。

我和嫂子的关系一直好，我觉得她没多大的错，她想另外修房子新立门户，当然得把钱管紧一点，村里的女人媳妇笑话她，她当然要反击，这又有啥子不对？在她和二哥吵架闹矛盾时，我从来都站在她那边说话。

嫂子嫁过来两三年后，村里人说起她，就会摇头，会说，张家那个媳妇啊，尖得很，莫得她吃亏的事。那时，打工潮开始了，男人们抛下妻儿先出去试水，留在村里的年轻媳妇们偶尔也会打点小麻将。据说，嫂子如果赢了几把牌，钱抓起就称“家里有事”屁股一拍走人了事，如果输了，最多给几元钱捂着钱包笑着就跑了。打牌的规矩是“下桌子就不认”，那些欠账也就在其他几个媳妇不情不愿中自动销掉了。有人到我妈面前告状诉苦，说嫂子不“耿直”。我妈就笑着说，你们晓得她就是那样，还找她打牌，活该！

尽管这样，嫂子在村里的人缘奇好，都愿意和她接近。我妈对她的评价是，人虽然大大咧咧的，但是心好。嫂子对村里的老人好，喊得亲热，喜欢听他们摆龙门阵，家里有好吃的也舍得拿出来。嫂子也喜欢帮忙，特别热衷于当红娘，村里好几家的儿媳都是她的功劳，硬是把娘家那边的姐姐妹妹们带过来成家立业了。

我家的这个山村和川西很多个山村一样，被重重叠叠的大山包裹着，交通闭塞，村里的大龄剩男多，我大哥就是其中一个，高中落榜后高不成低不就，一混就快三十了。中国人的传统文化中，弟媳和大伯总是要避嫌，嫂子可不管这些，只要一听说哪里有未婚的女子了，带上大哥上山下河地跑，一个不成，还劝大哥不要灰心，继续看下一个。

想起这些，我就满心温暖，我舍不得嫂子。我是舍不得她这个人，但是她要和二哥离婚，我又觉得应该离。我知道，这些年，她和我二哥生活得不幸福，面对我那个吊儿郎当的二哥，她在极力维持着一个家在村里、在人前人后的体面。

想到这里，我忽然也想喝一点，拿过酒杯，给自己也倒了半杯郎酒。我举起杯子，对嫂子说，姐姐，我敬你一杯，你到我家受苦了。说完，我狠狠地喝了一大口，嫂子一仰脖子，杯子见底了。

续上酒，嫂子说，你晓得的，我和你二哥刚到城里打工的那些日子有好恼火，他真的不是个好东西。

打工潮漫延后，女人们也跟着出去了，老人和娃娃们留在村里，外出打工的家家都在比哪一家最先盖起楼房。嫂子也进城了，她在市里的农贸市场卖“手擀面”，顺带卖吃手擀面的酸菜，二哥学会了装修房屋的粉刷活。两个人把侄女交给我妈管着，拼命挣钱。

他们在城里租了一间房子，那是房东在顶楼的违建房，空间倒大，整个楼顶三分之一是房间，三分之二是露台，露台上还有很宽的一个洗衣台。嫂子他们买了煤气罐、电饭煲，在洗衣台旁搭了一张桌子，就可以煮饭了。挨着水泥铸的洗衣台放了一张木板，那是二哥用来帮嫂子揉面团的案板。

我很多个夏天多次去过嫂子的出租房，还在那里住过。只要我一去，二哥就得到露台上去睡，睡在一张竹编的躺椅上，露台上蚊子多，一晚上都能听到二哥手里的蒲扇拍蚊子的“啪啪”声。

我劝过嫂子，重新租处像样的房子。她说，反正白天都在外面跑，就晚上落个脚，租好房子划不着。那几年，二哥的那些狐朋狗友都像豆子一样撒到了祖国的天涯海角，沿海城市修楼房绑钢筋的，高原上修柏油路的，高速隧道放炮的，他们不再有时间凑在一起吃喝玩乐，都在拼命挣钱，再把钱变成村里一栋栋的新楼。

那几年，也是嫂子和二哥几十年婚姻生活中最幸福的阶段，尽管他们也吵架甚至打架，但他们从没提说过离婚，我，我爸我妈也从没想到过他们会离婚。

现在他们多次闹离婚，我妈就会说，日子还是太好过了，要是搁到往年，累得舅子一样，我看他们还喊离婚不离婚。

我不知道四川话形容累为什么会形容为“舅子”，但是我知道最初打工的那几年，二哥嫂子确实累。他们的时间只分了两大块，白天和夜晚。晚上，劳累了一天的二哥拐到市场上去先去看嫂子，看看她的面卖完了没有，大多时候还没有卖完。二哥买些辣椒再买一点肉摊上剩下的边角料，偶尔，也会在熟食店凉拌十块钱的猪耳朵，拎着就回家做饭了。嫂子回到家里，饭已经煮好了，俩人就着简单的两个菜开始喝一杯，说一些当天遇到的一些人和事。嫂子有酒量，一杯喝完，拿着酒杯看看，说，再来一点，二哥就再给她倒半杯。晚饭一吃完，二哥就开始揉面团了，他要把嫂子第二天要卖的面团放上酵母揉成一个一个圆圆的手掌一样大的面团。城里人吃东西讲究，不会买现成的手擀面，要盯着嫂子擀。手擀面要筋道好吃，揉面是关键，嫂子手劲小，这些活都是二哥头天晚上做好，第二天她只管去擀。二哥揉面团时，嫂子就坐在杯盘狼藉的小桌子边数钱。擀面卖的钱都是零钞，一元五元一毛五毛的，放在一个小塑料桶里。嫂子把塑料桶夹到两腿之间，整理好十元的再整理五元一元的再整理其他的角票和硬币。这个时候，她还会拿起桌子上二哥抽的香烟，扯一根出来点燃叼在嘴角。

钱数好了，嫂子满意地告诉二哥一声，今天卖了好多，就去收拾碗筷了。二哥的粉刷活，只有一家做完了才能收到钱，平时家里的开销都是嫂子一个面团一个面团擀出来的。

我妈常说嫂子和二哥的生活过得潦草仓惶，大半夜了还不睡。其实我想这样的习惯就是他们在城市里打拼时养成的习惯，等他们忙完了第二天的准备工作，已经是大半夜了。

在那间楼顶违建房里，嫂子一住就是五年，直到侄女上四年级了。我妈说，快把你的女子接走，我管不住了，一天天的除了耍也不贪恋学习。我爸也说，莫一天钻到钱眼里，自己的娃娃都不管，以后要后悔！

可能是隔辈亲的缘故，我爸妈舍不得严管侄女，任由她像个男孩一样上坡爬树，捉蛇掏鸟，一张小脸晒得黢黑。侄女上小学四年级了，小小的人儿已经可以准确表达自己的不满。她控诉她的父母，一点都没父母的样子，过年回家晃一圈就走了。春节，嫂子想和侄女睡一起也不得如意，侄女玩累就赖着我妈上床了。

我妈对嫂子说，你还是回来带娃娃哦，这么下去娃娃也毁了，钱挣得再多也没啥用。那时候，我爸妈已经在打算修新房子了，他们满心欢喜地计划也像村里其他人家一样，在公路边修一栋洋气的小洋楼，也风光一把。

嫂子说，我走出去了就不得回来了，我要在城里买房子！

我妈听了吓了一大跳，私下问二哥，柳春燕究竟说的是不是真的，城里买房子可不是那么容易哦。二哥说，不晓得她咋个打算的。我妈又问你们这几年到底挣了好多钱，你给我交个底。我二哥犹豫了下，小声说，我也不晓得，这个家我没做主，都是她在操持。我妈就带了几分嘲讽的口气说，耶，二娃子，你硬是叫你媳妇整怂了呢，不过，你是得有个人管，要不然你要飞上天。

嫂子才说了要买房子，春节后就按揭了套市中区的二手房，二中二医院就在附近，上学就医都方便，算得上是黄金地段。

二哥回来找我爸要过钱，我妈说，肯定是嫂子的主意，那个女人心凶得很。我爸说，人家置家业也没得错，该支持。于是，我爸把他当乡村教师积攒下来的一部分钱交给了二哥。房子收拾好后，嫂子给我妈和我各一把钥匙，我妈又满意这个儿媳妇了，说她还是懂事。

房子是按揭的，这是嫂子在城里筑了一半的巢，另一半还得靠她和二哥一点点地衔泥一点点地垒。我想，当年嫂子刚买了房子时，心里是得意的，她是我们村里第一个在城里有房子的人，侄女也顺理成章地成了城里的学生。

想起这些事，好像还是昨天。我叹了口气，和嫂子碰杯喝酒，不住地劝她多吃一点。她爱吃毛肚，肺片，我在火锅里涮了，夹给她。嫂子挺了下身子，伸手在后背上捶了捶。

嫂子常年站着弯腰擀面，腰椎出问题了，二哥天天站在高凳子上仰头粉刷墙壁，颈椎也不好。房子的按借款和侄女在学校的开支都不能耽搁，嫂子听从她娘家人的建议，开始重新创业，他们在城郊租了民房，在老家请了几个木匠，开始做起了制作和出租展柜的生意。

人生的事谁也说不准，展柜的生意很好，好到嫂子天天都在忙着接电话，她管着厂里进货出货，还兼着财会。一切都是从头开始，嫂子小学都没好好上几天，电脑倒是慢慢耍得很转了。二哥是个粗人，他只管听嫂子的安排，拉货送货，川内各个地方都在跑，有时一跑就是十几天。两年时间，二哥嫂子摇身一变就成为别人口中的老板和老板娘了。我爸我妈在村里更是出人头地了，说话的口气也大起来，随时嘴里就会来一句，我们去城里二娃子的厂里耍几天。

成为老板的二哥肚子渐渐大了圆了，村里春节前后出门回家的人都会在他那里刹一脚，在二哥的安排下，吃吃喝喝。人的秉性是个难以改变的东西，一旦有了合适的土壤，蛰伏在娘胎里带来的秉性就又冒出来了。二哥不再是我一个人的二哥，他成了村里人的二哥，以前那个讲义气的二哥又回来了。

我不是很清楚嫂子心里的想法，尽管她兜里有几个钱了，但是对于二哥的义气，她还是骂他是个“猪脑壳”，挣一点点钱都花在请客吃饭上了。她似乎又满足于这种状态，骂归骂，也并不阻止。她穿着鲜艳的皮衣染了头发回到村里，也是一副什么都不在乎的做派，开口就是“好大个事嘛”。

我爸我妈沉浸在幸福中，从没有嗅到某些不良的信号。二哥的好哥们敏娃子婚姻出状况时我就提醒过嫂子，我说，姐姐，你还是要多关心关心下二哥哦，挣钱重要，家庭也重要。嫂子很不以为然，她脑壳一昂，鄙夷地说，你二哥不得有事，他那个霉样子，有哪个喜欢他嘛。我说，那敏娃咋个起的嘛，钱没有我二哥多，人也长得不如我二哥，还不是在外面乱搞，媳妇抓了个现行，婚离了家也散了。嫂子说，你二哥那个人我晓得，他除了喝点烂酒充点好汉，不得有其他事。我继续提醒，反正你自己多留心，钱不要给我二哥多了，男人没有钱想坏也坏不了。

我劝嫂子劝得苦口婆心，说心里话，我对她倒没有当嫂子看，我很多时候很钦佩她，当一个女强人在钦佩。我知道她不容易，我希望她的辛苦值得，我希望她好。

我对嫂子的提醒几乎没有起到一点作用，她依然是那个风风火火热情自信的女人。侄女初中毕业去省城上了幼儿师范院校，二哥常年在外，嫂子也就以厂为家了，城里的房子在闹市冷清地空置着。

我时不时地请嫂子吃一顿麻辣串，地方大多在我家小区外的砂锅店。嫂子喜欢麻辣串，她说经济实惠，不像大酒店菜还是那些菜，价钱却要翻倍，不划算。嫂子还是像以前那样精打细算，她总说挣钱不易，不能太浪费。

厂子的工人们其中有个是我妈娘家的人，他悄悄地告诉他的妈，他的妈又悄悄地告诉我妈，说嫂子和二哥好久都没在一起住了，都是各住各的房间。我妈让我去看看，她提醒我一定要装得不在意。我过去看了，确实各睡各的房间。我把摸清的情况告诉了我妈，她老人家担忧地说，你二哥和柳春燕肯定有问题了，又不是七老八十的人，再咋个也要睡一起。于是，她亲自去视察了番，又旁敲侧击地问嫂子咋回事。嫂子说，二娃子常年在外面跑，脚臭得很。我妈又问二哥咋回事，二哥说，一个人睡方便又清静。我妈把能问的都问了，包括她的亲戚。亲戚说，自从二哥那次生病住院回去后就单独住了。

我二哥住院是因为阑尾发炎，据说肚子已经痛了几天了，嫂子都不当回事，还抱怨他肯定是酒喝多了胃疼。直到第三天晚上，二哥肚子痛得睡不着，在厂里的坝坝里跑圈圈，跑得满头大汗，一跤摔倒在地上才被厂里的工人送到医院急诊科。一系列检查后，医生说再晚来半个小时，人就危险了，阑尾一穿孔，腹膜炎那是要死人的。嫂子依然不以为意，在医院大声说医生是想赚钱，故意夸大病情，一个阑尾炎有啥子了不起的，就是个小病。一般的阑尾手术也就不到一个小时的时间就结束了，二哥的手术整整一上午四个多小时，医生说，阑尾已经全黑了。

我妈担心嫂子忙照顾不好二哥，她屁颠颠地跑去医院当看护。我也请假去了医院，去的时候，正碰上嫂子和护士长吵得不可开交。护士长去催费用，说账户上没钱了，如果不续费就没法给病人拿药输液，嫂子怒斥医院太黑，不晓得钱咋个用的就没有了。二哥几天没有刮胡子，一台手术下来，憔悴了很多，他喊我去劝嫂子，莫在医院丢人现眼。老李说，还是先把费用续上，好好治病。我们去医院住院窗口帮二哥续了药费，嫂子对此很不开心，黑起脸就回厂了，第二天才过来。

我想，他们的矛盾不可能仅仅因为一个阑尾炎。二哥是说过，嫂子太爱钱了，任何时候都把钱看得比命重要。对此，我爸妈包括我也颇有微词，对嫂子多少都有点意见。

我妈说嫂子像个男人婆，吃烟喝酒打牌样样齐全，如果真是个男人，估计吃喝嫖赌都要占齐全。

我笑了，说，嫂子虽然大大咧咧的，心里有数，她特别痛恨男人在外面找女人，她说过，要是二哥在外面有女人了，肯定要废了他。

嫂子对于男人外遇有着切齿的恨。她的父亲，这么多年过去了，她就没有原谅过，当着面不喊“爸爸”，以我侄女的身份来称呼“她外爷”。

嫂子的父亲按照四川的风俗，我喊“亲爷”，她的母亲我喊“亲孃”。亲爷是个手艺人，常年不在家，怀揣罗盘山谷丘陵平坝地转悠，帮人看阳宅的朝向，也帮人看阴宅的风水，吃得好，耍得好，长得红光满面，慈眉善目。就是这样一个面善的人，女人缘奇好，外村有本村也有。嫂子从小就跟着她的母亲一起用尽各种办法和那些扑向亲爷的女人们做斗争，用厨房里的刀，用嘴里的骂。据说，嫂子还是十二三岁的小女孩时，就敢提起菜刀堵住和亲爷眉来眼去的女人，吓得那个女人看到这个小姑娘就要绕道走。

亲爷不在家，家里的农活就是亲孃带着三个儿女起早贪黑地干。山里活路多，除了嫂子的幺兄弟，她和姐姐在山下的小学只读了三年，一前一后地成了山里爬坡上坎的小农民。

嫂子和二哥订婚那年，亲孃去世了，心脏病，人抬到山下，进了县医院，人还是没了。嫂子并没有等着她的父亲给她的母亲看阴宅的风水，亲爷赶回去时，所有的事情已经安排好了，她没有正眼看她的父亲一眼。

人生有很多事说不清楚，不管是嫂子病弱的母亲还是她那个风流成性的父亲，对二哥都很满意，觉得二哥看着一副凶相却有副软心肠。就像电影里常有的镜头，亲孃走之前把二哥和嫂子的手拉到了一起，处理好亲孃的后事，亲爷亲自给二哥倒了几次酒。

俩家人结成亲家后，亲爷到我家来得很频繁，嫂子当然不会理他，二哥陪他喝酒聊天，好得亲父子一样。嫂子黑着脸告诫二哥，自己注意点，莫学坏了。

一个家庭放到社会中就是一颗米，一把糠，打工潮一来，这些小家庭的成员们就争先恐后地随波逐流了。我二哥是这样的一颗米，嫂子也是这样的一把糠。

潮起潮落，泥沙俱下，有鱼有虾。在最初的几年里，二哥嫂子算得上是相互扶持，有关心也有体贴，有争吵也有和解。奈何很多事情并不是日子好过了，其他的事情也会随之好转，比如一个女人，内心如果极度地缺乏安全感，日子再好过，安全感也不会提升起来。我想，嫂子就是这样。

嫂子对二哥不放心，她无师自通地研究起了手机的各项功能，运用得也得心应手。她告诫二哥，二娃子，不要跟我耍心眼哦，你那点小聪明骗不了我。神不知鬼不觉的，二哥出门，随行几个男的几个女的，她知道得很清楚。偏偏我这个二哥最不喜欢玩手机，也不会屏蔽消息更不会删掉消息。所以等嫂子第一次告诉我，二哥可能有女人了，我问她怎么知道的，她冷哼了一声，说，二娃子蠢得很，手机出卖了他，查一下消费记录就可以了，他的消费不正常，有莫名其妙的开支。

没有谁做了坏事会自己承认，面对嫂子的逼问，二哥嘴巴很硬，就是不松口。嫂子又重新提了个要求，他们俩的账要分开，各挣各的钱。我提醒嫂子，这是个笨办法，二哥一旦钱上更自由，那就如脱缰的野马了。嫂子不以为然，认为二哥以前的胡作非为花的是她的钱，只要意识到花自己的钱了，就会晓得“钱难挣，屎难吃”了。

没想到，财政大权分开后，二哥就像恢复了单身，一个人吃饱全家不饿，再远的业务只要是没去过的地方也要接，他的口头禅是“就当去旅游”。嫂子不再管他的账也不再帮他要账，很多业务都成了烂账。二哥更加频繁地参加他的同学会，陶醉在别人一声声“王总”的虚幻世界里，大方地请客喝酒，称兄道弟。

20世纪70年代初期的人已经年近半百，同学聚会成了他们的日常。二哥只读到初二下学期就辍学了，他的同学不算多，但是嫂子说，只要有同学招呼，特别是女同学发起的聚会，他都毫不犹豫地参加，再远再近都去。嫂子说二哥就是个“猪”，跑去充大老板，别人只管请客，他去买单。

我也劝二哥，同学会也就那么回事，参加一两次就算了。二哥说，人家喊你是看得起你，不去咋好意思嘛。我下狠心说，人家哪里是看得起你这个人，是看得起你的钱。

嫂子去二哥的同学会闹过，还掀过桌子，扬言谁再喊二娃子她就找谁的麻烦。二哥尴尬过一阵后，依然偷偷地奔赴一场一场的聚会。嫂子认定二哥有一个同学相好，这是她认为的唯一的理由。

对二哥的持续盯梢让嫂子显得疲惫不堪，她眼见得比同龄人老得快，皱纹爬上了她原本秀气的脸庞。她抽烟的频率更勤了，一只刚完，另一只又点烟了。我劝她，保重身体，男人并没有自己的身体重要。她说，她才不在意二娃子呢，她又不是瓜娃子不晓得潇洒。我也去劝二哥，喊他和嫂子好好过日子，嫂子真的不容易。二哥说，他晓得嫂子辛苦，但是又不想被她管得死死的，一天天疑神疑鬼地烦人。我也问过二哥，究竟是不是像嫂子说的那样真的有相好。二哥哈哈大笑，说，咋可能嘛，不可能的。对于二哥这个表态，我和嫂子一样，不相信，嫂子是彻底不信，我是半信半疑。

我最初是不相信二哥真的会有女人的，用嫂子的话说，二哥能有什么好呢？一不是帅哥二不是大老板，还不爱整洁整得邋里邋遢的，也不是嘴里抹蜜的人。可是，事实摆在眼前了，神通广大的嫂子不仅拿到了二哥手机转账的记录，还带走了行车记录仪用的U盘，连那个女人的模样也看得清清楚楚。嫂子就像一个侦探，证据掌握确实，用她的话说，二娃子“扳不脱”了。嫂子说这话，我就想起岸上拼命挣扎的鱼，二哥是那条鱼，嫂子又何尝不是呢。

可能是出于亲情，我对于二哥有女人这事总是不自觉地替他找理由。可是诸多理由都不能支撑这件事的“合理性合法性”，我知道，这件事，二哥错了。

嫂子一直没有提“离婚”两个字，她只是在我面前一次又一次地提及二哥的种种不堪之事，强调如果没有她娘家人的帮助，二哥永远就是一个刷墙的，当不了所谓的“王总”。

嫂子最小的兄弟多读了几年书，

也有上进心，中专毕业后留在城里打拼，渐渐地把家里两个姐姐都带出去了，帮助她们各自有了自己的事业。因为这样，嫂子的姐夫在家里的地位约等于无，嫂子常常将二哥和她的姐夫做对比：你能不能学学姐夫，自己没本事，就把家里照顾好，洗脚水端到姐姐面前，洗脸水放好牙膏挤好，你本事没有，还装怪，如果不是我，你现在还不晓得是啥样！

我是见过嫂子的姐夫的，在外面嘴里叼烟做事很有派头，回到家就变得唯唯诺诺了。嫂子的大姐我也见过，论嗓门，比嫂子的嗓门更大，着装更夸张，一双手除了大拇指全都套上了各种款式的戒指，俨然富婆样。

母亲是个要面子的人，她警告二哥，早点回头。母亲认为，嫂子除了脾气不好没有大错，二哥确实不该在外面找女人。

在母亲年轻时的年代，村里几乎没有人离婚，哪怕家里吵得天翻地覆，也没有人会迈出这一步。现在不一样了，就我们老家那个只有五六户人家的院子，离婚的已经有三对了，村里人闲话的杀伤力已经弱了很多。

嫂子也爱面子，比村里其他媳妇更爱面子，她常常说，闹下这些事，父母咋个好意思在村里抬头？

这些年，我成了嫂子的树洞，她把对二哥的爱恨情仇全部倾倒到这个洞里。我只能接受，再选择一些反馈给我爸妈，反馈给二哥。我们又一起苦口婆心地两边劝，家和万事兴，兴一个家不容易，毁一个家就是几句话。我们也劝二哥向嫂子认错，知错就改。二哥抽着烟沉默着，偶尔回一句，你们不懂。

嫂子的情绪一天比一天糟糕，从最初的躲躲闪闪到后来不顾场合地诅咒二哥，开始自我摧残，她喝酒，喝醉就哭闹，说着不甘心的话。有一次，下着瓢泼大雨，二哥炖了肉，他喊嫂子吃饭。最开始时，一家人吃得好好的，时而也说点家常话，嫂子还给二哥兑了蘸水，很和谐。嫂子边吃边刷手机，看到有个短视频，老婆带上娘家人打小三。她提高声音说，打得好，瓜婆娘就是该打。二哥没有哼声，自顾吃饭。嫂子不安逸了，开始旧事重提。二哥搁下筷子，走了。嫂子跑到院坝里，跪在地上，在大雨中哭，二哥又跑去抱她，她用牙齿咬住二哥的衣袖，像狼狗一样甩来甩去。那一天，侄女恰好在家，她拍了视频发在家人微信群里，哭着问怎么办？看到大雨中披头散发的嫂子和同样狼狈不堪的二哥，那一瞬间，我觉得他们两个还是离了好。

在这个冬夜，寒冷被厚厚的门帘挡在了屋外，吃火锅的人很多，店里很暖和，但是我知道这样的温暖只是暂时的，一旦走出屋子，外面就又是寒冷的冬夜了。

嫂子还在边吃边喝边倾诉着她的不幸，她也热起来了，额头上冒出细密的汗珠。她已经脱掉了外套，露出低领的灰色毛衣，露出的脖子上有着很明显的深纹。

嫂子说，以前的日子都是替别人过的，以后她要为自己而活。我无法劝她，找不到理由，那些“为了孩子为了面子为了父母”等等理由连我自己也说服不了。

我妈让我劝嫂子的话我一句也没说。我没有说，再给二哥一次机会，或者说，再等等二哥，他漂几年说不定就回头了。这些话对嫂子是不公平的，她的人生还是她自己做主。如果她铁了心要离，那就离吧。我举起酒杯，对嫂子说，不管你和二哥怎样，你永远是我的嫂子，我也只认你这个嫂子。

那一晚，我们是最后一桌没有散去的客人，服务员来过几次，欲言又止。两瓶酒早已下肚，我又拿了一瓶，嫂子喝得酣，我到最后也喝得云里雾里，到最后，我都忘记自己说了些什么。

我们离店时已经接近午夜，一掀开帘子，外面果然很冷。我给嫂子喊了出租车，再给侄女打了电话，让她到楼下接接嫂子。

临走时，嫂子嘴里还在不停地说，离，离，这一次离定了。

王琴，四川省绵阳市平武县人，四川省作家协会会员，中国自然资源作家协会会员，有作品发表于《散文》《广西文学》《黄河文学》等刊物。

姐　妹

水　禾

一

年二十八，我和母亲去看望大姑，大姑这一年频繁住院，在这之前，大姑是很少去医院的，母亲说，年纪大的人就像一部老化的机器，要时不时去医院修补修补，不然经常不去医院，一生病往往就是大病。

我在超市提了几个礼盒，母亲又称了几斤车厘子和刚上市的草莓，这些水果母亲平时自己都不怎么买，付款时又坚决不让我掏钱，丝毫没有舍不得的意思。

大姑家的小区地下车库陌生车号根本进不去，我只好把车停在老远的停车场里，和母亲一人提几样东西，步行穿过马路，在保安室做了登记才进了小区。当年这个小区开盘是请了一个明星剪彩，据说明星在这里也有一套房子，“与明星为邻”的广告喊得很响，真真假假谁也不知道。小区旁边有一个人工湖，湖上搭了座桥，样式很像南方水乡一座很有名的拱形桥，看着有点照猫画虎的意思，就连湖边也栽了和南方那座桥一样的树，如果站在桥中间看，真有到了南方的错觉，又因为湖离小区最近，倒好像是小区的后花园了，所以房价着实高。那个时候我刚准备买房结婚，就觉得这小区的房子跟天价一样，即便如此，大姑父一出手就买了三套，和大姑住一套，两个儿子各一套，大姑父选的还是别墅，老实说，包括我在内，家里亲戚可能还是有些羡慕的。

大姑家搬进这个小区后我来的不多，小区绿化好，栽了许多在别处看不到的树和花花草草，我每次来都像是欣赏园林景观一样，走着走着就光顾看风景忘记了看楼号，有时还要走些冤枉路。这回跟母亲一起走，我特意抬头瞅着路旁的指示牌，怕又多走了路。母亲走在我前面，却不看楼号，她给我说，左拐二，右拐四。我问什么意思？母亲说，你大姑总结的，从西门进，左边第二条路向右拐，数四幢楼就到了，几次我就是这样找到的。

想来大姑不识字，倒是有自己的

生活智慧。我笑了笑，也不盯楼号了，索性跟着母亲走，靠近湖边是几幢别墅，数过了第四幢楼，到了别墅区，正好看到小表弟出门迎接我们。

才进了院子，就听到屋里哗啦哗啦的搓麻将声音。大姑住院的那两次，因为疫情原因，医院根本不让探视，连陪护也是要限制人数的，看望大姑只能等她出院后，原想着过年前大姑家人会少些，听这声音恐怕人少不了。进门后，我快速打望了一眼，麻将桌子是支在正对门的小客厅里，这个客厅没有门，和大客厅连在一起，坐在麻将桌前的人一目了然，是大表哥两口子还有另外两个不认识的人，几个孩子在两个客厅间又跑又跳，占了半面墙的电视大屏幕正播放着动画片《熊出没》。电视声音开得很大，和着麻将声和孩子的喊叫声，闹哄哄的感觉进了菜市场一样。大表哥叼着烟起身和我们打了招呼，示意我们随便坐，手上又继续忙起来，大表嫂招呼着让我过去和他们一块玩牌，我笑着摆了摆手。小表弟给我们倒了茶水，母亲没顾上喝，径直上了二楼。大姑一贯住在二楼。

我在大客厅刚坐下，才发现坐在沙发角落的小姑父。电视上，熊大熊二跳上了一辆火车，光头强开着一辆摩托车边喊边追，小姑父抱着胳膊对着电视看得很认真。小姑父这个人很有意思，年过半百的人了，却对动画片特别感兴趣，《喜羊羊和灰太狼》他一集不落地从头看到了尾，上幼儿园的孙子都知道看动画片时要叫上爷爷，爷孙一起看得特别乐呵，这个爱好天底下怕是难有几人，所以经常被小姑数落。其实看到小姑父在，我料到小姑也来了，果然，问起小姑，小姑父指了指厨房的方向，说，做饭呢。

推开厨房的门，油烟机轰隆隆地响着，小姑背对着我，不知道在炉子前弄着什么菜。小表弟媳妇在切菜，大大小小的盘子摆满了灶台。我喊了声小姑，小姑头上戴着一顶蓝色的一次性帽子，把头发严严实实收拢在帽子里，转头的一刹那，我觉得小姑的脸大得像一盘热蒸馍。

我有半年多没有见小姑了，上次见她还是半年前在社区采核酸的时候，我穿着志愿者的红马甲，在长长的队伍里忽然发现了小姑。正是夏天，小姑穿着一件松松垮垮的棉布裙子，戴一顶米色的露顶遮阳帽，紫红色的头发高高盘起。小姑白发多，她对染发剂过敏，经常用一种叫海娜的粉末调成糊遮盖白头发，时间久了，头发就变成了深深浅浅的紫红色，在头上挽成一个髻，像一朵花开在头顶，多少年未曾变过，我就是通过这朵花一眼就发现了小姑。

小姑不住在这里，看到小姑我很奇怪，一问才知道，明子（小姑的儿子）在这买了房，按揭的。明子有一对双胞胎儿子，马上就到了上小学的年纪。

采核酸的队伍一点点往前走，我也陪着小姑的移动速度往前挪。

阳光下，小姑看起来很疲乏。小姑说，大姑上次住了一次院，她去照顾，一个月下来，大姑瘦了，她也瘦了。说着，小姑往下拉了拉口罩，让我看她的脸，她的脸颊的确有些凹了些，显得颧骨更高了。怕我不相信，小姑又把左手的大拇指和中指在右手的腕上拢出一个圈来，中指轻轻松松压住了大拇指，她把这个姿势固定住抬起来给我看，示意她胳膊腕子细了。

想起来这才过了几个月，站在厨房里的小姑明显胖了一圈，脸也白了。

我找了个板凳坐下来和小表弟媳妇一块择芹菜叶子，小表弟媳妇说不用我帮忙，我说闲着也是闲着。才择了几根，外面有孩子哭，大声喊妈妈，小表弟媳妇放下菜慌忙跑出去了。厨房里就我和小姑了，丸子还没炸完，小姑用筷子从盆子里夹了一颗炸好的喂到我嘴里，又用小碗给我盛了几个，让我尝尝香不香。牛肉土豆混合着白萝卜裹了淀粉，外表炸得金黄，嚼起来外脆里嫩，我说确实很香，忍不住又吃了一个。小姑自己也吃了一个，她嘴里嚼着丸子，手里继续忙着，炸完了丸子，又给青笋削皮，切去后根部，端详了一下，又切去一截，头朝我靠了靠，说，这家人吃饭，挑着呢。我一边择菜，一边和小姑随便聊。我说，小姑你比上次白了。小姑说，是吗？可能这几个月出门少的缘故，你不知道，我除了睡觉回自个家，白天几乎都在你大姑家，天天给你大姑做饭，有时老大老二两家子也来，大大小小十口人，我都快成他们家保姆了。

小姑父没意见吗？我朝外面努了努嘴。

能有啥意见呢！老大在郊区的那个厂子，你小姑父一直给看大门，他一个月也回不了几次家，不过，小姑脸上带出了笑，压低声音说，好在你小姑父的工资一分不少地都能领回来呢。

小客厅的声音时不时传进来，一听就能听出大表嫂嘎嘎的笑声，数她的声音最响。我问小姑，这么多人吃饭，表嫂也不进来帮忙？

小姑说，哪回她家里来人不都是把我叫来给做的？说是我做饭手艺好，说得好听，哼，我看，她就是懒。

我不再吱声。

大姑的饭是送上二楼的，小姑给单独做的一碗，放了银耳、虾仁熬的稀粥盛在一个小碗里，只有大半碗。我说我给送上去吧。小姑怕我烫着，放在一个托盘上让我端着。我问小姑，粥是不是少了一点？小姑说，能把这一碗吃完也不错了。我说，哦，端着粥上了二楼。路过小客厅的时候，从楼梯看下去，里面烟雾缭绕，大表嫂背对着我，笑起来嘎嘎的，像是嘴里含着东西。大客厅里小表弟媳妇正陪着孩子玩，小姑父还坐在原先的位置看电视，不知谁的几只鞋子和各种玩具胡乱扔在地板上。以前我第一次来大姑家的时候，觉得这联排别墅真是气派，其实进了门，也不过是和普通人家一样，有着一日三餐前的零乱。

一上二楼，大姑的门敞开着，大姑半躺在床上，母亲侧着身体坐在床沿，脸对着大姑。大姑见我来，老远就长长伸出一只手来，我把饭放在桌上，叫了声大姑，握住她的手。她的手掌绵软温热，虚胖的脸上挂着疲乏的笑容，好像笑一下也要费不少力气。看大姑这个样子，我心里竟有些难过，眼泪好像要夺眶而出，母亲赶紧用眼色制止了我。我抽出一只手，把大姑额上的头发往上捋了捋。与小姑相反，大姑脸色虽然蜡黄蜡黄的，头发却浓黑，只有两鬓有不多的几缕白发。她们姐妹一个属相，相差十二岁。

大姑的这间卧室占据着家里最好的方位，透过窗户就能看到外面不远处的人工湖，要是眼力儿好，还能瞅见湖面上的飞鸟起起落落，可惜大姑总把窗户关得严严实实，我每回来，都觉得屋里有一种说不出的气味，应该是那种久居不通风的陈腐味儿，这次尤其明显，一进门的刹那，让我几乎有点儿透不过气来。

我把盛了粥的碗端过来，四处瞅了瞅，没有发现一个适合在床上吃饭的小桌子。大姑让我把粥放在床头柜上，说她要先吃药。在大姑的示意下，母亲从抽屉里找出两颗褐色的大药丸，掰成几小块，又给大姑递了水，大姑坐直身子，一点一点把药丸喂进嘴里，就着水，嗓子咕噜了几下，把药咽了下去。我舀了一勺粥给大姑压了压药，大姑才吃了几口就摆摆手说不想吃了，身体又缓缓靠下去，吃进去的粥让大姑看起来脸色红润了一些。她和母亲聊天说话的声音都很小，准确地说，是大姑说话声音小，每一个字仿佛都是从喉咙里扯出来的一样，却又能连续不断一直说下去。

我听了几句，无非是说住院时两个媳妇没有陪她在医院里睡上一晚，说儿子倒是天天都去医院，一个个都两只手插在裤兜里站在她床前，没有发现她手背上的针头穿孔了，渗了一个大包……

那到底是谁伺候的你？母亲问。

宝荣。大姑说。见母亲没有接话，大姑又说，付了工资的，我家伙食好，她这一个月，都吃胖了。

宝荣是小姑的名字。

正说着，小表弟媳妇端着两样菜上楼来，紧接着，小姑也上来了，她用一个大托盘盛了几样菜和几碗米饭先放在一进门的梳妆台上，一转身，麻利地一拉一合，就把立在门后的一个柜子变成了一张大圆桌，几样菜摆开，显得十分丰盛。小姑看向母亲，说，嫂子你就在楼上吃吧，一会儿我也上来，咱们边吃边聊。

母亲客气了一句，咋都行。

见母亲应允，小姑又像变魔术似的，从屋外搬出了几把椅子围在圆桌边上。

大表哥也上来了，他客套地请母亲和我下楼吃饭，大姑由母亲扶着坐起来，她挥了挥手说，楼下太吵，让你舅妈就在楼上吃吧。大表哥又看向我，我一时不知在楼上合适还是楼下合适，说实话，大姑屋里的气味让我很没有食欲，但下楼我又不愿意和大表哥那些朋友坐在一块，想了想，还是在楼上吃合适。我给大表哥回复我在楼上吃，大表哥嗯了一声，却没有下去的意思。大表哥比我大不了几岁，因为常年运动的原因，人十分的精瘦，梳着当前年轻人十分流行的发型：耳朵两侧头发贴着头皮理得短短的，顶上一扎长的头发朝一个方面梳得一丝不苟，四十多岁的年纪看起来倒像是只有三十几岁的样子。他不知哪里学来的习惯，站着不说话的时候，喜欢把脚后跟一抬一抬的，动个不停。

母亲自打进来这是和小姑第一次见面，她问小姑，明子最近忙啥呢？

明子前年出了一次交通事故，小腿受了点伤，打了钢钉还没取出来，听说干不了重活，也好久不见明子了，母亲也就是顺口那么一问。

小姑手里摆着筷子，说，明子走外地了，说是过年也回不来，唉，年轻人，不管他，也管不了。

大表哥站在靠近门口的地方，两只手插在裤兜里，像是很随意地说了一句，明子昨天给我打电话，东西不好销啊，这个时候，哪有那么好的销路，贴是要贴一点的……估计还得回来销，我再给想想办法吧。

小姑没有吭声，手里的筷子却掉了一根在地上，又赶忙捡起来，说我去冲冲水，拿着筷子出去了，母亲看看我，也就没有再问下去。

小表弟媳妇刚摆好碗筷，就在这时，咳咳…..大姑忽然咳了起来，她一手捂着胸口，一手抓住了床沿，没等我们反应过来，一大股热乎乎的液体从大姑嘴里吐了出来，母亲慌乱中从大姑的枕头上抓起枕巾捂在大姑下巴上，大姑身体前倾着，弯成一张弓，脸涨得通红，大张着嘴不住地呕，随着身体的颤抖，不断有黑色的东西源源不断地从大姑嘴里淌出来。

哎呀……哎呀……母亲一边托着枕巾上接住一股股黏性的褐色东西，一边叫嚷着看向屋里的其他人。大表哥的手已经从裤兜里伸出来，他急速地从桌子上找到了纸巾，刷刷地抽出一大团，隔着桌子递给了我。我一直用半个身子托着大姑不断弯下去的肩膀，腾出一只手接过大表哥递过来的纸团捂在大姑的嘴上。

姨妈——姨妈——小表弟媳妇朝门外大声喊！

小姑“噢”的一声，像一只火鸡一样飞奔过来，经过大表哥，绕过圆桌，抓起床底下的一个红色小桶，推开母亲，将小桶抵在了大姑的下巴处，一只手接过我手里的纸团堵住那些褐色液体的外围，她娴熟的动作像早已经历过无数次。

大姑停止了呕吐，又干呕了几声，终于直起身体，大家都看向大姑，大姑的眼睛里蓄满了泪水，喘着粗气，借着小姑胳膊的力量，缓缓地躺下了。

母亲趔趄着去了二楼的卫生间，扶着门框干呕了一阵，我拍着母亲的后背，母亲转过脸，对着我苦笑了一下，因为用力，母亲眼睛里也水汪汪的，擦眼睛的时候，才发现手里还提着那团黑乎乎的枕巾。

再进大姑的屋里，大表哥和小表弟媳妇都已下楼去了，小姑蹲在地上正托着小桶，用纸巾一点一点擦地下的秽物，用过的纸团就装进桶里，我觉得这个小桶很眼熟，是菜市场里用来装草莓卖的塑料桶，此刻它装着满满一桶纸团被小姑提着出去了。

屋里的空气又加重了，一股难以形容的酸腐味。一桌子的饭菜还原封不动地摆放着，我已没了胃口。

我和母亲是快黄昏时才从大姑家出来，外面的空气一下子冷了起来，天气预报说这几天大风降温。许是刚才在大姑家待了太久，乍一出门，冷风像长了眼睛似的直往人脖子里钻，凉飕飕的，不知道怎么，我反倒有点儿喜欢这种凉意，好像在水下闷得太久，一下子露出了水面，让人有点儿想大口喘气的感觉。上车后，母亲坐在我一侧，头靠在靠背上，默默地不作声。启动车后，我按了一下音响键，一首老歌在车里弥漫："因为我们是一家人，相亲相爱的一家人……"好多人唱着的一首歌，听着却像是一个人在唱。暖风渐渐从脚下升起，车里暖和了起来，一曲还没唱完，母亲说，关了吧，有点吵。我从后视镜里看了一眼母亲，刚才母亲也只吃了几口饭，不知道饿不饿。关了音响，车里一下子安静下来。我问母亲，还想吃点东西不？母亲没有回答我，脸一直看向车窗外。

下车时，母亲说，你大表哥问过医生了，你大姑怕是没几个月了。

大姑得的是肝癌。

二

大姑年轻时也吃过苦，记得以前母亲给我讲过，几十年前，大姑和所有二十岁左右的乡下姑娘一样，跟着生产队挖沟、平地、春种夏收，为家里挣一个壮劳力的工分。有一天，同村一个本家姑姑相亲，男方还没有进门时，大姑去向本家姑姑借一把剪窗花的小剪子，稀里糊涂地就一直待到来相亲的男方一行离开。男方家与本家姑姑家只隔了一道大水渠，好像那会儿也不兴留男方吃饭，见了面没坐多久就走了。阴差阳错，我大姑被我那来相亲的后来的大姑父看上了。介绍人说，男方带话，中意了短头发的那个姑娘。那个本家姑姑的辫子梢能扫腰，大姑是短头发，留着两把短刷子，长辫子被她剪下悄悄卖给了货郎，换了几尺布做了件上衣，大姑就是穿了那件新上衣和大姑父头一次打了照面。当时大姑父家也穷得叮当响，又不是大户，长辈们一商量，都是一个姓的丫头，嫁哪个都是一门亲。我听母亲说，那时候嫁姑娘，连姑娘自己都觉得有蒙头跳黄河赌一把的意思，所以本家姑姑好像也没说什么话吧。我母亲和大姑是前后脚结的婚，当时的事母亲也不清楚。大姑就这样成亲了，谁能想到大姑父是个货真价实的潜力股，后来竟发达了，大姑也从农妇摇身成了城里人。直到多年以后，听说我那位本家姑姑提起来这事还有点耿耿于怀，一直说那年那天大姑是有备而来，心计太深。言语之中，仿佛大姑如今的生活和她都是有关系的。不过又能怎样呢，都只是说说而已，时间又不能倒流。

我九几年时在市里上学，当时大姑家搬到市里已有好几年了，住的房子也不大，我偶尔去打打牙祭，几乎每次去都看不到大姑父的面，不是去了广州就是去了深圳，总之都是南方的大城市。我对大姑父了解不多，小时候头一次听大人说有人会先天性近视，说的就是大姑父。大姑父的眼镜片子厚厚的，像两片玻璃瓶底儿架在鼻梁上，他一直很瘦，似乎从来没有胖过。大姑父的发家是从制鞋开始的，去南方学技术，开过小作坊，后来又把南方的鞋贩卖回来在这边卖，赚了点钱又开始贩种子，开脱水蔬菜厂，这都是亲戚们能看到的，以后大姑父从县城到市里，远离了亲戚们的视线，或许还做过别的什么赚钱的事就不得而知了，有一点可以肯定，大姑父像一个发家致富的标杆，让几乎所有的亲戚暗暗地向往着。虽然大姑父挣的钱没有给哪一个亲戚一分半分，但毕竟有这样一个有钱的亲戚远远地存在着，向外人提起来脸上也有光。

我每次去大姑家，她都要让我看看她满柜子的衣服。那些春夏秋冬各种样式的衣服被大姑套上防尘袋细心地挂在柜子里，哪件是哪年去哪个地方买的，哪件买了吊牌还没摘掉，哪件是摘了牌一次也没穿过的，每拿出一件，大姑就给我讲半天，好像每一件衣服都有一个故事似的，她也像一个不知疲倦的讲解员。我奇怪从未上过一天学的大姑记性竟然如此得好，大姑说，这些衣服跟着她从县城到市区，从小房子到大房子，后来把一间房子的三面墙都挂得满满当当，用现在的话说，都是她半辈子打下的江山。我看很多款式都有了明显的过时痕迹，还在柜子里用防尘袋包得严严实实。

这几年，也就是这些衣服能给我提提心劲了，唉！有些事，你不知道……大姑总爱说这句话。

和其他几个堂姐妹聊天，她们也说，去了大姑家，大姑也会把满柜子的衣服展示给她们看。大姑毕竟住的是别墅，这样一来，多少就有了显摆的意思，几个堂姐妹后来就不怎么去大姑家了。起初我也这么想，后来随着年龄的增长，我逐渐能感觉到大姑其实心里有无法言说的事。想一想，不知道多少个日子里，大姑站在镜子前，一件一件地把那些新衣服挨个穿在身上，又一件一件挂回柜子里，其中滋味，只有大姑知道吧。我从来没有过那么多衣服，也体会不到衣服给人提得什么心劲，不过我想，作为女人，至少那一刻，站在这些花花绿绿的衣物前，大姑是开心的。

奇怪的是，在家里的大姑总是穿得极为普通，甚至还有些寒酸，好像随手就扯了一件套在身上，裤子有时还是大表哥或者小表弟不穿的衣服。我提醒过大姑，放着那么多新衣服为啥还穿旧衣服？大姑说，你奶奶以前总说，在家有在家的穿着，出门有出门的衣服，好衣服总是要出门才穿。可是，连我也知道，大姑出门的机会是少之又少，因为她不识字，大姑说，离家太远的地方她都不敢去，坐公交车也不认得站台上的字，怕找不到家。我问，那你那些衣服都是怎么买回来的？大姑说，卖衣服的商场16路车坐8站路就到，我一上车就数，过一站就数一次，商场门口有两个大石狮子。

大姑几乎没有朋友，她唯一的朋友就是小姑。小姑父一直在大姑父的厂子里做事，小姑带着明子在农村种地，后来听了大姑父的建议，小姑把地包给别人，带着明子也搬到城里，房子是有人抵账给大姑父的，只有六十几平方米，就在与大姑家隔着两条马路的小区里，当年房价还很便宜，大姑父六万块钱卖给了小姑。大姑父工厂里从不请亲戚帮忙，或者说从不雇佣自家或者大姑这边的亲戚，除了小姑父外。小姑父耿直不滑头，这是大姑父的评价。小姑父给大姑父看管材料，也是没有出过差错的。另一个原因，大姑父是想让小姑进城给大姑做个伴，毕竟是亲姐妹，小姑来了后，那些个年月里，小姑就是大姑的眼睛和耳朵，陪着大姑转着市区里的大街小巷，商场百货店，这些我们都是知道的。

我母亲常说，你大姑小姑是一对打不散分不开的冤家。这话也不是没有依据，我母亲是近几年才搬到了市里，即便是这样，作为嫂子，她的两只耳朵还是经常被迫听着大姑和小姑到她这里相互说着对方的不是，虽然都是鸡毛蒜皮的事，当时说的时候都跟积了多大怨气似的，甚至母亲觉得这俩姐妹怕是要闹僵了，谁知隔几日两人又一起挎着胳膊有说有笑地逛街去了。母亲说了一件现在看来很荒唐的事。有一次小姑买了条黄河鲶鱼到大姑家做，正是夏天，小姑脱了外衣只穿了件背心裙，露着两只光胳膊在厨房洗鱼，大姑父那天也在家，大姑父以前在南方学会了煲汤，有喝汤的习惯，说黄河鲶鱼适合煲汤，也帮着准备煲汤的食材。小姑围裙带开了，就让大姑父顺手给系上了，这一幕正好大姑看到了，大姑父吃完饭上楼去了，大姑就对小姑下了逐客令，甩出一句：你以后少来我家。小姑以为大姑开玩笑，还笑着说，少来就少来，当谁稀罕来呢。等大姑摔了筷子，小姑才反应过来有点不对劲。回到家里，小姑越想越莫名其妙，拿起电话问大姑。大姑说，你安的啥心，怎么能勾引你姐夫？小姑对母亲讲起这件事，她听到这句话简直像当头挨了一棒，半天才回过神来，又气又笑。小姑说，她买鱼去大姑家，就是知道大姑父回来了，想请大姑父帮个忙，明子从农村小学转到市里，因为户口的原因，一直在离家很远的学校上学，她是想请大姑父想办法把明子转到大姑两个儿子上学的那个学校，话都没来得及说呢，就被大姑撵出了门。

小姑说，这件事后来不了了之，本来也没啥事，她也知道，大姑与大姑父这几十年总是聚少离多，大姑心里怀疑大姑父可能外面有人了，但窗户纸不捅破，她就一直守着这个家，别人只看到她住别墅进大商场，一身的珠光宝气，她心里有苦，又不敢说给外人听，怕人笑话，能说说话和发发牢骚的只有身边这个亲妹妹了，哪怕有些荒唐和伤人心，这一点，她这个当妹妹的也能想明白，想明白了还能说什么呢？

我母亲安慰小姑，说她能这么想是对的。

三

春节过后，大姑又住院了。

小姑和母亲视频，第一句话就说，咋办呢，他们又让我伺候呢。他们，无非就是大表哥那头。

手机屏幕里，小姑新烫了头发，头发比以前更红了，她一边嗑着瓜子一边和母亲聊。

你这里也是一大家子，腿长在你身上，你不去，莫非他们硬拉了你去？母亲说。

可不硬拉呢么，上次住院我伺候了十几天，出院了又拽了我去。你不知道，前前后后辞了两个保姆，嫌人家做的饭不顺口，最后老大请了我两次，我才去的。我坐在一旁，听小姑提起来这事的语气，倒好像对她而言是一件很自豪的事。

小姑现在也是当奶奶的人了，明子媳妇生完一对双胞胎儿子后就一直自己带，小姑对两个孙子几乎没怎么管过。

我想起一件事，记得小表弟结婚那年，大姑安排了大表嫂去娶亲。在我们这里的习俗，如果讲究一点，娶亲的人是要请生过儿子的新郎长辈或者姐姐，嫂子也行，要通情达理脾气好，无非是希望娶来的媳妇也能像去娶亲的人一样贤惠。当然，毕竟是一个习俗，如果不讲究这么多也没什么关系，比如大姑安排自己的大媳妇娶小媳妇也是无可厚非的。大表嫂生了两个女儿，大姑父和大姑嘴上虽不说，他们心里却一直盼着能有个孙子，大姑父自从把生意交给大表哥后，几乎就不怎么外出了，年龄大了，在家里待的日子多了，老两口每次见到明子的一对双胞胎就喜欢得不行，谁都看得出来他们是喜欢男孩的。娶亲队伍临出发时，我三妈忍不住提醒大姑，你家大业大的，怎么不请个生男娃的去娶亲呢？大姑一拍大腿，恍然大悟的样子，在屋里原地转了几个圈，好像一时想不起合适的人选。正好小姑也在场，三妈又支招：明子媳妇不就可以嘛！

明子比小表弟大了几个月，明子媳妇也算是嫂子了。谁想大姑撇了撇嘴巴说，媳妇还没有婆婆时髦哩，怕是撑不起这个门面。小姑听了大姑的话，脸上就带出了不高兴。见小姑脸色拉了下来，大姑又揽过小姑的手，开了一句玩笑，你光把自己的嘴唇子抹得这么红，也不给儿媳妇收拾收拾？

明子媳妇是外地的，以前介绍人说是一个很“泼实”的人。“泼实”就是不娇气的意思，明子媳妇一个人带着两个孩子，就是想打扮怕是也没那么多精力，即便是这个场合也和平时穿得没什么两样。小姑那天穿了件藏蓝色丝绒旗袍，头发仍旧高高盘起，和同穿了紫红旗袍的大姑站一起，显得特别洋气。她们都是高颧骨，又纹了相同形状的粗眉毛，虽然相隔着十二岁，如果不细细端详，看着倒像是一对孪生姐妹。

娶亲的人最后选定的是我的一位当老师的本家嫂子，这件事本来也没什么，都是说者无心，听者有意。大姑说的时候明子媳妇本来不在场，不知谁告诉了明子媳妇，明子媳妇大概有点多心，此后就不怎么去大姑家了，好像跟谁赌着一口气似的。

大姑的病，没有十天半月是出不了院的。这次住的医院离母亲的住处相隔不到三百米。疫情防控政策松弛下来后，医院里住院的人一下子多了起来，大姑原先住的那家医院单间病房早就住不进去了，这家医院也是大表哥托了关系才联系上的。

母亲和我絮叨，离得这么近，不去趟医院怕是不太好？我说，咱们年前不是刚探望过了吗，母亲说，得了那个病，见一次少一面，还是再去看看吧。这样，母亲前后又去了两次医院。

这次照旧是我陪同着去的，去之前，母亲和小姑通了电话，不出所料，又是小姑陪护，好在还有一个护工，小姑只在白天待上大半天。

能吃点啥东西呢？母亲问。

能喝点流质的，鱼汤鸡汤也行，医生让多补充蛋白质。小姑毫不犹豫地追了一句：嫂子你要不中午就做点汤，省得我再跑回去一趟提饭，医院的饭她根本咽不进去。

对小姑的安排，母亲也没说啥。对于这个小姑，我还是特别喜欢的，直爽又热情，有什么话都会直接说出来，不拐弯抹角。当年我刚毕业参加工作，一个人住宿舍，大姑和小姑离的不远，周末我宁可费劲地爬上六楼去小姑六十平方米的小屋也不想去大姑家，那时大姑还没有搬进别墅，但住的也是一个很大的房子，不用说，每次大姑还是要给我看她一柜子的衣服，像是例行的表演节目一样，我在心里试着理解大姑，大姑不过是用这种方式让她自己开心一下，可是我还是多少有点想法的。农村老家里，大姑还有三个弟弟，我那几个婶婶身材胖瘦都和大姑差不多，现在就不说了，即便是许多年前，大姑也从来没有给过她们一件衣服，她宁肯费劲巴力地一次次一件件打包装进搬家公司的车里，再一次次一件件地重新挂在新家的衣柜，也不舍得送人。而小姑就不同了，每次回老家，少不了带给婶婶们几样东西，虽说都不怎么值钱，早市上的几条花裤子，穿过的旧衣服，婶婶们拿到手里也很开心，所以，婶婶们对大姑和小姑的看法都有不一样的态度。

那天母亲一大早就去商场买了鲫鱼熬了汤，放佐料时斟酌了半天，最后只撒了点盐、葱花和香菜。母亲提着保温桶，我买了几盒蛋白粉，顺便又给小姑带了些点心。我们步行去医院，问了护士站，找到了大姑住的病房。

推开门，一眼就看见了小姑紫红色的头发，小姑背对着我们坐在床前的凳子上。病房里有三张床，大姑在靠窗的床上半躺着，后背抵着一个大枕头，小姑正在给大姑剪指甲，床沿上垫了几张纸巾，看见我们来，小姑眼睛一亮，接过母亲手里的饭筒，像久别重逢，显得很高兴。

正是晌午时分，外面的阳光暖暖地透过医院的大玻璃窗照进来，房间里有一种舒适的气氛，除了大姑，病房里还住了两个人，都安静地躺着。靠门的床上躺着的人盖着被子，看不清楚脸，中间年纪稍大些的老太太和大姑一样，穿着洗得发白的条纹病号服，没有盖被子，挂着吊瓶的白色液体滴答滴答地连接在手腕处。

我和母亲轻轻地站在床脚，大姑闭着眼睛，她的一双脚伸在被子外，细细瘦瘦的脚上穿着一双绿色和黄色条纹的棉袜子，像是两条斑斓的毛毛虫。

母亲坐在小姑刚才坐过的地方，小姑给我找了个方凳，许是听到了我搬动凳子不小心弄出的声音，大姑睁开了眼睛，她一只手拄着床努力想要坐直身子，母亲赶紧扶住她。大姑比过年那会又瘦了些，眼睛深深地陷下去了，想想小表弟结婚时，大姑的脸还是很圆润的，让我一时把她从前圆胖的脸和这几次作了对比，两张脸怎么都不能重合，唯有纹绣过的一对眉毛还依然浓黑，像蜻蜓的一对翅膀。

母亲打开饭筒，一层一层摆放在床头的小桌子上，给大姑的是鱼汤，给小姑的是鱼肉和蘑菇豆腐，还有米饭。小姑问我们吃过了吗？我们说吃过了，母亲让小姑自己先吃，她照顾大姑吃饭。小姑把菜转移到窗台上，捧着米饭，大口大口吃起来，香味在房间里散开。

鱼汤还有点烫，母亲舀出一小勺，小心地吹几口，再喂进大姑的嘴里，半碗汤喝下去，大姑额头渗出了一层汗。她面带微笑，眼睛看着母亲，用她惯有的慢吞吞的语调说，麻烦嫂子了。

母亲说，要谢就谢宝荣，她可天天陪着你呢！大姑眼睛又转向小姑。小姑可能没有听到，她穿着一双拖鞋，松散着头发，正埋头对付一个大鱼头，用筷子撬开鱼头的骨头，一只手抓着，用力吸着鱼脑，发出呼呼的声音。我脑子里忽然跳出一个词：保姆？这个想法让我也吓了一跳。赶紧把视线从小姑身上移开。

吃过了饭，大姑请的护工也来了，见病房里有些拥挤，护工很有眼色地说自己在走道里转转。小姑拿出指甲刀，捏起大姑的另一只手继续剪指甲，大姑的手又细又长，以前没有发现，这回可能生病的缘故，骨节显得异常突出。

大姑看着小姑，倒像是看着自己的孩子一样，满脸的慈祥。也不知道怎么就聊到了从前的事，大姑讲，当年要不是我扛大锹挖大渠，你小姑哪能顺顺利利上到了高中？大姑脸对着小姑，话是说给我听的。

“咦——”小姑用眼睛斜蔑了一眼大姑。我上高中那会，你早嫁人了，再说，咱爹妈有手有脚，哪里是你供我？

她们俩人你一句我一句，外人听着，好像是在斗嘴争吵一样，其实我和母亲都知道，她们经常这样说话，语气时而硬邦邦的，时而又软乎乎的，别人是学不来的，几十年了，也不知道怎么就成了这样。果不然，才讲了几句，两人都笑了。

大姑今天说话显得很轻松，除了时不时地干咳几下，精神状态也比上次好多了，我趁机问大姑，大姑，你相亲那天，是真的做了准备吗？

大姑脸上先是一愠，转而似乎又带了点羞涩，也像小姑那样，长长地“咦——”了一声，才说，我哪有那么多心计，我那会真是去借剪子去了，本来没有想着多待，她家一下子来了好几个人，我没来得及走，正好身上来事了，洇到裤子上了，坐在炕上，动也不敢动，人家说的啥话我也记不清了，光想着咋能出门，听了几句才慢慢反应过来人家是相亲的，走也走不掉，坐也坐不住，你们说我囧不？简直丢死人了。

大姑边讲边笑，几次停顿，自己半捂着嘴先笑了一会，勉强把故事讲完。大姑的头发在耳朵两侧编了两根麻花辫子搭在肩膀上，发梢留得短短的，扎了两根黑皮筋，一看就是小姑给弄的，可能是怕睡觉时头发压在后脑不舒服，小姑倒是细心，倒让大姑捂着嘴笑的时候显出了点俏皮。

那你们是一见钟情了？我又问。

啥情不情的，连你大姑父长什么样我都没敢多看，就看见他戴了眼镜，想着一定是有文化的人。大姑说，我就想找个文化人，丑俊无所谓。

我有点恍惚，仿佛时间回到了四十年前，大姑穿着新衬衫，肩头的两根刷子一样的辫子一翘一翘的，两颊绯红，拢着双腿，像一个大家闺秀一样坐在炕头，时不时偷看几眼还是毛头小伙子的大姑父，而大姑父呢，透过一双厚厚的镜片，也用同样的目光在年轻的大姑脸上扫过。

可惜，那个瘦瘦高高的大姑父前几年就去世了，其实我后来不知道听谁说的，大姑父好像也只上过四年学，能置办下那么些家业，说起来也算是一个传奇了。小姑说，大姑从前总是在她面前埋怨大姑父常年不归家，甚至恶毒地诅咒“跟那个臭婊子死到外面才好”。其实大姑父外面到底有没有人，大姑也只是猜测。等大姑父真正走了，她又逢人便提起大姑父从前怎么爱学习，年轻时上夜校，读电大，还带她去云南、逛香港，又说，她手里几千几万的零花钱大姑父是从来没缺过她的，这些话，大姑父在世时，大姑是从来不说的。

护工又进来了，母亲把刚才用过的饭盒一个个收拢重新垒在一起，说，没事我们先回去了。又看向小姑，你是要晚上才回么？

这个护工是大姑住院时大表哥就请好的，说好了是全天陪护，可大姑仍是拽了小姑来，小姑从家里做好饭装在饭盒里，那个饭盒一天两次跟着小姑辗转两趟公交车十多站路程，再步行二三百米才放在大姑的床头，想想小姑也真够强悍的。

小姑的眼睛转向大姑，大姑示意让护工把床摇下一点，护工立马领会，三两下就调整好了床的斜度，又给大姑掖了掖被子。大姑躺平了，才说，回就回吧，这会子公交车也不挤。

小姑拍了拍衣服，好像那上面沾了灰尘，又拢了拢头发，说，那我就先和嫂子回了，你眯一会觉。

和大姑告别，小姑跟着我们刚走到门口，“宝荣——”后面又传来大姑的声音，拖着长长的调子，气若游丝一般，让我感觉和刚才给我讲故事的声音简直不像是从同一个身体里发出来的。我愣了一愣，回头看见大姑从被子里伸出一只手来，又叫了一声，宝荣。小姑犹豫了一下，几步走过去，拉住大姑的手，母亲也跟了过去，大姑眼睛望着小姑，小姑也望着大姑，像是有点难舍难分。

你跑来跑去，外面车多人多，你走路慢点哦！大姑嘴里叮嘱着，手却还握着小姑的一只手不放。

你放心，我轻车熟路的。小姑用手掌轻轻在大姑胳膊上拍了几下，大姑才松了手。

那你明天一定要来哟！关门时，大姑倾了半个身子又追了一句，小姑已到了楼道，声音被关在了门里，不知小姑有没有听到。

四

母亲又一次去医院是和小姑一道去的，距上次大概隔了有大半月之久，小姑给母亲打视频，这一段时间他们几乎天天通视频。小姑说，肚子鼓鼓的，几天都吃不进去东西，汤汤水水也不行，全靠吊瓶，你不知道，中间那个老太太跟她一个病，白天还和她聊呢，前天天一黑一口气没上来，人说走就走了，她是亲眼看见的，可能是吓着了，这一周换了病房，人是清醒一阵迷糊一阵，话都不咋说了，我估计怕是不行了。母亲赶紧制止小姑不要说这种不吉利的话。小姑叹了一口气，说，你不在医院不知道，我看她这个样子，心里也是难过……母亲也跟着叹气，小姑又凑近了屏幕，压低了声音，好像这样能离母亲近一些。嫂子，只有你出面讲了，老大肯定听你的，再这么拖下去，怕是要在医院里……小姑没有再讲下去。

视频里，我发现小姑的脑袋有点奇怪，细细一看，原来是头发的问题，从手机屏幕上能看到小姑头上白发又长出来了，贴着头皮在鬓角蔓延，足有一厘米长，一白一红，泾渭分明，很是扎眼，让小姑的头像顶着一个红心萝卜。我不知道小姑的白发已经有这么多了，看起来十分苍老。

小姑的意思，是想让母亲给大表哥提醒一下，人年纪大了，实在治不了，也得躺在自个家里咽气。

母亲犹豫了一个晚上，还是去了一趟医院。小姑说，大表哥和小表弟这几天都会去医院，肯定碰得上。

那天的情景我不清楚，我是下班时把母亲从医院门口接回家的。天色已暗，灰蒙蒙地要下雪的样子，路灯还没有亮起来，车窗外一片昏黄，来来往往的行人中，我看见母亲站在一根电线杆子下，她手里提着自己的包，神情有些落寞地盯着脚下什么地方，直到我按了下喇叭她才发现了我。

上车后，我问母亲，讲了吗？

母亲默默摇了摇头。

母亲说，她从早上到医院，一直到下午，大表哥才姗姗而来，大姑鼻子上，身上都插了管子，可能是身体的疼痛让大姑时不时深深叹一口气，母亲的到来，大姑只是抬了抬眼皮。有护工看着，母亲和小姑就在住院部走廊的长椅上坐着，大表哥来医院，这是必经之路。

中午，两人在外面吃了米线，小姑一直在聊，聊大姑的事，也聊别的事，聊明子的事多些。小姑说，老大上次说帮着明子销货，到底也没帮上，说不定当时就是光嘴上说说，明子到底还是赔了钱，这两个月的房贷都是她和小姑父给还的。母亲心里想着大姑的事，听得就有些心不在焉，直到看见了大表哥夹着一个手包匆匆走来，母亲还是没有想好小姑交待的话到底能说还是不能说。

三个人一起到了病房，三双眼睛都俯视着大姑，母亲说，大姑相貌都仿佛变了一个样子。

出了病房，大表哥抹了几滴眼泪，从包里取出一沓钱，数也不数，直接递给小姑，姨妈也辛苦的，给我们帮了大忙，这点辛苦费你拿着，咱啥也不说了。

小姑赶紧往后趔了趔，摆着手说，你这是干啥？你这是干啥？

大表哥向前一步，给小姑塞进上衣的口袋，口袋立刻鼓了起来，小姑看了看母亲，想从口袋里往外掏，那一沓钱在小姑口袋才露出个角又被大表哥按进去了，小姑也就没有再掏出来的意思。大表哥待了一会就匆匆走了，似乎他今天就是特意给小姑送钱来的。

直到大表哥走，母亲始终没有提起那个话题。

出了医院门前的主路口，车辆渐渐少了，母亲坐在我旁边，我打开车音响，又是上回那首歌：“因为我们是一家人，相亲相爱的一家人，有缘才能相聚，有心才会珍惜，何必让满天乌云遮住了眼睛……”

哒，母亲按下了暂停。没骨气。母亲说了一句。

谁？谁没骨气？我问。

母亲不再说话。

五

在我家吃了晚饭，母亲坚持不让我送，说自己散着步就回去了。

晚上我做了一个梦，梦见年轻的大姑正抡着铁锹挖大渠，小姑在渠边上挖苦苦菜。汗水湿透了大姑的后背，她把新做的碎花衬衫脱下来给小姑，小姑接过衣服和大姑说话，可是大姑忽然跳上大渠，头也不回地走了，小姑在后面大喊：“姐，姐——”

我一个激灵，一下子醒了，耳朵里似乎还有人叫着“姐，姐——”的声音，看看四下，半天才明白的确是做了一个梦。梦境里大姑和小姑的脸庞都是虚幻的，好像只是一个影子游动在黑白的底色里，唯有大姑身上的衣服是清晰的，黄色的底布上缀满了细碎的紫色蒲公英，十分好看，我隐约记得，大姑的衣柜里好像有过这么一件花色的衬衣，大姑还拿出来给我看过，那是小姑陪她买的，我也不知道我为什么记得这样清楚。

窗帘有些发白，像是有远处的灯光投了过来，照得卧室一片朦胧，也不知现在是几点，我已经没有睡意，起身找到手机看了看时间，离天亮还早呢。窗帘动了一下，有一丝凉意，走到阳台，感觉外面比往常要亮一些，借着楼下的路灯看，居然下了雪，路灯下的小广场和草坪上已经白了，隐约还能看见雪花在空中飘洒。

打开手机，家族微信群里赫然亮着几个红点，提示有未读的消息，点开一看，大表哥凌晨发了一句：我母亲于昨晚十点仙逝。底下是两个堂妹发出的流泪表情。

我的脑子嗡地一响，虽然我早有预料大姑会有这一天，但此刻夜晚的昏暗让我一时间意识有点混沌，像是还在梦里一样，不敢相信这个消息是真的，心扑通扑通地跳着，好一会才平息，定了定神，手指哆嗦着也发出一个双手合十的表情。放下手机，想着要给谁说一声，又觉得不妥，不知道母亲是否知道这个事，母亲晚上睡得早，我不敢半夜惊扰她，就没有打电话给母亲。

熬到天亮，外面雪早已经停了，马路上只盖了一层薄薄的雪，太阳像铸铁似的灰着。电话打给母亲，得知母亲已被大表哥接到了大姑家。母亲的声音听起来十分平静，我放心了，立即驱车赶过去。

别墅里安安静静的，两扇大门都敞开着，听不到里面传来一丝哭声，这些别墅从外面看都差不多，连大门也一样，让我以为走错了地方，左拐二右拐四，我默默回想来时的路，确定没有走错。进了院子，看到屋里人很多，都是本家的亲戚，大家都表情凝重。年纪大的几个长辈正和大表哥小表弟商量着大姑的后事。我看到大姑躺在一楼的小卧室里，穿着缎面的棉衣裤，显得一下子胖了许多，脸上盖着一张黄裱纸，想起前些日子还和她聊着天，从此以后却不会再有那样的机会了，鼻子一酸，眼泪落了下来。

大表嫂和小表弟媳妇正在给不断进来的人倒水，她们两人的眼睛也都红红的。小区内不让办丧事，殡仪馆的车还没有来，去殡仪馆前，我们都没什么事干。

找到母亲，她在另一个卧室的床上干坐着，神情木木的。

你小姑到现在还不来，母亲悄悄说了一句，打电话也不接。

原来，昨天母亲走后，过了一会小姑就走了。护工说大姑这几天情况不太好，小姑走前说好了晚上还来，谁知没有来，单单大姑晚上就走了——总之，昨天夜里，小姑不在，护工睡着了，大姑走了。最要紧的是，大姑的寿衣哪也找不到，大姑生前曾说过，她的什么事都问小姑，可偏偏小姑的手机死活都打不通，微信留言也不回。小姑父还在厂子里，对小姑的消息也是一无所知。天正下着雪，大家也没有去小姑家里找，或许大姑的寿衣还没有来得及做也是有可能的，毕竟每个人住院都是奔着能出院的。最后大姑的寿衣是在医院门口的寿衣店置办的，大表哥昨晚就找到了母亲，由母亲给大姑挑选的，都是店里最贵的，把这些事做好，天都快亮了。

我们跟着殡仪馆的车慢慢出城，天气依旧灰蒙蒙的，城里路面上的雪早已融化，驶出城，路两旁的空地和小公园还一片片地盖着雪，方才觉得这场雪下得不均，仿佛厚此薄彼。

路上，母亲有点不安，坐在后排，拍了一下我的靠椅说，你再给你小姑打个电话，这个时候，早来晚来是不一样的，侍候了那么久。

我在后视镜里看了一眼母亲，说，我刚打过了，就是没人接，不是关机。母亲不说话了，重重地向后一靠，过了一会，又像忽然想起什么，说，你小姑昨晚回家，一定是回家放东西去了，老大给了那么一沓……你觉得呢?

我说，我哪知道。

到了殡仪馆，录音机的哀乐响起来，只一会儿工夫，就让人心里的悲伤更重了。跪在地毯上，我听旁边的大表嫂和小表弟媳妇小声嘀咕，小表弟媳妇说，姨妈家到现在一个人也不见，姨父不在大家都知道，可姨妈平时来得勤，现在倒不来了，你说，关键时候，就扔下一个护工……

大表嫂说，明子贷款几十万，别人都不敢担保，也是我家给担保，这个事，姨妈也是知道的，还有，打车钱都是给足的，她非要坐公交。

我不想再听下去了，起身去里侧房间，母亲在那里给晚辈裁孝布，她用尺子量好，撕个口子，用力一扯，就劈开了一块，长布条子扯成一绺一绺备着当麻绳。忽然，母亲停下来，急切地说，我想起来了，你大姑的寿衣是有的，以前你小姑陪着在裁缝店订做好了的，是你大姑嘱咐先让你小姑保管着，以防万一有事，她给我说了这事，你大表哥半夜里给我打电话，我一着急，没有想起来。

母亲呆呆地绷着身子，神情像是一个做了错事的孩子，嘴里不停地叨念：他们肯定怪你小姑，这怎么办？这怎么办？

我不知道怎么安慰母亲，起身给母亲用纸杯倒了些水，母亲端在手里，又说，你小姑到底怎么了？母亲眼睛里掠过一眼惊恐：会不会有啥意外？

我感觉母亲已有些慌神了，赶紧说，别瞎想别瞎想，或许她在家睡得太沉，医院那个地方，给谁熬上几晚也扛不住，她都五十好几的人了。

外间，有人在哭，我探了探头，见一个身材圆胖的老妇人坐在大姑灵前啊啊地干嚎着，细细辨认，竟是我那本家姑姑。大表嫂和小表弟媳妇在一旁嘤嘤地陪着哭。

忽然，我看见窗外有人影从大门进来，看身形不知有多肥大，细细看，才发现是怀里抱着什么东西，一颠一颠快速奔过来。

紧接着，“哎呀，我的那个……哎呀，我的那个姐呀……”哭丧的长声远远传过来。是小姑。

我出门，小姑跌跌撞撞地扑进来，腋下，夹着一个软软的大布包袱。她披散着头发，像是刚从被窝里爬出来，在她的身子和包袱一同扑倒在地毯上的时候，那一团紫红色的头发异常耀眼，贴着她的头皮，像是刚生长出来一样。

水禾，原名陈丽娟，宁夏作家协会会员，中国自然资源作家协会会员，鲁迅文学院国土文学创作班学员，宁夏文学院第四期（散文）研修班学员。在《朔方》《黄河文学》《大地文学》等刊物、报纸发表小说、散文百余篇。

凤冠霞帔

马　蚁

一

王战胜老师并不知道，自己的爱情开始于田梅报到的那个星期三的上午。那些日子，他早已把自己当成了枯萎的种子和枯萎的禾苗，那天他在传达室待着无聊至极，便把看门老头的蚊帐钩子在半空中来回弹动，仿佛那是戏耍鱼儿的鱼钩子，钓得住鲸鱼，钓得住罗刹海市中的绝色龙女。生活平淡无奇，王战胜经常为自己编织这一类型的童话故事，至于奇痒不止的几个红疙瘩何时冒出的，他一点都不知道。于是，人和蚊帐钩子的游戏转变成人蚊大战，用巴掌拍，用书本打，他还找到了看门老头的苍蝇拍子这个重武器，拍得门框颤动、墙皮脱落，顺便消灭了几只不入法眼的苍蝇，他的嘴里不自觉背诵小时候隔壁二大爷教他的三字经：人之初，狗爬屋，扫帚打，木锨捕。二大爷是他不远不近的本家，这个杀猪杀狗的屠户也是他的性启蒙老师，告诉他猪和狗如何交配，如何生出小猪小狗。那时候王战胜老师的世界只局限于眼前，还没能从书本和生活获得纵深性的发展，但田梅悦耳的声音还是让他一激灵，不明白发生了什么，大睁着两只眼睛。

报到的那天，田梅隐约感觉传达室外的空气沉闷而凝滞，她擦了擦脸和脖子，发现脖子上都是汗水，她知道立秋后反常的狂热俗称秋老虎。那时候，连时间似乎都被燥热浸泡得稍稍慢了那么几秒钟，她下意识地看了看手表，滴滴答答的秒针就像一个笨拙的木偶人，抬腿、迈步，呆板而机械地描画着这个圆形世界。

田梅带着三分兴奋、三分失望打量着自己的工作单位，礼貌地冲着简陋的传达室问道，大爷，教务处在哪？王战胜老师被屁股下的椅子迅速弹起，他指着两排黑松树说道，这里，还是那里？在最熟悉的地方，他突然不知道要把这个女子指向哪里。那时候，他的眼睛失灵，嗓子干燥，声音僵硬就像嘴里吞吐着两块石头，甚至手臂的抬起、手指伸出去全是本能的反应。

迷失方向的王战胜分不清这里那里，但他知道，学校不大，这里和那里最终会被两只脚走到一起。他曾经见过一个人和一棵黑松树都走到了一起，当然那是他小时候的一个错觉，他妈说，傻孩子，那个人偷庄稼，被绑在了树上。

那时候，能吃饱饭，比什么都重要。二大爷说，肚皮比脸皮重要。二大爷一边扔土块一边吐口水，还教育王战胜说，跑得快，才能不被逮住。小王战胜似懂非懂地点点头，也朝绑在树上的人扔土块、吐口水。那人却不服气，叫道，老王你妈的就知道跑得快，可你知道前面早就挖好了坑？

两排黑松树就是两排黑大个，它们用王战胜的形象站立，在黑色中站出来几分青绿和永恒，有风的时候摇晃，没风的时候纹丝不动。

谢谢大爷。田梅的声音就是刚榨的甘蔗汁，新鲜，浓郁，含糖量极高，两只高跟鞋欢快得如同山间的溪水，哗哗地向前流动。看门老头着急去厕所，便让王战胜替岗五分钟，仅仅五分钟的时间，青年教师王战胜以看门老大爷的形象出现，田梅则是从天而降的仙女，连衣裙上的小花儿一朵朵绽放，有着三月玫瑰、四月丁香以及八九月桂花的味道，如果深入地嗅一嗅，隐约还有寒梅的高洁气息。呆呆傻傻的王战胜看见蝴蝶落在头发上，却不知道那是田梅头上的一只发卡。

田梅也不知道，这个看门老大爷就是她命中注定的克星和归宿。他给她打开学校的大门，然后紧紧关上，还下意识按死门上的大锁，在咯嚓的声音中，一只金凤凰落进了鸡窝，校园里一片宁静。

曾经，媒人牵线为王战胜牵来了女人，却牵不来影视剧中的爱情，女人们的表现让他愤愤不平，那么丑，那么矬，还嫌弃老子。没有女人的滋润，这个强壮的汉子被欲望的火焰烤成木乃伊和咸鱼干，需要一条大河的水流来重生。他一纵身跳下去，奋力向前游动，那种冰冷的刺穿感觉把他一分为二，一半是现实，一半是理想，一半是天使，一半是魔鬼，一半是城市，一半是郊区，一半是知识分子，一半是种田农夫。当他被渔网挡住去路的时候，只是好奇网眼中挣扎的鱼儿，不会在意水底的气泡泡，不会在意那是生活中不时冒出来的古老隐喻。

很久之后，田梅知道了事情的真相，笑着问道，他们是父子，还是兄弟？看门老头和王战胜老师长得并不像，只是田梅不愿意为不值得的人付出观察力，所以她的问话只是敷衍和跨过尴尬的门槛，她的笑容、笑声都显得空洞。

多年后，当田梅的回忆中只剩下石桥、行人、来往车辆，沉默不语的石狮子的时候，她最在意的还是学校边上的河流。那时候，田梅相信河流都是直指大海的，顺流而下就能到达目的地，她那稚嫩的眼光还看不见浅滩、渔网和无所不在的阻隔。报到的那天，她盯着河流中的影子，看到的全是年轻、美丽与活力。这样的姑娘怎会相信冥冥中的命运呢，她拢了拢被风吹乱的头发，那片浓密的黑色中潜伏着一只色彩斑斓的蝴蝶发卡。

这所学校号称县第三中学，却处在城乡接合部，城市的气息占三成，七成的地方飘荡着泥土气息。全校青年老师的目光随着她的身影摇摆不定，教一辈子书的老头子对她的言行举止也很在意，他们的世界里非黑即白，顶多加上灰色的中间地带，因此，对这个五颜六色的人儿既好奇，又很不适应，黑色的鼻孔里哼哼几声，道，这哪里像个人民教师？

至于人民教师的模样，哪有标准答案。几次活动后，当保守的校长紧握田梅的小手不愿松开，鼓励道，小田，努力，加油。老头子才默认了田梅的存在，把她当成刮过校园的一阵风，一场雨，有时候，校园上方还停泊着好多一动不动的云彩。那些日子里，田梅在土老帽老师、土老帽学生面前，光彩照人，熠熠生辉。

二

王战胜是个苦哈哈的孩子，初中没毕业爹病死了，只能回家帮娘种地，改造农村新天地的理想和兴奋劲头来得快，去得也快：大太阳晒黑了磨盘脸，大麻袋压弯了硬邦邦的腰，黄土路踩上去就是一脸灰尘，至于那些白天钻进衣服、夜里钻进被窝的小虫子，一翻身就缺胳膊断了腿。

抱怨的声音听得他娘满心欢喜，她可不希望儿子待在农村的牢笼一辈子，黄土地只埋人，刨不出儿媳妇。他娘说，天生就黑，当初你那死鬼爹尽拣夜里相亲，骗了我，要不然哪来的你？他娘托他二舅在城里找事情给他做，就这样，年轻的王战胜变成了学校的厨工，忙完砍瓜切菜的粗活，还要站到窗户前给学生打饭打菜。

一勺子菜可多可少，没有常量，看厨工心情而定。王战胜黑，三秃子白，因此号称厨房里的黑白无常。当女学生挤满窗口，王战胜的手脚就酥软了，像跳舞。厨师长的勺子敲到头上，问道，同样一盆菜，三秃子的还剩一半，你的咋没有了？三秃子嘿嘿一乐，别人的媳妇，看不进自己的眼里。

春天老猫一叫，王战胜的两只眼睛更是绿油油地发亮，像种了一畦菠菜和一畦韭菜，女生们回避他，排到三秃子窗口，乐得三秃子找顶鸭舌帽遮住了油光光的秃顶，哼起了思春小曲。

厨工赚吃喝，也难赚钱娶媳妇，王战胜开始走三秃子走过的路线，买烟买酒孝敬厨师长，一口一个师父，跟着电视节目学，还把新华书店的书翻出了毛边。三秃子说，当上厨师，收入提高好几倍。

三秃子用大勺头尝菜，说，少油，无盐，做饭不光靠力气，还得有悟性。

这是当年厨师长教训他的话，但他终归不忍见王战胜陷入疯狂的努力中，就摘下帽子说，当年我满头黑发，现在都叫我三秃子。

那天，在即将落山的太阳下面，王战胜见识了校长大步流星的风采，矮小的校长拖着高大的身影，仿佛舞动一条龙，又仿佛开着一辆大卡车，学生躲闪，老师也得躲闪。王战胜突然发现，这个影子高过学校里最高的那棵红枫树，直立，挺拔。又像操场的那面红旗，被风吹得泼辣辣作响，连鸟儿都吓得左右躲闪。

傍晚转漆黑的时候，王战胜胆怯地敲响校长家刚刚用红油漆刷新的大门，却被院子里的声音吓坏了，丢掉三个月工资买的礼物，撒腿就跑。他惊魂未定地跑回宿舍，模仿着那个声音问道，谁啊？然后又用自己的声音回答，是我，校长！

其实问话的是个女的，王战胜知道，那是校长的强势老婆。后来的夜晚同样漆黑，王战胜再次敲门，再次心虚地抬腿想溜，可又心疼三个月的工资，犹豫不决间，就被吱吱呀呀的开门声音包裹进去。

校长心中害怕，好不容易把这个黑家伙从黑夜里分离开来，又拖到客厅电灯下看是否有影子，有影子就是他的厨工小王，没影子就是阎王爷派来勾魂的黑无常白无常，勾掉他在人间的魂魄和时日。

一段时间后，王战胜不再拘谨，把校长家的大门当成自家的大门进进出出，当然，自家人的代价就是，校长婆娘使唤他就像使唤自己的佣人。婆娘说，黑点，矮点，丑点，可勤快，孝顺，比那个不听话的逆子强多了。校长不说话，也是一脸愉悦。儿媳妇和公婆闹矛盾，分家各过各的，两口子乐得清静。

婆娘说，后勤缺个采购，小王要是干了，我们家买米买面买肉就不用跑粮管所、食品站了。校长眼睛一瞪，公私分明。婆娘说，图个方便，又不是不付钱。

王战胜变成后勤部的采购员后，校长家没油了，拎一桶过去，没米面了，一躬腰，就扛走两袋子，学校厨房的东西怎么使用，王战胜说了算。

人手不够的时候，王战胜仍然站在窗口打菜，可气派不一样，厨师长不再用铁勺子打他的头，还得撕包香烟给他点上。那段时间，白无常三秃子心情低落，说，奶奶的，太阳从西边升起。厨师长拎着铁勺头把三秃子追出去好远，说，揍你小子转向了，太阳就从西方升起来。王战胜哈哈大笑，骂道，三秃子，你也有今天。

学校办公会上，校长说，初一历史不能老让别人代课，让王战胜试一试。副校长和教导主任想不起来何时调来的王战胜教师。校长不耐烦地说，就是后勤的小王。在副校长和教导主任面面相觑之际，校长感叹道，现在，好学的年轻人不多了，大冬天，一边择菜一边读书。

主任疑惑地问，厨房里的比包公

还黑的厨工小王？

副校长拍着脑袋，说，有这么个人，不过他看的是图画书。

主任说，据学生反映，他做饭太难吃。

副校长和主任的疑惑是，当厨子做不好饭，当教师能教好书吗？但校长没给他们表达疑惑的机会，断然道，既然当不好厨子，那就撤了他，让他当老师。

王战胜心里不踏实，上课的头天晚上，他拎着礼品向校长这个老教育家讨教。校长一笑，初一历史，照本宣科就行。

从此以后，读课本就成了王战胜老师的重要教学风格，一开始的时候，他读得磕磕绊绊，还有错别字，后来越来越流利，因为新华书店里有一本书叫《新华字典》，后来又被他藏进了寝室里，不认识的字，他指着拼音一个个地念。有一天，他念着念着突然念出一句奇怪的话，你是谁？那个声音不是自己的声音，与校长的声音有几分相似。

是我，我是厨工小王。王战胜把校长的声音换回自己的声音。然后他突然发现这是一个错误答案。又换回崭新的声音，是我，校长，我是初一历史老师小王。在不断地重复中，厨工小王，那个后勤闲杂人员，慢慢变成了一名光荣的人民教师。

三

脑袋里万马奔腾，落到纸上只是蚂蚁爬过的痕迹，语文老师王战胜发现，爱情是美好的，但写情书却是为难自己的事情。钢笔不听使唤，他就换毛笔，在一沓过期报纸上反复写着“我爱你”。写完一百张报纸后，他得出来的经验就是，毛笔字不是一天练好的。他自己也莫名其妙，写情书怎么扯到毛笔字上面。这些都是看门张老头影响的。张老头除了看着学校的大门和小门，收发报纸，最大的爱好就是写毛笔字，过年时在传达室摆出小桌子和文房四宝，谁要给谁写，一挥而就。校长说，老张，别只贴传达室，把学校大门、校长室也贴上。老张知道校长的毛笔字更好，但校长总以艺术家的身份严格要求自己，他服务的对象是那些懂得欣赏的人，是登堂入室，而不是呆板的大门和小门。

后来主任室的门、校长家的大门小门也统统贴上张老头的字，老头有点飘浮，感觉自己在学校的地位并不是大门和小门的事情，就说，战胜，校长家的水缸上的“福”字，你来写。张老头写完几个长幅，见王战胜仍在努力，踢他一脚，问道，鬼画符呢，你写的都是什么字？

王战胜得意地说，福到了，福到了，我把“福”字倒过来写的。

张老头说，费他娘的事，正着写，

倒着贴。

王战胜努力练习“我爱你”三个字的季节并不是春天，落到纸上的墨汁就像流淌的眼泪，张老头说，反季节的水果不甜，就大笔一挥，用倒笔画写出一个“爱”字，让王战胜照练。王战胜疑惑地问，“爱”字颠倒了？

张老头说，我们村的李寡妇，三个孩子，两个女娃，长大后要嫁人的，负担不重，哪天打扮齐整，我带你见见面，别想那些没用的！

拼命努力就是为了娶三个孩子的寡妇？那些日子里，王战胜的天空阴云密布，那是一个走不出脚下泥泞的雨中行人。既然能从厨工变老师，就不能变成一个写文章的好老师，迎娶那个美丽女子？

王战胜知道这段爱情不可能发生，但他却热衷于编织童话故事。想当年，隔壁二大爷喜欢大鼓书和演戏，不杀猪的日子里，便拉几个人跳上村里的戏台唱来唱去。这个杀猪的最喜欢演皇帝，朝台上一站，威风凛凛，别人都要给他下跪。他还有拿手的绝活，能把废纸变成皇冠，花瓶，大刀，匕首，盆盆罐罐，把戏台布置得就像真的一样。他糊了个小型的花帽子，朝王战胜头上一戴，说，你现在就是皇帝了。王战胜问，小孩子能当皇帝？老王说，能，不戴皇冠就是普通人，一戴上你就是皇帝。为了这顶神奇的帽子，王战胜跟着他把捡来的纸箱子、旧报纸在水里泡成纸浆，做成纸模子后还要上色，画画，装填修饰。后来，王战胜虽然喜欢那顶帽子，可再也不想学这门复杂的手艺了。

演小孩子皇帝的时候，那些大臣不但不给他磕头，他还得给大臣施礼，作揖。老王说，大臣是董卓、曹操，你是汉献帝。唯一让王战胜满意的是，哭哭啼啼的汉献帝也有好看的皇后呢。这可是铁打的事实，而不是汉献帝编造的童话故事。

当年，校长把初二的一个差班交给他，想让他多拿点班主任的补助，并没想到后来翻天覆地的奇迹。教导主任和副校长当面赞同，说，小王，我们看好你。在校务会上却坚决反对，说，一个差老师，能带好一个差班？

数学老师出身的校长说道，负负得正。这句敷衍话后来让教导主任无比佩服。他说，校长眼光真准！校长得意地说，我是绕过表皮，把人看到骨头里。

副校长把嘴一撇，两只近视眼，又不是 CT 机。那天中午他喝了酒，这个凶猛的想法便从嘴里直接蹦了出来。

校长嗯了一声，问道，你说什么？

副校长慌忙掩口把话咽回去，我下午去做 CT，腰部发冷。

校长说，你他娘的肾虚。

站在这些小孩子面前，他就是力量爆满的王。一个周日，他回到老家，竟然翻到了那些王公大臣的帽子，他吹了吹灰尘，朝讲桌上一放，说，谁考试成绩最高，就戴王冠，戴最好看的帽子。所以，当校长带着一帮子听课老师走进王战胜的课堂，惊奇地发现学生们戴着各式各样的帽子。

后来，校长并不理会告状的老师，他说，如果你也能提高学生的成绩，我也奖励你一顶高帽子，给你烧一百支高香。

临时工，代课老师，民办老师，公办老师，王战胜一步步华丽转变，都在校长的荫庇下完成。但王战胜生命中的这些重大事件，在校长的眼里都是不值一提的小事情，可教育管理经验还是要总结的。校长在大会上说，揣着大学本科文凭，却白眼朝天，今天看不起张三，明天看不起李四，把学生带得一个比一个熊，你那文凭我不稀罕，留给你自己当老祖宗牌位供着吧。我们第三中学的口号就是，超第二赶第一，不拘一格用人才，谁出成绩老子就给他高帽子戴。然后校长突然感觉这句话和身份不符，就说，老子是写《道德经》的那个老子，不是我。

王战胜老师遇到困难，总有贵人出手相助，这不，一个女学生交来的情书还没拆封。王战胜好奇地问道，不想知道内容？

女生像只骄傲的孔雀，一边开屏一边说道，毛孩蛋子能写什么？

王战胜却看得欢天喜地，他惊诧于一个小孩子也能熟练地搭配感情上的字词句。这是自己教出来的学生吗？他问自己。然后他回答，兴趣才是最好的老师。

四

城不城乡不乡的学校变不出多余的花样，课余除了去河边散步、过河购物，田梅喜欢读信打发时光。在浪漫的追求者中，魏善和王战胜与众不同，一个人深刻，纵横捭阖，谈天说地，文采还好；一个人好笑，幼稚十足，总感觉想把爱情当成母亲的乳房，一副贪恋无比的模样。

读魏善的信，田梅的面前彩霞飞舞，浮想联翩犹如端坐在天宫里，那种幸福的感觉不是喝琼浆玉液的王母娘娘，也得是美丽无比的七个仙女。哪成想理想中的白马王子，现实中是一个瘦高个、大虾米、说话时嘴角哆嗦、神经兮兮的人。一见面，田梅就被吓跑了，她本来是想跑回宿舍，结果却迷失方向，围绕操场跑了三圈才停下来，扶住那棵随风摇曳的大柳树，擦了擦一头一脸的汗水。

王战胜的再次出场方式仍很普通，不像魏善那样高调和惊天动地，他帮田梅拎起沉重的包裹，送到宿舍，自我介绍道，田梅老师，我是王战胜。他并不回避被当成看门老头的那件事，再一次逗笑了田梅。一个偶然的机会，几个说好一起看电影的老师都有事，只有王战胜准时到了，那场电影只是田梅人生中普通的电影，却在王战胜心中从头到尾跳动着一群小鹿。光彩夺目的田梅，从不缺少追求者，对于王战胜老师，她想不到爱情的层面上，只当是一个老师对另一个老师的善意和热情。

那年的冬季特别寒冷，田梅被羽绒衣、电暖器、宿舍和学校的围墙层层包围，感觉无比寂寞，同学王小那说她需要一个男朋友了，否则即将到来的春天比冬天还难过。大学毕业后，王小那和李华分配到同一所乡村中学，多年恋爱修成正果，田梅比王小那还高兴，王小那却叹道，还不如恋爱那会儿，他对我可是真好。

虽然婚姻不一定抵达幸福，但人人都要划过那道痕迹，王小那替田梅着急，说，结婚，生子，普通人的普通生活，再拖拖拉拉，都变老姑娘了。王小那趁到教育局开会的机会来到三中。那时候，春天悄然而至，操场上到处是懒洋洋的小花小草，王小那轻盈地跳过几个水凹，躲在那棵长发飘飘的柳树后面，趁田梅发呆之际捂住她的眼睛，小姑娘，思春了？

她粗着嗓子，田梅仍然惊喜地听出了声音，那一双热乎乎的手融化了春天莫名的忧愁。王小那是替田梅牵线的，她说小伙子见了田梅的照片就朝思暮想，不想吃饭了。田梅说，贫，条件怎么样？

王小那说，省城司法学校毕业，我们镇的法官，运动健将，比你身边那些戴眼镜的书呆子不知强多少倍，你们捧着铁饭碗，人家可是金饭碗。

几天后，照片上的那个人出现在三中的校园。王小那事先问过，在单位见面，合适吗？田梅说，光明正大。其实那只是一份小小的虚荣心，她总想让别人看到她的众多追求者。

田梅看见照片的时候有点失望，但王小那说，人得动起来才好看。果然，小伙子结实、耐看，口齿伶俐，还有文艺细胞，不但认出操场上开满白花的三叶草，还背诵了一句诗，给我一片三叶草，我能给你一片草原。

你们的生活是诗歌，我的是柴米油盐，李华还在百货大楼等着为孩子选生日礼物呢，王小那挥手离开，让言语投机的两个人按预定的轨道向前发展。但当法官讲起办案的趣事和窘事时，发现了双方职业上的矛盾：老师教育人、培养人，法官抓人。小伙子解释抓的是坏人，田梅问，坏人从哪里来？

这个疑问持续一会就变成了现实，一个壮汉冲进操场，疯魔一般挥舞着拳头。猝不及防的小伙子被打倒在地，后来又被打倒了一次，倒在诗意盎然的三叶草丛中。

田梅看清楚了，叫道，王战胜，你们认识？她以为眼睛血红的王战胜和小伙子有杀父之仇呢。小伙子感觉情形不对，急忙出拳应对，但他发现自己的成套招式不如这个莽汉的王八拳管用，只能不住地后退。

不管打仗的是两个人，还是两个国家，都是两头野兽，几个拉架的老师用尽力气才把两个原始部落状态的野蛮人分开。

臭小子，勾引别人的女朋友。王

战胜张口一骂形势明朗，但小伙子却啼笑皆非起来，他问，你的女朋友？

王战胜说，看电影，散步，不是女朋友是什么？

田梅说，王战胜，你血口喷人。

还亲过呢，王战胜豁出去了，他明白，错过这朵花他就失去了全部春天。

小伙子擦擦嘴边，擦到的不是唾沫，而是血，顿时头晕起来。这个意志坚强的法律工作者竟然是个晕血症，他的步伐着急，忘记了济贫扶弱的使命，惊慌失措地逃离。

王战胜双手抱拳，就像一个打败对手的侠客。

田梅先是鄙夷，后来开始颤抖，犹如天边刮过来一场无名的大风。而势如疯狗的王战胜，直接挡在弱肉强食的世界大门的门口，挡住了她望向远方的眼睛，那时候，他就是一个坚定不移的看门老头，而不是错误的印象和无来由的象征。

谁能想到，那个胜利的壮汉却迅速变成世界上最弱小的人，他当着一帮子看热闹的老师和学生的面，跪在田梅的脚下放声大哭，没有你，我怎么活得了？

强弱转换太快，在人群的包围下，在嘈杂的声音中，田梅有点魔怔，她突然变成了漂在河面上最孤独的那个人，不知道自己从哪里漂来，又将漂向哪里。

很久以后，回忆往事，王战胜认为是真情流露，不是表演。但淹没于时间中的往事，轻飘飘的，一点都不重要。重要的是，他迈过了人生的一道重大关口，一个漂亮的女子被他用一根无形的绳子拴在腰间，就像依附于人的珍珠、玛瑙和名贵的黄金玉器。

五

春天和女人激发了王战胜的欲望，还有从头到脚的蛮横，他不敢相信打跑了一个健壮的男人，只知道自己跪了下来，跪在家乡的大地上，被小草和小花的气息包围，一种崭新的意识在内心觉醒，那是他爹的意识，爷爷的意识，祖祖辈辈的意识，那是一条从远古横跨而来的河流。

当年他爹为了给他起名字专门到大队部翻了不少旧报纸，要充满国际意义。他爹看每个字都是张牙舞爪的，他要从那些张牙舞爪的字体和血脉偾张的内容中得到的启示，他说，我们一定要战胜苏联和美国。

他爹临死的时候，隔壁二大爷在戏台上过足皇帝瘾后，急匆匆赶回来看望这位志向远大的老兄弟，他拉住他的手，让他放心，坚定地说道，我们一定要把胜利的红旗插到亚非拉和世界各地。其实老王知道兄弟表面关心世界局势，其实内心里想的是，一定要战胜村上的强人李光头兄弟。

王战胜他爹当了队长没多久，就在一次分配田地的过程中被李光头兄弟打了一顿，从此之后，这个男人就失去了男人气，除了写大字报喊口号，其他什么事情都不想干。他的儿子王战胜虽小，却帮他把这口气记在心里，王战胜不但在演戏的时候一剑刺死了扮演曹操的李光头，还把二大爷画脸谱的材料涂在脸上，夜里躲在村口沙堆后面，差点吓死李光头的儿子李小脑袋。有人说李小脑袋的脑袋越长越小是被学校的大门挤的，有人说是有月亮的夜晚被夜叉吓得丢了魂。有人描绘夜叉的长相，说个子不高，拖着长尾巴，跑得比猫还快。

曹操被汉献帝刺死被村人兴致勃勃地讲了好一阵子，后来意见竟然达成了一致，曹操为什么就不能被汉献帝刺死呢，刺死就刺死了，反正也不影响中国历史的大局，皇帝轮流做，明年到我家。二大爷忙问，什么时间到我家？人家说，快了快了，明年吧。

王战胜的父亲是有文化的，就批驳二大爷道，小农意识。

田梅明亮的眸子越来越黯淡和空洞，上课时对着黑板和空气说话，如入无人之境，下课就像无声的百灵鸟，走路也失去从前的味道和节奏。王小那气愤地说，还有王法吗？大男人欺负一个弱女子。田梅说，学校大大小小的领导都不管，校长说是好学上进的好青年，正在考虑提拔为后勤副主任。

王小那气极反笑，问，青年？

田梅有气无力地说，学生时就这模样，后来又种地，当厨师，过的是烟熏火燎的日子。这次王小那介绍给田梅的是一身腱子肉的体育老师，说，我就不信治不了他。她长了心眼，让田梅到她那儿相亲，避开锋芒。

中午在镇上吃饭，体育老师恨不得把饭店里最好的饭菜都端到桌上。王小那阻止道，四个人，吃不了那么多。田梅不置可否，体育生大都肌肉发达，头脑简单，可到这步田地，她还有挑拣的资格吗？她更需要一个上战场和敌人拼刺刀的战士。父母自小双亡，在叔叔家长大，她考上大学后很少回去，十分害怕再次见到他们一家人的模样。

李华默默地吃菜，却架不住体育老师激情的酒杯，一碰杯就是“当当”的响声，喝光一杯酒，一会儿工夫，两个男人都有了微微的醉意。毕竟，这本来应该是一场令人陶醉的约会。

一星期后，体育老师过来看望田梅，见她轻轻地关上宿舍门，有些激动。其实背门而坐的田梅总感觉脑门后面凉气嗖嗖的，似乎那里长出来两只眼睛。一会儿工夫，田梅的预感就变成了现实，先是宿舍前的那棵树晃动，接着就听到了“扑通”的声音，如同心中的一块石头落了地。田梅开门骂道，偷窥狂。

王战胜从地上爬起来，理了理衣服，说道，我捉知了，你房间里关着鬼头鬼脑的男人。

田梅漠然说道，我表哥，不可以吗。

情形再度剑拔弩张，但王战胜退

缩了回去，这次他不再大吵大闹。表哥以为自己猛虎下山的姿势吓跑了黑汉子，但终究感觉不对头。体育老师不死心，找算命先生，竟然算出“三个月出远门必有血光之灾”的黑色话题。回忆起王战胜地狱般的眼神，体育老师不寒而栗，问道，多远叫远门。算命先生说，喜事来了，一千千米不算远，灾祸事来了，一千米不为近。算命先生收钱后，郑重其事地嘱咐他，人生有三宝，丑妻薄地破棉袄。

王小那问情况时，体育老师灰心失望，眼神空洞地说道，人生有三宝，丑妻薄地破棉袄。但他仍是做了两个扩胸运动，在扩大胸肌的同时，感觉到有力气无处使的那种惆怅。那些日子体育老师站在肉摊边看人杀猪，却不买肉。卖肉的两口子说道，老师一个月那么多工资，可就是小气。体育老师说，看见肉就想吐。一个信佛的说道，阿弥陀佛，你上辈子一定是个和尚，是个居士，是个好人。

六

校长老婆喜欢晚饭后打开自家的大门，接待夜色掩护下的人。家里的东西多了，吃用不完就会坏掉，婆娘说最恨浪费，校长也频频点头。于是王战胜服务流程被颠倒了，把校长家里的东西朝学校的厨房送。那时王战胜虽是正式老师，但还兼管后勤的大小事情，他的进货渠道也由百货店、粮管所、食品站加上了校长家这个重要而隐秘的内容。

有些话在白天不好出口，在晚上是可以说的，有些事情白天决定不了，到晚上可以慢慢考虑。吱呀呀的开门关门声仿佛是动听的音乐，校长坐在客厅倾听，有时也会摆出几道菜，举起一杯酒，让光阴醇香，让缓慢的夜色进一步慢下来，一切都是值得回忆和挽留的。只是田梅进来的那个晚上，校长老婆很不高兴，她透过门缝见这个女子双眼垂泪，脸蛋白皙，就知道一定是上门讨债的，而不会有礼物相送。因此她甚至有没听见田梅的招呼，就猛回头冲着里面叫道，老不死的，自己惹的事，自己处理。

一口菜，一杯酒，校长刚刚喝出来的美好滋味就被阵阵摔东西的声音中止了，当他看清楚是田梅后，就放心地指了指椅子让她坐下来。田梅呜咽着说，王战胜欺负我。

刺猬头职工不好对付，王战胜可是捏在手心里的，校长爱抚地拍拍田梅的肩膀，但听说王战胜砍断手指头作为礼物，也吓了一跳，急忙问道，送医院没有？

田梅语无伦次地说，我没要，我五个手指头够用的，要他的做什么？

校长递了一杯水过去，沉吟道，现在年轻人谈恋爱尽搞恶作剧，哪像我们那会儿，面也没见，就进了洞房。

田梅叫起来，谁和他恋爱，他就

是头野兽。

校长也感觉王战胜太丑，和仙女般的田梅不般配，但他思考的却是深层次问题，人不过五个手指头，就是多长一个，也就是农村中所说的六指，又能砍几次？第二天，王战胜的两只手平放在校长的办公桌上，接受检查。

左手，校长说。右手，校长说。他似乎担心把两只手搞混了。只见两只黑色的熊掌上都是五个手指头，不多不少。这边五个手指头扣着一个手提袋，那边五个手指头熟练地从袋中掏出一块塑料薄膜包裹的东西，一抖动全是香味。王战胜说，老家养了六年的大黑狗，没有一根杂毛，是滋阴壮阳的好东西。

校长知道恋爱中的甜言蜜语全是假的，但狗肉真香，再配上封坛十年的老酒，那就是最美好的夜晚。至于王战胜和田梅到底哪个人说了谎话，他想，那是月姥姥管的事情，和他这个大老爷们无关。

话说那一天，王战胜哼着小曲，把装着狗血的竹管扔到床底。那是他转悠到第三个村庄相中的一条狗，那狗膘肥体壮，凶狠地龇出牙齿，汪汪地叫唤。王战胜骂道，早晚是老子的口中之物，凶什么。回学校后他准备好麻药、猪肝、麻袋、摩托车，还准备了一个老头帽子和黑眼罩，毕竟为人师表多年，如果不小心让别人看见，他总害怕时光倒流，他又变成了当年那个偷鸡摸狗的小厨师。

当他举刀的时候，田梅早已吓得捂住了眼睛，藏在手中的竹管便被砍得鲜血四溅。他认为，几年刀功没有白练，砍得恰到好处，男人气十足。

锅里的狗肉骨嘟嘟熟了，满屋飘香。他咽了咽口水，就像那不是一只狗，而是他中意的女人，除了留给校长的，他又拣了几块，准备送给教务主任和副校长，请他们当牵线的红娘，事后每人还有一瓶老白干酒。虽然他明知道教务主任和副校长经常给他使绊子，但伸手不打笑脸人，喝了他的酒，吃了他的肉，背后坏坏也就算了，只要不坏到当面，彼此说得过去就成。

听说儿媳妇漂亮，他娘就把老祖宗的金镯子捧出来，那上面镂刻着两朵金花。从鲜花送到金花，王战胜一步一个脚印，并不急躁。田梅什么都不要，但王战胜紧紧追在后面，一直追到宿舍才停下脚步，捂着被宿舍门碰破的脑袋傻笑。

金镯子后来被熔化掉，做成了一对精致的发卡。那是因为王战胜在大河游泳时，遇到了一个形容枯槁的算命先生。算命先生说，金子戴在手上，锁住的是农村女人，现如今城里的女人满脑子文化知识，你得把镯子换成发卡，卡在她的头脑里。

师傅让挑一款样式，王战胜下意识地指着最老旧的那种“B”字形状，记忆中奶奶用过，母亲多年来一直也在使用。师傅说，时尚轮流转动，当年老太太用，现在小姑娘也用，当年老太太用的是小黑发卡，现在小姑娘用的是大黑发卡，形状相似，但大小不同。王战胜在班级的女孩子头上见过，夸张的大大的发卡，卡在马尾巴一般的黑发上，那马尾巴便随着青春的脚步，一走一颤动。

一个有雨的夜晚，在推搡和碰撞中，那对金色的发卡先是插进了王战胜的肚皮之中，金色变成血腥的红色后，才在王战胜的狂笑声中，插进田梅的发髻中。这种充满魔力的形状，能把陌生男女紧紧扣在一起，从他奶奶的奶奶，一直扣过来，扣住了流动的河流，扣住了他家爱情史。

田梅手脚冰凉而无力，不知道哪个动作是顺从，哪个动作是反抗。从此以后，飞翔的蝴蝶便从田梅的头上、脑海里和生活中彻底消失，取而代之的是一个“B”字形状的发卡，看上去，两眼无神，空空洞洞。王战胜离开后，昏昏沉沉的田梅想喝水却把体育老师送的金鱼缸碰落在地，她的破碎世界中，只剩下扑腾着的两只金鱼，美丽的圆眼睛充满对水的渴望。

七

这段当年轰动三中校园的爱情，陌生人仅仅当成故事与传奇讲述与倾听。新娘子田梅本是个温柔的人，那天却用巫婆般狠毒的声音说话，当心你头上的帽子。

新郎王战胜并没戴帽子，但他还是下意识地顺着眼睛向上摸过去，摸到了自己的头发和头发之外的虚无。这句话就像咒语一般让他时时担心，那段日子，他反复做着一个与绿帽子相关的梦，他知道，田梅要报复他，让他一辈子生活在绿色的阴影之中。

据说婚礼上，魏善老师用悲愤的心情朗诵刚刚写好的情诗，嗓音嘶哑，根本不理睬王战胜硕大的拳头。后来，听闻过传奇的陌生人见到王战胜老师，见到这个用蚊帐钩子钓到美人鱼的青年才俊，但在王战胜老师身上既看不到青年两个字，更看不见才俊的模样。

在一场场爱情的保卫战中，王战胜没想到自己如此英勇，血流成河，永不退缩。只要一听到田梅谈对象了，他就会跳到半空把月亮当作皮球踢开去，当初憎恨的卑鄙，如今全转变为自我欣赏的优点，要知道爱情的通行证也是所有事情的通行证，他艰难地打开一个女人，也就让这个世界一步步接纳了自己。

这个美丽的女人，他的美丽妻子慢慢地走路，吃饭，睡觉，很少与人说话。在一所自我封闭的普通中学里，老师和学生像黑蚂蚁一般忙碌，并不知道忙碌背后的原因和意义，白天是大门和四堵围墙，晚上则是黑色的夜幕。

直到怀孕生孩子，王战胜方才稍稍安心，这个语文老师偷偷打量妻子的藏宝箱，发现那只珍贵的 B 形发卡安静地躺在那里，就像睡着了，就像他们摇篮里的孩子。他的安心是因为英语字母 B 字终于平衡了，妻子和女儿分别代表一边一个小孔，而不再倾斜、变幻出来 A 字形状，用锋利的尖头对准他的一切展开进攻。

用 A 字形状进攻，用 B 字形状收获，这是一个农村青年在攻城掠地中的一个偶然发现，从此之后，也成了他的人生信条，战无不胜的法宝。下一个目标，要让这所学校接纳自己，再下一个目标，要让这座城市接纳自己。他的目标只能达到这里，如果再持续下去，过于漫长，那需要几辈子的轮回。

七坐八爬九生牙，他们的女儿在校园长大，在学生的打闹和读书声中长大，最喜欢操场的草地，捉虫子，追麻雀，学知了叫，有时挥舞着两只胖胖的小手叫妈妈吃草，让妈妈学小羊吃草是小甜甜最喜欢的恶作剧。

春天雨水充足，草儿的汁液饱满，田梅接过女儿递来的草根，一口口咀嚼，嚼出来的全是苦涩和伤痛。当黄昏如同大幕一般罩下来，田梅恍惚想起操场上发生的遥远故事，眼泪忍不住地流了下来。小甜甜害怕地叫道，妈妈，别吃了，你变成了小羊，就没人给我做饭了。

田梅慢慢习惯了被学校四面围墙包裹的庸常生活，除非小甜甜要好吃的好喝的，要去县城寻找热闹好玩的去处，一家三口才会跨出学校的大门，把两辆自行车朝百货大楼的下面一锁，沿着热闹的中心街道闲逛。

小甜甜一手举着举着气球，一手举着棉花糖，目标很大，但是仍然不见了影子，当田梅再次看见她的时候，一辆自行车也正飞驰而来，扯到气球的线绳，小甜甜就被扯倒在地。

王战胜走出商店，看到的情景让他的脑袋瓜嗡的一声：人流汹涌的大街上，可怜巴巴的田梅搂着满脸是血的孩子，被一辆自行车拖着向前滑动。他扔掉手中的玩具，一个鱼跃跳进半空中，起鼓槌般的拳头砸出来一阵风。后来，王战胜发现，他并不需要拳脚的力量，仅仅打雷般的吼声就把骑车人钉在了原地。

小甜甜在医院缝了几针，王战胜安慰田梅道，不会留下伤疤的。他的神态像猿猴又像老虎，温驯之中带着暴躁之气，他见田梅盯着他的脸看，知道她在看自己脸上的那道疤痕，就下意识地抬手摸了摸，说道，小时候打架，直接在伤口上抹把土，现在医学多先进，不会留下痕迹的。

那夜，刚把甜甜哄睡，朦胧中传来一阵窸窸窣窣的奇怪声音，田梅就骂了一句，该死的猫，才吃过又饿了。外面喵喵的叫声把她逗乐了，那段时间，她几乎失去生活的勇气，哪有心思养猫狗这些不安分的小动物。平时她最讨厌王战胜一张一合的嘴巴、风箱一般的呼噜，此刻却变成了黑夜中她的全部勇气。她一把抓住那只坚实臂膀轻轻摇晃了几下。

王战胜和田梅因为抓住一名流窜犯而受到派出所和学校的表彰，小甜甜高举奖状拍照的时候，田梅看着女儿玉石一般的小鼻头，十分开心，因为她最担心的疤痕终于从女儿的脸上慢慢消失了。

当甜甜问坏人从哪里跑出来时，田梅鼻子一酸，哽咽起来，她问自己，坏人是从哪里跑出来的呢？

从童话书中跑出来的，王战胜以为田梅喜极而泣，就说，爸爸和妈妈抓住他们，再把他们送回去。甜甜一下子捂住了自己的童话书，生怕里面突然多出来一个坏人。

田梅抚摸着女儿的头发，安慰道，不怕，不怕，童话书里全是好人，坏人都被关进了黑森林里了。但是说这句的时候，她分明感觉到了窒息，仿佛被关进黑森林里的，不是坏人，而是她这样的善良而懦弱的好人。

八

王战胜当上副主任后又成了学校文学社的指导老师。学校文学社名叫小荷，那是由学校池塘里一池荷花引发的联想，却让一帮不想读死书的学生热血沸腾，知道通过写作能激活石头、树木、花草，甚至能和鸟儿对话，激活那些影子一般的行尸走肉。

王战胜并不喜欢校园里的那一方池塘，那一潭死水有什么值得留恋的，它们总是随时随地映照出来他的那张大黑脸，而且，他最讨厌的是魏善曾经把他比作池塘里的烂淤泥。可是校长喜欢，因为这个数学老师仅仅会背诵几首古诗，其中就有这么一句，小荷才露尖尖角，早有蜻蜓立上头。校长说，就叫小荷，简单明了。

不久后，小荷文学社两名学生获得省城《春笋报》征文一等奖和三等奖，王战胜老师亲自带学生去领奖。此事引起轰动，家长们也踊跃起来，他们认为，一个孩子的好模样，是要通过文字表现的。整个县城的学校行动起来，一中的文学社叫扬帆，二中的叫雏鹰，四中的叫起点，仿佛孩子们从此过上童话故事中的生活。连乡下中学都纷纷效仿成立文学社，起了许多威武不屈或者缠绵悱恻的名称。当然，也有老师指出，这个年龄阶段的孩子只停留在抒情阶段，不适合直指复杂而阴暗的人性。

王战胜在文学社讲课时，没想到窗外停顿下来的是田梅不合时宜的脚步。田梅突然的难过，不是因为王战胜的进步和意气风发，而是想到大学四年，自己到底学了些什么，又如何一步步沦落到了今天的萎靡不振。那时候刚刚时兴安装电话，王战胜就像扯着一根电话线，把课堂连接到家里，这是田梅没想到的，虽然面对的只是一个女学生，可那也是一个正在长大的女人啊。女人间的关系微妙，眼光一瞥就有无数的比较。那时候，王战胜正讲得激情澎湃，他已经能把书本上死的文字灵活地转移到头脑之中，他根本没有听到开门的声音，吃惊地问，你回来了？

女生摇晃着马尾巴离开后，王战胜不耐烦地拍拍双手，说道，这些学生啊，天上地下的全想知道。不久后的春游，田梅看见王战胜新买的自行车带着那个漂亮的女生，他告诉田梅说，女生受伤了，要送到医务室。后来，田梅偶然从王战胜批改的作文中发现，女生叫万丽，春游那天仅仅碰破一点表皮。

有天晚上，甜甜睡着了，喝醉酒的王战胜躺在床上打呼噜，很想找人说话的田梅只能盯着黑漆漆的窗户，自己回答自己的问题。

一问一答，她就像回到大学的教室，那里储存着这辈子最美好的回忆。她的老师手持教杆，把世界上存在的问题一个个问出来，满脸期待，期待着学生们的答案。什么都知道的老师是好老师，什么都知道的学生是好学生。但是如果想用大学的知识概括复杂的社会，那一定是个迷迷糊糊的结局。

不几天，田梅告诉王战胜，家里的猫死了，吃了太多米撑死的。王战胜说，骗逃犯的话，你自己也相信了？让王战胜吃惊的是，田梅笑嘻嘻地从米缸中扒出来一只死猫。

结婚后，王战胜早已习惯沉默的田梅，悄无声息的田梅，几乎不存在的田梅。现在的田梅一口气要说半天，似乎想把以前没说的话全部补回来。王战胜苦笑，说自己先是娶了一个哑巴老婆，后来又娶了一个碎嘴婆娘。

别人说，就你这熊样，还想再娶一个？

王战胜说，漂亮的女人是林黛玉，都有稀奇古怪的毛病，只能看，不能当老婆。

魏善老师说，你小子现在离婚，我现在就娶田梅。

校长特意前来看望，他伸手摸了摸田梅的额头，是不是发烧了？那手停留半天，顺着白嫩的脸颊而下，几乎碰到了脖子。校长在他们婚后常常过来，尽力理顺这对夫妻的关系，可面对石头一般的沉默，他只能鼓励道，石头抱在怀里捂三年，也会热的。

这句话只是信口一说，王战胜却一直在使用，恋爱时用它打持久战，结婚后巩固家庭，所有追求者都慢慢被切断关系，只有魏善仍执着于写信这项原始活动，他说田梅是荷花，王战胜是烂泥，荷花是不会被烂泥污染的，他相信自己的情书能把荷花滋养得高洁、美丽。偷看几封信后，王战胜火冒三丈，因此十分不喜欢学校的荷花和池塘，想让魏善吃老拳，又发现这些情书有值得学习之处，便不声不响地收藏起来。

魏善老师结婚后，发现天底的女人都是一样的，而且那时候的田梅已经变得目光迷离，眼神空洞。于是魏善老师感慨一番人生无常之后，就结束了这种荒唐的生活。

西医的各种检查和镇静药效果不大，朋友介绍一个花白胡子的老中医，老头挺自信，说，三副中药就成。几十个三副后，有人建议去精神科看看。王战胜说，你精神才有问题呢。

王战胜感觉亏欠这个女人太多，就把魏善的信改头换面，通过邮局重新发送，吃喝不缺，他只能通过文字给她重温精神上的寄托和幻想。魏善的信寄完后，王战胜就自己写。为了心爱的人，王战胜老师意外变成了一个能写能画、下笔洋洋洒洒的人物，不再为写情书发愁，而且替校长撰写的发言稿也是得心应手。

魏善十分惊讶，他估计能打通情书和讲话稿之间天堑的，王战胜是古今第一人。但当有一次校长把报告读得像是情书的时候，全校师生哄堂大笑，但这并没有影响王战胜的上升途径。不久，写得一手好文章的王战胜被提拔成了教导主任，不再是校长的马仔，而是离不开的得力助手。

教导主任王战胜以身体不好为名，把老婆田梅安排去了学校图书室。图书室基本没事情，田梅养得白白胖胖，就像一个阔太太。有人说，旺夫相，王战胜又要提拔了。

王战胜哈哈一乐，我这老粗，还能当校长？

其实提拔主任的时候，王战胜就招来了众人的妒忌和反对，马上退休的主任被校长欺负大半辈子，他心说去你姥姥的，嘴上却仍留了情面，说，厨师能当主任，那我这师范大学白上了。

看在主任要走的份上，校长腔调温和，说，全日制大学和社会大学有多大的区别，自学大专、本科，抓贼送到派出所，差班变好班，文学社，哪一个不是成绩？副校长的儿子师范大学马上毕业，但是个专科，很难分配到三中这一类的学校来，所以这一次他坚决支持校长，摸着已经开始变白的头发说，不拘一格用人才。

九

万丽出事后好久，几乎与外界隔绝的田梅才得知消息。吃饭时吃饭，睡觉时睡觉，她变成了一个万事不关心、活在即时和当下的人。

万丽是在晚自习后骑车回家的路上，被迎面过来的自行车撞下大石头桥，摔断了腿。有人说是无意的碰撞，也有人说，文学社里那些花枝招展的女生，最爱抒情，入了社会上不三不四的人的眼，被堵路的小流氓挤进河中，虽然抢救及时，但脸上落下了疤痕。

田梅最害怕“伤疤”两个字，她一次又一次拉过女儿细细察看，搞得那一对父女都不耐烦，甜甜说，妈妈，我没事。王战胜说，小孩子有强大的自愈力。田梅相信，嫁人终归要靠脸蛋和身材的。对此等见识，王战胜不屑一顾地说，你那高等教育，四年大学白上了。

小甜甜就是田梅的克隆版本，看不到王战胜一点一滴的模样和痕迹，这是田梅困难重重的人生最大的安慰。靠脸蛋和身材就能嫁个好人吗？联想到自己的命运，田梅突然问道，万丽，是不是到过我们家的那个女孩子？

第二天早晨，田梅匆忙吃完早饭，拿起教科书说上课了，就走出家门。教室里的声音年轻、柔软又好听，她这才发现，去年调剂来的大学生取代了她的位置。

那些日子，王战胜感到妻子的温和之意，她就是一只熟透的大桃子，滋阴壮阳，解渴生津。但当田梅更加光彩照人，慢慢恢复开朗的性格之时，王战胜却一头撞在黑松树上，嗡嗡作响的脑袋中全是田梅当年恶毒的咒语。

在花环、蝴蝶、片片绿叶、小朋友戴着柳枝帽子勇敢冲锋等接二连三的梦进入他的睡眠后，他的目光惴惴不安，眼睛变成了红色，出家门时就像一只小老鼠出洞前四处窥探，后来他在魏善的帮助下方才缓解了情绪。

魏善到校长办公室告状，说，王战胜躺在操场草地睡觉，就像一摊狗屎，我开玩笑说他全身都绿了，他就揍了我一顿。

校长让魏善张嘴，他看一看魏善嘴里镶上的是不是象牙。魏善怔怔地张开了大嘴，校长却捂住了鼻子，说魏善昨晚上吃的是大蒜和韭菜。

王战胜写了两份检讨书，给魏善上门道歉才把这事平息下去。校长在打太极拳的时候，一招一式给王战胜传授新功夫，校长说，这招叫仙人指路，打人只用拳头，我交给你的权力有屁用？

王战胜方才想起自己的教导主任身份，就安排魏善协助派出所值夜班，和妇女联欢，到养老院给老头老太太洗五十天没洗的脚，并以没完成教学任务为借口要撤他的年级组长职务，扣他的工资。魏善想到了吵架、打架、不理睬三个解决问题的办法，最后却站在百货大楼的烟酒柜台上，指着那一行诗意的广告语“如果没有这只凤凰，龙的传人将会多么寂寞”说道，就是这凤凰酒，给我拿两瓶过来。

在那个小雨后清新的夜晚，王战胜在客厅接待了第一个拎着礼物的客人。魏善大虾米一般的腰更弯了，声音低沉，王主任，请笑纳。王战胜笑道，俺俩什么关系，跟我来这一套。临走的时候，他硬是给魏善拎上了两包茶叶。

换了新的打人办法，不但自己毫发无损，还突然让他感觉到了比身体碰撞更大的快乐。王战胜盯着醋钵大的两只拳头，轮流比较。一个拳头是力量，一个拳头是权力，好用！也就是从那天夜里，王战胜梦中的帽子变成了颜色，变成了满天飞舞的乌纱帽，就像刚刚长出翅膀的小鸟开始试探天空的高度。

太极拳的精髓是以柔克刚，校长

说。于是王战胜半闭眼睛，双手画圆，一个圆套上另一个圆，层层叠叠，于是，他的力量得到最大化的发挥，几个刺猬头被制得服服帖帖，更别说普通老师和普通学生了。大伙都知道王战胜是只野生动物，并没被学校这所动物园驯化，就开始和他绕大大小小的圈子，不再直接顶撞和对抗。

校长的想法和意志顺利传达，连下水沟的蚯蚓和爬虫都表示坚决执行任务。校长很得意，说，当班主任，影响一个班。当主任影响半个学校，当校长后，学校的氛围都变化了。

王战胜谦虚道，哪里，哪里，都是校长领导有方。

校长白眼一翻，我说的是我，又不是说你，用得着你替我谦虚吗?

校长成了教育局的先进，王战胜便成了学校的先进，校长捻着胡子在表彰大会上表扬和自我表扬，他说，以我的眼光，又怎么会看错人。

一个老师说，伯乐，一眼就知道那是一匹千里马。

一个老师说，那是马吗? 那是一头驴子。

一段时间之后，这个犟驴子不像从前那样粗鲁，这都是那些又娇羞又美丽的女老师的功劳。从前师范大学的本科生看不上初中文凭的王战胜，没有共同语言呢，现在都叫他王哥，王主任。

王战胜盯着镜中的那个人细细琢磨，忍不住大笑，原始的胸脯和原始的脸孔一起抖动，特别是那一腔胸毛，很有男人气概。当洗手间的那面满是水珠的镜子也跟着笑声抖动起来之时，王战胜主任的世界一团混沌。从此，他的任务就是开天辟地，一阴一阳是谓天地，男老师们基本降服，还有女老师等着他呢，那是一个全新的、陌生的、未知而神秘的世界，充满诱惑。

十

在校长的精心培养下，王战胜变成了副校长，校长退休后，又成了校长。第一天坐进宽大的办公室，他突然有点手足无措，抓起桌上的电话掂了掂又放回了原处，他不知道第一个电话应该打给谁，又准备让他干什么。于是他带上门，背着双手在校园里转了一圈，缓解一下因幸福突然降临而导致的不安情绪。

一路上的问好、笑脸和尊重，让王战胜感觉到达了人生的顶点。他彻底理解了他的恩师、前任校长为什么喜欢背着双手在学校里面转来转去，后来他继承了这个习惯，也就继承了这个学校的所有财富。从此之后，校园里的一棵树、一根草都和他息息相关，这么大的校园，就是自己的家。

一次开大会讲话的时候，他突然发现写稿子的人并不理解稿子的内容，读稿子的人才知道它的意义所在。比如，以前他认为舍小家为大家是一种奉献精神，现在读到这句话，他突然发现了崭新的含义，大家是谁，他心里说道，大家就是我王战胜，一切要以我为中心运转。

那天，他自己都没有想到，第一个电话打给了赵智慧，他礼貌而亲切地说道，赵老师，到我办公室来一下。赵智慧没能听出来是谁，后来大笑解嘲道，是你变成了校长，可不能怪我啊。

王战胜嘿嘿笑了，以前他把校长和校长室联系在一起，和公章、门前的大松树，以及大伙的服从联系在一起，却很难把校长和声音联系到一起，按以前的习惯和脾气，他一定会这样说，什么校长不校长的，我就是你的王哥。这一次，他硬生生地把这话咽了回去，他知道适当地树立权威的重要性。

曾经骄傲的赵智慧老师一脸恭敬的笑容，问道，校长，你找我？王战胜校长感慨起岁月带来的变化，因为他发现她脸上的皱纹、斑点，还有几根白发，他明白那是一个人在年龄中待久了，变酸了的原因。但赵智慧在他眼中是个风韵犹存的老娘们，色心升起，他却突然忘记了要办的事情，只得随口说道，几个实习老师的事情。

年轻貌美的实习生田小丽经常向王战胜校长汇报思想和工作，还给田梅拎去时尚的化妆品。女儿去外地上大学了，家里空落落的，田梅也很喜欢这个经常到家里问候的姑娘，她仿佛看见了自己当年的影子，按家谱两人相差一辈，活泼的田小丽就一口一个姑姑，马上变成了田梅的侄女。王战胜突然想起，自己多年前敲开校长的家门，选择的是无人看见的夜晚，田小丽则大大方方在白天敲响了大门，说，不是什么礼物，只是为了让田梅姑姑更美丽。

王战胜校长让赵智慧老师好好地把田小丽带一带，说这是一个爱学习的青年。赵智慧老师满口答应，说这些年实习生飘飘落落，就像浮萍，从来没人关心过，校长一上任就想到了，毕竟年轻人才是我们的未来。

聊到此时，王战胜方才想到自己的目的，当年老校长把他当成未来，现在他得把这份未来变成现实，他准备成立校史办公室，把退休老校长返聘回来，让他坐在办公室里喝茶看报纸，顺带写一写学校成立多年来的历史。当然，最重要的事情他没有说出来，那就是通过校史办解决老校长不好处理的经费问题。

他让赵智慧老师负责联系校史办事宜，赵智慧答应得勉强，她说，王校长，我们年级组还有好多事情。王战胜说，适当的时候多发补助。赵智慧留了一个心眼，一是怕人家说闲话，二是怀疑王战胜是在考验她，以至于老校长打了几次电话，她都没有过去。结果老校长欲火焚身，竟然拉拉扯扯，从办公室里面扯到了门外面，让几个路过的老师和学生看到了。

后来，感觉丢脸的老校长再也不

愿意回到学校了，他终于明白当初想尽一切办法留下的后路，根本就不是一条路。退休了，他就是一个普通的老头，就应该躲在所有人看不到的地方，根本不应该再回原单位抛头露面。

赵智慧推开校长室，扑到王战胜的怀里，叫道，校长，我什么都没做。你可得给我做主。王战胜感慨万千，想到当初如果以校长的身份追求爱情，还用吃那么多苦、受那么大罪吗？赵智慧练过多年舞蹈，动作夸张，声音惊天动地，就像一个面对成千万观众的摇滚歌手。吓得王战胜迅速把一条毛巾塞进她的嘴里。

一会功夫，王战胜自己却叫起来，那声音穿透玻璃，穿透大门，被一条河流淹没，一半的叫声升上了天堂，一半沉沦于地狱中苦苦挣扎。

风浪平息后，王战胜突然问道，你的那个学生表现得怎么样？赵智慧媚笑道，男人都是坏种，吃着碗里的想着锅里的。你放心，哪天我完完整整地把她交给你。

赵智慧又说，校长，听说可是你家亲戚？

王战胜说，八竿子打出来的亲戚。

那一天，赵智慧还在校长办公室里，给王战胜轻声地唱了一首歌，这是他们童年时代的一首歌，《蜗牛与黄鹂鸟》，“蜗牛背着重重的壳，一步一步往上爬啊。”

当年王战胜可是和黄鹂鸟一样嘲笑蜗牛呢，如今，几十年的岁月让他终于明白，“阿黄，阿黄鹂儿不要笑，等我爬上，它就成熟了”。等他当上了校长，那些当年的小姑娘、小女孩都长成了大姑娘，妙龄女子。一走路就是一阵香风，声音甜腻，腰肢柔软，皮肤光滑。

全县的校长培训班上，几个校长喝多了酒就不是正襟危坐的官员了，而是高中校园中调皮捣蛋的男孩子。他们打赌，看能不能约出来那个美丽的女校长，结果人家根本不搭理，露出一丝笑容的就算是面子。

培训班结束的前一天夜晚，有人看见女校长坐上局长的车子走了，一个粗鲁的校长喝多了，脱口而出，能约会校长的人是局长，级别决定服从的程度。

另一个精细的人是局长亲信，他说，肯定有紧急的、非办不可的公事。

大伙附和道，紧急的公事，非办不可的公事。

十一

局长说，战胜啊，我能提拔你当校长，可是要当局长副局长，这可是县里的事情，你得和我去那边走一走。那夜，王战胜校长做了一个美梦，他坐在局长室宽大的办公桌后面，摸起电话打给女校长，说，到我办公室来。

女校长笑道，局长，革命工作不能拘泥于办公室，在车里可以，在家里可以，在宾馆里也行。你说去哪里，我就跟着你去哪里。从此以后，真实和梦境重合，因为王战胜局长的生活，说是真实的，却比梦境还绚丽多彩，说是梦境，却是触手可及，就像手掌中的纹理那般清晰，生命线，爱情线，事业线，长长短短，标注得十分清楚。或者，也可以理解为，一切都是假的，都是黄粱美梦，都是农民王战胜编织出来的童话故事。

“心想事成”不再是一句温暖而空洞的祝福语，而是变成了活生生的现实。在这个小城市，在教育领域内，没有王战胜想办而办不成的事，甚至他随便看了一眼，事情就会按照他目光所示意的方向发生和转移。不需奋斗的人生其实是无聊的，好在新鲜的刺激不停补充进来——金钱和女人。

唯一没有办成的事情就是王战胜局长托人到东北寻找一张真正的老虎皮时，却被告知，是违法犯罪行为。犯罪？王战胜沉思半晌，这个词语多年前在他面前出现过，他因为抓住那名犯罪分子立功受奖，除此之外，它几乎已经从他的人生字典里面消失了。算命先生说了实话，说他官太小了，压不住那种王者之气。王战胜并不生气，按高人指点定制了一张仿真老虎皮，铺在自己的庞大的老板椅上，脑门上一个大大的“王”字，威风凛凛。

……王战胜被抓后，田梅木然看着网上消息，就像在做梦，她以为新闻报道中的王战胜和她的丈夫根本不是一个人，或者报道错了，把张三当成了李四，李四当成了王五，他们生活富裕，但还没富到奢侈的程度。网上报道的这个王战胜可是花天酒地的超级大富翁，专门购买几套房子存放金银珍宝、古玩字画，还有美元和人民币，而且私生活丰富多彩，睡了 18 个女生，108 个女老师，还有好几个女校长。

唯一能安慰田梅的事情就是小甜甜按田梅的轨迹发展，长成了大美女，按王战胜局长的安排，大学毕业后留在省城工作，嫁了个称心如意的好女婿。田梅这才松了一口气，说是自己天天去寺庙烧高香成功地扭转了女儿的命运。那时候的王战胜局长正处在事业的高峰期，他不屑地说，你知道我跑去省城多少回？

女儿拉着女婿的手，眼泪汪汪回到家中，说，他对不起你，可他是我的父亲啊。架不住女儿的软磨硬泡，田梅勉强出了门。

王战胜反复说的三个字就是对不起，对不起田梅，对不起女儿。说到动情处，他忍不住举起双手擦拭眼泪，他的两只手已经被合成了一只，被铐在亮闪闪的手铐里，那种奇怪的亮光不停地刺激着田梅的眼睛，使她眼前模糊，什么也看不清了。

田梅那颗心死了一次又一次，已经无所谓了，不过她想，这话王战胜应该和他伤害过的一百多个女人说，而不仅仅是站在他面前的两个可怜女人。

王战胜见田梅异样的眼神，不自

觉地摇晃着被紧紧铐在一起的双手，这些当初让他兴奋的数字，如今提起来，毫无意义。

王战胜因为口才好、形象差，具备反面人物的典型特征，而被纪委选中来拍警示片。他突然有点忸怩，说没有表演才能。纪委的人知道谁都不想在家人和曾经的同事面前出丑，就说，这是你最后的立功机会。

王战胜最后的担心是，如果他们把警示片当成了学习片，那可如何是好？纪委的人一笑，那不是你一个演员担心的，那是导演和总导演的事情。

听说有导演，还有总导演，那制作的一定是大片，因此王战胜十分投入。当家长，家是我的；当校长，学校是我的；当局长，所有学校都是我的。这种封建思想害了我啊！王战胜在录像的时候就像进入角色的演员那般嚎啕大哭，内心里却没有一丝眼泪。一个穷苦人家的孩子，能奢侈地度过了大半辈子，他感觉值了，至于那些冠冕堂皇的鬼话当然是为了糊弄别人，希望轻判自己，及早减刑出去当个富裕的田家翁。但后来听说导演不是张艺谋，而是魏权谋，王战胜还是有点小小的失望。

田梅把自己积攒的金银饰品取出来让甜甜带走，这些闪闪发光的东西老是让她想起监狱的场景，特别是那只亮闪闪的手铐一直刺激着她的眼睛。唯有那件最珍贵的头饰，她没有舍得送给女儿。那是一个承包教育大楼工程的开发商鬼鬼祟祟在半夜三更送来的，说是地下挖出来的物件，皇后戴的。

王战胜说，鬼话连篇，凤冠霞帔，那得值多少钱？但后来一鉴定，黄金和珠宝全是真的，于是，王战胜便交给了田梅，让她锁在箱子的最深处，说，皇家的东西，不能轻易示人。

女儿虽然成家了，可毕竟年轻，她的生活还需要父母亲照亮，王战胜的财产充公了，那就当她最后一次照亮女儿吧。女儿却担心她，说道，妈妈，你要有个三长两短，我也不活了。

田梅笑道，我答应过的一定兑现，以后帮你们带孩子。为了实现自己的诺言，田梅一直坚持锻炼身体，晨跑，瑜伽，游泳，后来又被王小那拉进了庞大的广场舞队伍，每天黄昏临近，这些人便如同蝗虫一般包围了广场和城市，用音乐的旋律宣布自己的占有。

众多老头围上田梅献殷勤，除了姿色犹存外，这些老头知道这是一个被关进牢房里的亿万富翁的老婆。他们每天围绕着田梅，就像一群辛勤的蜜蜂。

田梅却是一片茫然，老感觉不是滋味，终于有一天，她脑袋中再次金光闪闪。那夜的梦中，她把王战胜的手铐看成了B型发卡，金光闪闪的发卡。醒来后，她立即拨通女儿的电话，大叫起来，扔掉它！

女儿不解，扔掉什么？

那对B型发卡，放在我给你的那只首饰盒的最底部，田梅说。她可不想女儿朝她的命运靠拢，被紧紧卡死，依附于男人，没有任何前途和出路。可是那只凤冠霞帔，她仍然会偷偷取出来，坐在卧室的落地镜子前面，戴一戴，想一想上辈子或者上上辈子，或者一千年前，她是不是一个端庄贤淑的皇后。

张同远，男，笔名马蚁，中国地质大学（北京）特聘作家，作品散见于《小说月报》《黄河》《雨花》《作品》等杂志。曾获收获 APP 无界写作大赛三等奖、第十四届中融华语原创文学大赛三等奖、观音山杯征文优秀奖、《山花》杂志征文二等奖等奖项。

给自己跳支舞

张洪贵

一

生活，就是生下来，活下去。这话，南国婷不止说过一次。不上班的时候，站在二楼出租屋里，望着窗外，看城中村马路上来来回回的车辆和行人，她总会想起小时候和弟弟趴在村口小路旁边，看蚂蚁忙忙碌碌往窝里搬运食物的情景。她现在感觉自己就像是一只落单的蚂蚁，背上驮着一包食物，却不知窝在哪里。她皱起眉头，一脸伤感，说，人如蝼蚁，活着其实都这么不容易。同室的安徽女友肖姐对外人说，婷婷最近怎么了？老自言自语，怪吓人的，怕是有病，再不去三院，恐怕要出大事情哩。三院在当地讲就是精神病医院。你说一个独身女人，得了这种病可咋样活呀？肖姐夸张地摊开双手，和人家讲完，总是会这样担心。她悄悄地替南国婷物色起男人来。

南国婷上午要打两份工，9 点至 11 点，去汇海宾馆打扫卫生。汇海宾馆在城里挺有名气，平时住的客人多。再多她也必须赶在 11 点零 1 分钟前赶到清林园大酒店门口指挥车辆。监督她的是年轻保安小齐。大堂里的落地钟慢一分钟，这一分钟就是小齐故意调慢的。为这事，小齐纠缠过她。第一次在夜幕下乘其不备从背后抱住了她，南国婷赶紧掰他的手，说，你这是干什么，快松手，让人看见多不好。小齐喘着粗气，嘴巴在她耳根子上蹭，说，国婷姐，我喜欢你，真的喜欢你。她明显感觉到一股酒味伴着热烘烘的臭气舔到了脸上。正好有一群客人往这边走来，小齐赶紧松了手。第二次就没这么幸运，酒店门口修理管道，那天上班后，大堂经理安排他俩去仓库搬交通锥。仓库没有别人，交通锥放在最里边的一个角落里，上面放着一些被子。南国婷刚抱下来，就被小齐扑倒，双手被死死压住，没等张嘴呼救，就被他的嘴巴堵上了。趁他腾出一只手伸进内衣里的时候，她摸到了一瓶红酒，“哗啦”一声开在了他的头上。鲜血伴着酱油色的酒水，像阳光下的蚯蚓爬满了他那张扭曲的脸。

此后，他见了她总是老远里躲开，偶尔碰到一起，会嚅嚅地叫声，国婷姐，忙着哩。

肖姐给她介绍的第一个男人是个物流司机，人高马大，看上去老实，善良。见面地点是在城中村他的家里。男人说，我离过婚，孩子跟着他妈，每月工资一半交抚养费。南国婷说，我也离过婚，没孩子。两人又谈了一会儿，男人就说，如果你不嫌弃我，咱俩谈谈吧。说着就把手搭在了她的后背上。南国婷猛地甩开，腾地站起来，你把我看成什么人了？立马出了屋子。听见那男人说，结过婚的女人，还装什么清纯？在城里连个藏身的地方都没有，头挺得再硬有个屁用。

南国婷的眼泪掉下来。她紧咬着嘴唇，快速离开那个地方。站到马路上，再也不能控制，放声大哭起来。好多路过的人回头看，还有的冲她笑。一个收废品的老大爷停下三轮车，问她，姑娘，有啥想不开的事儿？可别做傻事儿，哭坏了身体可就不值得，你看我，不也得要好好活下去吗。南国婷用手背擦擦脸，这才看到，三轮车已艰难地远去，一只空荡荡的袖管在风中摇摆。她不哭了，看看手机，马上到点了，立即往酒店赶。

很长一段时间，南国婷一听到相亲、见面这样的话，都会条件反射似的反感。肖姐说，你这身材脸蛋，男人见了能没有想法？除非他有病。南国婷不再听肖姐的安排。肖姐在一家房产中介卖二手房，她的主要工作是寻找房源，再想方设法把房子卖出去，顺便替南国婷物色合适的人选，好早一天嫁出去。

二

村子古朴，青砖青瓦老房子，两米多宽的街上，铺着长条青石板。刚刚下过一场雨，凹下去的石槽里积满了水。月亮升起来，蓝蓝的光把天空也染蓝了。水也蓝得像一面面镜子，把人的脸拉得很长。两旁偶尔有几家店铺开着门，生意清淡。街头一所小学校，房子窄，挤满了学生。有些孩子只能在门口外摆上桌子听课。南国婷想，这要是到冬天孩子们冻坏了怎么办？

类似的梦每次到这里，都会醒。醒来，感觉屋子里都会被一团蓝色的光笼罩着。她拉开窗帘，看见月亮果然也是蓝色的。她不明白这样类似的事为什么会重复出现在梦里，特别是那群站在街上听课的孩子，让人感到心疼。

已经很久没有回村里了。上次父亲因为给弟弟买房的事和她争吵，她就没有再打算回去过。那是个秋天，田野里的庄稼都收完了，父亲一开始打电话说，闺女，手头宽裕吗？我最近老感觉憋得慌，想去医院里查一查，可羊还没卖出去。之前父亲从来没开口要过钱。她一口就答应了，当天寄出去五千块钱。过了十几天，父亲又打电话说，没查出什么大毛病，医生让住了几天院，开了些药，可钱都花完了。南国婷想都没想，说，爹，钱不够了您再说，只要身体好好地就行。父亲在电话里沉默了一会儿，才嗫嚅道，你大爷二大爷他们都买了电动三轮车，赶个集上个坡的挺方便，我也想买辆。她问，要多少钱？爹说，带篷的两万多块。爹想买个便宜点儿的，一万五千元就够了。南国婷犹豫了一下。那时候她刚刚离婚，还没告诉任何人。之前攒下的钱租房子买锅碗瓢盆乱七八糟的日用品花去了不少。父亲感觉到了她的犹豫。不方便爹就等到明年开春再买，现在羊价格不好，没舍得卖。南国婷说，要不让弟弟给五千，我出一万，先买上再说。爹说，你弟弟刚谈了个女朋友，上班挣那俩儿钱还不够开销的呢。

南国婷一听火气上来了，他是个男孩子，就应该撑起家，就该攒钱娶媳妇，老惯着他性子，什么时候能顾上家？你问问他，大学毕业这么多年了，往家拿回过一毛钱吗？

爹的声音软下来，沉默了半天才说，你娘走得早，你弟弟书读得苦，有时学费交不上，老师都不让他在教室里上课。现在好不容易考上公务员，有份正经工作，刚谈了个女朋友，花钱的地方肯定多，可不能小气让人家姑娘瞧不起。

南国婷听完，想起了小时候弟弟冬天穿着娘留下的花棉袄，上完两节课就哭着跑回家，脱下棉袄扔到炕上，穿上单衣又回了学校。整整一个冬天，他没有再穿过那件棉袄，两行清鼻涕像麦秸秆上融化的雪水，一直流到第二年开春。想到这里，南国婷鼻子有些酸，就说，要不我想想办法吧，尽快把钱寄给您。爹说，那你千万别为难。

一年后，爹直接打电话说，你弟弟要买房结婚，你给他准备二十万吧，先凑个首付款，剩下的让他慢慢还。爹以为在省城天上掉馅饼呢。现在除去房租，生活开销，根本就剩不下钱。何况结婚后做生意欠了不少外债，她手里的十几张信用卡每月都像上三班一样轮流倒，一下子去哪里弄二十万？她一口回绝了父亲，这么多钱我拿不出。爹说，将来你弟弟会还的。如果买不上房，他那个女朋友就黄了。我把羊全卖了，屋后的几棵树也卖了，家里能折腾成钱的全卖了，你弟弟也借遍了同学朋友，好歹凑了十万，剩下二十万只能靠你想办法。爹，我不是不想办法，真的是没有办法想。爹声音明显提高了，你们不是在城里开着公司吗，公司怎么会没钱？如果这次帮不了你弟弟，以后就别再进这个家门了。南国婷逼得没办法，才告诉爹，公司亏了。但她没把俩人离婚的事告诉爹。

三

南国婷离开了肖姐。

她把一个月的房租放在床头，把自己喜欢的一只玩具熊宝宝也留下了。一只旧皮箱装下了她的全部家当。站在城中村桥头，茫然地望着人潮如涌，又望着那间曾经住过五年的屋子，心中突然好留恋。她实在不愿再听肖姐的唠叨。有时一天能带给她三个男人的信息，听得耳朵都要怀孕了。还把她的手机号码留给人家，每天能接十多个电话和短信。有些男人直接赤裸裸和她谈交易。

今天的城市膨胀得太快，她原来的生活基本上是一条路线，现在竟不知往何处去，更不知去哪里再找到如此合适的房子。这个城中村位置踞城市中央，本村居民三万人，而外来人口高达十几万。

她把手机卡取出扔进垃圾桶，感觉像扔掉了一块心病。她甚至有种想换一个城市生活的想法。

不远处一个老人扶在桥栏杆上瞅着水面发呆，她走过去，问，大爷，请问附近还有没拆迁的村子吗？老人笨拙地扭过头，冷漠地瞅她一眼，没搭理，又扭过头去瞅着水面发呆。现在的老年人，对陌生的年轻人随意搭讪都很警觉。反之，年轻人对老年人更警觉。这个她能理解。她努力堆起微笑着冲老人点点头，心里充满歉意，仿佛是打扰了人家的好梦。拖着皮箱又往前走了一段路，皮箱的一个轱辘坏掉了，与地面摩擦出轻微的“吱吱”声，不时“咯噔”一下，让她的手臂颤抖，很快感觉虎口有些麻酥酥的。她停下脚步，也瞅了水面一眼，正好一只白色的水鸟抖动着翅膀飞起，很快落在岸边的树枝头，树枝似乎承受不了鸟弱小的身体，像弓一样上下弹跳。但那只鸟牢牢抓在上面，发出了一声哀怨的鸣叫。

一个背双肩包的年轻女孩儿冲她走过来。南国婷匆忙收回目光，脸上又堆起笑容，请问美女，你知道这附近还有没拆迁的村子吗？女孩儿似乎有些惊恐地看了她一眼，慌忙摇了摇手，低下头很快地走远了。南国婷感到莫名其妙，是自己的脸色太难看还是眼神太忧伤，让人把她看成了一个精神不正常的女人？

她打开箱子，从一个黑色的包里取出一面小镜子。准确地讲，她已经有几年没照过这面小镜子了。镜子里出现了一张脸，面色苍白，眼角爬满了一些细碎的鱼尾纹，眼球都是红色的。她吃了一惊，这哪像一个三十八岁的女人？她随手把镜子扔到了河里。镜子闪着刺眼的光，在水面上划了一道弧线，永远地沉到水底了。

走不远就到了融合大厦。那是这个城市里的地标性建筑，就像一把打开的扇面，从高到低，错落有致。当年她曾在38楼一家进出口公司上过班。往事不堪回首。南国婷不愿再想起过去，更不愿再想起他。她把箱子提起来，逃似的离开了那个地方。

再经过两个站点，就到了省城长途汽车站。她仍旧漫无目的地往前走。街上的行人多起来，每个人都行色匆匆，好像都急着回老家似的。她也随着这股人流涌进了汽车站。直到售票大厅，她才想起不知何处是归途。

她突然冒出一个念头，要不回老家看看吧，已经整整五年没回去了。其间，她曾给弟弟打过一个电话，可电话换号了。后来接过一个电话，号码显示老家打来的，可接通后没人说话，很快挂掉。那时候她和丈夫的公司正处在水深火热之中，她也没有多想。过了两天，突然想会不会是爹打来的？忙拨回去，可电话一直没人接。

在车上，她又想起了爹的话：如果这次帮不了你弟弟，以后就别进这个家门了。现在想起来，突然感觉很好笑，那也许是父亲最没办法时，她是唯一能够宣泄的对象，或者是当着未过门的儿媳妇，表明他的心情。可当初在最困难的时候，听到那样的话，她却记起仇来。她想起小时候，到同学家看电视，一个像她一样大的小女孩舞蹈跳得特别美，她喜欢上了，也学着跳。爹问，你从哪里学的？她说从电视上。爹说，到过年，咱家也买台电视，让你跟着学个够。她开始天天盼着过年。想不到，快年底了，母亲却突然得了重病，吐血昏迷，住进县里的医院。五天后，娘醒来挣扎着爬起，说，病回家养，省下钱买电视，让闺女学跳舞。母亲坚持放弃治疗回家过春节。父亲赶在除夕前买回了一台14寸的黑白电视机。过完春节三天，母亲就去世了。

从此，她没有再跳过一次舞。

赶回家时，天色已晚，村里静悄悄的，在街上居然没有碰到一个人。但她还是把皮箱提起来。她不愿让人看到那只坏掉的轱辘。

门楼上的青瓦掉了好几片，躺在地上碎成几瓣。一把铁锁把门，但连接的铁链却有一头垂下来，黄色的锈渍沿着门板，涂抹成秋天里的一幅画。轻轻一推，门吱吱嘎嘎开了，锁坠着半截铁链掉下来，差点儿砸到她的脚上。院子里长满了杂草，有膝盖高。她从旁边捡了根木棍挥舞了几下，惊起一只黄斑色的猫，喵喵叫着跳到墙头上，骨碌着一双蓝色的眼睛好奇地望着她。肯定好久没人住了，爹或许随弟弟搬到城里去住了吧？她正这么想着，邻居田奶奶听到响声，拄着棍子站在门外喊，是国婷回来了吧？

南国婷叫了声田奶奶，忙上前搀扶住她，着急地问，我爹呢？是不是去城里住了？

田奶奶叹了口气，抹抹眼睛说，你爹哪里有那个福气。他前年就走了。

南国婷不相信地问，走了？去哪里了？

还能去哪里？找你妈了，享福去了。

南国婷失神地一腚蹲在地上，眼泪却一滴也没掉下来。他还不到六十岁，身体那么棒，怎么说没就没了？是得了什么病吗？

田奶奶放下棍子去拉她，颤巍巍地说，闺女，你别伤心，先到我家喝口热水，我给你看样儿东西。

南国婷自己站起来，箱子也没拿，搀扶着田奶奶去了她家。田奶奶去倒水，她忙制止，是什么东西，您快拿给我看。

田奶奶从角落里掏出来一个小花布格包袱。南国婷知道，那是她母亲出嫁时的嫁妆。她一把抢过来，打开。里边除了十几张握成团的单子，还有一只银镯子，几张叠得四四方方的信纸。田奶奶说，镯子和信是你爹让我留给你的。他临走前说，国婷恨我，但她总有一天会回来的。没有什么留给她，就把她妈这只镯子留下吧，钱凑不够我都没舍得卖，留下是个念想。

南国婷这时再也控制不住自己，眼泪瞬间像雨线掉下来。她把镯子捂在胸口，仿佛母亲和爹黑洞洞地站在面前，把她压得喘不过气来。等平息了一会儿后，她打开信，上面用铅笔写道：国婷，爹对不住你，爹不该说那样的话伤你的心。爹着急，说的都是气话。没办法，我把亲戚朋友都借遍了，等你手头缓和了，一定记得替我把钱还上，不能让爹一辈子背着外债，那样爹在九泉之下不安心的。这事千万别让你弟弟知道，他活得已经够苦的。

第二页纸上是密密麻麻的名字，她有一半人都认识，每个名字后面标注着钱数，少的有三百五百，多的有三千五千。田奶奶插话说，这些纸团是扔在地上的，我不认识字，但我想对你有用，就捡起来一块放包袱里。南国婷颤抖着展开一个纸团，一下子惊呆了，上面是一张医院抽血的单子。再展开一张，还是。全展开，全是。其中一张上面沾满了血渍，像一朵盛开的梅花，鲜艳得如一瓶打碎的血浆瞬间溢满了她的大脑。

她一腚蹲在地上，哭得稀里哗啦，直到天昏地暗。

四

南国婷到母亲和爹的坟前烧了纸钱，在田奶奶家住了一夜，就开始收拾起屋子来。她雇村里的人把屋顶换了瓦，室内吊了顶，墙皮刷了乳胶漆，院子里全铺上花砖，然后租了辆面包车，一家家把钱还上。找到最后一家的时候，那人说，你是婷婷吧，小时候我见过你，那时你才这么高，他用手在自己的大腿中间比画了一下，论辈分，你要叫我表大爷。你爹和我论是我姨父家表哥的哥哥。你爹是个老实人，当初来借钱，我手里也没有。他空着手走后，我第二天就到集市上把一窝小猪崽卖了，把钱给他送过去的。你爹说，表弟放心，这钱要还不上，我让婷婷以后还你，她两口子在省城开着公司呢，只是现在手头儿也有些紧。果不然，这钱还是你来还。南国婷说了些感激的话，看他家庭也很困难，就多给了他一百元钱。那人接过钱来，却连数也没数，就装进上衣兜里。处理完这些事，她辛辛苦苦攒了几年的钱已经不多了。

南国婷看父亲留下的土地荒芜着可惜，就让人用旋耕犁深翻了一遍。闻着湿漉漉散发着新鲜泥土的腥味，她突然有种很踏实的感觉：这样农忙时种种地，闲时读读书，闻着花香听着鸟语的农村生活有什么不好？她甚至想，如果手里有钱，她要把村里的土地都租下来，山上种上苹果、山楂、桃树、梨树、核桃树、板栗树等，山下种上大豆、高粱、小米、地瓜、麦子、玉米，再种上各种蔬菜，养上一群山鸡，放上一群羊、一群猪，修上路，山腰间盖上房子，开一家山庄饭店，让全村的闲人都来她这里工作，老人可以吃免费的食堂，那该是多么一幅美好的景象啊。这天晚上，她洗完脸躺下，看着窗外一轮蓝色的月亮从山顶慢慢爬上来。慢慢爬过半空，屋里的光也慢慢变蓝，照在南国婷半裸的身体上。窗外划过一颗流星，传来几声猫头鹰的叫声。她不再对夜晚感到恐惧，而是感到农村的一切都是那么美好。

田奶奶经常到家里来拉呱，聊得大多是爹过去的一些事。还说你弟弟，也是一个懂事孝顺的孩子，每年清明节和你爹忌日的时候都回来上坟。又帮她算了算，说大概再有十多天就是忌日了，到时早准备好鸡、鱼，多买些纸钱，好让老两口在那边把日子过得体体面面。听到这些话，南国婷的眼泪又一下涌出来。但想到弟弟回来，马上能见到他了，心里又挺高兴。弟弟长得帅气，从小她就喜欢，可就是让父母娇惯坏了，吃东西不知道顾人，农活懒得干，学习也不积极，每次考试后十名都跑不了他。

到了忌日那天，弟弟果然很早就回来了。见到姐姐，先是吃了一惊，问，你什么时候回国的？爹说你和姐夫去了国外发展，换了的电话号码也打不通，肯定是爹记错了。南国婷听弟弟这么一说，心里什么都明白了。她含糊其词答，回来很长时间了。这不，家里的房子我都修好了，下次你带媳妇回家让我看看。弟弟握住她的手，用力揉搓着，姐，还不知道吧，你有小侄子了，都上小学二年级了。南国婷很高兴，说，真的吗？咱爹娘要是在，肯定高兴得要命。弟弟眼里有泪，忧伤地说，他们一天像样儿的日子都没过，更别说享福了。上次买房，爹背着我把家里能卖的东西都卖了。多亏了你，要不房子肯定买不上，现在都增值了不少，我们也攒了部分钱，今年一定还你。南国婷眼前黑了黑，脑海里闪过爹那张满是皱纹的脸，忙哽咽着说，姐不用你还钱，以后好好努力，出息了，就算报答爹娘的恩情吧。弟弟说，你和姐夫挣钱也不容易，钱肯定是要还的。南国婷双手抓住了他的肩头，红着眼睛告诉他，姐说了，这钱永远不要你还，只要努力，有出息！记得常回来去坟上看看爹娘。弟弟重重地点点头，我会努力的。今天先跟我去城里，认认家门，也见见她娘俩儿。南国婷说，改天吧，我现在想静静。弟弟突然想起来，问，姐夫没和你一块回来？他还在国外吗？南国婷只能苦笑着点点头。

五

春天到来了，田野里到处青油油的一片，好多黄色的苦菜花点缀在其中，仿佛画家不小心涂抹上了一朵朵颜料。南国婷忙着在地里下种，盼望到夏季有个好收成。

地里的种子很快发出芽来。很快绿油油的一片，像河里流动的水，远远望去，闪着粼粼波光。远处的山腰上，盖房子的施工队今天已经进驻，正在嘭嘭啪啪地卸着材料。父母的坟上也长满了青草，同样开出好多黄色的苦菜花，无数只蝴蝶翩翩起舞，无数只蜜蜂嗡嗡伴奏，像开一场盛大的舞会。南国婷站在坟前，情不自禁地伸展开腿脚，跳起了小时候从电视上学会的那支舞。

她想，这支舞是为自己跳的。

正跳得出神，突然听见远处喊：姑姑，姑姑。她停下舞步，抬头远望，见小路上跑来一个孩子，手里挥舞着一束野花，后面奔跑的，是她的弟弟……

张洪贵，中国自然资源作家协会会员，山东省作家协会会员。作品见于《小说选刊》《山东文学》《时代文学》《延河》《鸭绿江》等刊物，入选长江文艺出版社、漓江出版社等多个年度选本，并多次被选入全国高考试卷。著有中短篇小说集《落花流水》。

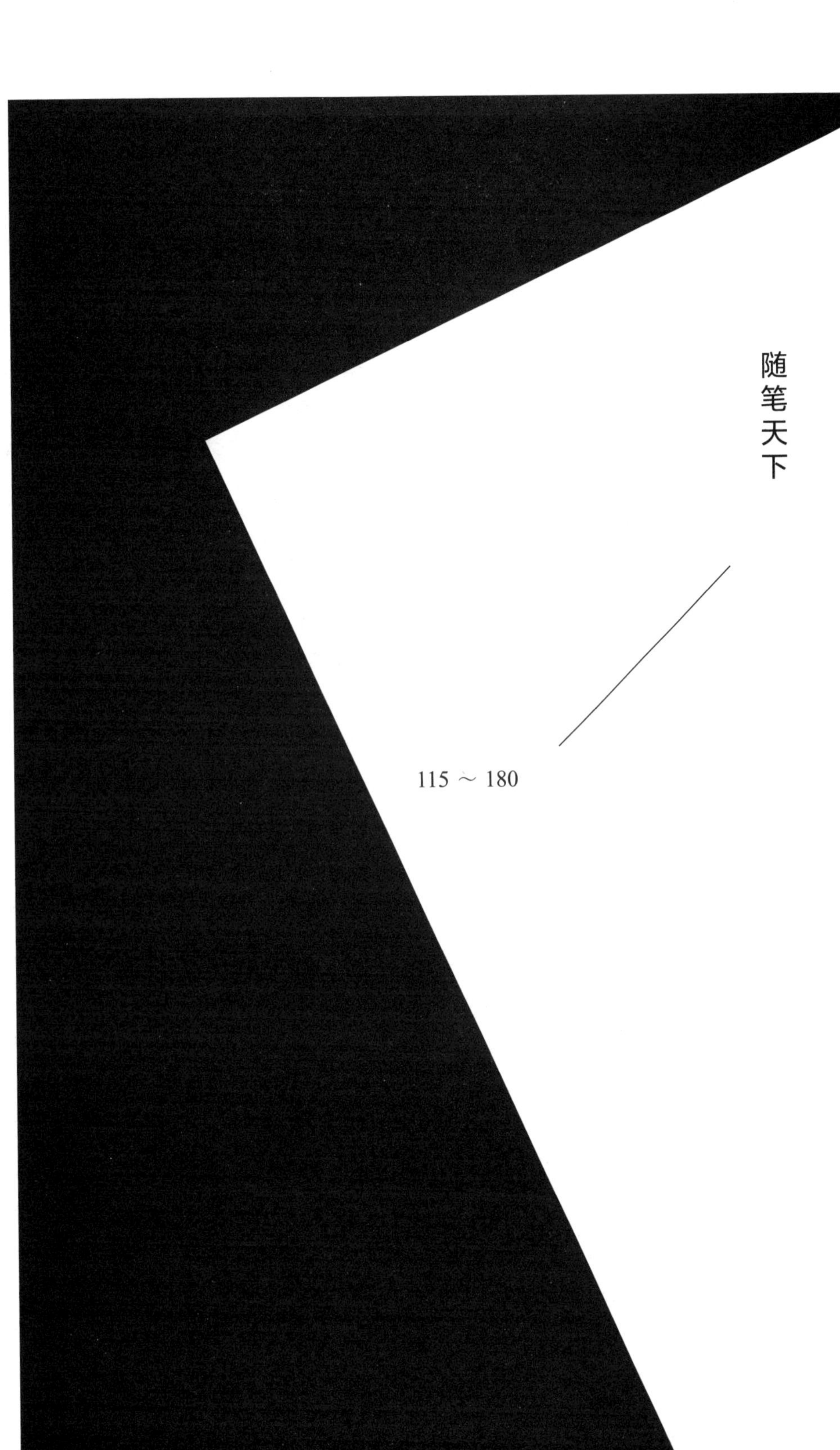

随笔天下

115 ~ 180

星落大南山

张海峰

走进植物园，桃红柳绿，雀鹊相闻。一抬眼，远山依然呈现出冷寂、寥廓的容颜。

不过表象。大南山早就接收到春潮涌动的信息，渐褪苍凉，暗自萌发。空气还有些冷，山间野花的根须栖身在瘠薄的腐殖质下、石砾土里，或陡崖的石缝处，伸展蜷缩了一冬的懒腰，吸收养分，积蓄力量，等待一场透彻的雨，抑或一阵南来的风唤醒。

刚钻出地皮，野花就迎风噌噌地生长。它们承接着倾泻而下的阳光，顺应节气变化，赶在西风来临之前演绎一段完美的花季。或含苞待放，或花团锦簇，或枯萎凋零，不同花期，展现出不同的美。野花的开花时令也不尽相同，能欣赏到什么花，一切随缘，不像错季蔬菜四时可见，一旦错过，只待来年。惊艳，莫过于北风和白雪下，蓦然闪现的数点灿烂。于野花而言，风电施工队、牧羊人、药农和徒步者来与不来，早走还是晚走，它们一直都在那里，与阳光、月色、顽石、雾霭、风和爬来爬去的蚂蚁为伴，不用枣木梆子打更，也无需闹钟和手机铃声，花开无拘，花落无声，悠游自然。倒是惦记药草和流连山野烟霞的人们，不顾路途遥远，顺着毛细血管似的蜿蜒小道，爬陡坡，越荆棘，从四面八方圪溜拐弯地寻上山来。这个时候，自诩为地球主人的人类完全占据主导地位。爱惜或糟践，知足或贪婪，俱在一念之间。

我并不是从小就喜欢大南山，作为一个固化的地理坐标，它像一道屏障挡住华北平原送来的暖风，也阻碍着萝川通向中原乃至江南的路。大南山由松枝山、九宫山、马头山、莲花山、翠屏山、萝山、玉泉山、石门山等十数座山头组成，现在统称为翠屏山。遥远的民间商道、兵戈铁马和休养生息之后，高速公路循着飞狐古陉穿山而过，连通南北。不过，我还是喜欢叫它大南山，鲜花遍开的地方曾经枪炮轰鸣，骡帮声声，抗战的烽烟中挺起不屈的脊梁。同伴中有户外爱好者，名燕山响马，大概是和他经常与燕山、恒山、太行山交汇的莽莽群山共舞有关。我们习惯称他为响马。在登山这一块，无论寒暑、远近、险缓，他都拿捏得死死的，走山路健步如飞，爬山的工夫比我逛县城植物园的时候还多。大家喜欢跟着他去爬山，穿葳蕤松林，过亭亭白桦，摘榛采蘑，踏雪望日，抚云弄水，听他讲述户外经历和山野间的奇闻轶事。譬如，遭遇金雕。譬如，邂逅青藤。譬如，寻仙洞窟。每每说起这些，他的语气激昂，眼睛充满了光。他甚至携三四好友，乘着水墨夜色登上莲花山禅院旧址十八堂，与“木星合月”亲密相遇。在他的带动下，我才渐渐地喜欢上大南山，赏四季风光，观古建遗迹，品人文兴衰。更多的时候还是去看那些寻常野花，看花苞在阳光下绽笑，看花朵迎风而舞，看花瓣随清清溪水一漾一漾地漂向未知的远方。初识，再见，每次上山都有新发现，新收获。聆听，倾诉，遐想，一趟又一趟，百看不厌，乐此不疲，欣欣然，忘了归程。

艾略特说，星星就是结在树上但却无法采摘的金果。依葫芦画瓢，走进大南山，野花就是散落在山间却不能采撷的星星。是的，野花，让我心生悸动的烂漫野花。游鱼——这片曾经的湖泽之地里最初的星星，早已湮没在辽远的时空。星星点亮天穹，野花扮靓大地。面对着不期而遇的赏花人，野花们丝毫也不紧张，落落大方，淡然绽放，俨然就是沉静、冷峻的星。

从峪口的第一朵白山桃花燃亮清明开始，山上的野花陆续盛开，单调消隐，缤纷初现。大抵是到了夏至前后，大南山的雄壮与草木的柔美达到完美契合，沟沟坎坎、坡坡梁梁上，野花们开得如火如荼，声势浩大。山披锦绣，迎来一年当中最富激情和活力的时刻。倘遇烟岚云岫，缥缥缈缈，美不胜收。风极调皮，时不时打破寂静。生命与生命相遇，和野花的互致问候，瞬时完成。没准，那些野花正待风来，以期让生命的律动更加精彩。于是，时光深处的往事，簌簌，沙沙，呼呼，在花草间徐徐流传。像堡墙根农人闲聊的毛糕调，像干砂河赶集的喧闹声，像孩提时土炕上升起的呓语。古老的、新鲜的，欢乐的、悲苦的，琐碎的、重大的，混合着草木清芬、鸟鸣虫吟、腐叶腥土和羊粪蛋子味，一股脑儿在风中飘。这样的情境，很容易让人深陷其中，思绪也跟着悠悠地飘。粗略地算一下，野花的美好时光并不是很长，海拔较高的地方，等不到白露为霜，甚或来不及和嘤嘤秋虫道一声别，就纷纷抖落一身灰尘，枯黄，凋敝，归于泥土。野花们遵循着自己独特的生存之道，因了阳光和雨水，一茬又一茬，获得重生的机会。伴随着飞鸟、昆虫、雨雪和山风的未知旅途，飞翔，漂泊，落脚，播下蕴含生命密码的种子，生根发芽，孕育繁衍，生生不息。或者，就地零落，隐芳踪，化腐朽，滋养新的生命，粲然，短暂，白驹过隙。像村里老人辞世，像流星划过天际。借此，一旦土壤和气候条件适宜，野花们便可劲地生长，纵然是十年九旱，境遇各异，仍以羸弱而坚韧的身姿，争芳斗妍，在变与不变中迎接生命的绚烂绽放。

每到这个节令，响马就唤上志趣相投的几个人，一路朝南，去赴一场盛大的山中花事。这确乎是个令人振奋的消息，等待的日子无异于一种煎熬。我早已按捺不住内心的激动，期待与野花的重逢，就像和多年未见的老友相聚。喜悦的心情，像极了小时候望着浩瀚的银河，一颗，两颗，三颗……兴奋地数星星。深邃的巨大幕布上，镶嵌着白的、蓝的、红的、黄的，或大或小、或明或暗、或稠或稀的星。闪烁的，静止的，不一而足。是否，那些精灵也正和我遥遥相望？牛郎星、织女星、金星、木星、水星、火星、土星、北斗星……叫得出名字的实在没几颗，却并不妨碍我对它们的喜爱。知晓祖冲之星、郭守敬星、张衡星、钱学森星、袁隆平星等闪耀宇宙的星斗，则是后来的事。如此，除了游鱼和野花，别的什么也可以化作星星。就像这些吃五谷杂粮、食人间烟火的血肉之躯。云汉邈邈，更多的当是那些无名的微光。人说，笑靥如花。没人说笑若星相。人还说，下辈子做牛做马。没人会想到下辈子做一颗光耀人间的星星。牛郎和织女为什么不怕冷？金星是否盛产金子？木星上生长的都是森林？土星上黄土白土多还是黑土青土红土多？天马座真的有飞奔的天马吗？古人夜观星象，预测天下大势，而我只是好奇，不止一次地幻想着，某个奇妙的星宿，会不会在某个意想不到的时刻带给我神谕，也或者灵光。我也曾笃定地认为，村子周围一度消失不见的喜鹊，真的是大老远飞去架了鹊桥。老辈人常说，人在做，天在看。夜不闭户，油灯如豆，谷黍飘香，杏花春冻，泉眼干涸，山林遁形，路面塌陷……岁月的温暖和忧伤，灵魂的美丽和丑陋，无不曝露在熠熠星光之下。熟悉的儿歌声依然清晰如昨：“一闪一闪亮晶晶，满天都是小星星，挂在天空放光明，好像许多小眼睛。”星是旧时星，花是今日花，斗转星移，花谢花开，似非而是，似是而非。大山从苍翠到疮痍再到葱茏，天空从透明到混沌再到渐趋澄澈，世事变幻，沧海桑田，人类在探索自然和星球的漫长历史进程中逶迤而行，前进的脚步从不曾停歇。

山环峪绕，滋养万物。鸦群在头顶的天空不紧不慢地逡巡。一对白色的鸟儿翩然掠过山谷。野鸡在杂灌里窸窣蹿行。小昆虫在花间草丛嗡嗡嘤嘤地忙碌。大尾巴咯鸰从松枝上一闪而过。残破的蛛网晃动七彩的芒。花皮鸟蛋静卧草窠。岩石在山圪梁子上展示着或嶙峋或圆润或挺拔的造型。泉水渗出山壁罅隙潺潺地流淌。山寺遗迹前横陈的枯柏凝固成塬上青松摇动的孤影。赵长城以石埂或石砾的形态固守着脚下的古堡新城、河川大地。追逐花香的人走出简易帐篷，摆弄着峪底的一排排蜂箱。深山小村大多垂垂老矣，徒留断壁残垣，篱落疏疏。没有鸡鸣驴叫，也没有檐下镰刀和锄头闪耀的光。荒草得势，迅速占领了所能占领的全部地盘。草比墙高，草比人高，凄凄然。山里人相继走出世代生存的大山，像随风而旅的种子，像移植城市的花木，从一炉泥火、满院星辉迈入遍地霓虹、车水马龙，在新的空间安放裹了肉体的灵魂，于时间的嘀嗒声中开启全新的人生旅程，最终达成与草木、泥土的和解与共融。眼前，各有各的领地，各忙各的营生，而又相互依存、不可或缺，汇聚在一起，即为自然。大自然的宏大叙事和微小抒情，每天都在这里精彩上演，生命也便有了所谓的意义。草本的野花与丁香、杜鹃、刺梨、山丁子、金银木、臭山槐等高大的乔灌，历经久远的相处和磨合，逐渐形成默契，高低搭配，互不侵扰，适时开花结果，彰显着自然界的物种平衡和丰富多彩。不像人类，勾心斗角，尔虞我诈，动不动就拍案而起，吹胡子瞪眼，非得论出输赢，争个孰是孰非。

野花们出落得千姿百态，单瓣的、重瓣的，单生的、簇生的，穗状的、伞状的，或大或小，或密或疏，乌泱泱，齐刷刷，一并拥将过来，与我对视。一朵花，就是一颗星，感觉自己一脚踏进梦境深处，误入了璀璨星河，目不暇接。只恐再望得久点，那些浓浓淡淡的花朵就会溢出河流、空气、冰川、火山、湖泊、稀有元素、矿物质，乃至游弋的古鱼。野花纷繁，不染愁绪，大自然早就依着它们的原生基因，定制出质地各异、色彩斑斓的霓裳。任一色，均可幻化出深浅不一的色调。同一种花，也能衍生出冷暖不同的色系。天际青，星云紫，雪花白，湖水蓝，琥珀黄，橄榄绿，火焰橙，石榴红……抛却矫揉造作、粗制滥造，不着膨大剂、增香剂和染色剂，亦没有偷工减料、假冒伪劣，一切浑然天成，不可复制，像纯净的星光。微嗅，浓烈，清淡，熟悉的气息。轻抚，细腻，粗粝，或绸或缎，或布或绢。颜料、染料皆逊色，文字亦黯然。便在此时，我自信拥有了整片花海、整个星空，内心荡起温暖的涟漪。清风拂过额头，又分明化为一片空白，感觉奇妙，无法言说。山野精灵们定然听到了欻拉欻拉的脚步声，看到我惊奇的模样，洞察出是大人还是孩子，男人还是女人，只是默不作声，在风车下、乱石旁、瀑布边、蚁穴上、牛粪不挞中顾自盛放。对于人类的踏足，它们早习以为常，娴静，大气，宠辱不惊，如明星俯瞰大地。不像我，置身花海，就像在棒子地发现一根甜秆儿，在芥菜畦寻到一个红皮蔓菁，在黍丛瞥见一颗灰米蛋，在地圪塄看到一嘟噜殷红的欧李和翠绿的巧瓜。青山泛鸟影，曜日映花魂。历经千万年的时光嬗变，野花们迎来今世的依旧灿烂。徜徉其间，我以一双凡尘的眼睛，试图透过姹紫嫣红的表情，走进这些美丽的山地星辰。

胭脂花恰逢盛期，红霞绻绿地，温柔了整个山坡。传说，嫦娥奔月时不小心打翻的胭脂洒落在天柱山，山上便开满胭脂花。依我看，那胭脂不光散落在皖西南，还飘落在冀西北的大南山里，遇土而化，沐雨而生，枝枝蔓蔓，绵延成趣。人类最初认识自然的方法——观察法，至今依然实用。阳光闪亮，胭脂花淡红色的身段，环绕着两三层喇叭状的花朵，花冠深红，像美人的裙裾，迎风起舞。仙女座，妥妥的仙女座。摇曳，即回应。此时，静躺花地，或者冲着深谷和蓝天喊上几嗓子，涤荡浊怨燥气，催发清纯静风。得与失，苦与乐，皆俗世人生，一个转身，一个回眸，怡情，疗愈，往事已矣，花开常新。眼前的斜山坡上，红色是绝对的主色调，深红间浅红，绯红并水红，热情，热烈，豪迈奔放。胭脂花以单株花繁、植株量多取胜。花开六瓣的山丹则以身材纤美、单株花朵硕大而站得一席之地。曾经，炊烟袅袅，鞴声呼呼，灶气升腾处，山丹花就漂浮在少年的饸饹碗里，丝丝缕缕，像天边的红霞，爽滑，鲜嫩，勾人食欲，满院弥香。纵使时光逝去，终不能忘怀。美好的事物如是，苦难的事物亦如是。

野罂粟长着杨柳细腰，顶花大，富光泽，妖冶，魅惑，风吹袅娜。不仔细看，还当是虞美人呢。相较于前者，后者的腰肢遍布细毛，花朵略小，花瓣更薄。不过，当一大片恣肆的金黄猛地出现在眼前，还真不好辨认。再说，沉浸在煌煌底色中，光顾着自我陶醉，哪里还急着去分辨是野罂粟还是虞美人。不知怎的，望着摇曳生姿的虞美人，总是不自觉地想起李煜的“问君能有几多愁，恰似一江春水向东流”。往事如水流走，不堪回首，向前望，鲜花满山冈。卜卜英从春风料峭直开到悲风霜落、白雪皑皑，数点金灿灿的倔强，犹胜梅菊。金莲花则是黄色花海的佼佼者，身材修长，生纵向圆棱，属于鹤立鸡群那种，远远地，一眼就能望见。呼噜喘气地爬上筒子沟，登临台山之巅，大片大片的金莲花炫目怒放，蔚为壮观。橙黄的花朵，像莲座，像太阳，像光明的使者。花蕊细密、狭长而微曲，火苗般燃烧着生命，壮丽，温暖，令人心生感动。

野豌豆结着一簇簇粉紫色的花儿，半开或微启，像谜，像梦，引人遐思。“相顾无相识，长歌怀采薇”，仕途不得志的王绩，发出如此感慨。相较于“采菊东篱”的五柳先生，这位“三仕三隐伴人生，长歌一曲怀采薇”的斗酒学士终究是少却了几分恬淡和悠然。据说，“薇”这种植物最早生长在《诗经》里，经过时间长河的淘洗，衍化为今天的野豌豆。只观其花，未尝其果，不知是何种滋味。或许，自商周以来，代国、代郡的农人就有采薇食薇的习俗，也未可知。我绕着野豌豆踅摸，时间决绝，除了阳光此刻营造的终将逝去的影子，没有留下任何痕迹，像游鱼潜水，像飞鸟翔空。鸢尾花，白紫两色渐变交融，漂亮，可爱，清新脱俗。莫奈画笔下的鸢尾花温柔、浪漫，给人以朦胧的美感。梵高的同名画作《鸢尾花》，则彰显青春、活力，富有生命的动感，曾以创纪录的拍卖价赋予鸢尾花以恒久的生命力。如此，野花入画来，油彩寥寥，远不及天然本色，亦可获得令人意想不到的艺术效果。每次路过山中“村庄”，我总是伫立良久，凝望夕阳下那些挺立和坍塌的黄土、片石及黑木的骨架，那些光阴遗弃的灰烬，那些攀绕在篱木上挺着触须于风中兀自轻颤的喇叭花，想象着它们入了具象抑或抽象意境的墨彩图画，该是什么样子。

雪绒花遍布柔毛，像雪，像絮，生性耐寒，堪称花中勇者。从奥地利国花，到冯骥才《中国的雪绒花在哪里》，蔚州——一个燕云十六州之一的地方被愈来愈多的人知晓。其实，我先前就在两千一百多米高的西甸子梁遇到过雪绒花，成片成片的，照亮了整个大草甸子。那时，我还不得其名。那时，上山的路还是砂石路。再次相遇，路已硬化，马多了，人多了，花依旧。大黄，严格来说是大黄的一种，高而壮，花束像高粱穗子，白黄色的小粒密密麻麻，含苞欲放。具体名称叫什么，我自惭不知，一如我解释不清天空五颜六色的星。狼毒花很少独处，它们一丛丛、一窝窝地生长在野草间、石缝旁。花苞鲜红，花筒细长，繁密的白色小碎花朵朵相拥，聚成盛大的花盘，像部落，像村寨，像万众一心的群体。此刻，红与白——人间烟火中表达极致情感的两种色彩合体，强烈的视觉冲击，让人慨叹之余，不免要多瞅上几眼。每朵小花都是张开的小口，无数精致小口蜂巢状排列，像是对着我齐声喊话：“快点过来呀！”抑或是“你不要过来啊！”擦肩而过，又似乎什么也没有说。诱惑？警示？我一时竟有些恍惚。和耗子阎王、断肠草一样，狼毒花艳丽的姿容，当是保护自己免受侵害、适者生存的天性吧。类似本性在自然界屡见不鲜，植物的，动物的，微生物的。误采误食，轻者中毒，重者丧命。无疑，对于不识花的人来说，确是个极大的考验。倘不招惹它，它奉献给你美艳的芳华。反之，它就会本能或加倍地做出反应，让你身陷险境，自讨苦吃。不过，采来后施以合理的加工利用，反而成为治病救人的良药。像铃兰，像翠雀，像藜芦，皆如此。就像人，你不能仅仅依靠容貌就断定他是心地善良，还是满肚子坏水，也不能听闻名字甄别他的美与丑，观表情而知其悲喜勤懒。正所谓，花开百态，众生万象。大自然的造化无私而神奇，生命，以及生命生长和生存的真相，往往并非我们眼前所见，而是深及内里，甚至遥不可测。

偶遇几株勿忘草，腰纤细，花娇小，微风吹拂，枝叶乱颤，头起的小蓝花却始终保持着平稳的姿态，像杂技里的顶碗，不禁让人称奇。转身离去，那汪湖蓝还在轻轻地漾。和旋覆花、毛茛、地榆、柳兰、匍匐委陵菜等大部队相比，勿忘草只能算是散兵游勇，在偌大的山坡上显得有些寂寥、落寞。交换过眼神，竟不能忘。不能忘的，还有遭到滥挖的红景天和响马口中啧啧赞叹的鬼兰。“山野隐士”鬼兰比和我有过一面之缘的大花杓兰更珍奇，更诡秘，属濒危植物，藏身于台山深远幽僻的丛林，像飘浮的幽灵。和心中的天山雪莲、一生只开一次花的塔黄一样，不是遇到后的印象深刻，而是未曾见过的惦念和希冀。

大南山的野花，我大多叫不出名字，正如我叫不出穹窿中无数星星的名字。相当多的野花，连现代网络软件也模棱两可，以一副无奈的表情示人，可我还是深深地爱上了那些知名和不知名的野花。就像我一次次站在大地上，仰望天宇繁星。

张海峰，中国自然资源作家协会会员。作品见于《人民日报海外版》《散文选刊》等报刊。曾获第三届宝石文学新人奖、首届徐霞客诗歌散文奖。文章入选各种文学选本、阅读题、学习强国和央视文教节目。

生如夏花

酸枣小孩

晚风中的凌霄花

傍晚，从一处旧墙下路过。墙体上零零散散攀援着几丛凌霄花。墨绿色的齿叶，浅红深黄的喇叭花。晚风一吹，摇曳生姿，也颇美丽。

苕之华，芸其黄矣。这是《诗经》里的凌霄花。

前几年的王村老院子里也长着一丛凌霄花，不知小弟从何处移栽过来的，种在厨房旁边，长势迅猛，一两年的时间，藤根粗壮，枝叶繁茂，夏天的夜晚，爬上房顶纳凉，可以近距离欣赏夜风中摇摆的花朵。

和凌霄花同时生长着的，还有几丛瘦竹，也是小弟移栽过来的。它们的存在使敝旧的院落生色不少。可惜，后来房屋重建时，凌霄花和竹子都被毁掉了。

王村人喜欢莳花弄草的少，即便养几株，也是北方乡间很常见的凤仙花臭金菊夹竹桃之流，连月季花都少见，凌霄花在王村是更少见的一种藤植。我小时候在王村，只在一处地方见过它，当时错以为是爬山虎。可是爬山虎是不开花的，所以每年夏天看它开了那么多花，很惊诧。

上小学的时候，有一位女同学，有一个很好听的名字——妙玉。或者给她取名字的人是看过《红楼梦》的。女同学妙玉温柔娴静，性情很好，只是学习不好。小学毕业后就辍学回家了。

妙玉的家在王村街的西头，一处窄小的院落，破旧的土墙，破旧的房屋。家里四口人，一个寡娘，一个成年很久却还未成婚的哥哥，妙玉，还有一个小妹妹。

我人生中第一次见到凌霄花，就是在妙玉家。她家的凌霄花爬满了整个破旧的墙体，当它们还没有开花之前，铺满了墙面的绿意，真的像极了爬山虎。一种破落的古韵。这种“古韵”我后来在城市里的许多历史悠久的老旧建筑上都看到过。

妙玉退学之后，有几年待在家里，做饭，打理家务。她的母亲和哥哥都疼爱她，不愿意让她去地里劳作。夏天的傍晚，做好了晚饭，她喜欢站在家门口等着晚归的家人。妙玉的家是人们进出村庄的必经之路，有好几次，我从西地收工回家，途经那里，便会看到凌霄花丛下静静站立着的妙玉，干干净净的，温婉而又寂寞。

后来妙玉到城里投靠亲戚打工去了，一年中偶尔也会回来几次。回来了，彼此遇上，点点头，微笑一下，算是打了招呼。两个性格都如此腼腆的人，你还指望什么呢。

妙玉在城里混得越来越不错，从她每次回家所穿衣服和越来越城市化的相貌可以看出。而且她回来得日渐稀少了。每次回来都觉得她又长大了一些，终于要变成一个大姑娘了。

她究竟在城里做什么工作，我一直没有问过。那时候她的家已经从村西迁到了村东一处新宅，离我家近了很多。即使如此，我们之间的交集也是淡淡而又疏离的，她回来偶尔碰到，仍只是点点头，微笑一下，算是打了招呼。

很多年后，我在热闹的城市中心，于纷纭的人群中，倏忽一瞥，仿佛见到了当年的妙玉，一头卷发，巧笑嫣然，与一位俊俏的青年，并肩骑两辆单车，飘然而去。

我望着她的背影，静默地伫立了片刻，以缅怀曾经的年少时光。那个凌霄花丛下的曼妙少女，早已经脱胎换骨，进入了另外的人生时空。愿她此生岁月静好。

君不见，蜀葵花

闰四月近中旬，凌霄花开了不久，小区栅栏里的蜀葵花也开了。疏落的几株，粉红色的单瓣花，被暗绿色的细丝栅栏反衬着，很有几分风韵。

记得小清河岸边的坡地上，也长着几株这样细高挺拔的蜀葵，晚上去散步，从它们身边路过，能看见影影绰绰的花朵。

边塞诗人岑参有一首写蜀葵花的诗：“昨日一花开，今日一花开。今日花正好，昨日花已老。”蜀葵花是不是和木槿花一样“朝开暮落”，只有一天的青春时光？我没有认真观察过，也不曾看到过蜀葵花落了满地的情形。

蜀葵花因其茎干高大，又被叫作“一丈红”，仿佛是比照着“一丈青”来叫的。只不过一个是人名，一个是花名。

我从前不知道蜀葵叫“蜀葵”的时候，只叫它的俚俗名字——“牛（读音 ou）屎饼花”。虽然觉得不大好听，也叫了很多年。“牛（读音 ou）屎饼花”这个名字是张小姐告诉我的。

张小姐以前住在古老的马村——现在的马村是一座新型的现代化乡村，原来的村庄旧址已经变成了直通东西的大马路。在它还不是大马路的年代，从王村出发经小店镇前往市里，马村是必经之路——一条贯穿东西的交通要道把整个村庄分成了两半。张小姐的家就在要道的南一半。

我第一次去张小姐的家里，是农历的五月间，乡下刚刚收完了麦子，空气中弥漫着尘土和新麦的气味，村路边墙角处也都散落着零星的麦穗麦秸。张小姐家门口的土路边，除了麦穗麦秸，还很突兀地长着几丛鲜艳的蜀葵花。在那个初夏阳光把一切乡间事物暴晒得蔫头耷脑的下午，那些粉红淡紫的蜀葵花并没有受到丝毫打击，花瓣坚挺舒展，颜色亮丽，在午后的热气熏蒸中微微颤动着。

在见到马村的蜀葵花之前，我在别处从来没有见到过这样的花，所以一见之下，便惊诧于它的艳丽，满心喜欢。后来见识增多，并不怎么喜欢它了，心里对它依然有亲切之感，初见时的视觉震撼一直留在记忆里。

张小姐自然不是高大门庭里出生的身份娇贵的“小姐”，她是我的高中同学。在学校的时候，关系要好，彼此之间戏谑的称呼，她喊我“田公子”，我喊她“张小姐”。以至于离开学校很多年了，她还记着，有一次久别重逢，她突然以当年的谑称喊我，倒把我吓了一跳。

张小姐相貌和性格都很“豁达”，不拘小节的那种，脾气不愠不火，我没有见过她生气发怒的时候。在学校里，与男同学女同学关系都处得很好。

后来我们一起学过画画，又先后半途而废。我“废”得早一些，她“废”得迟一些。我见过她画的古代仕女图，很像一回事。最后也不了了之。农村的孩子想走艺术路线，在那个年代，几乎是“自杀”式的一种“走投无路”。

中学毕业后，大家都各奔东西，我和张小姐也断了联系。有一年在市里的大街上邂逅了她，竟然发现两个人的工作单位离得那么近，有一种他乡遇故知的激动。于是又“相从甚密”起来，仿佛回到了学校时光。

后来我换工作，她也换工作，彼此又“失散”了，直到又一次“在大街上邂逅”。才知道她又学了车，先开小车，又开大车。在一家运输公司跟人跑长途。我们又一次“邂逅”的时候，她刚刚入行，只能偶尔替补一下“副驾”空缺，大部分的时间都是坐在运输公司大门口帮老板卖鸡蛋。

我的新工作单位离她也很近，于是空闲的时候，我就跑过去找她聊天。有一次听她讲跑长途被扣车的惊险经历。说她和十几个男司机被关在一间屋子里，一个晚上不敢睡觉，不停地抽烟，不停地抽烟，到天亮，整整一盒烟抽空了。

除了不会舞刀弄枪，我总以为张小姐是现代社会里的“一丈青”。像她这样的“豪放派”居然有一天要结婚了，给我的感觉是惊奇而又怪诞。后来一想，“一丈青”不是也嫁给矮脚虎王英了么？只好释然了。我陪着她去商场购置婚嫁用品，一边挑选着各式床单被套，一边劝解自己接受“张小姐要结婚了”的事实。

张小姐结婚的时候我没有去，她提前给我看过她未来丈夫的照片，一个精瘦的长相普通的男人。因为结婚，她的司机生涯也宣告结束。同时结束的还有我和她那短暂的亲密联系。

后来，偶尔会有消息传来，说张小姐生了儿子。说张小姐常常挨老公打。这两件事放在一起来讲，似乎不可理喻。生儿子在农村来说是非常体面的事，尤其是第一胎。那么挨打应该有其他原因。婆媳关系，夫妻关系，诸如此类的简单而又复杂的人际，都是可以让人无限联想的婚姻内幕。

有一年夏天，她突然来找我，说要借钱，母亲重病住院。当时经济窘迫，没有更多的钱给她，她竟然不嫌弃，拿了就走。

几年后，我终于有机会去看她。她已经迁到市里生活，在一处偏僻的市场做批发粮油鸡蛋等日常杂货的营生。她还是老样子，相貌和性格依然很“豁达”，笑呵呵的一团和气。变化的是已经有了两个孩子，大的已经七八岁，小的也是男孩，两三岁。

又过了几年，偶然传来消息，说张小姐离婚了。丈夫不但家暴，还在外面找女人。张小姐终于忍无可忍。离婚之后的张小姐不再结婚，只是找了个男人搭伙过日子，依然靠做日杂生意维持生计。

当年张小姐还住在古老的马村的时候，也是我和她关系要好的时候，可是我们从来不会谈及关于“快乐”和“梦想”的话题。年少的我们也不会知道在她家门前招摇着的蜀葵花，它有一个寓意很好的花语：梦。少女张小姐有没有做过许多绮丽多姿的梦呢？我从来没有问过。

“人生不得长少年”，这是岑参《蜀葵花歌》里的一句。还有最后一句，是：“君不见，蜀葵花。”

阶前凤仙花

乡村里热爱生活的人家，喜欢在院子里种些不著名易养活的花花草草，春夏天里，也是姹紫嫣红，悦人悦己。有女孩子的人家，又多种些能染红指甲的凤仙花，既能观赏，又有实用价值，两相宜。

凤仙花夏天里开花，七八月间，乡间那些爱美的女孩子趁着夜色包染了指甲，第二天便翘了浅红深红的纤纤玉指走在村街小巷里，一张素面也娇媚了许多。

小芳家的院子里每年都要种凤仙花。小芳的父亲是一位老中医，他喜欢养花，也喜欢养花给女儿看。他有两个女儿和一个儿子。大女儿小燕，二女儿小芳，都让他疼爱。尤其是二女儿小芳，他对她疼爱有加。

小芳长得小鼻子小眼睛，一笑起

来眼睛眯眯，鼻子皱皱，娇小可爱。她的性格又好，开朗活泼，和父亲的感情最好。每年凤仙花开花的时候，父亲都会摘下最鲜艳的花朵给小芳染指甲。父亲告诉她：凤仙花可是好东西啊！你看这小小的花朵不但能让你的小指甲变得漂亮，它还能入药治病，可不要小看了它……七八岁的小芳，便翘着她的红指甲，蹲在房前廊下那一排用土瓦盆养着的凤仙花前，认认真真地观看这些小小的花朵。那个时候的小芳还不知道，父亲现在有多疼爱她，将来就会有多伤她。

小芳家住在离市区很近的一个叫公村的富裕村庄里，她的家在村子东南角，有水泥的院墙，整洁的院落，廊前阶下摆满了月季花和凤仙花。她家里有田地，有苹果园，在东西通衢的大街上还开着一家中医诊所，小芳的父亲最擅长的是治疗各种烧伤烫伤，用的是一种祖传的药剂。

小芳在无忧无虑中长大，爱美，活泼。我第一次在高中校园里看到她，她是烫着一头新鲜的波浪卷的，很有点惊世骇俗。她翘着一双染了红指甲的手，笑眯眯地面对我们惊诧好奇的目光，并不生气和尴尬。小芳性格随和，和我关系很好，只是她高二那年便转学走了，从此以后便少了联系。

小芳高中毕业后考上了医专，毕业后没有找到理想工作，便回家帮助老父亲打理诊所，同时等着她那长达八年的爱情的瓜熟蒂落——小芳的男朋友刚刚从部队里考入军校。美好的人生前景似乎在小芳一天到晚展露的笑靥里就能看到，她的老父亲看着小女儿的甜蜜笑脸却忧心忡忡，他一辈子阅人无数，练就了一双洞悉人性的睿智眼神。当初女儿把自己的初恋男友带到父亲面前时，一直豁达开明的父亲却坚决反对女儿的选择，他语重心长地对女儿说："不要和他来往了，这个男孩子靠不住……"

像所有深陷爱情泥淖的女孩子一样，小芳对父亲的劝告置之不理。她根本不相信那个长相敦厚，对自己信誓旦旦的年轻男人有朝一日会背叛自己，况且他们已经订了婚，关系已经是"牢不可破"了。每次她去未婚夫家，未来的公公婆婆都把她当准儿媳一样又亲爱又欢喜。在她的心里，自己早已经是这个家庭的一分子了。

阔别几年之后的那个秋夜，小芳和我彻夜长谈，谈的都是关于她的爱情的长长短短。她拿出来男朋友送她的金项链，我知道她不是为了向我炫耀，而是向我展示她满心的幸福……她又搬出来她厚厚的相簿，请我欣赏她和男朋友的合影："喏，你看这一张，是去年春节我去部队看他时拍的。"照片上的小芳小鸟依人般偎在那个一身戎装的男人身边，太阳光很强烈，照片里的两个人都眯着眼睛，似笑非笑的样子。

展示完她的"幸福爱情"之后，小芳微微露出愁容："我好久没有收到他的信了。"

"可能是学习忙。"我安慰她。

小芳轻轻叹了一口气。

那年春节过后，我去车站送人，邂逅了小芳。她的身边傍着一个年轻的军人。我喊小芳，她停下来后，那军人却直直地往前走了。

我问：“是他么？”

小芳不好意思地笑笑：“是他”。

然后紧赶着追他去了。

我心里想着那军人不是太有礼貌，而小芳的表情又不太自然……然而又没有时间去深究，就过去了。

两个月之后的某一天，我才有空去找小芳。到她家，她父母都在。父亲表情严肃，没说话就出去了。母亲愁容满面，叹口气，向着内间喊小芳。小芳出来了，样子吓我一跳，面色苍白憔悴，仿佛一场大病初愈。

小芳惨然一笑：“他和我分手了。”语气里没有痛苦和悲伤，只有压抑着的鄙视和愤怒。我听着她的诉说，像在观看一出滑稽的人间闹剧——绝情冷漠的分手信，三千元的无理勒索，准公婆一家的反目成仇……如此反转的狗血剧情实在令人怀疑，八年的爱情是不是一直都披着一件虚假的外衣，单纯善良的小芳无法看透隐于其后的人性真相。

整个春天小芳都在疗伤。她不愿意待在家里，想出去找份工作散心，于是我陪着她在市里跑来跑去。有一家酒店相中了她，可是做了一个月，她做得不开心，又不干了。

初夏的一天早上，她带着新的男朋友去找我。脸庞上轻漾着喜悦，又恢复到原来那个活泼开朗的样子。他们俩并肩坐在一起，很亲热，不像是认识了刚刚两个月。她的新男友穿白衬衫，面容清瘦而干净。他住在新市郊区，开了一家日杂商店。他是一个未曾登记结婚却离过婚的男人，有一个四五岁的儿子寄养在前岳母家。我很是替小芳担忧。可是小芳自己却十分中意，一种爱情新生之后的欣喜神情。

我说：“你还年轻，不要这么着急决定。说不定还有更好的姻缘在等着你。”

小芳摇摇头，叹气：“你不知道村里人怎么在背后议论我，他们都说我是被人甩了没人要的。有人给我介绍对象都是大很多的老男人……这个人的条件算好的，况且他真的对我很好，我也觉得他不错。”

永远记得我离开工厂的前一个晚上，天上下着大雨，小芳来找我，我们俩坐在宿舍前的廊下。那个时候小芳是刚来到这里的新员工，而我则要永远离开它，去寻觅另外一条未知的人生之路。

那个不眠的雨夜，我们说了很多话。说了什么，早已经忘记了。不说话的时候，我们就一起沉默着注视夜幕下的雨，雨哗啦啦地下得很急，形成了无数道雨帘。地面上积满了大大小小的水洼，雨点击打着水洼，又反弹起来。在雨帘的另一端，也有一排简易的工人宿舍，是安排给那些新毕业的大学生情侣的。那天晚上停电，每间宿舍里都点着蜡烛，我们能看清对面宿舍里那对年轻情侣的一举一动。

我每次回忆起那个雨夜，仿佛都是在向青春的最后一次回眸和缅怀。

许多年以后，我们又在网络上重逢，小芳已经结婚多年，开了一家乡村诊所，养育了一儿一女。除此之外，我对她的现状一无所知。我们各自生活在网络的两端，像那些从未交集过的陌生人，彼此沉默着。

你还喜欢凤仙花么，你还记得那个雨夜长谈么，你还记得……这些陈旧的话题我不知道如何说起。一些往事像隐隐约约的微风拂过我的心头，又轻悄悄地溜走了。

酸枣小孩，中国作家协会会员。作品见于《散文》《草原》《星星》《福建文学》等文学刊物。出版散文集《从前，有个王村》。

岭上民歌

蒋建伟

天就要黑了，我们都在干活，我看见奶奶的头发乱了。忧郁的天使，两手拄着自己的锄头把子在那里喘气。奶奶已经老了，干不动太重的活了，但自己却充满想象，鱼儿找不到家的那样一种想象。

奶奶的娘家，在一条河流的西边，“岭上”。

平原上的岭，是土岭，高出地平线一点点的样子吧。不是山岭，高得吓死人。岭上村多水，大坑连着小坑，坑里的水乱打转儿，黄不拉几的，树枝草叶们在坑心里一蹿一蹿，像是溺了水。春上狗饿，撅着鼻子找吃的，大街小巷见啥吃啥，等吃够一阵子，便顺着坑边子一股风跑下去，瞅见一棵小楝树突然一个定身，掂起一条后腿，“哧”，一道热腾腾的黄线顺着树身子淌下来，小风一刮，坑南飘到坑北，骚得很。这当儿，下坡的还会有一只公狗，摇着尾巴老远就打招呼，近了，拿鼻子一个劲儿地乱闻对方的屁股，转着圈儿去闻，馋得它连口水都流出来了。就在两个家伙你看我我看你，都快不好意思的时候，大人在坑沿子上喊公狗回家，但公狗听都不听，鼻子还一直那么翘着，身子却扭得好像老庄稼汉跳起了拉丁舞，只不过舞蹈刚刚跳不到一半，“嗵”，屁股上早挨了大人的一脚，“嗷嗷”狂叫着一路跑开了。

狗实在无聊，头一“鹅”，就闪进了一条胡同的随便一户人家，顺着墙根继续找吃的，找着找着就进了第二家，鼻子还没有来得及闻呢，一只脚后爪便不小心踢翻了一面猪食盆子，细一瞅，盆子里正骨碌碌滚出来半个自己早上还没有吃的剩馍儿，再闻闻，还是不想吃，就想拍拍屁股走人。突然，堂屋门“咣当”一下开了，挤出来三四张一把鼻涕一把泪的脸，最前头的显然还没有哭够，眼一闭，腿一拍，大嘴巴一咧道：“俺的那个娘啊——亲溜溜的娘啊——”慌乱中，狗想挤进屋里去看热闹，不知道被谁踢了几脚，还没头没脑地落了骂，真倒霉啊，狗也想哭了。紧接着，鞭炮响了，白白的孝布扯上了，院子里架起了两口大锅，狂野的火舌在锅底四下乱舔，锅里的滚开水和压抑着的哭声一样备受煎熬，人越来越多，但没有谁哭，都在满院子里忙碌，也没有工夫哭，死亡的消息在黄昏里传染弥漫。

小孩们可不管这么多，他们在大人的腿旮旯中间钻来钻去拾小炮，东一个，西一个，缺胳膊少腿的，拾到手以后，那表情比见了他自己的亲姥爷都亲。也有逞能逞过头的，把一个短捻子小炮插在一滩屎里点，结果脸还没有扭过去，捻子就着到头了，“啪——噗哧”，屎溅了周围的人一身一脸，那个臭啊！他家大人气坏了，也不吭声，摁住小孩的屁股就打，身上挂彩的憋了一肚里火没地方出，看笑话的也没有谁拦，脸上一个劲儿地坏笑，小孩疼得直哭，边哭边问：“爹，爹，你你你，你打我干啥？啊……啊！”不料，笑声更大了，孩他爹的脸上更加难看，于是下手更重了，末了说：“小鳖孙，还叫你问！还叫你问！”小孩干脆哭得更响了，知道的，只会坏笑，不知道的，立马偷偷拽拽长辈的袖子角说：“你听听你听听，谁谁家孙子跟他老太太多亲！哭得可真厉害啊！多知道孝顺啊人家……”所以后来，有人就开始念叨起老太太的好与不好，感叹她老人家的病史，人的生命还活不过一只秋天的蚂蚱，以及未来的日子里再也见不到老太太时的一脸泪水。

平原上的风从墙头上刮过来，冰，凉，刀子啥样它啥样，春天刚刚没有几天光景，树叶在跳跃起夕阳的舞步，阴坡的积雪缓慢融化，绿色还没有完全冲破二月的安魂曲，可是你已经知道了，距离死亡那么近那么近。我想，死亡让我们想起一茬一茬的亲人，亲人是我们人世间行路的灯盏，他们都站在一条河流的上游等着我们。我们忘记太多太多的痛苦，可以选择不哭，而且为什么不可以那样做呢？院子里静得连地上掉一根针都会听到，这个时候，每一个人都是一把干柴，只要那么一丁点火，天使的火，哭泣着的火啊，足足可以点燃更大一片的哭声海洋。但是，没有谁轻易愿意那样。

小孩哭够了，在黄尘院子里磨磨蹭蹭了一阵子，才被大人劝起来，说让小孩前往河东的蒋寨村第一时间报丧。没走几步远，小孩感觉自己棉裤的后腿被什么拽住了，回头一看，是狗在舔自己后腿上的屎，真没出息！小孩踢了狗几脚，因为大人憋着的气倒是在狗身上发了。不过依大人们看，小孩比狗强不了多少，免不了这样给小孩支招：“你和狗一起去吧，狗比你知道路，狗鼻子尖，大路小路，一闻就找到了。”小孩不服气，但转念一想，有狗也好，至少气有地方出了，反正大小自己是一个领导。刚出岭上的村口，小孩瞅瞅路上没人，把自己头上的白孝（布）帽子摘下来，叫过来狗，给狗认认真真戴上，说狗啊你今天也死了老太太啦。狗“汪汪”叫了几声，用小孩的话翻译说，算是狗也给它老太太哭几声了，多孝顺啊！到后来，小孩为了图懒，踢了狗几脚说：“你比俺跑得快，先在前面走吧，记住咱们是到河东的蒋寨村。我嘛，马上就到！”

天有些眨巴眼了，平原上的事物马上就要变成黑白色了，小孩还没有走到河东那个村子的东头。狗倒是早到了，但是在村子东头没有找到自己要找的人，狗在蒋寨跟着奶奶住过半年，狗知道奶奶在哪一块地里干活，二话不说就往村子南边跑，从村东头到村南边地里需要跳多少条沟翻多少道堰，狗像背课文一样全背下来了，狗还牢牢背下了奶奶我们全家人的长相，难道还怕找不到我的奶奶？细细想想，这狗是不是太聪明了？

看见了头戴白孝（布）帽子的娘家来的狗，奶奶马上啥都明白了，她心疼地捋捋狗身上的黑毛，嘴里说个不停：“没事，孩子乖，乖乖，没事的……”那种巨大悲恸中的安慰，真的像是狗的老太太死了似的，不关奶奶一点什么事情。一直到小孩的出现，奶奶才把那些没有来得及说出来的话咽回肚子里。我们都知道，小孩非常希望奶奶能大哭，最好能哭得背过气去，那样才显得奶奶多么爱自己的亲娘多么孝顺。可是奶奶就是不哭，该干活干活，该走路走路，一点也不像刚刚死了娘的闺女。到家了，奶奶傻子似的坐在锄木头把子上，半天没有说话，完了两手狠狠揉揉下巴，点亮了东边灶屋里的煤油灯，烧了一大锅红薯茶，还馏了几个剩馍儿，等到锅湲气了，我和小孩都还在贪婪地吸溜鼻子时，奶奶拽着我们就往外面走。我说：“灯还没有吹哩，门还没有锁哩，俺爷还没有回家哩，就……”奶奶给了我一耳刮子，说“就”你个头，我能不知道你个小鳖孙饿了？门给恁爷留着，我们先去岭上看看，等从岭上回来了再吃饭吧？我知道，我和那小孩肚里是真饿啊，哪怕吃一口热腾腾的坷垃头塞塞牙缝子都中，谁哄你，谁是个狗！

狗啊，是个花心大萝卜，本来回来时跟在奶奶屁股后头的，可是走着走着就拐弯了，谁都没有想到啊，这家伙在村口碰见了一位大帅哥，尾巴恨不得都快摇断了。帅哥却很不好意思，陪着狗转了几圈儿，嫌那地方不卫生，扭头就跑，边跑边拿眼神回头勾引狗。狗上钩了，一直撵到帅哥主人家的堂屋里，两个家伙就看对上眼了。突然，堂屋里的女人看见了狗头上戴的白孝（布）帽子，“啊”了一下，青了老脸说：“今天怎么撞见个这？太霉气了！”男人也想青脸，不过，只是那么一闪，老脸就喜欢得屁几几的，小眼睛眯成了一条缝，用手示意着女人把住门右边，自己轻轻取了薄篱子墙上一挂已经晾了三年的老腊肉，把了门的左边，伸出了那腊肉，捏着公鸭腔温柔地对狗说：“吆！吆吆！”狗一回头，腊肉香直往心尖尖上钻，一对眼珠子立马就粘在腊肉上了，男人手举着腊肉慢慢望外伸，狗在一寸一寸地靠近，再靠近，等到不能再等的时候，一嘴咬住了肉。男人紧了紧手，再朝前顿顿，狗的牙咬得越来越紧，四个爪子死死钉在地上。男人放心了，老脸上闪过了狡猾的笑。但是狗的眼睛里只看见腊肉，没看见那张老脸。狗嘴的另一头，开始是两只手，紧接着是四只手，紧接着是狗的整个身子向门槛移动，一寸一寸，移动，再移动，几乎一刹那，门一左一右突然合上了，两扇之间刚好卡住了一颗狗头。几分钟，狗便没了筋骨，瘫软成了一滩水，捧都捧不起来，男人喘着粗气得意地对女人说：“快！快！盆！刀！”

开始上河堤了，天黑透了，一点星星都没有。我害怕，想很多，拽住奶奶的手不敢走路；小孩更怕，想喊狗壮壮胆，但是“吆”了几声却没有谁搭理。奶奶骂了我们几句，大声喊了“吆”字，还是没有什么声音。我也想喊狗，可是，不知道喊什么，这个死狗，怎么没有自己的名字呢？我们都站着不动，奶奶接着又喊，过了很长一段时间，河东河西响起了一大片狗叫声，远远飘过来，怪有意思哩！奶奶问我们还害怕吗，我们都抢着说“不儿”，奶奶哈哈大笑说：“不儿——咋那么像放屁的声音呢！说实话，你们俩到底谁先放的屁？”我们晃晃奶奶的身子说“你”，奶奶就又开始在河堤上骂我们了。

没有人知道平原上还在移动着三个黑点，河流没了方向，越往前走，是无边无际的黑。

蒋建伟，中国作家协会会员，中国音乐版权协会会员，中国音乐文学学会会员，北京市音乐家协会会员。主要作品有散文集《年关》《水墨色的麦浪》。

偶遇黑颈鹤（外一篇）

周伟莨

车窗外的景物，在眼前一闪而过，快得几乎看不清色彩。浓浓的雾，像扯不断的白纱，将远山的轮廓层层裹住，只余下黛色的影子，在视线里隐隐绰绰。雾气湿润，透过车窗扑在脸上，带着高原独有的清冽与冰凉。这样的天气，在春天的江南是极少见的。

大山包国家级自然保护区，位于云南省昭通市，地处云贵高原凉山山系五莲峰山脉分支的高原面上。这里既有浩瀚的高山草场，又有碧波万顷的大海子，原始的黑颈鹤越冬高原湿地，辽阔的亚高山草甸，幽深的箐沟森林，珍稀的山地珍禽异兽，古老的彝族风情，迷人的高山湖泊，独特的天造奇观——鸡公山大峡谷，秀美的云海、草海、花海景观等，素有“小西藏”、“千里高原一桃源”和“地球之肾”之称。

越深入大山包去，雾气越重，仿佛要把我们整个车和人都裹住。我提起精神，眼睛紧紧盯着窗外。

雾，依然很浓。我扭过头，轻声问陪同的当地朋友：“今天，能看得到黑颈鹤吗？”朋友笑了笑说：“看运气了。如果有缘的话，或许能看到。”

黑颈鹤，被誉为“鸟类熊猫”，是世界上唯一一种生长、繁殖在高原的鹤类。每年十月，大批的黑颈鹤会从遥远的青藏高原迁徙至这里越冬，到第二年的三月，再飞回繁殖地。大山包，因此成为黑颈鹤的天堂。

大山包最美的季节是八月底至十月初，这时山上的荞花、燕麦、芳草地成块成片，层层叠叠，色彩斑斓，把苍凉的高原装点得如诗如画。大海子则是观鸟的最佳景点，那里的湖光山色与田园风光交相辉映，黑颈鹤、灰鹤、白鹤、斑头雁翩翩起舞，引吭高歌，给静谧的山野带来勃勃生机。而现在已是阳春四月，显然不是最好的观赏时间，我们心里不免有些怅然。

为了这一场偶遇，我们千里迢迢赶来。黑颈鹤对生存环境要求极高，而且到了时候，它们就会飞离。此刻的我，心存一份忐忑，不知能不能在这大山包，与黑颈鹤有一次美丽的偶遇。

汽车穿过浓雾，终于抵达大山包的腹地海子了。我们迫不及待地跳下车，向景区的观测点走去。此时，雾气竟然渐渐散去，天空也开始呈现出澄澈的蓝。风，从遥远的地方吹来，带着高原特有的清冽与凉爽。同行的伙伴，纷纷拿出相机和手机，不停地拍摄。而我却收起了相机，只用心去看。我知道，有些美，是留不住的，只适合用心记住。

透过观测点的窗户，眼前豁然开朗。一片草原湿地和湖泊展现在我们眼前。据说，每年到这里越冬的黑颈鹤，有近两千只。而这里就是它们最主要的越冬栖息地。我凝神聚气，目光在湿地上逡巡。此时的大海子，波光粼粼，水质清澈。远处，青山如黛，近处，芳草萋萋。我屏住呼吸，想象着黑颈鹤翩然而至、翩翩起舞的样子。

呵，远处黑压压的一片，有千余只黑颈鹤！可是实在太远，看不清它的尊容，等了许久，黑颈鹤仍在远处，甚至往相反方向而去。同伴中，已有人失望地叹息。我却心有不甘，依旧站在观测点的窗口默默守望。

终于，奇迹出现了。或许被我的精神所感召，我看到领头的鹤竟折返往我所在的方向，后面的黑颈鹤浩浩荡荡而来。近了，更近了，它们悠闲地觅食，互相嬉戏。我激动得几乎要跳起来，忍不住也举起相机，拍下了这难得的一幕。只见这群黑颈鹤，优雅地迈着步子，不时扑楞几下翅膀。它们的头颈和腿部都是黑色，羽毛雪白，而尾部和飞羽却是墨黑色。近看它们黑色的颈项，弯曲成优雅的 S 形，昂着头行走的样子，显得高贵而典雅。

此行前，我在网上查看过黑颈鹤的图片和资料，它是国家一级保护动物，已被列入世界濒危野生动物红色名录，现在它们离我只有几十米的距离。我抑制住内心的狂喜，忍不住按下相机快门，将这一幕定格成永恒。

这群黑颈鹤，似乎已在这里生活了许久，对周围的一切，都熟悉而又亲切。它们时而低头觅食，时而抬头观望，举止从容优雅。不远处，是连绵起伏的群山，在蓝天下，呈现出一种静谧的美。而我，只愿就这样站着，从观测点的窗口静静地看着它们优雅地觅食、嬉戏，生怕我的存在惊扰了这些美丽的精灵。

当地的朋友告诉我，这群黑颈鹤还真不少，估计有一千二百余只。这个季节，大山包浓雾缭绕，且大多数还没飞走的黑颈鹤一般都会远远地躲在湿地沼泽里，要等到傍晚时分，才会出来觅食。而我此行虽短暂，却能在白天与黑颈鹤有如此近距离的相遇，实属幸运。

即将离开海子，去鸡公山时，我独自在窗口站了好一会。同伴们一再催促我上车，而我看着眼前的这群黑颈鹤，心里充满了不舍。我知道，这一别，或许就是永别。此生也许很难再有与这么多黑颈鹤相见的机会。

我依然要感谢这一场偶遇。虽然短暂，却已足够。我想，有些美，并不需要长长久久地拥有。只要它曾经真实地存在过，便已足矣。

在离开大山包之前，我们一行人

还去鸡公山探访了中国最深的玄武岩大峡谷。我们沿着蜿蜒的木栈道，一路往前走去。行至山腰的观景台，放眼望去，只见，群山连绵，云海翻涌。我仿佛已站在世界的屋脊，可以俯瞰整个世界。我张开双臂，闭上眼睛，让风从指间穿过。这一刻，我似乎已与整个世界融为一体。而我的脚下就是深不见底的幽谷。我扶着木栈道的栏杆，小心翼翼地往下张望。只见幽谷里云雾缭绕，深不可测，弥漫着神秘的气息。

下山的时候，经过跳墩河水库边的一个小山村。我们在村口停下车，闻到香气扑鼻的羊肉汤，还有烤得外焦里嫩的羊肉串，香喷喷的荞饼和烤鸡蛋。我和同伴们围坐在一起，大快朵颐。这些简单而美味的食物，让我们忘记了旅途的疲惫。

期间，不断有电话、微信涌进我的手机。都是关心我的朋友们，前来询问我在昭通的情况。就在上午，昭通的鲁甸县发生了地震，而那时的我正沉浸在与黑颈鹤的目光交流中，竟没有任何感觉。朋友们都担心我在震区的安危，我告诉他们，我一切安好，不用担心。同时，我也为灾区的人们还有可爱的黑颈鹤，默默地祈祷。

坐车离开大山包的时候，雾又笼起。我们沿着蜿蜒的山路，缓缓在雾海中穿行，一路上回味着与黑颈鹤相遇的快乐时光，依然沉浸在美丽的鹤舞中，为能偶遇这美丽的精灵而兴奋不已。

再访和顺

腾冲，地处云南边陲，我国通往南亚和东南亚的门户，如同一个深藏在时光中的瑰宝，每一次的造访都让我心动不已。和顺，是腾冲西南方向一处令人向往的古镇，它坐落于高黎贡山西麓，怒江东岸。这里不仅有绮丽的自然风光，还有古朴典雅的亭台楼阁，更有历经沧桑的和顺图书馆。而这一次，刚卸下束缚的我，再次踏上了这片熟悉而又神秘的土地，让我多了几分轻松和期待。

站在小镇入口的牌坊前，抬眼望去，远山如黛，白云悠悠，我的思绪也随风飘飞。沿着古老的街道漫步，脚下的石板路诉说着岁月的故事。街边的古建筑，错落有致，透出浓厚的历史气息。黑瓦、白墙、雕梁、画栋、斗拱、飞檐，一砖一瓦、一木一石都仿佛在向人们诉说着那古老而又遥远的故事。我仿佛穿越了时空的隧道，来到了马帮频繁往返于茶马古道的年代。

腾冲历史悠久，西汉时称滇越，大理国中期设腾冲府。由于地理位置重要，历代都派重兵驻守，明代还建造了石头城，称之为“极边第一城”。腾冲所濒临的滇西怒江，是古代“蜀身毒道”及“茶马古道”的要冲，“西南丝绸之路”的要塞。无论是从成都出发的“蜀身毒道”，还是从西安出发连接西亚的“西北丝绸之路”，或是从内地出发经昆明至印度的“茶马古道”，都以腾冲为集结点，故腾冲被誉为“极边第一城”。而和顺古镇是滕冲最重要也是最富有传奇色彩的神秘之地。

两千多年前，在这条西南古丝绸之路，就留下了开拓者骠骑将军庄蹻的足迹；明代旅行家徐霞客曾三次游历腾冲并写下了游记散文；明洪武年间，著名将领傅友德、蓝玉、沐英曾率 30 万大军征战云南，在这里进行了著名的“三征麓川”之战；抗日战争时期，中国远征军及美国飞虎队在这里浴血奋战，谱写了惊天地、泣鬼神的英雄史诗，留下了许多抗战纪念地、纪念馆和抗战遗址。如今，在这里的青山绿水间，依然可以寻找到历史的足迹、战争的印记。

黄昏时分，残阳如血，洒在古老的屋檐上，给小镇披上了一层金色的纱幔。斜阳西下，暮霭沉沉，笼罩了整个和顺，朦胧中透出几分诗意与浪漫。站在镇口，遥望着远方，昔日的驼峰航线在脑海中浮现。那些勇敢的飞行员，驾驶着战机，在天空中留下了他们的轨迹，也为这片土地书写了壮丽的篇章。

走进一家熟识的小店，点了当地的特色美食，品味着这里独特的舌尖上的快乐。无论是口感滑嫩的稀豆粉，还是色香味俱佳的大救驾，都让我赞不绝口。夜幕降临，小镇依然保持着那份宁静与安逸。当地的人们，或三五成群聚在一起谈天说地，或两两相依在街边悠闲地散步。他们那一张张淳朴而又热情的笑脸，如一阵温暖的春风，拂去了我旅途的疲惫。

夜幕下的小镇，灯火稀疏而又神秘。红灯笼的光芒在微风中摇曳，映照着三三两两行人的脸庞。我穿梭在巷弄之间，感受着这夜晚的宁静与美丽。偶尔从远处传来的歌声，那是当地的人们在传唱着古老的歌谣，悠扬的旋律让人心醉。行走在夜色中，我仿佛又看到了昔日马帮的身影，听到了那悠悠的马蹄和驼铃声，感受到了那份执着与坚韧。

再访和顺，让我对这片土地有了更多的亲切与喜爱。这里的宁静、美丽、历史与文化，都如同一幅绚丽多彩的画卷，让人沉醉其中。在这里，你可以找到那份久违的宁静和安逸，也可以找到那份深深的归属感和满足感，你可以放下所有的烦恼和压力，让自己的心灵得到彻底的放松和享受。

和顺图书馆，坐落在和顺古镇的深处，是一座古朴典雅的建筑。走进图书馆，仿佛走进了知识的殿堂。那些珍贵的古籍善本，静静地躺在书架上，散发着历史浸淫的油墨芬芳。我轻轻地翻阅着书页，似乎能听到历史的呼吸，感受到文化的脉搏。

除了图书馆，和顺还有许多值得去看的地方。艾思奇故居、文昌宫、幽深的小巷，每一处都充满了历史的印记和文化底蕴，让人感受着和顺独特的魅力。这里的山水、风物、人情，无不让我流连忘返。

在和顺，我恍惚穿越了时空，走进了那古老而又神秘的岁月，这里的一切都让我心生敬畏又油然而生几许的自豪。

和顺，如同一颗璀璨的明珠镶嵌在时光的长河中。它不仅仅是一个边陲小镇，更是一段历史、一种文化、一种精神的象征。

当我们在次日上午挥别和顺时，心中充满了不舍与眷恋。我期待着再次踏上这片美丽的土地，再次感受那古老而又神秘的魅力。我会将这份美好珍藏在心底，让它在岁月的流转中愈发熠熠生辉。

周伟莨，中国自然资源作家协会副主席兼散文委主任，著有散文集《雪泥鸿爪》《天涯屐痕》《书香与禅意》《周末闲话》等多部。主编文集十余部，作品多次获奖，入选多种文集并选入高考题库。

李四光和他的小提琴曲

赵腊平

众所周知，小提琴是西方乐器，具体地说是西方管弦乐器中的一员。提起小提琴曲，喜爱音乐的人很快就会想到德国小提琴家德尔德拉（Drolla）的《纪念曲》、德国小提琴家维尔海姆（Wilhelmj）的《圣母颂》、罗马尼亚作曲家迪尼库（Dinicu）的《云雀》、法国作曲家马斯涅（Massenet）的《沉思》等等。

一百多年前，小提琴携带着它三百年的历史与辉煌，开始了它的中国之行。以后，中国作曲家以其独特的东方审美，让小提琴说起了中国话，其间涌现出不少优秀的本土作曲家与演奏家，创作了大量具有鲜明中国特色的作品，比如何占豪、陈钢于1959年创作的小提琴协奏曲《梁祝》。如今，不仅懂一点音乐的国人对这首乐曲几乎耳熟能详，并在世界各大音乐舞台不断奏响，成为独具魅力、历久弥新的中国文化符号。

除此之外，小提琴的中国之行还有另一个传为佳话的故事，那就是：中国最早创作、谱写小提琴曲的并不是专业的音乐家或作曲家，而是一位著名的地质学家——李四光。

据上海音乐学院教授、中国现代音乐史专家陈聆群先生考证，中国第一首小提琴独奏曲是著名地质学家李四光在巴黎创作的《行路难》，创作时间为1919至1920年间，这是目前所见最早的由中国人创作的小提琴作品。

1990年3月，陈聆群教授为编纂出版《萧友梅先生文集》，专程前往北京探访萧先生的侄女萧淑娴女士。其间，萧淑娴告诉陈聆群教授：李四光先生当年曾把自己创作的小提琴独奏曲《行路难》的曲谱，交给他的好友、著名音乐家萧友梅教授，请他校正，曲谱可能仍在他的遗物当中！

萧友梅先生是我国近代著名的作曲家、首位音乐博士。他20世纪20年代曾在北京大学附设音乐传习所和北京国立艺术专门学校音乐系任教，和李四光相识并成为挚友。他是上海音乐学院的创始人之一，也是现代专业音乐教育的开拓者与奠基者，被誉为“中国现代音乐之父”。

陈聆群从北京回到上海后，按照萧淑娴女士的提醒，果然在萧友梅先生的遗物——一包学生的文稿中发现了李四光那首乐谱《行路难》。

李四光是在什么情况下创作这首小提琴独奏曲的呢?

1919 年 11 月，李四光从英国伯明翰大学毕业，并获得硕士学位。他怀着科学救国的强烈愿望，接受了蔡元培校长的聘任，准备应聘到北京大学地质系任教。在回国之前，他决定先到西欧洲去考察几个地方。当月，他应中国留法勤工俭学同学会的邀请，前往巴黎去作一次“工业繁荣与能源开发”的学术报告。

在巴黎短暂停留的间隙，喜欢音乐的李四光在随身携带的一张五线谱稿纸上，即兴谱写了一段共 5 行 19 小节的小提琴独奏曲，注明创作时间为“1919 年 11 月 20 日”，创作地点为“巴黎”，还在稿纸的右上角还标注了英文名“J.S.Lee”。

1920 年 1 月，也就是即将回国的前夕，在国外苦读七年、一心想要用自己所学的知识报效国家的李四光突然感慨万端，夜不能寐。他想起国内至今仍是军阀混战，民生维艰，为苦难深重的祖国而伤感，也为中华民族崛起之艰难而感慨……就在那个时候，李四光在那首即兴谱写的小乐曲的另一面，他谱写了一曲完整的小提琴独奏曲，并取名《行路难》。稿纸右上角题署“仲揆”二字，曲谱的右边则写下“一千九百二十年正月作于巴黎”等字样。

“行路难”本为汉代歌谣，后发展为古典乐府杂曲，题材“备言世路艰难、离别悲伤之意”。所谓“文”“乐”双修，中国历代文人有按这样的旧题写诗作歌的习惯，唐代李白更是以组诗形式加以演绎，赋予它以新的寓意：不为逆境，积极求索。此举为后世重视并效仿，但中国历史上《行路难》写得最好的，还是要数李白的组诗，尤其是其中第一首中的“行路难，行路难。多歧路，今安在? 长风破浪会有时，直挂云帆济沧海”，几乎为每个文人所熟知。

李四光既然以《行路难》为题并写出曲子，那么他就一定熟悉这个题材，并且对李白的《行路难》有了深刻的了解，并引起了他的强烈共鸣。

正如曲名所示，李四光的一生又何尝不是“行路难”呢?

1889 年 10 月 26 日，李四光出生在湖北黄冈农村的一个贫寒家庭。由于帝国主义列强的侵略和清政府的腐败，19 世纪末 20 世纪初，中国沦为半殖民地半封建社会，任人宰割、受尽屈辱。在这样的成长环境中，李四光从小便立志，要到国外去学习先进的科学技术，为祖国造出用坚船利炮来抵抗外敌。通过不懈努力，他 15 岁便获得公费留学日本的机会，几年后如愿考上日本大阪高等工业学校，学习梦寐以求的造船专业。16 岁时，他加入了由孙中山等人创立的同盟会，孙中山先生勉励他“努力向学，蔚为国用”，毕业回国后又参加了辛亥革命。在新民主主义思想的熏陶下，李四光从一个普通农村孩子逐渐转变为一名爱国主义战士。

辛亥革命失败以后，李四光为了寻

求“科学救国”的道路，于1913年再次离开祖国，远渡重洋到英国伯明翰大学深造。最初，李四光选择的是采矿专业，因为他深知当时的中国缺乏钢铁，根本造不出船舰。但是，在学了一年采矿专业后，他发现只会采矿不会找矿也不行，要想把打开国家宝藏的钥匙掌握在自己手里，就一定要从头学起，于是便转到地质学专业。

正是在英国求学期间，他在旧货摊上买了一把小提琴，利用课余时间勤奋练习。他与他的老师威尔士教授来往密切。《李四光年谱》记载，他当时“喜欢音乐，课余时间学会拉小提琴。有时间就去威尔士教师家里即兴演奏，颇得大家欣赏”。作为理科生，李四光在音乐上也表现出了极大的天赋。

1918年，而立之年的李四光在伯明翰大学毕业，获得自然科学硕士学位，准备回国开展地质调查工作，完成报效祖国的梦想。可几个月后，第一次世界大战宣告结束，中国作为参战国，在1919年的巴黎和会上受到了不公正待遇，激起中国人民极大的愤慨。满怀爱国热情的李四光，在军阀混战、内忧外患、民不聊生的情势下，回国之路重重受阻，前路荆棘。

《行路难》正是在这个背景下创作的，乐谱和李四光的境遇是相符合的。早年参加同盟会，革命初步成功，可是遇到袁世凯、张勋复辟，此后更是军阀混战，正是“欲渡黄河冰塞川，将登太行雪满山”；带着万分沮丧离开家乡到国外读书，小小的年纪，梦牵梦萦肯定是祖国，真有一番“闲来垂钓碧溪上，忽复乘舟梦日边”的离愁。毕业之候，正在欧洲考察，遇到“伯乐”丁文江、蔡元培等人的聘请而回国，尽管仍有诸多担忧，心总是中国心，终于可以凭借自己的能力报效祖国了，可谓“长风破浪会有时，直挂云帆济沧海”。这应该是李四光心向往之的奋斗目标，也是他创作《行路难》的直接原因。

1921年1月，李四光开始在北京大学任教。萧友梅20世纪20年代曾在北京大学附设音乐传习所和北京国立艺术专门学校音乐系任教，在此和李四光相识并成为挚友。正是此时，李四光把自己创作的小提琴曲交给了音乐家萧友梅教授，请他校正。后此曲一直保存在萧友梅处。

专家评论，《行路难》虽然曲调简单，但结构完整、层次清晰，开头哀伤悠长，抒发了李四光对复杂社会局势的愤郁不平和对国家命运的担忧；中间澎湃激昂，结尾又渐回平静，体现了李四光尽管内心苦闷挣扎，却仍坚持着对光明的渴望与追求，以及学成归来报效祖国的爱国情怀和理想抱负。这首乐曲的曲调与其曲名是一致的，在低沉的主调中带着亢奋的强音，起伏交错之间伴随着奔放向上的旋律。每个音符，都流淌着李四光的爱国情；每段旋律，都振奋着中华儿女的爱国魂。

上海音乐学院作曲系教授陈钢，曾捧着《行路难》原稿仔细端详，发现全曲有头有尾，层次清晰，中间还有转调。陈钢教授认为“最可贵的是乐曲立意深邃”。李四光以其爱国科学家的特殊身份创作的中国第一首小提琴曲《行路难》，在中国音乐史上留下了浓墨重彩的一笔。

有意思的是，小提琴的乐曲后来成了将李四光和夫人许淑彬牵在一起的“红线”：回国后不久，经北大化学系教授丁绪贤的夫人介绍，李四光与北京女师大附中的音乐教师许淑彬相识。许女士出身于外交官家庭，爱好音乐，英、法语俱佳，弹得一手好钢琴，还曾为我国音乐教育家沈心工的词《对镜自照》谱过一首重唱曲。

两人认识后不久，恰逢我国一些地区发生严重自然灾害，北大很多学生和教授自发救灾募捐，举办义务演出。李四光的节目是小提琴独奏，可是没有人伴奏。无巧不成书，有人竟然把许淑彬请来了。李四光拉小提琴，许淑彬钢琴伴奏。在台上，他们二人配合非常默契，小提琴的旋律在钢琴伴奏的烘托下愈发婉转悠扬，场下一片掌声。相恋两年后，他们结为伉俪。在婚礼上，两人又一次鸾凤和鸣，传为佳话。

最近出版的《风云庐山》（江西省政协文史和学习委员会编）记载，1936 年，李四光曾陪伴患病的妻子在庐山住了一段时间。不久，他从报纸上得知中国共产党有关和平解决西安事变的主张，深为共产党顾全民族利益的决策所感动。他对家人说：共产党有远见，中国是大有希望的。兴奋之余，李四光再一次拉起了小提琴。

有专家曾分析第一首小提琴曲不是出自音乐家之手，而是出自科学家之手的原因：一是当时中国屡遭列强侵略，要实现强国之梦，必须到西方国家去学习他们的科学技术，而清末民初的留学生有机会最先跨出国门，也只有他们能最早地接触到小提琴这些“洋”乐器。而冼星海、马思聪、谭小麟等出国学习音乐，则是后来的事了。二是李四光先生不但在其专业和学术上脱颖而出，成为大家，也是一位音乐天才，加上过去中国文人素来有“文”“乐”双修的传统，事起于外而发乎中，天才的科学家写出我国第一首小提琴曲也就不足为奇了。

2001 年《科学在中国》的文艺晚会上，年过七旬的杂交水稻之父袁隆平院士演奏了李四光的这首《行路难》。他在演奏时说：探索科学道路是艰难的，但再难科学工作者们也要走下去。他赋予了曲子更多的含义。

据了解，李四光乐谱《行路难》的创作手稿现收藏于上海音乐学院图书馆，小提琴的原件及夫人许淑琴的钢琴则收藏在中国地质调查局力学研究所附近的李四光纪念馆内。

赵腊平，作家、学者、高级记者。作品散见于《北方文学》《山西文学》《羊城晚报》《文汇报（香港）》等刊物。著有《历史在这里沉思》《赵腊平笔耕集》等作品集。

寻找勘探队员

马 手

老雷

会文在朋友圈里又作诗了：

千里昆仑云作裙，
漫天黄沙百里熏。
青藏宝地资源好，
地质男儿宝藏寻。

每出一次野外，就有一些感叹。

这次，我去拖拉海沟东的昆仑山里去找你，老雷。接下来的几天里，我的大腿一直保持着酸痛的感觉，这都赖你，老雷。你不太老，是个八零后，但是在这昆仑山里，罡风在你脸上早早地刻下了一些痕迹，你就成了老雷。午饭你给我们准备了“烧窑”，我看你就是个烧窑的，你脸黑的原因被我找到啦。你是想弥补我们吧，因为带我们走了那一段难走的陡坡、河滩，你觉得对不起我们，是吧？真的是难走啊，平地上，稍显驼背的你，突然就变了，变成了一只岩羊，外八字的脚刚好适合攀爬，你很轻松地攀上崖壁，下了陡坡，早早地站在河床上等我们呢。你背后一整面山崖，是矿点，滑石矿，白花花地，晃人眼睛。虽然你并没有刻意展示啥，但是，你往那里一站，分明是在显摆啊，这应该是你和你的勘探队兄弟们最好的展示方式吧——瞧瞧，这就是我们的勘查成果！这个被你们隐藏起来的意思，一下子就被我们看懂了。

我承认，在路上，我胆怯了，在过大石头的时候，河水轰隆隆地，到处乱撞，在石头上，白色的浪花银子般闪亮，晶莹剔透，冷丝丝的气息在弥漫，这震慑了我。我承认，我露怯了，在过陡坡的时候，我只管忙着拍摄照片，样子一定很做作，一会儿拍拍这里，一会儿拍拍那里。那个戴着渔夫帽的小伙子——原谅我没记得他的名字——很热心，一眼就看穿了我们，在前面走着走着，把身子掉转过来，就势蹲下来，右手的地质锤一顿操作，很贴心地帮着我们掏了几个脚窝子，这样子我们脚下就不再打滑了。土石的碎块唰啦啦地，滑入几十米深的河谷，让人胆怯。谁让你小子热心来着。我心里说，嗨，还说自己在地质队出过野外，真是没面子。我的登山鞋湿了三次，第一次前脚尖，第二次左脚弓，第三次洗了全脚。小邵到底年轻，说鞋湿啦，还笑眯眯地。我解嘲说，早湿过好几趟了。老雷，你早知道我们的尴尬对吧，就是忍着没说，偷着乐呢？

帐篷一共是五个，在碎石坡前，背靠着一个山梁，前面是一条河，从玉虚峰流下来的一条河。前有照，后有靠，这风水，多气派。帐篷外面挂着一幅标语：“找出金山银山，留住绿水青山。”前面的空地上立着队旗，扑啦啦地响。一个帐篷是会议室，用作汇报工作、学习办公和整理资料，面对门口的山墙上挂着一面红旗，这凌乱的小空间里，就有了正规的味道，气氛烘托得很到位。我第一次在帐篷里讲课，唾沫星子乱飞，很少见吧，这些放之四海而皆准的大道理，不知道你们听进去了没有。讲完了，你们烧的窑也熟了，羊肉，大块的，土豆，囫囵个的，用大盆装着。这是野外生活，显得有些奢靡。你还要上酒，我们说不合适，你再三地表达要尽地主之谊的心情，我们还是拒绝了，你显得很不好意思，黑色的脸有些红，是因为地质队的待客之道被破坏了吗？“领导们放心呗，我们一定好好地找个好矿，”你用不太标准的普通话表了态，“把他们挤出去。”后半句明显有些孩子气，把大家逗笑了。你说的他们大家都心知肚明，同行是冤家，在哪里都一样。

饭间，一阵子发动机的响声传来，来了一辆皮卡。有几个客人，是隔壁工区的地质队员，属于兄弟单位，是同行冤家。带头的很年轻，二三十岁的样子，穿着红色的抓绒衣，说是路过，随便看看。在矿石样品的架子上，他们拿着石头，你们讨论着，用矿石快速分析仪比划着，我听不太懂。小邵悄悄地对我们说，他们八成是来打探消息的。言谈间，听得出来，两个工区的矿脉也许有联系，说不定在数万年前，根本就是一块儿的。老雷，我看到你在样品里挑了一个，摆弄着，和他们有一句没一句地说着，在这些从山里挑出来的石头面前，和许多地质队员一样，你一下子显得庄重了，是因为得来很不易的缘故吧。我想是的。

我其实和你并不熟稔，在西宁日常最多就是打个照面，你常在野外，在山上，在戈壁滩里，真真算是个隐士。在这荒无人烟的昆仑山里，我才和你、和你的兄弟们，正儿八经地面对面谈话，但是谈话也不是很顺畅，因为你说的找矿，我并不能完全听懂。真是遗憾，你们的世界，远在许多人的理解范围之外。我怎样才能让人们认识你们，知道你们的坚持和你们近乎刻薄的较真呢？

这里地属格尔木市，去往西藏的检查站就设在南山口，检查得很严格。沿山而上，曲曲折折。在岔路口，沿海沟往深里走，就是传说中的西王母瑶池，是一处仙境。冷冷的风吹来，寒意着实不浅，冲着这仙境，希望你们沾点儿好运气吧，早出好的地质成果。

写完上面的文字后，我得到了老雷在这条沟里的找矿成果。

专业的表述是这样的：发现7条含锰矿化带，长600-2000米，宽3-10米。其中Ⅰ、Ⅱ号带内各圈出锰矿化体2条，M1矿化体长641米，视厚度0.7——1.22米，品位8.68%——10.09%。M2矿化体长200米，视厚度为1米，品位14.81%。M3矿化体长441米，视厚度1——2米，品位6.15%——11.33%。M4矿化体长200米，视厚度1米，品位6.09%。通过副样分析，原16TC49探槽中圈出一条重晶石矿体，宽5.4米，平均品位54.73%。

您看懂了吗?

孙森

在格尔木基地的楼道里，我们看到了孙森。他从山里刚刚出来，依然瘦瘦的，脸上还没有完全脱掉学生气，话很少，甚至算得上是文静。在食堂吃早饭的时候，我们几次叫他，他才怯怯地坐了过来。也许因为今天菜品多了些，他是不好意思蹭饭吧。问项目进展如何，他说今年的雨水很多，河水很大，进山的路被冲断了几次。又问，进山可以吗?他说，这几天让挖掘机抓紧修了一次，进山勉强可以的。

之后，我们发现进山确实是“勉强”的。

下高速，穿过桥洞，一段几十千米的砂石路，笔直地向大山莽莽撞撞地冲了上去。到了沟口，路径就脱离了砂石路主路，越野车小心翼翼地蹚过一片宽阔的河漫滩，穿过垭口，又一个规模略小的河床出现了，路很窄，山也变高了。这条沟叫作大水沟，不知道是红柳还是乌柳，在河道一侧疯狂生长，密匝匝地，有的向下游倒伏，水冲过的样子，说明雨季的降水确实丰沛。再往前走，就必须要涉水过河了。前车先过了，给我们蹚了路，张威从驾驶座跳了下来，蹲在河岸上，打着手势，指挥后车慢慢地过河。上了河岸，一片砂砾遍布的河滩出现在眼前，真正考验司机的时刻来了。避过一块，还有一块，一些尖利的棱角隐藏在石头堆里，必须千万小心，扎胎就完蛋了。哐当，这是油底壳啃地的声音，必须要停车了。权衡了一番，我们打算放弃进山，大水沟项目最终没能看到现场。

小孙从前车下来，看了一会儿，不无遗憾地说，还有七八千米就到了呀，模样有一点儿小可怜。出于安全考虑，对这个项目的探访和检查到此结束了。其实我们也是心有不甘的。后面紧随而来的是一辆六驱牵引车，拉着生活物资，带着采样工，这辆车轮胎高大，过河没问题，走漂石也没事。车轰轰地走到跟前，我们从自己的车上把面粉和菜倒了过去，我搭了把手，车身很高，差点儿没脱手。

等车过程中，我们和小孙聊着，在河滩里找一些特殊造型的石头打发时间。摄影和奇石，几乎是野外队人人都有的爱好。我们一边拍照一边琢磨着石头的花纹像不像一匹野马。

孙森一直情绪低落，我们鼓励他，要把项目进度赶上来，还得先注意安全，遗憾的氛围才冲淡了些。那辆六驱车在之后也确实出了意外，是一次翻车事故，司机没跑过大山里边的路，缺乏经验，好在没伤到人，算是万幸。“我叫挖掘机师傅把河道改一改，从东边开一个口子，这样水就避开主路了，下次你们好进来。”孙森充满期待地说。

从事地质勘查工作的人渴望被人理解，渴望被人看到。有人来野外项目调研，这无疑是一个展示他们工作成绩的机会。之前我在勘探队的时候，也有过和他们一样的心境——苦于人们不知道我们的艰苦打拼，不知道我们的付出。我办简报，拍视频，写文章，带记者采访，都是为了把真相还给他们和家人，以及其他众多对地质队员一无所知的人。世界就是这样，自己的日子终归需要自己打理，不能让别人代替你去过，出野外的人，在漫漫长路中，慢慢沉淀自己，也明白了这个道理。

从大水沟项目出来，时间还很早，突然有几个小时的时间可以自由支配，对于出野外的人，这是太难得的事情。我们继续赶往下一站，在宗加镇打尖，午饭后，强强说，看翡翠湖去吧。这名字很浪漫，充满了诱惑。在斜阳中，我们穿过一大片枸杞田，到了河漫滩里，提前脑补的河水盈盈、水草带绿、沙鸥翔集的情景并没有见到。这很正常，野外就是这样。在柴达木盆地里，到处充满了变数，让你见识大自然潜伏的力量。在野外走，能有时间停下来赏景，本身就是个计划之外的事情，有点儿幸运的意思。

在地质队员的字典里，休闲这个词基本是不存在的，他们多是忙碌的。他们最受不了的是闲来无事，闲来无事意味着工作没进度，工作没进度又意味着归期将被无限拉长。好比一把无形的钝刀在他们的神经上不断摩擦，不断考验着他们仅有的耐受力。闲来无事常常是天气原因造成的。如何适应闲来无事，这是个问题。喝酒、扯闲篇、在帐篷里宅着、一个人发呆，以此来打发可怕的寂寞。这造成了出野外的人的一种较为出世的性格，他们大多时候是内向而寡言的，甚至有些去社会化趋势。其实在地质队，人们所想象的游山玩水的浪漫是不存在的。于他们来说，山水是他们工作的一部分。甚至可以说，他们就是大山的一部分。常年在山水当中艰难跋涉，他们当然识得山水的美丽，但是他们更知道山水的野蛮脾性，那并不仅仅是游客们眼中的山青水黛、鸟语花香。那些冷风，那些大雪，那些高海拔，那些失联和无助，那些翻山越岭的忍耐，那些背负样品的长时间负重行走，那些寻寻觅觅，那些失望和期望的交织，根本谈不上诗意和浪漫，只有远方在无限延伸。他们也不会专门跟你解释，就像走过战场的人不会用豪迈来形容战争，生死一课早就教会了他们如何淡然面对人们的惊异眼神。他们只记住一点：不能告诉家人，不能告诉家人，不能告诉家人！

站在夕阳里，我们看太阳慢慢西落，是难得的奢侈。在这无极的辽阔中，太阳慢慢地褪去炽热，把余晖洒落大地，这条河的纹理就丰富了起来。河边的小路不知道通向哪里，一直往北去了，没有人来人往，显得很神秘，也很寂寞。路把河滩劈成了两半，一半在夕阳里，一半在阴影里。河上有一条简易的桥，桥洞下，水在慢慢地流动。这里已经是盆地的最低处了。突然想到，上午我们在山里看到的小河，是不是就是这条河的上游呢？孙森就在河的上游张望着吧？真的想问问了。张威把无人机放了出去，从高空俯瞰，河如画笔，在滩涂上自由挥洒，辫状水系，晕染成图。

我远离了小桥，走向逆光的一面，盐碱地很松软，脚踩上去，印出来一个一个松软的脚窝。河岸不结实，说明这只是临时的岸，是某一次河水泛滥后形成的岸，砂石是从其他地方被水搬运过来的。

确实也是这样的，这条泥田垄伸向河道，最终淹没在滩涂里，不能再往前走了。我只好回过头来，往回返，抬头一看，一幅剪影蓦然出现在眼前。夕阳西下，在天幕里，橙红的背景慢慢地铺开，人影、桥洞、河水、车身、路面，如五线谱上的符号一样，隐隐跳动，一首无声的歌漫过旷野。那河水，隐隐地泛着金光，呢喃而歌。没有风，空气似乎凝滞了。画家也画不出这美景，歌唱家在这寂寥里也会停了歌喉，被这景象摄了魂魄去。时间停留了下来，太阳收敛了急脾气，慢慢地向地平线以下滑落，没有一丝声响，把满身的光芒收拢了，最好是有几片云彩，那样霞光万丈才最是养眼。

老戴和刘老根

又是在大山里，在都兰县的大山里，我不知道山的名字，但是叫作昆仑山应该是没错，这里是昆仑山东部，在地质人的报告里，被称作东昆仑。海德乌拉的帐篷里，坐在冰冷的折叠床上，面对老戴和兄弟们紫绀色的嘴唇，我没忍住，流了泪，强强也哽咽地向大家检讨了，说自己对项目的关心不够，做饭的人老是找不到，来了四拨人，都被高海拔吓跑了。“比你们调研的时间还短哩，”老戴梗着脖子说，“吃顿饭扭头就走了。”海拔有多高？“帐篷所在的地方，躺平了是4500米。”说这个数字的时候，我都听出了颤抖。佳文剃光了脑袋，眼睛并没有刻意看着我们，似乎随意但又是快速地回答了我们，那分明带着些小小的自豪，是在等着我们问呢。去往钻机的孔位，需要坐车去，海拔在5000米左右，最高处是5105米。

海德乌拉位于这条沟的最深处，80千米砂石路过后，还要走60千米河滩路。翻山过河，我们颠簸了4个多小时才到。一路上看到了好几处帐篷，应该都是地质队的驻地，看来这里确实是个聚宝盆。问他们“海德乌拉”什么意思，没人能回答我，只知道现在的这条沟叫作野马沟，一路上看到了好几拨野马在转悠，神神秘秘地往河滩对面张望着。我想那肯定是一匹斥候马，在放哨呢，大部队应该藏在某个沟堖里。

到了坡脚，一条小溪悄然无声地流过。过了小溪，仰头望去，一段近乎垂直的坡道直通半山腰，易师傅明显犹豫了一下，进山的每一段路都在考验司机的胆魄和毅力。看到皮卡都上去了，越野车不上去脸上是挂不住的，易师傅一踩油门，越野车稳稳当当地、蚂蚁爬树般地就到了小平台。

蛙鸣，到处是蛙鸣。

这是能谱仪传来的叫声。

放射性矿产勘查最早用到的是伽马枪，现在都改做手持式的了，只要有了铀矿，能谱仪就会叫。咕嘎嘎嘎，咕嘎嘎嘎，这叫声里竟然透着股喜感。山坡上，开辟了一处六七米见方的小场地，正在搭建钻塔，看得出，大家对这个钻孔寄予了厚望，希望能有好的收获。老戴手持能谱仪，顺着便道，就着山坡，一路走，“青蛙”一路叫着，代替他做一场绵长的演讲，看到了吧，这里有，看看，这里也有。坡上，长满青草和小花，天上飘着数朵白云，翱翔着一只雄鹰，这应该是海德乌拉最好的季节。然而一阵子眩晕突袭而来，是高原反应。我是要面子的人，不能让人看出我的虚弱，借着相机的掩护，我一步步地远离了孔位，向山坡下逡巡而去，好在他们也没怎么注意到我。

地质草测实际材料图展开之后，有一番研讨，我自然是听不懂的，有些懊恼，隔行如隔山，这是没有办法的。老戴说，我们就是想在这里突破，这句我是听懂了。找矿的人，谁不想找个大矿，为自己和兄弟们的辛苦付出给个交代。找这个矿点，费了大功夫了，队员们来海德乌拉五六年了，今年在野马沟终于找到了一处矿点。“以前在那座山里，”刘老根在帐篷后头用手往远处一指，山隐没在云彩的那一头。那座山我在一个小视频见到过，袁兴明提供的，老戴和几个兄弟在踏勘，刚刚翻过山头，见到了一面雪坡，大家就着雪地往下滑，这是真正的高山滑雪。雪白的世界里，激发了老戴和他的兄弟们的天性，这是地质队少有的轻松时刻。我当时问，在野外哪一件事情印象最深刻？袁兴明就给我推荐了这个视频。那么多的苦难都经历了，但是他们并不讲，单单讲这些让人高兴的，显然在野外的时光里，特别高兴的时候并不多见。

“进山半个月，高山反应，每天晚上都睡不好觉。尽管吃了红景天，闭上眼睛之后，脑瓜子还是很涨很痛。大家都在坚持，每个人都希望能找到矿，为建党100周年献礼。”说这话的时候，老戴有些哽咽，看得出这是他的真心话，他说的时候很平静，没有什么装腔作势。“在祖国的边疆找铀矿，是一件光荣的事情。”老戴从事地质工作的心路历程要从上学时讲起。当时核工业前辈张伟星去学校作讲座，宣讲地质“三光荣”精神、核工业精神，听到“事业高于一切”，同学们报以雷鸣般的掌声，老戴也在座，这句话对他触动很大。他的专业老师在内蒙古、新疆等地找铀矿，为他做了很好的示范。在海德乌拉，只要一听到能谱仪的蛙鸣声，老戴和兄弟们会很兴奋。“希望能找到一个大中型铀矿。”在海德乌拉坚持了六年，老戴和大家憋着一股劲儿。

我和刘老根算是老相识了。二十多年前，在吐鲁番工区，刘老根在岩土工程项目挖探井，很能吃苦，探井挖得也很溜。他干活不惜力，非常勤快，大家自然都喜欢上了他。之后，他去铀矿勘查项目工作，在新基地看护水井，那是个苦活，一人一井，和关禁闭差不多。再后来，二号钻机上缺记录员了，老根就被派上了钻机。这一路干下来——钻工、记录员、班长、机长，一直干了近二十年。中间有过反复，有一年，他被同在一个工区的另外一个单位硬是挖走了，给了个机长当。有一次他去库房找材料员领些必备的材料，被项目经理狠狠地尅了一顿。他蒙了一阵子，好像明白点儿啥，感觉自己的人品受到了严重质疑，老根就又回来了。

“高海拔能适应不？”我问他。“有啥不能的呢，”老根说，“当年吐鲁番那么苦的环境都扛过来啦，忍忍就好了。”刘老根一头白发，年纪其实也就五十出头。他拉着我到了帐篷旁边的一处空地上说：“看，这是我试种的草籽，出苗了。”我仔细看，银针似的小草露头了，看样子应该是披碱草之类的草。地质项目实行绿色勘查，施工完了之后，是需要复绿的，种草工作很重要。老根在项目上的工作本职其实是取样工，平常大家登山的时候，需要随身背上水和吃的，作为采样工，老根额外还要背负若干样品袋，这明显是个苦活。“累不累？”在座谈中我问他。“为单位发挥余热嘛。”老根说。我们都会心一笑。给你办社保了吧？我在帐篷外头又问他。“交了交了，”老根腼腆地说，“这几年，儿子上学，女儿成家，小外孙也有了，我还能为勘探队干几年呢。这算是一个承诺吧。”走之前，我俩在帐篷前单独合了影，老根穿着红色工作服，背景是蓝天白云，比照相馆的幕布好看得多。

帐篷里有六张床，门口的一张床头上别着一只羽毛，浅褐色的，不知道是野鸡的还是老鹰的。这羽毛，在这境地，让人想到翱翔这个词。帐篷中间有一根横杆，搭着毛巾，一部卫星电话也顺手挂在这里，很显眼。当信号从昆仑山里传出去，老戴他们会怎样述说自己的境遇呢？

马手，原名张柯平，中国自然资源作家协会会员、青海省作家协会会员。就职于青海省核工业地质局。

散落的珠子

徐兴旗

丰收

随着布谷鸟“布谷——布谷——布谷——”的声声鸣叫，芒种临近了。

空气里弥漫着一股沁人心脾的麦香，一阵风吹来，麦地里翻卷起一层层的金浪。要是没风，你会听到“吱吱”的响声，那是麦子在伸懒腰——炸芒。麦子炸芒，就意味着已经成熟了。

父亲连忙去场头清除杂草，筑细泥土，然后用石磙子一遍遍地压，压到平整后，浇上一遍过夜水，再用石磙子来回地碾压，直到地面硬硬的，一眼看去竟像是能反光一样，这才算是一块上好的麦场——收割回来的麦子就晾晒在这样的地方。所以，割麦前几天的早晨是最热闹的，麦场里总是传来此起彼伏的“吱吱呀呀”的石磙子声。

乡谚说：“小满割不得，芒种割不及。”该动镰了。头一天，镰刀就已经被磨得溜光。

星星依然在闪烁，一户户农家的门“嘎吱”一声开了，农民们手里拿着磨得银亮的镰刀，径直往地里奔。到了自家的田头，一头扑进茫茫的麦海之中，张开双腿，猫着腰，右手握住镰刀，镰刃往前一圈，左手将一大抱麦秆儿顺势往怀里一搂，利索地往左脚尖上一放，“嚓、嚓、嚓！”镰挥麦倒，干净利索。

中午时分，天上一片云也没有，太阳一动也不动地高悬在当顶。此刻人蹲在麦地里，像闷在蒸笼里，被蒸得头昏目眩；割麦的农人全然不理会这些，这时的麦秸硬挺，正是下镰的好时机。

麦把船慢慢地靠到场边，妇人们在船头抓着桩绳一蹦上岸，回家做饭；男人搭好踏板，开始麦把的第二次运输。三伏天的中午，太阳烤得人头昏脑涨，农人们依旧要在毒辣的日头下来回地跑，虽然嗓子渴得冒烟，却感到无比的畅快。在高兴之余稍不留神，踩上船头、踏板一滑，一个趔趄，手中干燥的麦把滚到河里去了，无奈，只好用把叉把它叉上岸丢在一旁爽水。

麦场上堆了高高低低、大大小小

的麦把垛，此时麦场里也就有了许多的欢声笑语：你家的麦子长势如何，我家估计能打多少麦子……边聊边等着脱粒，似乎少了许多的艰辛。最高兴的要数孩子们了，小伙伴们捉迷藏算是找到了好去处，瘦小的身子紧缩在窄小的麦秸缝中，真像一只只小猴子，但也常常会引来老人的责骂——一不小心，就会蹭倒麦把堆，一个个塌了下来，“细猴子”们是不管这一切的，拍拍屁股就不见了人影，还得各家大人去收拾。

马上轮到脱粒了，赶紧把脱粒机抬到自家场头，一条龙地开始脱粒，有人用木叉子从麦垛上把麦把叉下来，有人负责解开，有人负责把麦把摊开塞进脱粒机里……这些天里，乡村里四处响着脱粒机的轰鸣和乡亲们忙碌的声音。场头上，麦把的气息愈加浓烈，码垛成一道道巍峨的风景，风景中，随着老虎机一卷一卷地吐纳，麦秆“劈劈啪啪”地响，麦把堆也渐渐地消失了。

麦子脱完了，自然要请帮工们到家喝几杯大麦酒。庭院里，阵阵栀子花香，“细猴子”从秧池里捉了一瓶蝌蚪，兴冲冲地要喝酒的大人们看他的战果。望着在墨水瓶里游来游去的蝌蚪们，大人亲昵地摸摸孩子的头夸赞：“你好厉害，这溜滑的小东西亏你也捉得住。来，弄口酒奖赏一下，不麻人的。”孩子用筷子蘸了一口，皱皱眉，过了一会儿，又依偎在大人旁边用舌头舔了第二口。微醉微醺，也算得上是小满吧。

在落日的余晖里，麦场上，聚着收场的人们，嬉笑、打闹不停地传出，引来阵阵畅快的爆笑。而孩子们都欢快地在麦场上奔跑，像一只只快活的小鸟。

盛夏的夜是透明的，除了四周的麦垛和新堆起来的麦草，整个麦场到处是麦草、到处是麦垛。孩子们也随着大人们来到打夜工的麦场上，他们在已堆好的麦草堆上一人挖一个洞，相互串通了，像打地道战那样钻来钻去。而大多数时候是静悄悄爬上草堆，躺在柔软的麦草上数星星。

半夜鸡叫时分，当孩子们还在睡梦里的时候，麦场上一家挨一家，男人和女人们打着呵欠，清理新堆起的麦草。知道孩子们就睡在麦草堆的某个地方，大人们不敢用叉，一捧捧地把麦草往外抱。孩子们被吵醒，各自在父母的假装呵斥之下回了家。天刚麻麻亮，麦场上又是一片忙碌的景象。

影像

我对里下河秋天的感知，是童年时母亲瞅准黄历，让我们咬一口她种的瓜。这样甜蜜的回忆，直到现在都很难忘。

自家地里新长的瓜，被母亲用河水洗得干净后，用力一拍，就很不规则地裂开了，大小不一；母亲将瓜分给家里人，还有房前屋后的人家。还有一样需要交代，那就是酥瓜，俗称烂瓜，这瓜只有少几颗牙齿的奶奶才能独享。

瓜在里下河乡下极普遍。瘦长条的是草瓜，肉老水少；长圆形或粗短敦实的是水瓜，水多皮嫩；圆胖的是酥瓜，肉烂瓜香。乡下讲究，草瓜腌咸菜，水瓜解渴，酥瓜是孝敬老人的。

农历五月快完的时候，随意种在沟帮上或棉花行里的瓜就开始成熟了。

水瓜青皮白瓤，十公分左右长，大头横截面碗口大小。水瓜一如它的名字，水分多，瓜瓤咬在嘴里，清清淡淡；倒是靠了籽的那部分，带上一丝甜鲜味。暑气渐渐上升了，水瓜加上少许盐，让烦躁的人们有了些淡定。讲究的人家，斫瓜菜时还会加些新蒜头。

很快，棉花长得密不透风，根下瓜藤上早已没有了像样的叶子，只好扯了。大小不一的瓜堆积在码头边，稍大的姐姐带着兄弟在码头上劈瓜。姐姐用刀将瓜从头到尾一劈两半，兄弟则用硬币顺着瓜瓤由上而下轻轻地刮下，放到桶里浸泡着。劈完瓜的姐姐用丝瓜筋将瓜由里到外认真地清洗着。瓜被洗净晾干后，往缸里一层一层地放着，再一层一层地撒些盐，两三天工夫，原本很僵直的瓜就萎靡下来。紧接着的日子里，姐姐要把泡在盐卤里的瓜拿到阳光下曝晒，盐卤每天要滚烧一次。一连几天晒瓜烫卤，瓜菜也就好了。在秋老虎仍在发威的日子，看到一锅绿豆粥，一碟切得很细的瓜菜摆放在桌上，饥饿感立时就涌出来。

扯了瓜藤的棉花田空荡了许多，田里的第一个伏前桃正咧开嘴，笑迎着打药水的农人。农人望着笑得露出了三四颗白牙的新棉，盈盈地走上前去，爱不释手，把新棉摘下装进衣袋里带回家。此刻，距离立秋还远着呢。

乡谚说：“立秋雨淋淋，遍地是黄金。”我没有看到黄金，却目睹了雨中庄稼，那些万事俱备只欠喝水的棉花、花生、山芋、黄豆们，喝足了，抖擞一下精神，准备再迎着火辣辣的秋老虎伸上几个舒服的懒腰，就铆足了劲你追我赶着，与村庄外的田野里所有的庄稼一起做着颗粒归仓的美梦。

傍晚时，旷野上忽然聚集了很多蜻蜓，不知一下子从哪里冒出来的，低低地飞，时不时地撞到行人的脸上，天要下雨了。黑风也从树梢里钻出来，凉凉的，把半死的叶子扯下来，一片两片三片。很快，天上集结了乌云，接着就是猛一阵雨滴狂扫地面。在地里除草的女人们知道这雨下得不会长，一般就一阵子，懒得理它，笑了笑，理了理头发，又继续除草了。有时，想起门前还有晒晾的衣服，于是一阵龙卷风似地回家，一边大声喊着孩子的名字，一边从竹竿上撸了衣服裹进怀里，低头弯着腰进屋。

晚上，凉风飕飕，让人感到不再那么溽热烦躁了，脸上就多了一层惬意。饭桌上，大麦烧让男人们激动不已，女人们飞针走线地牵扯着一段又一段的闲话。这时候的流萤，打着灯笼忽高忽低地在星夜里寻觅着失落的宝贝。此时此景，一种怅然流荡在温馨之际，农人们忽地想起：天凉了，该添衣了。

村里的喜鹊都没了踪影，我们瞪着迷惑的眼睛张望时，奶奶朝天上一指说，它们都去给牛郎和织女搭鹊桥了。得飞上一天的路哪，晚上才能把鹊桥搭好，要是不够的话，燕子也就去了，不信，你找找，肯定找不到喜鹊和燕子的！那些的话，已经在耳边响了很多遍了，心里仍然充满着好奇！奶奶又说，晚上在葡萄架下就能听到牛郎和织女说话了。每次都拗不过瞌睡，一年年埋怨自己；等管得住瞌睡后，那充满童趣的期待，已无影无踪了。

五谷丰登

走进秋分时的里下河乡村，远处的庄稼地里尽情展现着玉米的风韵。一排排亭亭玉立的玉米，饱满成熟了，那玉米棒子嘴巴边的红缨须不约而同地成了红褐色，紧紧地贴在外皮上，像个老母鸡的翅膀呵护着它的果实，果实探出头来，一脸稚气的笑容在秋日阳光中闪烁着迷人的光泽。

最惬意的是这个季节里，母亲手拿镰刀和口袋，领着我们去永东河边收割向日葵。脸盆大的葵花盘被母亲用刀割下后堆在圩埂上，然后由我们收拢装进口袋，背运到天井里。秋天的阳光温暖宜人，墙头上摊放着晾晒的稻草散发着淡淡的清香，母亲剥着葵花匾上的葵花籽，我们在稻草上翻着跟头，疯累了，便坐到母亲身边，帮着她捶下葵花盘下的葵花籽。母亲将葵花籽摊放在阳光下，笑盈盈地对我们说：“晒干了，等过年时炒给你们吃。”

“麻屋子，红帐子，里面住着白胖子……”坐在屋檐下的祖母又让我们猜起谜语来。此时该是挖花生的时候了。挖花生是个力气活，但也讲究技巧的。小铲锹远离花生根一下锹，根周围的土壤松裂开来，此刻如果力气猛了就会拔断土壤里的花生根，花生果带不出土壤；如果力气过小，花生藤又拔不出来。细姐姐拔花生藤都是满满的花生果悬挂在花生藤下面，还带有清新湿泥土的气息。当然我们也不能闲着，赶紧把细姐姐拔起的花生藤捡好捆好，一捆一捆地搬上船码堆。

乡谚说：“抖不尽的芝麻，拾不尽的棉花。”信手在初夏撒下的芝麻，一节一节地开着白花儿，一直开到顶部。在这个节令里，有一天，爆性子芝麻突然“啪”的一声炸裂，吓得农人们赶紧张罗起来，对于它们必须要掌握好火候，不要熟过了，熟过了头，会顽皮地炸开，一旦落地，细细的芝麻怎么去寻？只能当它们八分熟的时候，赶忙收割，放到干净的院子里，晒上几天，一把一把抓着，头朝下倒提着，用木棒不住地拍打，小小的芝麻粒全部顺从地落下来，簸去碎叶和灰土，多么可爱的白黑两色小精灵们，挤挤挨挨地铺满一匾。空了壳的芝麻秸也是个宝贝，大年初一的早饭才能拿出来烧，意思是节节高。

一两场冷风刮过后，那些由青绿变成紫褐色的棉桃绽开了笑口，笑口里露出的是洁白柔软的棉朵。选种、制钵、移栽、除草、施肥、打药、抹腋芽等大半年的辛苦，终于迎来收获的喜悦。这时候站在棉田中间，抬头看白云朵朵，心旷神怡，低头见朵朵白棉，怒放得如同一只只小白鸽。俯身摘下一朵棉絮，它柔软而轻飘，掂在手心，微微吹一口气，便悠悠地飘出好远。此刻喜得农人们哼着跑调淮腔，心想着卖了棉花后，孩子的学费、春季的肥料……想着，想着，很尖的棉壳刺痛手指已感觉不到了，即使再痛也是喜悦的，无怨的。

一阵清凉风轻轻吹在这个梦里水乡的地方，该是收获菱角的时候了。那日夜穿梭着的永东河旁，出入村庄河汊的拐弯处，随处可见菱蓬的身影。这时的菱角已是青色的外壳、嫩白的果肉，四角高翘，真是玲珑可爱。撑船到菱蓬处，每一颗菱都不会逃过灵巧的手。嫩菱角如水一样清绿，皮还没有硬起来，用指甲轻轻一划，再用手一扯，白嫩的菱肉就出来了。贪吃的小孩把菱肉放到嘴里，只听“咯吱”一声，特别的清香从舌尖直沁入心底，又嫩又鲜，简直是难得的美味！最难忘的当数把老菱下锅煨煮，很快满屋子都弥漫在扑鼻的清香之中。于是，秋分的菱塘里漾动着一只只采菱的菱盆，也响起采菱姑娘一阵阵悠扬的歌声……

稻黄一月，麦黄一夜。一颗颗饱满的稻粒仿佛是羞涩的少女，低垂着头，“咯咯咯”地笑着，仿佛要把这丰收成熟的喜悦传至乡村里的角角落落。阵阵秋风飘来稻谷与泥土的芳香气息，一掀一掀，就把成熟和秋气传送到远方，催那些在外忙碌的农人快快回家，又该秋收了。

在我长大的这个乡村，几乎每家都有几个小孩，姐姐是奶奶心头的肉，因为她是奶奶唯一的孙女，每年过节时，奶奶给她的红包也是最大的。一到中秋，奶奶先是给邻居家帮忙，查点邻居家孩子去给丈母娘的礼品，跟屁孩的我们此时能蹭到好多的月饼吃。那年中秋姐夫来我家行礼时，奶奶一个人坐在厨房里流着泪，心想着孙女离出嫁的日子不远了，会不会适应那个新家……

月亮此刻早已挂在天空，农人们纷纷设案桌于月下，桌上盛满了月饼、芋头、豆角、菱角等食品，全家人在月下一起团圆赏月，老奶奶又讲起“嫦娥奔月”“吴刚伐桂”“玉兔捣药”的古老传说……一家人正津津有味地听着老奶奶讲故事，案桌上悄然多出一只小手，不管三七二十一，抓一把再说，不小心被菱角戳痛时弄出声响，最终满心欢喜地得到半块月饼。

夜，不知不觉中深了。在这样美丽的夜晚，在这个美丽的农事村巷里，回味月圆的剧情，让你更沉浸于里下河农事节气的风情万种。

秋意浓

人字形的雁儿从天空悄然飞过，最后几只家燕忙碌着准备搬家，房檐下的麻雀“叽喳、叽喳”叫得欢；庭院里，满藤的扁豆不服气地与菊花比赛，你有花香，我有成串的果实；懒洋洋的黄狗躺在门后，见有人上门，便猛然爬了起来，“汪汪汪”地叫，主人从屋里走出来，大声呵斥：是兄弟，你叫什么？

姐姐，妈妈让我给外甥送螃蟹来。

黄狗似有几分内疚，摇晃着尾巴，跟在小舅舅身后，生怕主人打它。

养蟹的活计从上一年的腊月底就开始了。男人们把塘里水放尽，塘底被风干后，再撒一些生石灰，让原本经过一年沤腐的塘泥板结，好让来年的螃蟹安家。迎亲送友的欢闹渐渐淡去的时候，乡村的春天就悄悄地来了。大清早，公鸡打两遍鸣，村里的孩子们就被各自的家长掀了被窝，揉着眼三三两两往村口的学校赶。男人早把铁锨饲料之类搬上挂桨船，机器声响得烦人。女人心焦，嘴里咬着发卡，一手拢住头发，一手弯腰拔船桩，然后，站在船头，挂桨船就开往年前车干的蟹塘边。

水终于上满了，蟹苗也从温棚里放在大塘里，男人们把一桶蟹饲料拎到小船上，划开，女人们则把饲料像天女散花一样一勺勺撒在蟹塘里。这个时候，蟹塘里的小蟹苗像蝌蚪一样，在料峭的春寒里尽情地享受着蟹农们撒下的精饲料。夏天是蟹农最忙碌也最辛苦的季节，炎炎的日头下，他们一边割一些水花生给蟹们遮凉，一边要给正在长个的蟹们增加营养——捕龙虾、捉田螺。起初，女人们在蟹塘撑起小船直晃，但男人们经常要外出采购，那些花儿一样的女人就咬着牙撑开小船，有了几次落水的经历，才能够将小船撑得自由自在。

不经意间，“秋风起，蟹脚痒；菊花开，闻蟹来。”蟹农们就知道数钱的日子来了。蟹黄满了，外地的蟹贩子来了。蟹农们前呼后拥地把蟹贩子拉到自家的蟹塘里，然后，当着大家的面，从塘边拎起昨晚新拾的螃蟹，开始谈价。各种规格的螃蟹分类拢在一起，只见新起水的螃蟹在滋滋地吐泡……价钱说定了，接下来一袋一袋的螃蟹被女人们拎在秤边。这个时候的蟹农，不由地耍起老板的派头来，抓着带腥味的手机来来回回地走着，招呼女人不要让螃蟹碰出伤来，少掉一只爪子，会影响很大的价钱。很少出门的蟹农，看着一袋袋上车的螃蟹，突然地心动起来：这袋螃蟹是要爬到上海的，那袋螃蟹是要爬到苏州的，还有的爬得更远，甚或还有螃蟹飞到了国外。也许，他们一辈子窝在庄稼地里，可他们的螃蟹会爬，带着他们的心事，满世界地跑。

寒露不摘棉，霜打莫怨天。只要天不下雨，农人们就赶在霜前抢拾棉花，防止棉花遭霜打后质量降低，棉花减产意味着就是减收。此刻的乡村里一派“上午忙收割，下午拾棉花”的景象，农人们的脸上大都堆着丰收的喜悦，棉花一袋袋地拾回家，摊开门前照上一两天的太阳，趁个暖底给商贩，立刻就能换回大把的钞票，如果不抓紧时间出售，到了霜后棉花纤维就会短了一些，价格自然要低许多。

也就在这时，远处的每块稻田是不一样的，看着那些稻谷今天还染有许多绿意，一些愣头青的后生以为收割还要些时日，又忙着出去打几天零工，不料两三天阳光一晒，就可以动刀收割了。而这些只有如父亲这样的老农才能察觉到。他站在永东河的那块准备收割的稻田，弯腰抚摸着那丰腴饱满的稻谷，一阵清爽的秋风拂来，稻谷迅速挣脱他的手，霎时起伏涌动，香气四溢。就在他弯腰的一刹那间，他的思绪将他拉回到了那些辛苦的时刻：为选新品种连夜去镇上排队，雨中害怕雨淋秧苗，脸上沾满了脱小麦的灰还没洗又匆匆地去挑秧，为了保灌恨不得把永东河里的水全部抽上来，暑天里边防虫害边施肥……这些让他付出多少辛劳和汗水啊！如今面对这金灿灿的稻谷，他怎能不珍惜呢？当他想到马上要动镰收割时，感觉晒场该重新整理了，拖拉机也该维修了，把叉和镰刀也该好好地收拾了，于是眉头又皱了起来，但想到马上吃上香喷喷的新米，金黄的稻谷就要变成白生生的大米了，心里忽然开朗起来，紧绷绷的眉头又幸福地舒展开来。

风有信

还没有疯够的孩子们转眼间又要开学了，赶紧趁上学前再到河里疯一把；一个激灵，河水不再是那么可爱，水珠儿溅到人身上凉了许多——处暑已经不远了。

夏天在清清的河水里洗澡是孩子们最惬意的事。他们泡在河水里，头顶着火火的太阳，仰泳、踩水、钻猛子。到了发水场，再小的河水都是涨满的，一般情况下，大人禁止孩子们随意下河。可长长的暑假焦躁难捱，偷着下河洗澡便成了孩子们每天必做的功课。大人烦的时候会懒得管；有时高兴了，也会顺便问一句，今天下河洗澡了吗？如果说没有，细心的母亲只需在他们晒黑的膀子上一挠，立刻原形毕露，水泡太阳晒的膀子，一定会挠出一道白印子，挨母亲巴掌便少不了了。当然，也有下河洗澡，不会挨骂的时候，还会得到家长一番赞许，那就是孩子在下河洗澡时摸了一盆河蚌回来。庄西头的玉伙，去年冬天害了一场病，春天病怏怏的，经夏天的河水一洗，他晒得精黑，健康而结实。

村庄的河沟废塘里，长满了菱角，远远看，绿油油的尽是凉意。嫩绿甚至还有些羞红的菱角，剥了皮，咬一口，水灵清甜。村里的女孩子们相约到河里采菱角，拿一只木桶，往里一坐，双手不停地在木桶边划着，微风吹来，笑语盈盈地荡漾在水中，成了乡村一道特有的风景，让人想起“菱歌清唱不胜春”的诗来。

一进八月，走在稻田边，听稻子的拔节声，看稻穗正在灌浆的样子，农人们知道水稻马上由青转黄了，又该是稻草人与麻雀们争个高低的时候了。稻草人戴顶破草帽立在稻田中央，平伸的手臂上系着一块塑料布，在风中飘荡，煞有其事的样子，很是威风。此时，只见父亲弯腰信手摘一束尚未饱满的稻穗在手，细数整穗的籽粒数，然后揉搓着，籽粒未成米状，嗅嗅沾满手的白白的浆液，再往嘴里丢几粒，嚼着，一脸的喜气在脸上凸现，哼着走调的淮腔，背着手走路的姿势里仍掩饰不住得意的心情。

最繁琐的要数棉花田里的活了，要对有早衰趋势的棉田喷施叶面肥；对旺长田块郁闭严重的，剪空枝打老叶，改善它们通风透光条件；整修好棉田一套沟，确保畅通无阻，以防连绵秋雨对棉田的损害。这时正是四代盲蝽象和金刚钻猖獗的时期，几乎是三天一遍药水；虽然农药毒性大，很容易中毒，但农人不担心。只要地里有收的，再苦再累，他们的心里都是乐呵呵的。

乡谚说：丢了翻耙拿扫帚。从拣第一朵棉花开始，到最后一朵棉花收手，要从秋拾到冬。其实不要以为农民收的都是开放的棉花，棉桃也是要收的。一旦遇上阴雨天，那些脱青还没完全炸开的棉桃也要摘回农家，剥开。剥棉桃又是需要细心的劳作，有些直接剥，有些只能晒干了再剥，剥得指甲上都染黑黑的。那一瓣一瓣的棉瓣，形状像橘瓣一样，白白的又像蚕蛹一般。棉壳很硬，壳顶尖尖如刺，手经常被戳痛，特别是夜深时你要打瞌睡了，猛地被它刺一下，一下惊醒！看看地上还有一堆没剥好，劲又上来了。待到第二天早晨起来发现原本很细腻的手指变得毛糙，指甲旁半耷拉着肉刺。

一转眼到了七月半。用老学究的爷爷。喜欢的语言来讲，今天是“中元节”。这天从村巷里走过，农人们虔诚地蹲着或半跪在地上，焚烧着纸钱。大人领着孩子在门前的板桌上纳凉，讲起一个很遥远的故事：明洪武三年，里下河地区一片汪洋，昭阳兴化七层宝塔顶挂满水草；洪武九年，梨花沟以东不通人烟；洪武十三年，刘伯温试行从苏州阊门三丁抽一进行移民，为了防止返乡，对抽过来的先人们将一只脚的小指甲剪破，以示印记，永不许回乡。无奈的先人们只好将故乡记在心里，默默地在这一片荒芜的土地上艰辛地生活着。望望破碎的指甲，农历七月十五是离家的日子，故乡的家人是否安康？于是，他们在这个离家的日子里，焚烧几把纸钱，聊表孝心。秋风中，这个故事一遍又一遍地从大人的记忆里重复叠加，而眼睛里闪烁着异样的光，恍惚间，伸手摸一摸——依稀可见的破指甲。

提起处暑，我就会记起这个流传了很久的乡愁故事，并会在一定时候讲给我的后人们听：那个久远的年代，那群颠簸的人群里还有一双望乡的眼睛。

徐兴旗，中国自然资源作家协会会员，在《中国自然资源报》《泰州日报》《大地文学》《金山》等报刊发表文章数十篇。

苍烟如水

路 军

一

一大早的瀑河两岸，湿润的空气聚拢，消弭，升腾，幻化成各种形状的雾气，如烟似水，飘渺苍茫，自然心中有丘壑，这是亿万年恒定的审美表达，云雾与河水，交融在一起。

几乎挤满整个河道的芦苇丛，渲染出清晨的安详静谧，如果只注目眼前婷婷修长的芦苇，周围的喧嚣也很快从耳边消失了。

芦苇与水，好像母与子，流水汤汤，孕育了芦苇的生命成长。水洼汇聚的地方，芦苇茂盛，拥挤在一起。河水落下去的地方，芦苇还在，好像失去了一些力量的汇聚，失掉了河水的呵护，芦苇显得有些稀落，还有的形单影只，其他草木自然乘虚而入，如拉拉蔓子（学名“拉拉藤”）匍匐乱窜，挤占了芦苇的一些空隙。

草木荣枯，岁月更迭。不过，这一大片芦苇与其他蔓草相安无事。这是芦苇的风度，也是芦苇的韧性表达后的尊严。

起风了，轻轻的，站在岸畔，倾听芦苇的声音。细碎的，沙沙的，如海的波澜漫过来，似清音袅袅，抚过心头，心安静下来。一会儿，耳畔有箫声远远地飘来，箫声吟芦苇，没有萧瑟之意，仿佛一些水珠挂在芦苇的叶子上，正慢慢往下滑落。

芦苇很轻易带给行人飘渺的想象，他们有大雁一样飞翔的翅膀，在云天之上，俯瞰脚下的人间草木。

“芦苇轻风起，秋河鳞甲生。”水的涟漪恰到好处，犹如点睛之笔，给流水边际的芦苇一些诗意的升华，强化了芦苇刚健雄浑的一面。

看芦苇的狭长叶子，多像秦汉时执戈矛、列战阵的将士，正引吭高歌：“岂曰无衣？与子同袍。王于兴师，修我戈矛。与子同仇！”“沙场秋点兵”，他们别离乡土、亲人，去大河两岸，塞上边关，圆一个热血男儿的英雄梦。

我不止一次见识过芦苇的坚韧。很多年前，瀑河上游有段时间因过量用水，以致河水在春秋两季枯竭。那时，除了低矮的艾蒿、蔓延凌乱的杂草，河道里几乎见不到芦苇的影子。等有一天，河水通畅了，河水悠悠向南流，河道东一堆、西一块的芦苇冒出来。沙洲之上的芦苇如城郭。秋天到了，芦苇穗花似飞雪，芦苇的生命力依然。令人想起西北沙漠的胡杨，“生而不死一千年，死而不倒一千年，倒而不朽一千年，三千年的胡杨，一亿年的历史”，是草木里的勇士。而芦苇，也毫不逊色。

曹植写过“蒹葭弥斥土，林木无分重”，“蒹葭”即芦苇，弥漫在盐碱地中的芦苇远比那些树木更能适应贫瘠。他们顽强，坚韧，拱破土地，一样生长，比林木还茂盛，如海如潮一样，惊风起。

眼下，瀑河岸边的芦苇，有些等不及岁月更迭的，已经结了花白的穗子。芦苇花穗子形态各异，绝不雷同。有的宛如小海豚的鼻翼，向天翘出天真的渴望，那大约为远古的童话一直蕴藏心里。有的宛如燕子飞，灵动的身影如音符。我想，有时候，草木的姿态像动物的某一种举止和模样，动物也像草木一样丰赡。从远古至今，一起生活，一起生存。

风摇芦苇，那些成熟的小小的几乎看不见的种子落在沼泽，落在泥地，落在浅滩，落在旱地上。风卷尘埃，寒霜凝结，冰冷严酷，它们不会全死掉。春风来了，细雨落了，阳光朗照，沉寂在泥土中的芦苇与新芦苇长出来，年年如是。偶有的干旱摧折了一些柔软的草木，摧折不了芦苇们等待的坚韧。

我们从小吟诵着“蒹葭苍苍，白露为霜，所谓伊人，在水一方”的古老诗歌，认识了芦苇，体会到了浪漫与柔情。长大后，穿行在古典诗文的长河，见识了诗人在异乡“草色蒹葭芦苇中，莲花一片万枝红”的鲜妍明媚。今天，站在瀑河岸边，一枚枚随南风而向北的芦苇叶，如豪情云天的侠客手里的长剑，铁骨柔情。

归家时，我走向瀑河南岸，见河道一处水位下降后，那些婷婷而立的芦苇下端，露出一大截整齐的焦黄的痕迹，那不仅仅是河水漫涨、下落后的痕迹，还是阳光灼热烤晒的岁月疤痕。不过，它们照样生长，不在乎，不在意，向高处走，向水而生。

二

“这几只水鸭是第几代了？”站在桥头，见几只黑色的水鸭子戏水芦苇间的水洼里，我自言自语。

十几年前，瀑河橡胶坝存蓄的水面中央，我见到了一只水鸭，孤单，弱小，沉沉浮浮于盛夏河水已经涨到了两岸的水面。它离岸畔依靠栏杆向它张望的行人很远，可以保持一定距离。

惊讶，好奇，兴奋，平静，看客的表情可以描绘成一首长长的诗歌模样。那一刻，我相信，很多人的内心深处，藏着野鸭子丰富的故事。时光易老，曾经的野鸭子凝固成了一段如烟的往事。时隔多年，那只小小的野鸭子在小城卷起一阵波澜。

录视频，发博客，吟诗歌咏，呵护代替了曾经的戕害。小鸭子的境遇安宁了，它们的防范之心也会随时光流水一样慢慢隐匿。终有一天，它们与人之间的鸿沟会消失。像鸽子一样，在人家繁衍生息，常来常往。

水鸭，依水而生。河流奔流不息，水鸭就可以长久栖息在故乡之水的芦苇丛了。

查百度百科“水鸭”条目，见文字中有“宰杀水鸭时，留取羽毛、脚掌、嘴壳，晒干保存备用或交售”之语，颇为不满。词条的贪婪之态，自大之意，溢于言表。这是炫耀？这是明晃晃的屠刀刺向一个弱小者的狂欢和冷静，冷静得骇人。

下得手，遭屠戮，曾是野鸭子的黑暗遭遇。

现在的这几只野鸭子旁若无人，呱呱叫，招呼同伴。头鸭在前面挺胸抬头领着，几只鸭子在屁股后面跟着，向芦苇丛里钻进去。一早，还没有开饭吧！那水中的小鱼，附在芦苇茎的小昆虫，可以下饭的。如果昆虫狡猾地飞走了，那就齐刷刷地先昂起头，再埋头猛地扎向水里，向淤泥间藏匿的小泥鳅、河蚌下手吧！水岸的嫩草，有嚼头，也可以佐餐。如今这年月，野鸭饿不着的，那胖嘟嘟的身体，怕要减肥吧。

河岸，钓鱼者星星点点，沉静地坐在那里，宛如一尊肃穆的雕像。没有谋害野鸭的神色。这是小城的骄傲，是野鸭子的幸福。这样的姿态可以一直传下去！我相信这一点。

回来时，转到瀑河西岸走，又一片水泽芦苇丛，叶子繁茂，绿得怡人，又见到了一群野鸭子，五、六只，吃饱了，喝足了，时而戏水，时而飞起；时而踩出水花，扇动翅膀，啪啦啪啦在水面上向前跑着，不多远，摔下来，它们在竞赛，在表演滑稽戏。几个女子路过此地，站定了，录像。品头论足。挺好！

“水鸭鵁鶄拍拍飞，菰蒲深处弄烟霏”，现在就是这个景。“唤回二十年前梦，半醉姑溪棹月归”，陆游的诗歌还有这后半句。旧梦已圆，这瀑河水中，是可以盛得下一叶小舟。倘若月夜与友人泛舟，见野鸭子，意趣如何？诗意萌发，大约可以吟诵出不少关于野鸭的佳句。

这一片水域，是很多水鸟栖息的福地。

我还听见都噜都噜、吖吖吖、嗒啦嗒啦的声音，看不见飞翔的小鸟，水中的昆虫，水鸭嬉戏时的吵闹，活泼开朗，一片芦苇，一片家园。安和，沉静。热闹，快乐。

芦苇丛孕育了鸟儿的生活场景，鸟儿丰富了芦苇的表情。

两只黑白相间，眼睛闪亮的小鸟你追我，我追你，一会儿跑到河畔的花丛间；一会儿一晃，一晃，飞到河滩上低矮的草地上。刚一落脚，追着心爱的人，脚跟脚飞走了。似曾相识的模样让我想起故乡南山油松林间忽高忽低、蹦蹦跳跳的精灵之鸟，它们是百灵鸟吧！

疏远故乡，连一些小鸟的名字也渐渐丢失了，到了水岸，才唤醒那些沉睡的记忆，那些小鸟异常生动温婉。

不知是一种什么鸟，好像刚刚醒来，伸了懒腰，鸣响响地大惊小怪地叫着同伴。同伴早起来了，在芦苇丛中梳着羽毛，河水润泽，光滑细腻。也跟着嗔怪地啮啮啮叫起来。

小麻雀的飞翔姿态容易让行人受惊吓，然而它们可不这样想，是岸畔行人嚓嚓嚓的脚步声惊扰了芦苇丛里正在逮虫子的小麻雀，不得不腾地起飞，扑棱棱一条线向前俯冲，翅膀急切地扇动，胖肚子好像一种战斗机样子。

警觉属于鸟儿的一种天性，但现在，瀑河两岸的小鸟，山野中的各种鸟儿，已经习惯了与人们的平安相处。我在来的路上，还见到小麻雀不时落在前面不远处，大约看见了石板上、蔓草间落下的一些风卷来的草籽，或者什么美食，闪着目光，似乎看你，又似乎不看你，啄食一下地上，又品味似的抬起头，然后，与你若即若离。后来，它看见你一直在行走，索性，扑棱棱飞起来，不再理你，去别处玩耍了。

一只大鸟正停在芦苇的边缘。我立刻停止了脚步，倚在栏杆看着它，生怕它腾空而飞。

长长的嘴巴，宛如丹顶鹤，羽毛灰褐色，却不是丹顶鹤。胖肚子的外形，似乎不善飞翔吗？是不是大雁呢？不善识鸟的我，不会在这里找到答案。它安然自若地抬脚慢行，翱翔天空也真不是什么事。

它似乎陷入了一种难以言表的踌躇，不知道干什么好，无所事事。一会儿停在原地，沉思默想；一会儿又向芦苇荡的边缘靠近，发现了小虫子似地，长长的喙，啄着；一会儿，慢悠悠靠近芦苇丛，低下头，想要钻进去找什么鸟儿嬉戏吧！这里只有这么一只大鸟。我忽然想起来，在我刚刚走来的半途，芦苇丛中呼啦啦飞起一只大鸟，与我看见的这只大鸟一种颜色。

答案有了一点，眼前的这只大鸟，正在等待同伴的归来。

三

一条水蛇忽然从我前面不远的草丛贴着矮草哧溜哧溜向前跑，曲里拐弯。恐慌像水一样蔓延，我的心怦怦跳起来。

好久没有见到水蛇了，它贴着水面向河心游，等我诧异的目光收回来，在琢磨什么，一瞥间，小水蛇已经回到了前面不远的岸边水草间，自如地盘绕一丛草，安静下来。我没有再往前走，怕一早惊扰一个美丽的梦。

这条蛇身比河边的草颜色深沉一些，它刚才在岸上盘在一起的地方是不是它的家门口呢？土蛇，钻洞为生，水蛇，依水而生。那么，它或许在水里待腻烦了，没劲了，在岸畔不远的蔓草间，晒晒太阳，舒活舒活筋骨，养养神。

我站在原地好一会儿，那条水蛇围着那一丛水草，安安静静的。等我抬起眼光，寻找另一条路径，目光再回落到蔓草，那条水蛇却再也看不见了。我瞪眼看了好几遍，找了好几遍，目光直了，也没有蛇影，好像一个虚无缥缈的梦，如烟一样消散了。

上一次看见水蛇，我还是一个小孩子。个子小，胆子不小，离家六七里去狐狸沟，看水塘。大热天，也想在母亲呼喊不到的地方游泳。其时，故乡沟沟岔岔里的小溪基本上在夏季里都活着，有的山岭林子茂密，山溪的声音哗啦啦响着。即使到了冬天，冰冻风寒，溪水堆叠冻成一层层的冰坨，那流动的生命依然在厚厚的冰层下寻找缝隙。

走了好长时间，在山腰一个不算大的土台上，看见了一汪碧水的池塘。水波粼粼，天空的云朵好像喝醉了，被揉搓成东倒西歪的碎片。水塘四周石头垒起石岸，比起今天我所看见的水面小得很多。不过，极幽静，没有车辆、行人，远处潺湲的流水都在山山岭岭的绿叶过滤中沉静下来。脱衣正欲下水，一个小伙伴，疑惑地问我们，不会有水蛇吧？

水蛇？我看你怂了吧？

一阵哈哈大笑。

我和几个小伙伴跳下水，胆怯者在岸上迟疑。

扑腾腾，扑腾腾，我们几个正热闹地戏水，从南游到北，从东游到西，忽然，耳畔飘来急切的呼喊：“有蛇，有蛇！快上来，离你不远了……”

我懵了，回头看，一条花衣裳的水蛇，三角脑袋，在水后面向我们追来。我们拼命划水，水花飞溅，我的嘴里进了几口水，也顾不得了，气喘吁吁爬上了石岸。回头再看，水蛇还在后面哧溜哧溜追着。一个伙伴捡起几个石头片砸向水蛇处，嘭，嘭，嘭嘭。花衣裳的水蛇受到了惊吓，头高高举着，不知那目光里藏着什么秘密，它旋即掉转头，哧溜溜，哧溜溜，一弯一弯游到了那边的芦苇丛里。

惊险的一幕。那之后，很长时间我一个人不敢轻易下水。一句俗语“一朝被蛇咬，三年怕井绳”，没被蛇咬，也杯弓蛇影。甚至一次梦里，水蛇竟然钻进了我的被窝，我吓得大叫。大约是像我一样胆怯在作祟，才惊慌失措吧！不过，在一条蛇面前，我撑不起威风，更惊骇于有人弄死蛇，然后烹饪下食者的不惧。

时过境迁，这一次，竟又遇到了一条水蛇。在河流边际的蔓草丛边儿，我站立了好久，任思绪蔓延成绿茸茸的水草。随后，我绕开那条草绿色的水蛇盘踞的那一堆蔓草，向上慢慢走着，不看脚下，只看那一丛蔓草周围，静悄悄的。

四

雨后的河边，新鲜的生命令人怦然心动，想起了诗文："微风绿动河边柳。""花不尽，柳无穷。"

河岸向北匍匐而去的木栈桥的边际，站在阳光里的垂柳显得无所事事，柳条漫无目地，随风而动，洒脱不拘，淡然自若。一场场相隔两三天、七八天的雨，湿润了垂柳的心。曾经烦躁不安，连睡梦里都不踏实的情景在雨丝飞扬、滴滴汇聚的雨里渐渐消失。

柳叶精神了，灰暗的色泽渐渐复活。现在看，柳叶依依，它自然感恩雨的沐浴，雨的及时。"河畔柳，细雨更相宜"，可惜，我并没有在雨中握着大青伞来到这里，享受"风梳河柳叶，雨卧栈桥边"的诗意。那是明快的，朦胧的，轻纱一样的身影，浪漫，飘渺，不分彼此的轻盈。站立雨中，身边垂柳陪伴，滴滴雨声轻轻诉说爱恋与不舍。心醉了，心旌摇曳。雨湿了柳枝，也打湿了一个撑着雨伞的人。

现在，我站在一棵画意舒朗的柳旁边，心情是愉悦的。雨跑了，阳光正好。天上流云，时不时一块儿荫凉漫过来，漫过河岸，漫过一棵棵垂柳，向远方飞走了。北方的季夏，是夏与初秋衔接的日子，热度也一天天失掉了锐气。一大早，小区一个溜达回来的人大声嚷嚷他的发现："今天，好像忽然凉快了。"

那么，雨是帮忙了。那些垂柳自然是舒怡快乐的。

河谷内蔓延的杂草还残留雨稀、阳光炙烤的痕迹，一抹一抹的灰黄还缀在季夏的尾巴不肯消失。好在，一场场的雨挽救了它们的期待，灰旧的衣裳中夹杂不少绿意新鲜的作品，令人感慨时光的机缘巧合和造化弄人。

而垂柳脚下的狗尾巴草茂盛，团团围着垂柳，叶子新鲜得金色闪闪，似乎吃足了土肥。实际上，哪里有什么土肥？那应该有一半功劳归垂柳遮挡烈日灼心的护佑。土里长出不少草穗，摇头晃脑，顽皮天真的模样。犹记得年少早晨上学的山路上，常常折了几棵狗尾草的草穗，毛茸茸的温暖。或者折一些草茎编眼镜架在鼻梁，编草帽戴在头上。见《本草纲目》云狗尾草："其茎治目痛，故方士称为光明草、阿罗汉草。"以草为药，儿时的我只记得柴胡等少数。

穿行向北的木栅栏外侧贴着河岸石堤，栽垂柳若干，为着眼于画意的趣味。垂柳梳妆，倒影河水，没有河水的陪伴，垂柳也难免不甚靓丽，风热卷走了水灵灵的目光，空瘪损伤那是刻骨铭心的记忆。

瀑河岸边还有我眼神紧追的白桦，

像一个个青年，迎立风中，衣衫干净，阳光下肃立。不孤傲，不做作，不枝丫横生，乱了方寸。安然自若的风韵。我想看一看它们的眼睛，单纯的黑色，深邃的思考，心中有梦。那一枚枚黑眼睛装得下太阳与月亮，装得下星空山河。因为那目光长在高处，看得见辽阔与苍茫。

一枚枚叶子鲜亮活泼，风摇如蝶，楚楚动人。时光无限好，树叶见精神。一棵白桦，因叶子装饰而灵动、精巧、多情。两棵挨着的白桦，交叉步子仿佛互相拥着，像恋人低语，沉醉十里春风，沉醉夏天的热情，纯粹得无拘无束。

也有聚在一起谈笑风生的模样，只要凝神注目久了，任想象力无限穿越与飞翔。白桦不仅仅是白桦。它们在谈什么这么专注，一站便是整个四季，整个人生。任凭风霜镌刻，雷雨淫威，也不退缩，心向天空。草木的坚韧，是我无法相比的。它们的眼泪藏在心里，即使偶尔流出来，也不会掉落地上，而是凝结成琥珀一样的存在，像风干的化石。疾苦人间，当作纪念。

这片白桦林每至秋天，绚丽灿烂。一枚枚金色的叶子，如铃儿作响，那是秋之赞歌；如贝壳落地，落红有情。一个孩子，正蹲在白桦树的旁边，手间捏着一枚叶子，身边跟着一位慈祥的母亲，我就是那个小男孩。

望着白桦，我想起不少的往事。它的刚劲坚韧，与身边的河流相映成长。一条河流流向远方，白桦树伸向太阳。

五

雨来过了，自然就好了，连木栈桥边的花儿也笑脸盈盈。“雨洗花叶鲜，泉漫芳塘溢”，是可以恰当形容此情此景的。

最新鲜耀眼的是步步高。前几天，见一熟人朋友圈贴出几张照片，一枝枝鲜妍明媚的花儿开得旺盛，满满的园子，是为瀑河东岸新开辟出来的园子种植的。百闻不如一见，臆想到了这里烟消云散。这一片园子去年还是贴地皮的三叶草的空间，现在，草去花开，如盘髻的妙龄女子，婷婷而立，花瓣向着天空，自由舒展。深红如胭脂，热烈如玫瑰，粉白的，橘黄的，都争相拔节而上。将美丽举在头顶，将生命留至季夏、深秋。

花丛中有几个女子留影，七八个人，陷入花朵的发髻间，如花簪子。将几个女子的花影留在它们的心里。步步高并非土生土长的中国花木，它最初家园为墨西哥，就像当初汉代张骞通西域，带回了葡萄、石榴、黄瓜等物，包括步步高在内的这些草木在中华兼收并蓄的氛围里，早已经将异乡化作了故乡。即使未能跻身“百花仙子”行列里，它也并不遗憾，依旧开则热烈，去时洒脱。

我很小的时候，就知道了一些花的故事。母亲喜种花，院子里贴着墙根儿撒一些花籽，蜀葵、月季都灼灼开放过。她还养盆花，放在窗台上，冬天里也开几朵。她针头线脑绣在鞋垫上的花草，草叶纤细、弯曲，花儿鲜艳，窈窕如仙子。一双鞋垫宛如艺术品，婶子们见了啧啧称赞。

岸畔垂柳勾起我“塞北游子泪，边柳诉乡愁”的愁绪，那么花儿一样也“诉乡愁”啊！

瀑河岸边，其他花儿没有步步高盛装出场的阵势。木栈桥起点南侧的土坡，蔓草丛生，散落如星子一样的花儿，笑的神情。阳光下，亮亮的闪着，装饰了蔓草的眉宇，装饰了爱花人的梦。去年，木栈桥两侧，小黄花很多，雨水多，花儿就多。

扫帚梅的花儿，紫色、白色夹杂，枝叶拔节比肩小黄花。两两相伴，风中摇曳，侧着头，听风声飒飒，不知道在想什么。河岸，蜀葵花有一些，油松和垂柳之间的绿地间，玫瑰红，桃红，粉红，粉白交融，大红，灵敏之花，颜色各异的表达，写满季夏与初秋的对话。

我还看见了一样花，狂放不羁，从一株一株的步步高的花丛里冒出来，枝枝独立风姿，花瓣肆意向外扩展，聚成圆球状，长长的花径宛如侠士手中的长剑。这是醉蝶花，粉红色、浅红色，花瓣宛如蝴蝶自由飞舞，展现柔和轻盈的一面。

走近花儿，目视花儿，中间一枚枚含苞待放的花苞挨挨挤挤，争先向上，青春洋溢，蓬勃涌动，内心也禁不住感染了，驻足不前。花影留在脑海里。

醉蝶花，醉的是一个爱草木自然者的心灵。

路军，中国作家协会会员，作品见于《四川文学》《山东文学》《当代人》《福建文学》《青年作家》《散文百家》等报刊。著有散文集《一树阳光》《疏雨桐花开》。

明月伴我出商山

徐祯霞

离开商山的时候，我的心是沉郁的。一者因为天气的寒冷，二者因为心情的黯淡。曾经我是那么一个阳光健朗的人，可是近些日子，我却被生活挫伤了，伤到心灰意冷，伤到看不到生活的前路和希望。我明明觉得生活应该是好的，我明明觉得社会正在向好的方向努力和发展，可为什么，为什么我的人生却越来越迷茫，越来越找不到方向?

时间虽然有点晚了，但我不打算在商州停留，因为在这个熟悉而又陌生的城市，我不知道谁能听得懂我的心声，谁能理解我的无助与茫然。我想回西安的家，似乎唯有家，才能让我内心踏实和安然。见着迎面而来的出租车，我挥手挡住了："车站，到商洛市汽车站！"

紧赶慢赶，到车站，到城南客运站的最后一趟车已经发走了，售票员建议我坐到纺织城的车，转地铁。我叹了口气，听从了售票员的建议，拿出身份证，买下了到纺织城的车票。这个时间点，坐车的都是赶夜路的人，因此一拿到票，售票员就说，可以直接上车。走到剪票口，想到应该去下卫生间，便问，车几点走? 一个女同志接过话说，你到车上问下。一个男同志则理性地说，你先去卫生间，再上车，问了不还得要去卫生间嘛！我听了，"呵呵"一笑，这世间总有思维和脑子清楚的人。如果生活总是错位和混乱，找不到合适的切口和归口，或者，这并非我的错。在这世上，不是所有的人都能合情合理地想事，也不是所有的人都能合情合理地断事，一些人会说一些糊涂话，一些人会做一些糊涂事，面对这些糊涂的人和糊涂的事，对于小文人的我，似乎是无力的，正如别人所说，你改变不了别人，更改变不了别人的思维。如果我没有错，我又改变不了别人，我该如何? 是否只有坚持自己，是否只有再次苦心孤诣地等待遇上清明的头脑和清楚的人?

坐上自商州去西安的列车，天已经彻底黑了下来，城市的霓虹渐起，而我却与这座城市的霓虹渐远。我翘首窗外，任思绪如野马奔驰。

霓虹渐远，月亮便显出其明亮

了。今晚的月亮格外圆，打开手机一看，正是阴历十六，人常说“十五的月亮十六圆”，的确如此。这一路，月亮似乎一直在车外，在我右上方的头顶上，它随着我和车一起移动着，我们走，它也走，我们走到那儿，它就追随到那儿，我们翻山越岭，它也翻山越岭，除了在过山洞的时候，被隧道洞子挡住屏蔽掉，一出洞子，月亮马上又蹦蹦跳跳地跟了上来，这让我真觉出了月亮的顽皮与可爱。平日里，不会走这么远的路，也不会有这么多路途的变化，更无法这样清晰地感受月亮的美丽与姣好。而今晚，在这样一个我心情颇为黯淡的夜晚，月亮却以它的皎洁与清柔与我一路相随，形影相伴，一直在我身旁，一直挂在我一抬眼就能看到的天边。随着车辆的移动，月亮也在如影随形地移动，车快它也快，车慢它也慢，以形影不离的速度在追着我和我乘坐的车辆。已经好久好久没有看到这么圆这么美这么明媚的月亮了。如今城市的夜晚，过于明亮，过于灿烂，现代化的灯具，都市的霓虹，鲜亮而耀眼，遮蔽了自然之光，我们已难得真切地看到夜空中的星星和月亮，除了在诗文中还会偶尔想起小时候的月亮，生活在都市中的我已经很久很久没有时间去看看天上的月亮了，是什么让我与喜爱的月亮阔别了如此之久，是生活的忙碌，还是夜间的爬格子，无暇及此？或者都是，或者又都不是。

这一路的行程，本身内心已经很是浮躁和不可名状，可在明亮的月光的照耀下，心又渐渐平静了下来，逐渐回归到恬静与安然。

时间回到十年前，十年前的那个下午。

那是一个寒冷的冬天，学校马上面临期末考试，整个校园都是忙碌的，气氛是紧张的，老师和学生都在为考试做准备。彼时是上课时间，校园空荡荡的，只有个别班里传来学生的读书声。忽然一阵电话铃声响起，是牛背梁管委会的周恒打来的，周恒在电话中说他是牛背梁管委会办公室的工作人员，我在县上召开旅游工作会议上被抽调到了牛背梁管委会工作，让我近几天抽时间去牛背梁管委会报到，地点是政府一楼。听到这个消息，我是意外的，也是惊讶的，我没有想到我的人生在这个瞬间会突然得到改变。在这个学校工作期间，常有学生对我说：“徐老师，您应该去给我们讲课？”“徐老师，您应该去宣传部。”听到那些孩子纯真的话，起初我一愣，转而我又苦笑了一下，我虽然能写文章，但我没有当领导的亲戚，也没有巨额的金钱作铺垫，我还没有可以与别人互换的资源，我能写点文章有什么用？人都说孩子的话最不含杂质，是最接近事实直相的，但我无法想象有谁能给我带来这样的幸运和好运，谁能青睐我一个写几笔文字的小文人？或者，在当时一些人的眼中，文人只会纸上谈兵，纵然再怎样写得天花乱坠，也不过是空头演说家，没有多少实质性的用处。可是，可是，就在这个深冬寒冷的下午，喜讯从天而降，让遥远的幻想变成了现实。

我没有想到，牛背梁这个新建的国家森林公园，会给我带来人生的幸运和转机。因为在牛背梁建设的过程中，我还和一些作家去过牛背梁采风。彼时，我觉得那是与我不相关的一个地方，我怎么也没有想到，我会和这样一个景区发生关联。在通完电话的那一刻，我有多欣喜与意外，有多不相信事情的真实，似乎天上忽然掉下一块馅饼，一下就直接砸中了饥饿的人，解了我生活的饥荒，这种好运来得太突然，来得太意外，没有一点前兆，在这个岁末忽然降临到我的头上。我原以为，我的后半生就只有看护这些学生了，没想到，因为我能写作，作品在外广泛发表，而让我的命运重新有了转机，这让我有多感恩和激动，有多感慨万千、喜不自胜。那天下午，我的心快乐得似一只飞翔的小鸟，一直在空中飞呀飞呀，落不下来，下午饭点都过了，还不觉得饿，我的胃似乎也被这份开心和喜悦撑得饱饱的。

那一日，我的命运彻底获得了转机，我从一个学校的临时工，成了人们眼里的人才，成了一个可以用文化为柞水赋能的人。而我生命的转机得益于一个女领导。有些人说，女人不会帮女人，这话有点偏颇，那得看是什么样的女人，女人也分水平高下，也看见识和格局，也看做人的胸襟和气度，有些女人做事的魄力和气度丝毫不亚于男人。而我有幸，在我人生迷茫与无助的时候，遇上了这样的一个女领导，她叫刘荣贤，彼时是我们县的县委书记。当然，我能被她青睐，也因为她在来柞水当领导之前做过铜川市的宣传部长，懂得文化的效应，懂得文化作为强国固本的软实力的重要性，懂得经济的发展永远离不了文化的增色和塑魂，她在全县旅游工作会议上说："柞水有个作家徐祯霞能写能发表作品，将她调来牛背梁为牛背梁做文化包装，并增加一个公益岗位名额！"在她认为，牛背梁国家森林公园的开园，不能仅仅只是开个园，最主要的是要为它赋予文化，为它聚神凝气聚力，让其有内涵和灵魂，这样才能长久地吸引人，令人向往。

为了报答刘荣贤书记的知遇之恩，在牛背梁的日子里，我不论做什么，脑子里都在构思写文章，写与牛背梁有关的文章。我用笔挖掘着牛背梁的美，我写牛背梁的山，写牛背梁的水，写牛背梁的树，写牛背梁的草与花，写牛背梁的老藤与毛竹，还有为牛背梁建设出力的骡和马，甚至所有与牛背梁有关的人与事，它们统统都成了我笔下的写作素材，我写下了《解读牛背梁》《牛背梁探幽》《牛背梁的初雪》《羚牛谷的树》《牛背梁上望长安》《一棵会开花的树》等一系列关于牛背梁的散文和诗歌作品，这些作品都在国家公开刊物上正式发表，这让牛背梁在外界产生了很大的影响，尤其是《牛背梁上望长安》入了中学语文试题，入了《中国最经典游记美文》，还获了“中国首届旅游散文二等奖”，并且收录进我的散文集《生命是一朵盛开的莲花》。

写《牛背梁上望长安》时，是在2010年，我才来牛背梁不久。一次登上牛背梁，听人说，站在牛背梁顶上能望见长安城，我顿生好奇，萌生了写这篇文章的灵感。长安，多么让人内心妥帖的一个词，一者写望见现实中的长安城，这一令人意外的奇观，再者我想表达的是站在牛背梁上能够望见我们国家永远的长治久安和繁荣昌盛，这是一个文人的家国情怀和济世理想，我是抱着一个主人翁的姿态，以“先天下之忧而忧，后天下之乐而乐乎”的治国齐家平天下的理念写就的。一些人笑着说我，吃着老百姓的饭，却操着当领导的心。我说，我操的不是当领导的心，而是一个主人翁的心，把自己当成国家的一分子来想事情的，当然，我也希望你们都能和我一样，共同用自己的言行让我们的国家变得越来越好！国家是我们大家的，社会是我们大家的，国家的繁荣昌盛不是哪个领导一个人呕心沥血、苦苦追求的目标，领导纵然再怎么希望我们的国家好，也得我们所有的国人一起努力，共同奋斗，才能真正让它向好变好。只有我们每一个人都有主人翁的精神和姿态，来共同维护我们的国家，爱护我们的国家，把它当作自己真正的家园，或者是自己的慈母和爱子，我们的国家才能真正地变好，我们每个人才能真正获得长足的安定和长远的幸福。写这篇文章，是有感于一些生活的乱象，因此提出了一个“打江山难，守江山更难”，以及国家“长治久安”的一个宏大社会主题，希望我们每一个人都有主人翁的精神，爱护和保护好祖国母亲这棵大树，保护好它的根系和主杆，不要让它被虫蚁蚕食和侵害，让它永远青葱茂盛、健康茁壮地成长，从而让我们共产党的江山千秋永固，万代长安。《牛背梁上望长安》是我作为一个国家主人翁的公民的愿望写的，它也该是我们所有国人的家国情怀和社会理想。常言道，有国才有家，家好国才安，家与国向来是一体的，无法分开的。只有我们每一个人都好了，国家才能真正地繁荣昌盛；只有国家好了，我们才能抬头挺胸。

在写牛背梁的众多文章当中，《牛背梁上望长安》成了我写牛背梁的代表作，而这篇文章的题目《牛背梁上望长安》也成了牛背梁的一个标签和文化符号，在外界，总会有人提到我的这篇文章，好几个人还专门写下了“牛背梁上望长安”的书法作品。现在，人们来到牛背梁，首先想到的是“牛背梁上望长安”，一些身体好的人，还特意登上牛背梁顶，去观望现实中的长安，品味理想中的长安。长治久安，其实是每一个爱国者的梦，是每一位爱国者虔心努力和致力于追求的，上至国家领袖，下至平民百姓，我们都希望国家能够永远长安，人民能够永远幸福安乐地生活。因此，在有人说我只是一个小文人，写好自己的文章就行了，不要操那些自己操不了的心的时候。我知道说这话的人是爱护我、心疼我，希望我能安然地过一份小女人的生活，但我骨子里就是爱操心的命，我丢不了那颗爱思考的心，也无法对周围的一些事情漠视和熟视无睹。或者有人说我不够成熟，说我不够聪明，但是我却愿保持着做人的初心和真诚，因为我觉得初心和真诚才是我们这个世界最需要的。如果我们丢弃了做人的初心和真诚，每个人都只想着自己个人的实惠和利益，不能站在国家的公共层面想问题做事情，不能为维护国家的公平、公正和正义去努力，那谁能保证我们美好幸福的生活会长久不变，会凭空成为我们期待的模样？社会是我们大家的，是我们每一个人的，只有我们每一个人都希望它好，并愿意为它的变好而做出奋斗和努力，它才会真正的变得越来越好，国家纵然有好的政策，有好的蓝图，也需要我们共同来推动它，共同向着那个目标和方向去努力实现，有一句话："人心齐，泰山移。"虽然，在彼时我只是一个临时工，但却并未因为自己位卑而忘了国家的良性发展，而我的这种家国情思似乎来源于周恩来总理予我的启迪，周恩来总理在小学三年级的时候就提出"为中华之崛起而读书"，他的这种人生理想，也成了我的人生理想。习文多年，我一直喜欢顾宪成的"风声雨声读书声，声声入耳；家事国家天下事，事事关心。"作为一个读书人，仅仅会读书是不够的，而用在我们作家身上来说，仅仅写书写文章，也是不够的，我们要有"先天下之忧而忧，后天下之乐而乐乎"入世的情怀，我们要把与时俱进、与时代同呼吸共命运，当作我们这代人的责任，作为我们写作的担当和追求，努力用手中的一支笔书写与时代同频共振的文字，把维护社会的公平、公正和正义，当作我们做人的宗旨和信条，用精神文明和文人的正气与风骨来改变和改良社会，为社会塑魂，让文化成为一种让人崇敬和效仿的道德力量，用文化为社会竖起精神的标杆，这是新时代文化人应该做的。

现如今，我们的物质生活已经十分丰足，而我们丰厚的物质文明，也需要有与之相匹配的精神文明做支撑，两者相得益彰，才算是社会的真正进步。而文明与文化，又是一个人乃至一个社会深层次的东西，它与家庭教育、学校教育、成长环境、工作环境、社会环境息息相关，任何一个层面出了问题，都会导致我们的身心畸变，而个人的身心畸变，又会导致族群的身心畸变，族群的身心畸变，又会导致社会的多方畸变。因此，端正社会风气，追求务实的工作作风和工作态度，讲求实事求是的做人本色和底色，应该是一个社会最基础和最需要规范的东西。在道德力量不能约束人的情况下，我们就应该用制度来管理和约束人，让人明确地知道：什么是该做的，什么是不该做的；什么是对的，什么是错的。一个正常的人，应该有明确的是非观念，有正确的三观，有理性的价值判断，更要有伸张正义的勇气和纠偏纠错的底气，在面对不合理社会事件时，不能只是一味贪图自己的苟且，图一时安逸。中国梦，是我们所有人的梦，是每一个中国公民的梦，我们只有每一步都走得脚踏实地，走得底气十足，走得自信满满，我们才能实现强国富民的梦想，走向中华民族的真正复兴。

有一句话说得好："当雪崩来临的时候，没有一片雪花是无辜的。"在现实生活中，很多人总抱着一种侥幸和明哲保身的心理，总觉得事不关己，高高挂起，没有伤害到自己，就视而不见，就算见了，也无动于衷。可他们没有想到，任何不好的事情，都是一种渗透和蔓延，没有危害到自己，不可能不危害你的亲戚和朋友，也不可能不会危害到你的父母和子女。老话说得好："三十年河东，三十年河西。"世事总在变，如果不能变好，那么就会变坏，如果我们都不肯为社会风气的变好去努力，我们就只有眼见着它沦丧、变质、腐化，到最后，我们也会成为那个置身在其中的受害者。做人需要担当，立世更需要有一种责任和情怀。人之所以有别于其它动物，就在于会思考、有立场、明是非、肯担当，而这些优良的品质，应该成为我们所有人类的共性，应努力让它们在我们每一个人身上发扬光大，成为我们的立世之根和为人之本。如此，方能在我们人类生存的土壤上播下良好的基因，从而真正开出善之花，结出善之果。"十年树木，百年树人。"社会管理，最主要是人的管理，管理好了人，也就管理好了社会，正所谓一路通而路路通，一路通而百路通，而这个管理又分大治和小治，大治是国家，小治是家庭、学校、单位、个人所生活的环境和社区，是所有管理者和身在其中者的尽心尽责。治大国如同烹小鲜，我们应时时以家国为己任，以自己的主人翁精神和担当，来共同治理和管理社会，我们的社会才能真正地良性运转，成为我们理想中的美好家园。而理想，并非是空想，它须得是脚踏实地的。

看着天上的月亮，我的心又豁然开朗。或许我对生活抱有种种疑惑，种种困惑，一时无法解答，可能我的人生暂时进入了迷局，我想这应该是暂时的，毕竟任何事都只是人做的，一些事情因人而异，也是正常。而事情的向正与向好，是一个必然的规律，也是我们社会发展的必然与必须。或者一些人没有意识到，或者一些事情被蒙蔽，或者巧妙的伪装，令人看不到事件的本质与真相，但生活不会永远一成不变，也不会永远死水一潭，我们的社会更不会永远没有清明之人，对于未来和世事，还是应该相信，相信自己的坚持没有错，相信自己的坚守也没有错，守住了底线和道义，也便守住了正义之光。在这世间，只要有光，光明就会不断地放大，放大到它能够照耀到所有的角落。此时，我又想起了我的一本著作《月照长河》，其实在出版这部书的时候，我就希望自己能做一个发光的月亮，为迷路的人带来一路月光，虽然它的光亮不是很强，但是它却能让在黑暗中的人感受到光亮。因为有光，人总不会绝望，因为有光，总能照见路的方向，而这人世间，毕竟需要有光的普照，才能让万物清晰，让世事洞明，让生活不会陷入黑暗和未知的迷茫。

这么想着，心又慢慢地释然了，明月伴我走出了商山，也让我走出了自己心灵的迷局。再看那月亮，还悬在我的头顶，默默地陪伴着我，而远方，霓虹渐起，万家灯火依次呈现。

徐祯霞，中国作家协会会员，作品刊发于《人民文学》《中国作家》《诗刊》《北京文学》《散文选刊》《海外文摘》《人民日报》《散文百家》等报刊，出版著作《烟雨中的美丽》《生命是一朵盛开的莲花》《月照长河》等多部。

灞河，不仅是一条河

王　飞

从蓝田东边的山麓可以清晰地看到，一条碧亮蜿蜒的水系，宛如仗剑少年一般进入到以它的名字命名的灞源古镇后，掂着步子从西转向西北，经过秦岭里面一段幽深的峡谷，来到一片开阔的谷地。很快，白鹿原像一位严肃的父亲横亘在河流的面前，是劝阻，是抚慰？然而奔腾的心早已不受任何的约束，河流突然又调整方向，把浩浩荡荡的气势转向西北一流而下。在西安浐灞国际港北部一片茂密的湿地里，它千辛万苦地找到了自己飞腾的支点，进入更开阔的世界，和渭河拥抱，最终成为了渭河的一部分。这就是灞河。

渭河以南广袤的关中平原，郁郁葱葱的草坪一直延伸到秦岭的脚下。在一座座山峪里灞河相继接纳了清峪、流峪、兰桥峪、道沟峪的源流。这四条河流让灞河由九道沟的一个溪流峰回路转汇合激荡，一步一步变得强大与壮阔。然而，四条峪水只是灞水中的一“瓢”。辋峪河、白马河、白牛河、五里河、十里河水、华山沟、沙河水、沙河水红河、西沙河等主要的支流更是强有力地支撑着灞河的筋骨。麻川水、北川水、湘子岔水、倒回峪、稠水、公王水、桐化沟水、尹家沟水、覆车谷水、雷家河水、晒峪水、安沟水、李家沟水、党家岭水、大峪水、陈家坡水、清河……一条条一道道活跃在山谷里面的支流，从不同的地方、方向与灞河像血脉一样相拥相抱。群山里大大小小的河溪跟灞河如影相随，是它们让一条山沟里的弱水急遽生出开阔、百折不屈的力量。众多的河溪既像一位母亲，在山涧与峪谷之地孕育诞生了这条古老的大河，又像是生死的兄弟，左右不离灞河，经历了所有的历程。

谁是灞河？一个看似简单又深奥的问题，在激荡与交融了几千年的河道里，翻腾的每一朵浪花仍在日夜探索。

如果说黄河是中华民族的母亲河，那么灞河就是祖母级的河流。早在二十世纪六十年代，秦岭的腹地发现了距今有一百万至三百万年的长安第一个居民的头顶骨。秦岭与灞河形成的湿润温暖的气候环境，让先民们长期生活在那里。当时的秦岭应该就是丘陵的样子，没有现在这么高峻。山不是高山，但灞河却是大河。宽阔的河面时不时跳跃着鸭嘴鱼，秦岭北坡舒缓的地带尽是参天密林，这些树木一直生长到河水两岸。后面由于秦岭的“高度”和气候的变化，先民们逐渐从山上迁徙迁到河谷的盆地。仅此一项，“蓝田猿人”就用了近五六十万年极其漫长的时光。而今从蓝田猿人到半坡遗址，史前人类遗迹星罗棋布在灞河的周围。依山而居，在大河边狩猎生养，直立人类是多么信任这条大河，他们从心底喜爱这条大河，灞河不仅带来生存的安全，更是孕育人类生命的摇篮。

溯流而下三十千米，灞河在一个新的领域创造出历史的绚烂篇章。这个名叫灞桥的行政区，五十万的居民均以灞水为荣。老百姓一边根植在厚重纯粹的关中老陕的文化沃土里，一面又接受到滚滚大河文明的熏陶。人们世代居住灞河边畔与黄土原坡之上，性直忠实又才情灵动，值得交往。春秋时期，灞河被称为滋水。到了秦穆公时代，秦穆公逐步将西部边疆的二十个国家消灭后，为彰显其霸业伟功，他自得意满在灞河边挥鞭一指，将滋水改为霸水。后人在“霸”字旁加上三点水，“灞水”汤汤。

有意思的是，从霸字改为灞字，也是一部大秦帝国霸业的终结史。

灞河之上的桥叫灞桥。中国最古老最著名的一座桥梁。从春秋时期到二十一世纪的今天，几千年岁月的更迭，历代历朝把此地作为通衢要地。古时的桥面随着洪水的冲击荡然无存，但那一块块隋代石轴柱垒成的桥台桥墩坚不可摧，是对灞河最有力的历史证明。站在古灞桥遗址边上，分明可以感受到河流之上漫出一幕幕夺取与征伐的历史风云，一张张从远处渐显的面容开始清晰了然。《史记》里有秦始皇送王翦出灞桥伐楚的记载。秦末刘邦与项羽争霸天下，刘邦率先由武关攻入关中，并首先攻占秦都咸阳，而后屯兵灞河的东岸，史称屯兵灞上。刘邦在灞桥轵道接受秦王子婴降。秦王子婴素车白马，系颈以组，表示投降的诚意。刘邦将他脖子上的绳子取下，扶他上车，从此便结束了称霸一时的秦王朝的统治。延岑、苻坚、郝连勃勃、宇文泰、黄巢、狄青等等帝王将相均看重灞河和灞桥，在此演绎了震古铄今的活剧。群雄们逐鹿于灞水与高塬，梦寐欲求的称王称霸，烈烈的战旗无意间把灞河也卷扯在历史的舞台。似乎一条普通的河流也有着雄视天下的野心、霸心。

我就是一条简单的河，没有那么多霸气的想法，我只想单纯的走下去、活下去。这应该是灞河的初心。

是啊，灞河想的是寻常的日子。它理想的态度，行进的风姿，它的另一面，亦被人惦念着。灞河的桥，灞河的柳，灞河的水反复被诗人们咏唱。在那里似乎离别送客是最为恰当的地方，漫天的雪絮洋洋洒洒随风飘舞，优柔的柳条摇曳进人们柔软的心底，此去何时方能相逢，那就折一根柳条送给你吧，感念、伤感、忧愤或者欣喜、希冀、豁达，所有的心绪都寄投在折下来的枝条里。小小的折柳陡然重大无比，成为了人们情感的图腾，精神的指向。齐白石先生有一方硕大的印章：曾经灞桥风雪。老先生在灞河的桥头不一定送别过友人，也不一定来到达过灞桥，或许这只是老人对过往岁月的纪念，对故人的怀念，一种文化意蕴的表达。

在灞桥的下游有一片生机盎然的三角绿洲。灞河在这里遇到了浐河。浐河从秦岭的峪口流出后经长安、雁塔、灞桥和未央四地，在三角洲的广运谭附近与灞河汇合。浐河也是“八水绕长安”八水之一。在长安有个“玄灞素浐”的叫法。“玄灞”指与浐河相邻的灞河既深又广，水色浑厚如玄色，“素浐”指浐河水清且浅，天生丽质，素面朝天。素淡的浐河襟怀广大，不在乎什么所谓的吞并，当地人却为浐河的遭遇感到遗憾般的忿忿不平。

古时的浐河是自个独成体系直接进入渭河的。而灞河是绕铜人原向东流去，并不与浐河交汇。天地间的造化瞬息万变，实难想象。由于受骊山两次“长个子”的影响，蓝田北侧的横岭原随之上升，这一“举动”迫使从秦岭山地来的灞河环绕横岭原南侧而流，导致河道不断向西偏移。而浐河距骊山较远，偏移较小，慢慢地，灞河的河道离浐河的河道越来越近，最终灞河“吞”掉了浐河，两河成了一河。浐河在此彻底成了灞河的最大的支流。在浐河未央段内，我们可以看到河道的西岸像被切割开的面包一样，多处形成枯寂的陡崖和层层阶地，那是河道偏移的佐证。与此而相对应的东岸却形成广阔的浐灞河漫滩，给了城市管理者充分的想象空间。

虽然浐河被灞河“吞并”了，但它和灞河形成巨大的合力，把一片三角冲积区变为国内罕见的湿地大公园。碧水为媒，绿树为肌，老树新枝繁茂，百花千树，林荫小径水滨，拱桥相连。如织的游人徜徉在古色古香的廊桥上，三三两两地游览于小亭、林荫道中。微风过处，波光粼粼。河湖宽阔荡漾，隽永灵秀，树木郁郁葱葱，花草璀璨烂漫，淡香暗涌，时时展示的是一幅浐河与灞河联手打造的大美境地。美景更吸引着候鸟的群集。栖息着多种野生水禽。黑鹳、中华秋沙鸭、白琵鹭等在湿地与草地寻觅食物，繁衍生息。冬季来临时，一大批鸬鹚会来这里越冬。数量约有五千只。捕食归来的鸬鹚整齐地站在树桩和枝头晒太阳的图景，赋予了长安城厚重之外的灵动与生趣。

离开三角洲的灞河没来得及歇缓，很快进入到一个全新的生命历程。浐灞国际港让灞河彻头彻尾变了容颜，焕发出惊为天人的熠熠神彩。

大桥横卧灞河东西。古希腊神话中海神波塞冬手中的三叉戟稳稳插在桥头两端，半弧状的侧拉钢索如同琴弦一般线条流畅地抚摸着桥身。大桥整体看起来就像一台竖琴。到了灞河的深夜，美人鱼会深情地弹奏着竖琴，悠扬的琴声吸引着波塞冬，他手持三叉戟紧紧守护美人鱼的一旁。引入西方古神话元素的元朔大桥在灞河全段独一无二。同时，此桥仅主桥和主塔的用钢量相当于埃菲尔铁塔的六倍。两个世界之最让世人瞩目，世界最大和最宽的自锚式悬索桥。“元朔”一词指中国农历新年的第一天，以此为名，象征着灞河进入了新的时代。

欧亚大道二号桥、广运大桥、陆港大桥、天华揽月桥、广运漫水桥、世园彩云桥、奥体灞河慢行桥……横卧在灞河下游的一座座现代时尚、造型各异的桥梁强有力地彰显着灞河之上不仅有千年古桥，更有现代化的巨桥，古今联动、今古交融，新时代“灞河之桥”的精气神让灞河在这个流域焕发出巨大的勃勃生机。

河上面的慢行桥是专门让市民慢跑慢走休闲的。走上去，如同天上挂着一条七色的彩虹，似乎有人一下一下在舒展地舞动着长袖，青碧色的河水在脚下汩汩流淌。持彩练当空舞的长臂把两岸也皴染得层林如画，一卷草木林水天一体融贯流动的壮美画卷在这里徐徐打开。红色的健身步道奔跑着运动的人们，动力十足的灞河和活力四射的市民竞赛般在赛跑。“彩带”的西端，一个优雅的逗号，让河心浮出一座小岛。岛上树木葳蕤，鲜花碧草遍地，香蒲、芦苇宛如伊人立在水央。野鸭妈妈带着幼崽靠岸栖息，人不惊鸭，鸭不惧人，各自安好。

走在东岸，眼前清澈的河水在阳光下波光粼粼，似无数颗眼睛在那里一眨一眨。河流的上空碧空如洗，从白鹿原逶迤而来的几团白云，从云里伸手撩拨灞河。堤岸边水里的几只白鹳迈着红色的长腿或踱步，或低头觅食或闭眼发呆。一旁的麻灰鸭由大到小排列一行在河里练习生存技巧。头鸭一会儿潜水不见，一会儿不远处出水冒头，鸭娃们被演习地团团转转。这里是白鹭、鸬鹚、骨顶鸡、绿头鸭、斑嘴鸭、渔鸥的家。

河岸的对面是世代居住在灞河边农民的回迁楼。楼群倒映在水中，像是从河里涌出来的海市蜃楼。此情此景，使人不禁要问，这还是我们印象里古老的灞河吗?

然而就是这条古老的大河，以前却备受摧残蹂躏。下游河道沙坑稠密，垃圾如山，草野树荒，脏水臭黑。几近干涸断流的河道在刺眼的阳光下暴晒。灞河的命运至暗，濒临终结。

被经济利益冲昏头脑的人们在透支着自己和子孙的生命。终究是城市建设者“拯救”了奄奄一息的大河，把恢复城市水生态作为第一要事。精心诊治灞河的“沉疴重疾”。灞河不仅活了，而且更加生龙活虎了。

站在光影水秀广场上，一个由二十八朵“花瓣”组成的巨大“石榴花”，大大方方绽放在灞河的东侧。奥体中心体育场造型独特、优美。南侧的体育馆硬气十足，王子气度，数个棱形组合的幕墙最终形成为一颗硕大的宝石，光射耀目。北边的游泳跳水馆灵动时尚，犹如会呼吸的水滴润软在大地之上。三个场馆的刚和灞河的柔，场馆的静和灞河的动，形成动静并宜、刚柔相济的宏大气象。

向南望，是由五座建筑群组成的象征宫、商、角、徽、羽五个音阶的“长安乐”。歌剧院、音乐厅、多功能剧场等艺术中心的“五脏六腑”，以一片片“陶埙”造型为外形基材。长安月、月长安，灞水边一串欢快跳动的音符，谱写出人与自然、建筑和美共生的动人旋律。

一朵祥云般的建筑是“长安云”。从高处俯瞰如同一柄古代的“如意”。巨型“如意”日夜枕卧着川流不息的河水，给这条河流赐予了万千的吉祥如意。

翻开的一册书卷令人震撼，顶部两端翘起的飞檐，像是打开的一册天书，等待人们去研读。那是集图书馆、美术馆一体的长安书院。隔河望去，天际边水波荡漾，长安书院的天空氤氲出一片浓浓的墨香，就以灞水为墨吧，在此尽写人世间的悲喜。

从源起到这里，灞河终于在这个流域迎来了它的“高光”时刻。流淌了几千年的河流变得更加大气从容，它拥有着厚重睿智的头颅，灵活轻快的身躯，勇往直前的胆识。灞河犹如一条巨龙摇头摆尾游弋在更加宽广的世界。

滚滚的大河以舍我其谁的气魄，浩浩荡荡继续向北边流去。而今，一路走来，所有的苦难、遭遇、喜悦、变化都不是问题。而这条河流现在思考的是，如何把所有的力量积攒在一起，奔向璀璨的辉煌：

我是从山里来的，秦岭是我的母亲。我是很多兄弟河流牺牲的再造。我的骨子里有的是山和河的气力，流畅的是山和河的血脉。我将无我，我要把自己奉献给渭河。我是灞河，我更是渭河。

王飞，中国作家协会会员，中国自然资源作家协会会员。曾获第三届、第五届冰心散文奖，第三届柳青文学奖，第二十四届孙犁散文奖等多种奖项。

第七届大地文学奖获奖名单

报告文学奖：

秦锦丽《地球赤子》

报告文学提名奖：

张世奇《西华山钨矿百年风云》

张贵付《“中国核工业第一功勋铀矿”背后的故事》

小说奖：

董永红《夕阳波澜》

小说提名奖：

孙传侠《他们的森林》

叶子《花好月圆》

散文奖：

江北 《平凡之鹭》

散文提名奖：

齐未儿《水畔三侠》

彭玲《古树，在时间之上活着》

诗歌奖：

徐庶《眼见与真实（组诗）》

诗歌提名奖：

汪洋《渔歌子·黄海森林诗会（词十首）》

王富祥《湿地嵌在一幅墨迹未干的水彩画里（组诗）》

评论奖：

谭滢《上下求索，寄情云水——从汪〈云水间〉说开去》

评论提名奖：

乌日娜《一颗莲籽里的春天——浅析王朝环组诗〈扶贫日记〉》

新人奖：

马半丁

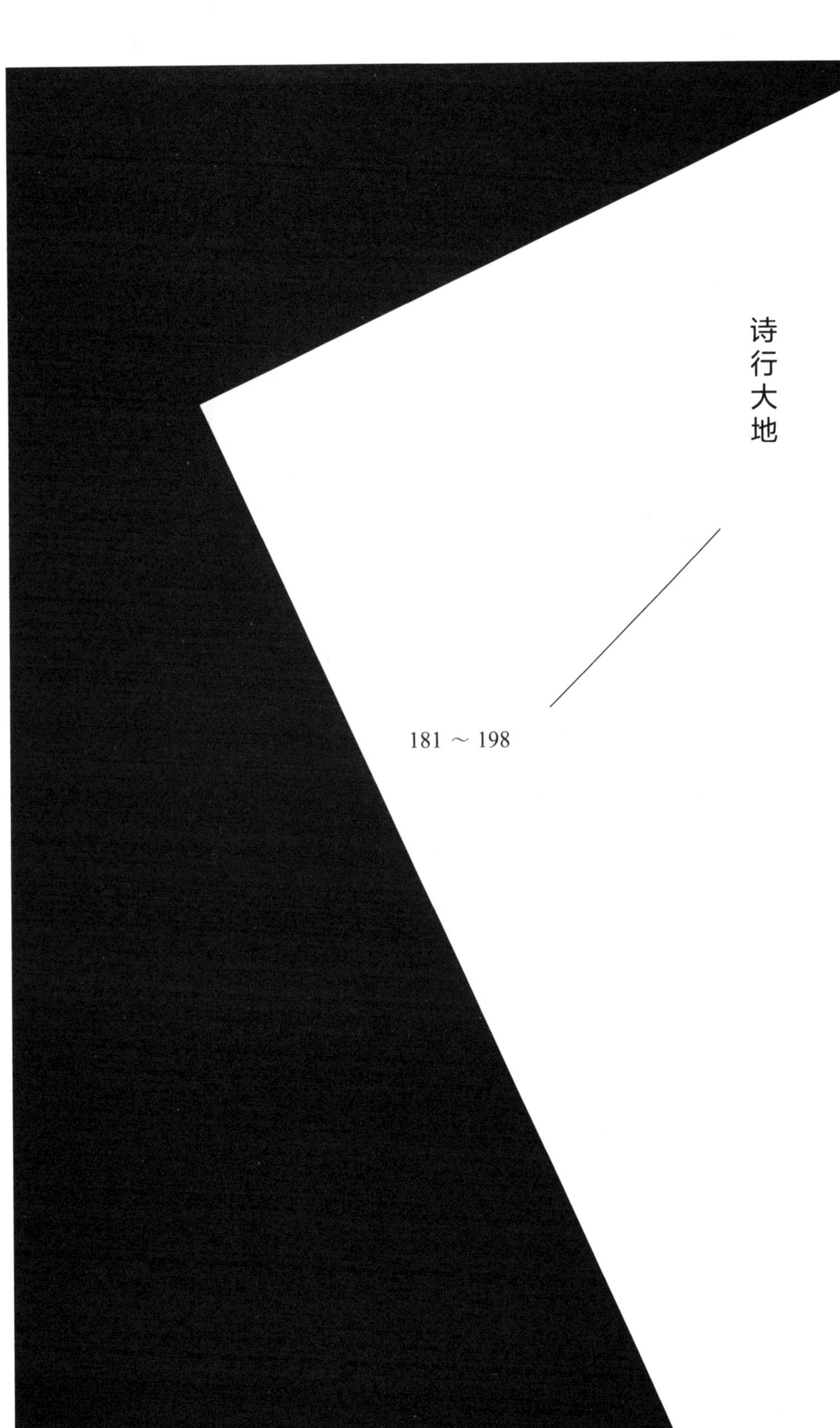

诗行大地

181 ～ 198

山水之间，诗意的栖居（组诗）

汪　洋

玛曲

风放缓
可能是风遇见的事物在放缓
也可能是内心的歌谣认出了故乡
我们来到玛曲，云彩已装满黄昏的车厢
山坡上的牛羊都回到圈舍
风放缓，转经筒也不急着转动
我们眼看着缕缕炊烟，平静地走进深空
像观摩一场古老而又庄严的宗教仪式
要接受新思想是困难的
玛尼堆不动，雪峰就不会继续远行
松林里已有灯火闪烁
诸神总会赐予人间意想不到的小惊喜
等万物都安顿好了
风就会提着一盏酥油灯，到某处河谷借宿
银河里细沙无数，却并不惧怕渺小
流水是风的另一种形式
流水通过响声来学习，从黑暗中汲取力量

莫日格勒河

也许永远也抵达不了天涯
当我们目送蓝天骑上马背
云彩却像来自另外的一个世界
悄无声息的草原

我的脚下，是柔软的草
和零星开的花
小小的梦，以及浮生

在雨季到来之前，莫日格勒河从不喧响
它是上天遗落在草原上的哈达

牛羊低下头在河边饮水
有时，它们一口饮下夕阳的余晖

那是草原最安静的时候
神，小睡了片刻，天边就挂上钻石般的星辰

大于美好的事物
只有爱

南迦瓦峰

大风吹走了漫天星辰
剩下一顶帐篷和一堆碎石

南迦瓦峰，足够阳光锻造一座金山

那里群峰起伏，天幕深邃
亲爱的，每一个早晨都是一次谦卑的赞美

神喜欢抚摸干净的事物
譬如雪山，譬如一个人内心的朝露

写给马尔康

哪怕尘埃落定
我也要一步一步走下去

瓦蓝的天
把大海搁上我的肩膀

阳光涂满草甸
马尔康
谢谢你捧出干净的草香
把每一个日子
都串成了清亮的露珠

有人在草登寺
诵读经文
有人将溪水中的影子取走

想到观花节
嘉绒姑娘的歌声就飘进我的茶碗
这里空气真好，请你小心存放

穿过鹧鸪山长长的隧道
兴许还能看见天边的积雪
柔软的羊群，都是掉在地上的白云

哪怕尘埃落定
我也要一步一步走下去
哪怕我两手空空
没有群山回应

在马尔康，我愿遇上佛
也愿遇上你的善良

做个梦吧，梭磨河谷
我是走累了，河滩上躺着一堆柔软的石头
那天，晚霞碎成了金色的波光

河水在天边喧响
混淆了人间和天堂

托克逊的杏花

要穿过长长的天山，才能看见你
横亘在天边的芳云
春风里的一万亩杏花
连一个眼神，都散发着甜味
一个摆动，都让人销魂

这些缀满童年的花
如今，又和我相逢在
夏乡的南湖村
陡峭的世界已成为昨天
鸟鸣像音乐，缓慢涂满芳香的画布

怎样和你说起
这些长在枝条上的烂漫修辞
每一次栽植，都是大地的节日

每一次绽放，都是上苍的恩典
托尔逊因为谦卑而沉默，而我
则在喜悦中，身披霞光

缙云山听雨

雨落巴山，来路已经湿透
剪烛西窗，卷帘不问归期

那柔弱的灯花，细小，迟疑
那萌芽的信笺，字里行间
布满雨声的提问

砚台里也有一片漆黑的夜
有人一生都在试图修复
一支失忆的笔尖

再美的爱情，也会有另外的一个侧面
我愿是你怀里，那只乖巧的小兽

理想主义的陷阱
借用潦草的雨声抒情
虚张声势的灯盏，怎么能煮沸天空

山里的青石在雕琢成佛像之前
很少蒙受过苦难
仿佛它还在等待，柔弱的雨声
捎来美的脚本，以及暗黑的深渊

站在风中（组诗）

张 牛

从未打开的门

一颗流弹落在了人迹罕至的森林
半空闪亮，坠落……光从地上升起
野兽吼声如初，瀑布跌落谷底
一道水突出重围，陡然急转直下
一个梦破碎了，又一个梦存在于
想象之中，接踵而来拼凑的答案
当进入已是认知的选择，自然的生发
如何明白，向南向北都有未知的事物
幻变处于震荡之中，瑰丽的云残缺不全
风吹过的微颤，藤植簌簌瑟瑟地探询
忽见一座房子是木头和茅草做的
手工精湛或粗糙，那是见证者的判决
也许没有什么东西是完整的
在未到达的高度，从未打开的门

站在风中一样

犹在飞鸟掀开了片片疑云之后
站在风中一样，森林涵盖了土地的本色

从深不可测与纷繁中抽离出来
湖泊澄然顿悟，照见对面的自己
火山口早已沉寂下来，地热涌泉相报
地下河浸透阴冷的洞穴，暗度陈仓
山岩面前，且说出房子的构筑元素
木头、砖石、瓦片和泥巴，林林总总
给肉体和灵魂一个停靠的地方
这适用于黑夜，和一些无解的命题
一旦逮着火焰，野性看懂了善意的眼神
再隐蔽的事物，也会呈现自己的影子

黄金的海滩

沙子编织了黄金的海滩，招来
浪花的低语，绵绵不断地拍岸
合奏的旋律恍若钟声，日夜葱茏
无数高举过的樯桅依然动听
不止的风，注疏谜一样的猜测
它忽高忽低，拂拭着有形的直觉
滑过睫毛，奔跑的脚踝
额头上刻着思维的皱纹
海边撬开了岩石的一扇门
在灯塔的瞭望之中，精彩纷呈
礁石，斑斓动人的珊瑚
优雅的鱼类，悠然入睡的岛屿
在一件事情上深情，流淌水和饥渴
把一面镜子丢进海里，像筏一样漂浮
在岸线与岸线之间，细数无边的流年

静止在一片树林

向上等待着，被包围着
一口拒绝密不透风，静止在一片树林
剩下溪水喧哗，石头嶙峋的背影
浓墨晕染在一幅丹青，心领神会
书写时间的缓慢，疾吹的流云
如果一棵树会讲故事
那每一片树叶都是它叙述的线索
花朵吸引蜜蜂的，是它散发的芬芳
不是艳丽的颜色和放纵的模样
鸟儿在树上筑巢，涂装着虔心
那些枯落的细枝是它使用的材料
阳光照射着错落起伏的地面
一湖水，折射光线和丛生的杂草
山崖下的凝视，识见了灰暗的距离
犹近却远的风声，翻山越岭
如何幻想，在不可预见的地方遇见自己
沉醉于记录，谈吐着完整的句子

天空

天空像蜡染的一幅布，光裸的肌肤
闪耀着青蓝，米白，和暗灰色
房顶抬头仰望，锃亮滑板悬浮的感觉
盘坐的姿势稳固如锚，尊严不需要谅解
仿佛看到投掷的石子被灰鸟抓在爪子上
浑然不觉掩藏在别处已久的梦想
来自风的路径，攥着树梢瞬间的摇摆
倾向空洞，和出其不意的眼神

桌面空空如也。野菜长在阴凉的山坡
竹子在另一侧山坡上隐而不发
刚刚成形的笋尖埋在地表之下
跌落的水声，哗啦啦地嚷嚷着
淬炼仍在继续，天空一贫如洗

触及石罅的光……纯蓝，纯白，纯灰

回南天

浓雾捕捉抱团的时机，肆虐风中
仿佛抹去了有关天空的一切线索
回南天，岩石滴下清晰的水珠
野草和树枝递举渴望的手
在同一个现场发现不一样的风趣
感知绝非虚像。犹如岛屿在波浪之间
在被遗弃的坐标上守望日月
犹如一个人的灵魂对肉体的挤压
谁知道哪里又多了些纸糊的面具
一些东西含混不清。一些东西崭露头角
犹在纠结的一些往事，此时迷失不见
地平线仍在游荡，蒙住了透视的眼睛

大地行记（组诗）

程杨松

定陵，那些正在发生的

假如一尾鱼决定回溯
它将是疼痛的
它将经历未知的山高水长
假如一枚种子被掩埋
是否有更多可能发生的，疼痛？

但是，你祷告过的被绝望
正如你拥有过的被放弃
你高高举起的，最终因为你的沉重
被深深沉入深渊

你的生和死都在继续
又被许多目光篡改
被零星足音读出极小部分
地上和地下是一张纸的正反面
写下那些正在发生的，和正在逝去的

落日的古铜斜照昌平
被你私藏的黑暗暂时打开
大地的轴心
缓缓转动又停下
那个默默穿过你坟塚的人
没有人等待，也没有人同行
像极了你骄傲的孤独

一枚秋叶把秋天举起

一枚黄叶收悉了秋风的请柬
引来一群黄蝴蝶
黄蝴蝶追逐着黄蝴蝶

一枚红叶领悟了秋天的凉
点燃一盏红灯笼
红灯笼照亮红灯笼

在昌平，在十三陵
当日子抵临悬崖
所有的秋叶都是一种隐喻
它们比尘埃更低
在野地安顿肉身和理想
却灿若繁星，像小小的带电体
把秋天和秋天的目光
高高举起

十月已经逝去
它们还在风中摇曳
为这被试错的一生敬献挽辞
黄昏正从山梁翻过来
正翻过新的一页

这就是安静的昌平，安静的十三陵
可我为什么不能安静下来
我为什么还这样忧伤

每一缕波纹都镌刻着心事

一朵云铺着一朵云
一片天叠着一片天
一座山压着一座山
一湖水拥着一湖水
一缕风就翻开它墨绿的经卷

在秋天，十三陵水库有被囤积
又吃浅的心事
每一缕波纹镌刻的心事
被浪花说出的心事
关于一朵桃花开和谢的心事
一座村庄日常的心事
奔赴远方的心事
宿命的心事

秋天的十三陵水库
每一缕波纹都镌刻下
荡漾的心事
我却什么也没有
只是打马匆匆而至，匆匆而返
带不走一丝涟漪

——或许要等更晚一些
要在群星熄灭以前
它会为我念响这最后的经文
带给我空空安慰

风景路，曾遗忘的正被捡起

一定是这样：风说出景
景铺着路
路牵着御窑北出口

——多少年了，从时光里牵出
那些相向打开的生活
牵出往来的脚步

只要脚步不停走下去
一条熄灭的路就会重新复活

此时，阳光远照

昌江远逝
那些曾经遗忘的
正被你我零星捡拾

可我只能匆匆而过
生怕那把尖锐的刻刀稍一下沉
就洞穿了我和我的生活

御窑，刻划或描摹

一只烟囱修行不止
是否就能淘空窑中的灰烬？

一条昌江川流不息
是否就能浇灭窑中的薪火？

从前的御窑，取走了一些生活
也成全了一些生活
它们熄灭的年份里，适宜
囤积渐被冷却的心事

如今御窑里，那些打坐其中修行的人
他们用力刻划，或用心描摹
甘愿将一生倾注于器物
祈愿于器物里重生

古渡桥，沉浮的、跌宕的

假如昌江一直荡漾
曦光就跟着沉浮

假如一轮弦月忙着丈量天空
古渡桥就忙着收集脚步

此起彼伏的捣衣声拉长了音调
跌宕着小镇被浣洗的日子
她们向一条江
袒露了自己并试图新生

那些被流水送走的人
那些去而复返的人
面对一座古渡桥
是此岸
亦是彼岸

雨水下地之前

赵汉成（哈尼族）

雨水下地之前

雨水下地前，必须把地翻一遍
翻一遍后，又锄一遍
喝上半葫芦凉水，母亲抬起头
确认没有大的土块后，开始挖种植坑

株与株之间不能太挤
一尺五宽的通道
留给风，留给蜂

七十岁的母亲手脚麻利
精心打理着，她给种子建的新家
使了农家肥，须盖上一层细土
刚探头的幼苗才不会被灼伤
玉米种，必须先扒下来
有虫眼的，挑出来喂鸡，喂鸭
每坑三粒，坑数乘三
几斤几两，清清楚楚
其实每堂只要二株苗
多一粒子，是怕种子瞎了，出不够

有一场大雨将至，天气预报说的
母亲一遍遍往外撵我们：
多大地，多大点事啊
下种，小事，我分分钟搞定
天底下啥都是小事
除了孩子的事

十五天左右，母亲叫妹妹拍了嫩苗
发给我看，并说
出苗了，根强苗壮
放心，放心

在滇池岸

谈到青春，你我都欲说还休
有一些苦，和一些疼
你懂，我也懂，他不懂
片段。被我们一次次锤打
饱满如馒头，令人垂涎

我们这样反复锻炼往事，唯一的目的
就是在见面时，能够微笑着对彼此说
感谢那些吃过的苦，尝过的咸
也感谢那些，燃烧我们的青春的火焰

其实我们的肉体，也被重新塑造
被锻造成一种特殊的铁
当风雨来临
那一段经历，就是我们的铠甲
隔绝寒冷的同时，爱情
也被隔绝在外

秋天的田野

站在高处
目之所及处有金黄色
空气中有麦香
远村可听到农人的歌
这些，让我心安

田野里
葵花结了多少籽儿，明日
天上就可以挂上多少个太阳
有多少芝麻张开嘴巴
就有多少个小伙子唱出情歌
有多少株高粱羞红脸
就有多少个少女
怀上心事

我的诗歌就无须拼凑
目所及处，尽是鲜活、多汁的词语

在茶马古道

在茶马古道边
胡红栓、王玫、张琳和我
点了一大壶土罐烤茶
围着在矮矮的方桌
谈论四散的诗和远方
八卦赶马人的露水爱情
说着说着，几个人
都觉得自己就是马锅头，或者
马店老板的多情女儿
都有一颗缝补多次的心
有光荣的离愁别绪

黄昏，茶尽
我等起身，抱拳
模仿古老的方言
大声道别

大地上的事物（组诗）

王金玉

残菊：一盏封存的心事

有些心事
被照耀得多了
就只剩下陆离的光影
譬如云，飘逸良久
为何会甘之如饴地落下
还有那丛菊
分明因春雨而萌动
却只等秋天登场
或者将一盏心事默默封存
再譬如：我，和你
皆在错过的“错”与“过”之间

一样花开为底迟?
可花毕竟开了
也毕竟迟了
帘幕低垂，心事半卷
在北风的暗告里
时光和结局一样零落
那些说出的和没说出的
都被封存，直至回到最初
一片雪白的寂静里

霜迹

你到来之前，童年
在草叶上清莹、滚圆
有时，升华成千千万万个小心
白茫茫笼罩在十七岁的山坡
有时，从草叶上滚圆跌落
与大地滂沱冲撞

风传来的消息越发料峭
他希望沉淀出生活冷静的那一部分
阳光仍然努力
让你心一暖就融化

于是在一个冬夜，旷野静谧
你呼吸轻浅
发白的记忆一星一星攀上鬓角
将青黑的岁月紧紧拥抱

像谁刻意从时间提取爱意
提取出关于你的讯息

我知道的，青石板太窄
写不下平凡的叙述
北风见惯终局
催促冬天用暮霭重编起行囊
把玉兰花、叶
把长长的小路和狗尾草
一一收入并全部带走

暮霭的行囊

你一转身，思念就开始积攒了
不知何时起
但一定比夜色更深浓
要在夜色撤退后，再缓缓现形
写进黎明的心事

窗前的玉兰花热烈地洁白
又南曲般水磨
把一支等待吟至凋零
那时你希望嫩绿
大雾中的呼吸闪耀白茫茫的追寻

把季节揉入花叶
并没有成全所有的因果
这渐孤凉的后半生
忐忑凝结为霜
一条险径去而复返，纹路清晰

留得枯荷

当池塘一天天冷静下来
那只问讯的蜻蜓，才被想起
“是那支荷吗，隔年相见的荷？”
当时我不明白
无法回答是与不是
或者，是又不是

其实，也没什么关系

当丰腴的绿也青筋突起
将通透沉淀进莲心
丰美的容颜、包括季节和爱意
终将一瓣一瓣剥落
那么，留下我悲悯的枯槁吧
轻轻地，听一场雨
给所有曾照耀我的时间
奏响别离

未来如烟（组诗）

高发奎

未来如烟

未来可期，我总是这样许愿
红尘万丈，我总是这样执着
一条河的尽头，有白鹤频频晾翅
有稻花朵朵，频频点头

夏至将至，外婆摇起了蒲扇
藤成了椅
指甲染红了
窗户纸，风动了帘

秋色三分，一分风云
一分烟雨
一分如梦
荷叶成了伞，荷花挡了眼

未来如烟，时光如幻灯片
我是不是你念念不忘的念念
未来如云，岁月如磨刀石
我是不是你格格不入的格格

水坑

水坑里，浮起来一只鸭子
沉下去一个筐子
煮熟的鸭子，飞了
煮鸭子的二婶，跛了脚

花脚蚊子咬破了水面，起了涟漪
河里的河蚌，安了营扎了寨
白马河的水，浅了三寸
界线，粗了三尺

发小折了纸船，告诉我什么是远航
什么是海洋
发小叠了风车，告诉我什么是转动
什么是天空

水坑大了，成了沼泽，成了湖泊
水从高处来
比胡同还底得是大街上的水坑
比水坑还底得是沉睡三百年的井

湿地

搬家，从西往东，用了三个昼夜
沙场，从春到秋，用了三个春秋
落乌雀的青石，落满了白色的蘑菇头
落乌鸦的石碑，落了一层灰

麦地、鱼塘、芦苇荡
从江南刮来的雨，淹没了麦场
草木、牛羊、老村长

从草原吹来的风，吹落了夕阳

塌陷的地，继续下沉
塌陷的坑，浮出水面
草生莺长，寒来暑往
高家胡同以北，成了湿地

有鱼滋生，有虾折返
长风太长，从早吹到晚
迁走后的村庄，不懂乡愁，不懂酒浓
我在湿地的桥上，寻找故乡的围墙

月光小院

萤火虫装进牛奶瓶里
瓶子拴在流苏树上
等天再黑点，夜再深点
一个叫嫦娥的女子，翩翩起了舞

流苏的叶子可以泡茶
流苏的花如雪一样白
等玉兰凋零，紫的红的白的
落在月光小院里

月亮挂在泡桐树上，风在敲
鼓，蝉在来的路上
从五月到七月，白马河的水
涨了又涨，没了月亮

打捞，打扫，打印
一个猴子捞起了水月亮
一个小沙弥扫起了阁楼
月光打印故乡的好春光

糯扎岭（外一首）

张　琳

糯扎岭

澜沧江，从唐古拉山脉飞流直下
峰回路转，一泻千里
在云贵高原撕裂成一道峡谷
澜沧江两岸稻谷飘香
千年景迈山下，糯扎渡
昔日荒芜恶水险滩
一条条渡船系在渡口，联接两岸
走船人，坐船人，摆渡人
唱着芦笙恋歌
世代依山而居，邻江而住
任由江水肆虐，月暗星稀

随着一声炮声，大江锁住蛟龙
狂傲不羁的澜沧江水喝令改道
八年建设，261.5 米大坝建成
高峡平湖，风光旖旎

九台机组旋转，日夜输送光明
五项世界第一，九项中国第一
数字大坝令世界瞩目
走过大坝，拾级登上糯扎岭远眺
回望绿色青春曾在江畔闪耀
警营岁月每天晨起伴着军号
一层层，一道道，一条条
筑起大坝也筑起希望
如岭上风光
蓝天，白云，江水萦绕
风雨过后总是如此多娇

围炉煮茶，煮时光也煮自己

立春后的新春，烟花绽放
一壶老生普，在小火炉上慢煮
佳节，四季劳作停歇
静下心来，给自己放个假
壶中茶叶翻滚，炉火不急不慢
一炉炭火，一时半日悠闲
一份安暖，一段时光清浅
风中茶香浸润着书香

食一碗人间烟火
饮几盏人生起落
普洱治愈你也温暖我
岁月浅浅，余生漫漫
茶酒日暮，一半一半
守一炉岁月烟火，煮一壶人生安闲
静守光阴素淡，以待岁末流年
时光煮透，山河无限

在没有风景的风景里

魏朝凯

与二十多米厚的贝类家族
同居风口浪尖，腾云驾雾的
感觉真好，脚不点地
就能一步迈向十几万年前

瓶子里仅剩的一滴青稞酒
滴完了还想滴，摇头晃脑的
烛光常亮着，数以亿计的灵魂
列队归窍，久别重逢的序曲里
游走着从死亡到重生的悲欢

登上蓝鲸之巅仰望，解读一头
更大的王者傲视群雄的模样
变幻莫测的涌动里，暗含奋进
也充满沧桑，感慨——
就这样满世界飘着，还不如
早日投胎凡间活出个人模狗样

我手捧诗笺，漫步在被盐腌透的
帐篷外没有风景的风景里

仅仅三秒就打完了腹稿，决定
在浩瀚的诗行里，一字一枚
字字刻在贝壳上，让岁月去丈量
鲜为人知的远方的另一方

我也愿意是一棵树

潘正伟

我也愿意是一棵树，即使孤独的心并未发芽
我也愿意是一棵山楂树
即使我们前生前世不可能相识
即使无根无蒂
我也愿意是一棵树，即使你不开花
我也愿意是一棵玉兰树
即使我们此时此刻不可能相知
即使无花无果
我也愿意是一棵树，即使成熟的树并未开花
我也愿意是一棵合欢树
即使我们今生今世不可能相爱
即使无牵无挂
我也愿意是一棵树，即使你不是阳光雨露
我也愿意是一棵玫瑰树
即使我们永生永世不可能相守
即使有花有果
我也愿意是一棵树，即使你不是树
我也愿意是一棵木棉树
即使我们不懂怎么形容爱情
即使知根知底
我也愿意是一棵树，即使我们曾经相爱相恨

谒佛（外九首）

张成昱

谒佛

木鱼姑作老僧陪，再谒山门已不开。
熠熠佛光未能视，当从一孔见如来。

柳初新·秋

别时折罢三分柳。这十里、轻轻走。惊鸿难送，涂鸦又覆，莫认雀巢空漏。都道江山依旧。怕江山、当真依旧。

按问花残几斗。数梅兰、谁肥谁瘦。蕊香如炙，蝉鸣渐哑，惹我一番寻究。月缺处、如钩在手。月圆时、那人知否。

过玉渡山

倦勤何以解，半步下楼台。
山水莫轻动，待吾吟兴来。

又到该减肥的时候了

皮囊壅塞一时休，酒肉穿心折半留。
清肺滑肠休太过，须留块垒待闲愁。

学道

老页残篇枉自由，徒知今古渐无求。
青灯燃尽犹难悟，破壁终须一撞头。

街边公园

三二五陵子，匆匆去复还。
老来无所倚，故卧竹林间。

农展馆

悯农无计庙堂空，侧畔台阁卖小葱。
五谷因君分上下，六洲据此各西东。
休疑社稷何为本，愿祷炎黄竞有功。
四体闲乏不勤久，耕耘皆赖主人翁。

玉簟凉·立秋

因热而愁。羡燕雀入云，驭制风头。驱驰何处止，恰汗冷心浮。枝横花老季节，约莫是、叶已知秋。弦月下，向广寒来处，闲掷吴钩。

悠悠。残荷未折，烟柳似倾，谁在梦里西楼。青衫红袖旧，问几许因由。孤灯一夕烁烁，照笔下、字字清流。当戒醉，省酒钱、须换貂裘。

甲骨文

人自蓬莱闹海回，红尘埋骨愧无碑。
不知更替难知汝，欲问兴衰先问龟。
墨韵源源金石冷，师传耿耿道行卑。
一文一字未能识，千古鸿图猜是谁？

雨后荷花池

红遮绿掩白云埋，三五书生似不侪。
新雨添些青涩水，为池中物润芒鞋。

五步桥（外九首）

王　冰

五步桥

五步桥边百蕊开，风穿云履将春栽。
流波静倚千年石，我把流波任意裁。

远望蓬莱阁

葡萄架下是吾家，霞媛流香似露华。
且借东风重换骨，只留老树驻寒鸦。

回乡过范阳河

范阳河上见秋风，行酒儿孙意万重。
隔院老榆发嫩木，无须家信说开封。

桃花潭边怀李白

青弋江边醉影摇，塘回岸转起波涛。
溪桥竹径乘舟去，肯踏高歌上碧霄？

新酒

新酒流霞邀客尝，风吹唇齿更飘香。
歌随山月入幽径，人卧渔船又举觞。

新燕

天放华光映紫宸，一昔风雨洒春霖。
百芳争艳凭人意，旧燕新来可为邻。

夏至

开窗能见起云光，绿遍山川换盛装。
天地欣欣飘细雨，洗清犁耙为农忙。

七夕

星汉沉沉霜满枝，天高路远误佳期。
幽篁暗自扰山月，微雨迷花散碧丝。

荷塘

六月荷花铺满湖，寒凉大雨动华屋。
满城风絮惊春鸟，新麦无边一晌熟。

游圆明园

残门渺渺乱石衰，荷叶沉沉积翠微。
孤影作舟清莠远，经行旧路雨菲菲。

若无（外七首）

倪惠芳

若无

好月若无春雨可，窗前徙倚夜听凉。
明朝十万草花意，又对东风醉一场。

明日佳节

应有东风解意吹，人间三月女儿时。
明朝柳絮未同咏，凉月一窗能向谁？

几度

小亭倚岸复逾年，又见春风柳上烟。
几度能将花看遍，亦无心事亦无禅。

临窗

三月依河小结庐，木香已卷竹帘疏。
春风若得吹明月，一夜临窗可读书。

绿梅

雨落幽微寂寞凉，窗前无月有灯黄。
等闲春夜敷成雪，咏絮人惊碧玉香。

雨后看梅

雨住云收白鸟天，未芽杨柳也含烟。
梅花莫把春开尽，一点幽香最可怜。

正月初十午后即事

午后坐春阳，茶烟袅袅凉。
门前枯色柳，时有鸟啼肠。

看花回

惆怅归来暮色平，花荫初停。栏杆倦坐空无语。争忽然、梅结青青？暗香曾月雪，仿佛人生。

我也年来白发惊，对镜多情。湖山万里何时去？著云屐、绿霭古藤。说江南梦好，来日新晴。

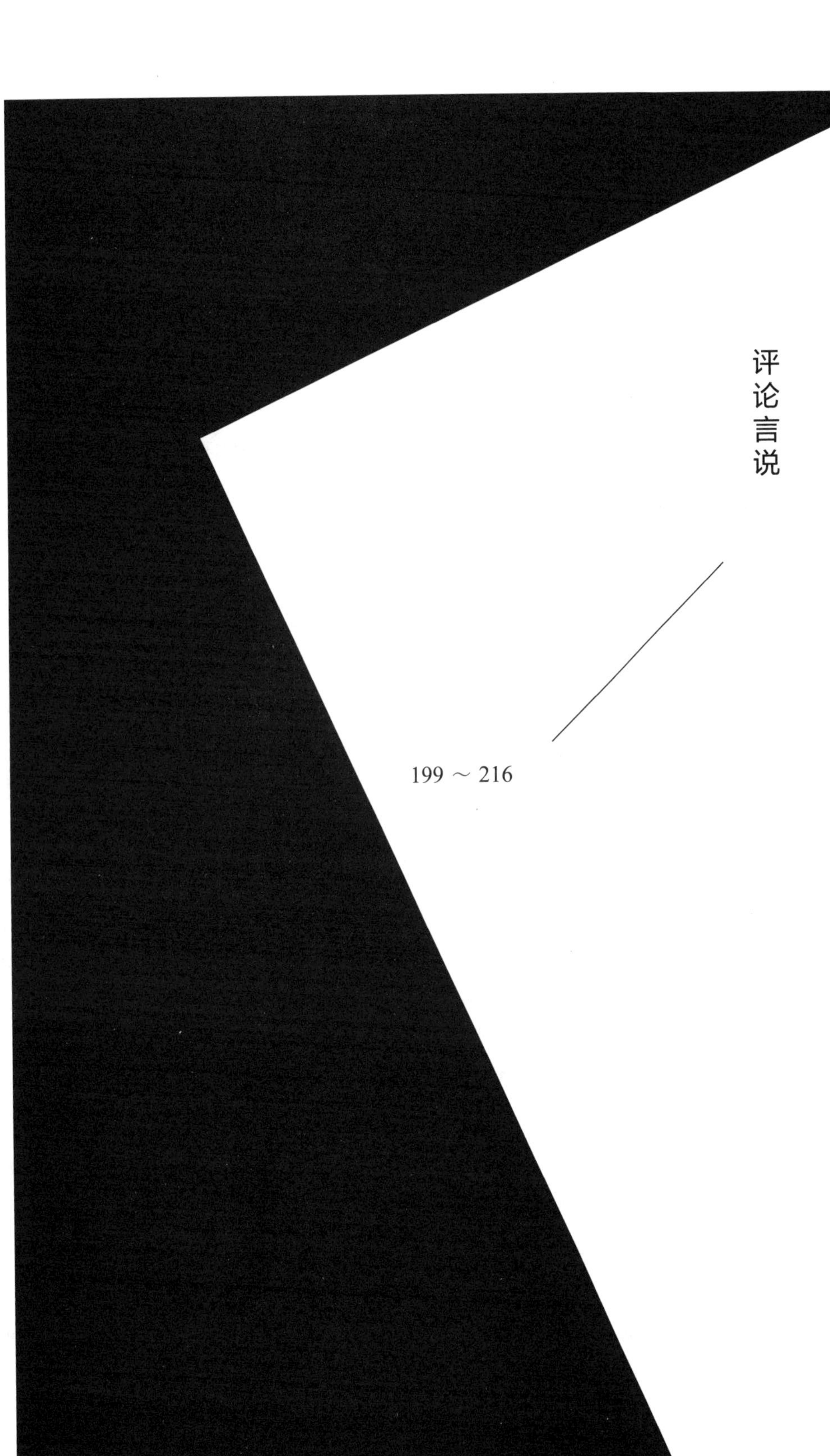

评论言说

199 ～ 216

发现“时间”，疼惜万物

——读习习散文集《流徙》

张立新

之前读书时，习惯了边读边画边抄，诸如一些优美的段落、别致的造句。心有所悟时，还会在空白处写点什么。除了整体框架外，我时常对书中的某个点或某条线印象深刻。读完习习的《流徙》，我发现不仅摘抄得多，眉批得也多。读完全书，我捋了一下自己的阅读体验，发现印象最深的是书中对于“时间”的发现，以及对世间万物的疼惜感。

先说“时间”在书中的属性。之前，读过毕飞宇的小说《推拿》，小说中的小马，是个盲人，他对于“时间”的敏感，缘自“时间”有着多维度和“深不可测”的感知。时间可以是圆的，三角的，是直线，是“咔嚓”。而时间又不是圆的，不是三角的，不是封闭的。时间可能是硬的，也可能是软的。时间可以有形状，也可以没有形状。它深不可测。这是《推拿》中的片段，很形而上也很精彩，算是对“时间”本义的理解。而习习在散文集《流徙》中，却通过文学的方式，极其敏锐地发现和描述了“时间”的多重属性。我阅读《流徙》时随手勾画或摘抄的，竟然有多处关于“时间”的描述。我将这些“时间”尝试着归类，发现至少30多处的“时间”，通过将抽象的概念具象化，而各具态势，各有含义，“时间”的属性达9种之多。

这些“时间”的多重属性，是作者敏锐独特的发现和感悟，是通过文学方式的思考和表达。有些属性，初读有些突兀，但细思之下，又豁然开怀。于是，我希望先以“时间”这个“点”的多重属性，来讲讲对《流徙》的理解。

“时间”的流动性，是它的本义。“树像世界的空间，而水像时间。”（《老地方》）“沙子最像时间，慢慢堆积，慢慢泄漏。”（《游走帖》）“时间已经把历史埋在了永不可见的地方。”（《有塔的院子》）这是钟表上一分一秒流失的时间，是一去不返的无奈，也是时间在普通人眼里最真实的存在。但这些本义的时间，当被赋予了奇妙的比喻，就很奇妙了。时间，像流失的水和沙子，看得见，却握不住。流动的时间，让木匠身份的父亲与木头决绝，让一滴悬垂的奶汁成了“我”对母亲的最深印象，让成绩优异的小六儿离群辍学，也让秀珍们的梦想沾染了温暖。除了时间的正常流失，那些“时间在白花花流淌”（《梨花堆雪》），则是对时间的浪费。浪费掉的时间，在《流水某日》中集中出现，也出现在对山老师、蛙老师的支援中，出现在对某些体制和理念的思考与反抗中。

“时间”有依附性，依附性让时间有了容量，有了体积。累积在时间里的事与物，让时间像个大包袱，沉甸甸地，具有了神秘感。像“时间静止在白皮纸上”（《白皮纸·罐罐茶》），是根脉的依附；“老照片会开口说话，是因为双眼发现了时间”（《寥寥数笔》）和“我迷恋的是他歌声里长长的时间”（《一些手札》），是过往的依附。“时间流逝，但时间不是线条”（《记录：场景》），是记忆的依附。在这些时间里，隐匿着过去的痕迹和情感。在《古镇》《北京册页》《老地方》《游走帖》这些篇目中，时间藏在老建筑、老地方身上，每游一处，总有触及心灵的东西，在熠熠闪光。特别在一些手札、片段中，作者用看似漫不经心的叙述，营造了一种安静踏实、又思潮汹涌的氛围。虽短短数语，更像一柄柄剑光，藏着诸多内容和味道，言简意深，横空划过，触之不忘。

“时间”的历史性，是沧桑感的表现形式。像“长满青苔的石盆……留在那里，盛放时间。”（《古镇》）先勾勒轮廓，再细致填充，古镇从古至今，从旧建筑到新生活，便鲜活起来，立体起来。“时间被有序地摆放在玻璃柜中”（《有塔的院子》），是博物馆作为历史证物的精髓所在。这和“窑破败了，留了青砖存放时间”（《手记》）是一样的道理。但“时间已经把历史埋在了永不可见的地方”（《有塔的院子》），过去的追不回，那些证物成了我们回望过去的有形线索。作者写到了我的家乡临洮，写到了临洮的姜维墩、马家窑遗址、哥舒翰记功碑，视角独到，构思新巧，让人特别亲切。

“时间”是静谧的，无声无息，听不到它走路的声音。因为不管怎么听，都会觉得“时间永远静默不语，喧嚷的是来往的人们”（《有塔的院子》）。而在就医时，当“时间成了一珠一珠水，流进身体”（《在阴面》）的时候，仿佛能瞥见时间蹑手蹑脚的样子。其实时间的静默，一方面指身处当下，如果不用心尽力，是很难体会和把握的，另一方面指过后回望，方知转瞬已多年，方知廉颇老矣，而让人产生了一丝莫名的慌张。

“时间”具有摧毁性，这是它无往不胜的威力，和沧桑感如影相随。“在时间里，貌似强硬的东西或许更容易损折。”（《流徙》）家族史，数次搬迁的磨难，以及父辈的伤，像暗夜里睁着的眼，我读到了深入骨髓的惊心和悲怆。“瘦硬的黑线正好可以忽视时间耗掉的血肉”（《春日祭》），是对已故亲人的祭拜和追忆。除了记住的至亲，更多的则是“你发现面孔在时间里是那样容易丢失和模糊”（《寥寥数笔》）。被时间摧残和埋没的，是人和物的最终归宿，残酷而不可逆转。于人如此，对物更明显，在《游走帖》中，作者足迹横跨甘肃，从河西到甘南，从大漠到草原。在《有塔的院子》中，时间隧道中的兰城，等等，随处可见被时间摧老之物。

除此之外，“时间”有界定性，这是人为的给时间设了区域、范围和框架，“时间在过去里被拉扯成四边”，而“四边”是有形或无形的樊篱，搭建起了它的规矩和方圆。即使“我一直在过去的时间里”（《手记》），也摆脱不了被缚的创伤。时间被界定了区域，才能对过往的一段时期，进行总结和提炼。

“时间”甚至是无用的，藏族姑娘没见过钟表，时间也就失去了意义，成了虚无。从这个角度来看，“时间真是这个世界上奇怪的东西”（《一些手札》）。

“时间”又是幽默的，“时间就停在他的手上”（《梨花堆雪》），山老师在手腕上画了一个表，他的学生们，自然就不会被时间打扰，可以安心地作画了。

“时间”的悲怆感，是它给人最无助的印象。“时间将它皱褶成一朵花，老妇看不见，护士看见了世间沧桑的花儿。”这是手术前被备皮的老妇，一股悲凉袭来，忧伤而无助。其实这是一种带着笑的哭，让世间曾经的美好，慢慢失去了光泽。

通过文学的方式发现的这些“时间”属性，像一朵一朵五颜六色的野花，在《流徙》里兀自开着，供过往之人观赏。正写这篇文章时，恰好又读到习习《区炳文传》的后记《仿佛时间漫漶而过》，看她感慨逝者如斯夫时，尤觉时间的不可把控。

除了“时间”这个“点”，全书的另一个“点”，是对周遭的“疼惜”。这应该是敏感、敏捷、宽容、良善之人待人处世的基本态度，也是藏匿在“时间”里的暖色。因为“万物与人相通，只是人总是不理解罢了。”（《村子》），“热爱自然的人，对周遭总有疼惜”，疼惜之情贯穿始终，读来让人心生感恩。这样的疼惜，只有敏感善良之人才能拥有。疼惜感，对家人自然不用赘述，对有先天缺陷的学生小六儿、对教学独特的山老师和蛙老师、留守媳妇小席、塬上的阿依舍、秀珍以及周围的人，同样溢出一种或浓或淡的疼惜。对动物亦如此，例如对蚂蚁要“让出一瓶蜜”来供它们享用，对风雨前的苍鹰“心绪翻滚”，对仓促而死的蜜蜂怀有忆念，老汉对干不动活的驴心存不舍。即使对似乎不知痛痒的植物们，也同样如此。“人永远欠着木头的情。平日里，父亲也感尽量少给木头钉子，仿佛怕木头疼，要钉，先要用舌头舔一舔钉子头”“刨花在刀刃下像是疼得蜷住了身子”（《木器厂》），这样的描述，特别形象，谁读了又能不动容？何况“每一朵花都值得尊敬”，看吧，那些挤在戈壁风沙里的梭梭，老得站不住躺下来的朽木，怎不让人悲怆。伴着疼惜感的，还有一种想摆脱桎梏又挣而无效的愤懑、茫然和无奈，一丝一缕，虽着墨不多，却情感外溢，如《流水某日》《四边》等。

需要特别留意的，还有书中关于植物学的篇目，如《滋味》《风情》《卢梭这个老头儿讲给我的》《原来有这么庞大的一个故事》等，从植物们的生存之道谈起，将植物的形状与命名、奔徙与繁衍，以故事性的描述进行了还原和复述，令人瞠目结舌。

作者习习作为兰州市女作家首批“三俊”之一，从散文集《流徙》来看，其视野开阔雄厚，叙述率性自然，于安静之中蕴含深邃，从细微之处可窥辽阔，藏幽默和思索于不动声色，融深情和痛感于自然万物，字句干脆利落，不拖泥带水，不家长里短，读来很是享受。

张立新，中国自然资源作家协会会员。作品散见于《中国校园文学》《大地文学》《青海湖》《读者》《散文选刊》《中国自然资源报》等报刊，出版散文集《灯火可亲》。

“蚁”见钟情

——读爱德华·威尔逊的《大自然的猎人》有感

李宁宁

第一次知道威尔逊这个名字，是从儿子的口中——威尔逊的蚂蚁。

半大男孩喋喋不休地诉说着自己的敬佩与喜欢：威尔逊是个牛人，他一辈子研究昆虫，最痴迷蚂蚁，被人们称为真正的“蚁人”，他是世界上最杰出的蚁学家，第一个解开了蚂蚁信息素沟通之谜，还专门写了一本介绍蚂蚁的书，有一块砖那么厚，两块砖那么重……因儿子的推崇，我对这位终其一生探索自然的博物学家充满了好奇。

他是怎样的博物学家？如何与蚂蚁相遇？又为何单单对微不足道的蚂蚁情有独钟？随着《大自然的猎人》一页一页的翻过，谜底也随之解开。

《大自然的猎人》是博物学家爱德华·威尔逊的自传，讲述的是他眼中的自然世界。该书初版问世于1994年，我手里的是2019版，封面上威尔逊捏着一只昆虫，近在鼻端，似嗅似观察。

和诸多人物自传一样，威尔逊也是从自己的童年时代讲起，述说着一位热爱自然、勇于冒险的懵懂少年，如何一步步成长为世界级科学家的过程，也可以看作为一位昆虫学家的回忆录兼奋斗史。书中记载了许多威尔逊与自然打交道的故事，其中就包括威尔逊与蚂蚁结缘一事。

童年的威尔逊因其父母离婚，被寄养在佛罗里达珀迪多湾东岸一处小村庄的一户人家中，在那里，有一处叫天堂海滩的地方。他每天去天堂海滩撒野，忙着搜寻宝藏，忙着去晃荡去探险，忙着做一个贪婪的野人。通过作者勾勒出的一幅轮廓，隐约可以看出一位博物学家的雏形在逐渐显现，一个7岁大的孩子脑瓜里装满了不可思议的想法：“每种生物不论大小，只要观察它们，想到它们，或可能的话，把它们逮住细细地看一次，对我来说都是件赏心悦目的乐事”。

威尔逊在书中有一段话让我印象深刻，他说：“如果实际经历是日后产生知识和智慧的种子，那么感情和感觉就是这些种子生长所必需的沃土。而童年时光，正是培育沃土的时机。”威尔逊认为，童年是人生成长过程中重要的阶段，童年时期的生活经历会对以后的人生道路选择产生非常深刻的影响。他的童年，是在海边无忧无虑度过的；他的人生，也是被大海和大自然所孕育滋养的。

如果说天堂海滩的生活，唤醒了威尔逊探索自然的热情；不幸失明的右眼，则让他选定了以后的研究方向。

威尔逊在码头独自垂钓时，一条背鳍长有尖刺的小海鱼咬钩，他猛提鱼竿，鱼飞出水面时，背鳍上的尖刺刺伤了他右眼的瞳孔，当时没有及时处理，几个月后威尔逊返回彭萨科拉老家，尽管做了手术，也无法拯救失去的视力。从某种意义上说，这根尖刺或许是科学史上最具魔力的一根，它的一刺改变了一个男孩的命运，成就了他不凡的一生。

“不管怎样，我一定得找出一种动物来研究，因为心中的火种早已点燃，所以我能找到什么就研究什么。”右眼近乎失明的威尔逊在野外无法远距离看清鸟、鱼等体型较大的生物，这意外的插曲决定了他最终会成为哪一类型的博物学家：生理上的缺憾，让他只能研究或飞或爬的微小昆虫——“我虽然丧失了立体视觉，但是能清楚辨识小昆虫身上细小的图案和绒毛”，不幸的经历被他用幽默的口吻轻松地调侃着，于是，威尔逊把剩下的那只眼睛转向了地面。稍大点，他又祸不单行地丧失了大部分高频率音域的听力，无法分辨许多鸟类和蛙类的叫声，更加促成了他把毕生精力扑在昆虫而非鸟类或蛙类上，他开始赞美地球上的这些“小东西”，这些可以用食指和拇指捏起来仔细观察的小动物。

威尔逊 10 岁时，看到 1934 年 8 月号《国家地理》杂志上一篇名为《追踪蚂蚁——野蛮与文明》的文章，勾起了他对蚂蚁的兴趣，从此一发不可收。仅仅 4 年之后，如有天助般，他有了这辈子最引以为傲的发现，他发现了火蚁，或者说，他们发现了彼此。

但是，就科学家的生活而言，故事绝不会仅仅如此。

这位信心坚定、执著专注的少年，很容易就被新科学诱惑。苏联农业学家李森科的《遗传及其变异》、“原子弹之父”奥本海默的故事、薛定谔的《生命是什么？》、恩斯特·迈尔的《分类学和物种起源》，点燃了他的激情。幸运的是，威尔逊的梦想得到了家人的支持，得到了童子军团师生的鼓励，在他梦想成为一个科学家的道路上，遇到了无数的良师益友。

16 岁那年，当他给国家自然博物馆的蚂蚁专家史密斯教授写信时，对方极快的回应了他：“你有一半都弄对了，已经有了好的开始！”这一切，引领威尔逊在 1947 年走进了亚拉巴马大学生物系，在那里，生物系的师长常对他颔首微笑，或在走廊相遇时与他小谈一番，肯定了他投入的努力，不仅有用而且很重要；1950 年，威尔逊转到田纳西大学，他一边搜寻最心爱的昆虫，建立个人的收藏，一边研究科尔教授从美国、印度和菲律宾各地采集的标本；1951 年，威尔逊转读哈佛大学，进军热带，把博物学道路延伸到更辽阔的地域。哈佛的平台给予了他去热带雨林探险的难得机会，第一站来到了古巴，他亲眼目睹了人类乱砍滥伐对自然的破坏，产生了对生态环境的担忧。又过了 10 年，他拿到这所名校的终身教职，对蚂蚁的研究也带来 20 世纪生物学的数次革命。“威尔逊的蚂蚁”，比肩于“巴甫洛夫的狗”和“薛定谔的猫”。

此时，我或许明白了儿子和他的小伙伴们对威尔逊喜欢与敬佩的原因，一个热情、执着、博学，对科学始终保持崇敬，对地球所有生命深切关怀的人，很难让人不喜欢。他在序中就说过：“我在小小年纪就打定主意，将来要做名科学家，以便我能多多接近大自然。”多少人小时候的理想是当一名科学家，梦想成真的又有几人呢？又有几人当科学家的目的是为了便于自己能多多接近大自然？而威尔逊却做到了，不仅做到了，还做到了极致，他几乎所有的科普作品都建立在他对自然的热爱、探索、尊重和保护的基础上。对昆虫的敏锐观察、精准分类、博物学的方法，帮助威尔逊积累了独特而丰富的经验，成为货真价实的大自然的猎手。也坚持了他成为科学家不仅探究自然奥秘，还可以从此永远和大自然保持亲密接触的初衷。他的坚持和执着同时为读者树立了一个榜样，无论选择何种事业，只要用心、只要坚持，终会有所成就。

告别教学岗位 16 年后，威尔逊仍在哈佛大学工作。他在职业生涯中先后识别了 450 个新物种，戏剧性的是，其中之一居然是在华盛顿世界野生动物基金会办公室的盆栽上发现的。在世的生物学家当中，恐怕没几个人敢挑战这项“壮举”。“演化生物学家”“社会生物学之父”“当代达尔文”“终身博物学者”“多产作家”“倾尽心血的教育家”“高调的公共知识分子”等等多到数不清的标签贴满了爱德华·威尔逊全身。

威尔逊在书中很少谈及他的个人荣誉，作为一名博物学家而两获普利策奖，可以说是对他取得的成就和文学才华的极大认可。在《大自然的猎人》这本书里，每一个字都充满了生机与活力，昆虫们的吃喝拉撒、生存繁衍及与大自然的互动，被他描绘成一幅幅生动的写实画，叙述着生命的不凡与伟大，而他对蚂蚁的迷恋更是在书中得到了淋漓尽致的体现。威尔逊以昆虫为镜，反射出的是对生命的尊重与热爱。每一个昆虫，无论种类，无论大小，都有其存在的价值和意义，皆是自然母亲最美妙的创造，皆是生命进化中最珍贵的果实。这种众生平等的视角，正是一种与自然和谐共处的生态观的表现。他对昆虫的每一笔描写都如同对待生命中的一次邂逅，充满了好奇、敬畏和热爱。而这份热爱，不仅仅是对小小的昆虫，更是对整个大自然和缤纷生命的一种深深敬仰。在当今这个充满快节奏和高科技的世界里，人们很少为微不足道的事物驻足，常常忽视了自然与生命的美好，威尔逊的这种精神，恰好是我们所需要的。

《大自然的猎人》里不仅有对昆虫和大自然美景的动人描摹，也有和学术群星的“刀光剑影”。从生物学界的暴君DNA之父、著名分子生物学家詹姆斯·沃森，到标准的舞台剧反角人选路翁亭，再到人类学之母玛格丽特·米德、科普作家理查德·道金斯……20世纪各领域科学家粉墨登场，威尔逊用调侃的笔调，把记忆里恩师挚友和学术“劲敌”，描绘的活灵活现，八卦的像个碎嘴老太太，边回忆边怀念，令读者忍俊不禁。威尔逊还用优雅风趣的文笔，将他跌宕曲折的人生经历，与科学家成长之路娓娓道来，语言诗意又风趣。“这些蚂蚁可不是美国那些鬼鬼祟祟、专门偷吃野餐或厨房食物的家伙。”“主啊，请带我到无人探测过的星球，与新形式的生物为伍。把我放到点缀着小圆丘高地的处女沼泽地边缘，让我以自己的步调穿越它，并攀登最近的山峰，在适当的时机，越过远方的山坡，寻找更遥远的沼泽、草地以及山峰。”“隔不多久，它就会用神秘的鹦鹉语对我嘀嘀咕咕一番。在这座长满苔藓的森林中，我俩真是绝配，土生土长的它与外来的我暂时和谐地结合在一起。”这样曼妙的文字比比皆是。《纽约时报》曾评论他：“一位智者的回忆录……混杂着孤独、幽默、好奇心与智识的活力，这位睿智老人的声音如此令人难忘。”其实，这本书适合任何年龄段的读者，尤其适合孩子们阅读，书里科学与文学相得益彰，理性思考和感性表述完美结合，主人公很励志，文风活泼张弛有度，涉及专业知识的讲述又不会晦涩难懂，他带着孩子们见识科学的信仰，畅游于五彩缤纷的自然世界。

而这些并不是这本书吸引我的全部原因，威尔逊的人格魅力，他对科学的崇敬，对于博物学的执著，对地球所有生命的深沉关怀，更让我深为折服，他所传递的信息和思想具有深远的意义。威尔逊具有强烈的生态意识，他信奉并努力倡导“生物多样性”“半个地球”“亲生命性”等生态理念，这些理念在《大自然的猎人》中得到了充分体现。

威尔逊虽然不是“生物多样性”这一术语的首创者，却被许多学者认为是“生物多样性之父”，究其原因在于他不仅是生物多样性这一术语最重要的普及者和传播者，也是生物多样性保护这一理念的积极践行者。“他（威尔逊）在提高公众对生物多样性的认识方面发挥着最为重要的作用。”美国保护生物学家托马斯·E.洛夫乔伊的评价印证了这一观点。早在1980年，威尔逊被《哈佛杂志》社邀请，提出未来十年的全球性难题时，他以前瞻性的眼光指出，未来的世界将面临物种灭绝速度加快、生物多样性严重丧失的问题。1992年，伴随着《生物多样性公约》在联合国环境与发展大会上的签署，威尔逊的《生命多样性》也出版了，该书一经面世迅速成为当时最畅销的科普书籍之一，迄今仍是普及生物多样性及其保护理念的最重要著作之一。

人类究竟应该如何对待自然？威尔逊的著作数次提出这个问题。当前，过度狩猎、乱采滥伐等人类活动导致物种灭绝的数量是自然淘汰的 1000 倍，工业的快速发展改变地球的速度越超任何时代，生态系统和物种目前正以 6500 万年以来最快的速度消失，人类行为带来的生态压力终于冲破了生物圈自我调节能力的限度，破坏了自然界的动态平衡关系，导致了全球性的生态危机，渡渡鸟、袋狼、长江白鲟……想看到他们，只能去历史书中查找。可悲的是，人类还不知在生态系统完全崩溃之前，地球还能忍受多少个物种的灭绝。威尔逊对地球物种灭绝怀抱忧思，但他对未来没有丧失信心，而是积极地寻求对策。作为提倡记录地球上生命多样性的核心人物，威尔逊号召“拯救生物多样性”的吁请，引起了各国政府和国际机构的关注，他对现代生物学的贡献以及他为维护“生物多样性”，为维护人类家园健康运转所做的一切，让他成为这个时代最了不起的人之一。他不仅是学术泰斗，更是生态英雄！

烈士暮年，壮心不已。晚年的威尔逊把保护生物多样性当成使命，开始投身于生物多样性的保护计划中，在全球范围内奔走。威尔逊坦言，他在年轻的时候，目睹了现代化对生物多样性的破坏，很可惜的是，当时他采取的是听之任之的态度。现在，他想要尽一切努力去弥补。在书的最后，威尔逊谈及自己的未来畅想，还是表达了对生物物种更多样性的微野外世界的向往，那些细菌、单细胞生物、线虫等小型生物，所构造的小世界，那是缺乏探索的未知领域。正如他所说，1 克土壤里面存在 100 亿个细菌，代表着千个物种，存在潜在研究的无限可能。

随着《大自然的猎人》最后一页的翻过，有收获，有感悟、有不舍、更有反思，这已不仅是一部人物自传，更像一部关于生命、自然和人类情感的多彩交响曲。读这样的文字，会让人顿悟、思考，人生天地间，自然的美，要用心呵护；自然的痛，要用心体察。人与自然和谐共生这句话大家耳熟能详，我们与自然如何和谐相处？这是我们每个人都值得思考的问题。

李宁宁，《中国自然资源报》特约记者，中国自然资源作家协会会员、山东省作家协会会员，作品散见于《中国自然资源报》《山东文学》《大地文学》“学习强国”平台等媒体报刊杂志。

熠耀宵行在人间

——《萤火堂集》序

孟永鹏

我和卫旗相识于少年时代，曾在同一所中学读书一年，后来，天各一方。再后来，我调到了卫旗工作的城市，有缘得见，小聚一两回。他在一大型建筑企业从事技术和管理工作，并派往俄罗斯工作多年，回国后奔波于省内外各处项目工地，我们鲜有联系。一直到前几年的一个夏天，我们在同乡聚会中不期而遇，久别重逢，自然惊喜不已，乡音乡情，更令人感慨万千。此时，我们已年届半百。回首过往，恍若如梦。自此，我和卫旗经常见面，相谈甚欢。知道他在难得的闲暇之余，正在潜心学习诗词写作。我虽不通格律，但有时难免附庸风雅，和卫旗把盏言欢之时，经常不由自主地跟随他的话题谈及诗词，每见他在朋友圈发了新作，也点赞关注。我们也曾经在某个夜晚，在微信中就诗作中的字词探讨、争论两三个时辰，直至夜阑人静、头晕眼花。

卫旗于喧嚣匆忙中的沉静专注，令人惊讶。卫旗对诗词写作的痴迷与坚持，令人钦敬。

更令人惊讶和钦敬的是，三四年后的今天，卫旗捧出了自己的诗词作品集《萤火堂集》。

《萤火堂集》收录了卫旗近四年来学习写作的诗词350余首，分为悼念咏叹篇、山水田园篇、叙事感物篇、行旅人生篇、唱酬节令篇等五部分，题材广泛，内容丰富，立意高远，视野开阔，读之可见其心，可鉴其性，可感其情，可品其质。

卫旗的诗词，关注现实。

“文章合为时而著，歌诗合为事而作。”立足当下、关注现实，是诗人的使命和担当。关注现实，就是要以历史的眼光和艺术的视角，追随时代的脚步，倾听时代的足音，把握时代的脉搏，为时代而歌。无论是对党的二十大召开、脱贫攻坚全面建成小康社会、载人飞船上天，还是抗洪抢险救灾、生物合成技术、环境污染、美丽乡村建设、奥运盛会等国内外重大事件，卫旗在诗作中都有所涉及，表达了自己对社会现实和当下生活的热切关注。有时是由衷的赞颂，有时是正义的呐喊，民族的血性、男儿的阳刚、诗人的豪情，跃然纸上，汇入时代前行的浩浩浪潮，读之令人荡气回肠。

卫旗的诗词，礼赞劳动。

“诗者，志之所至也。在心为志，发言为诗。”人生在勤，不索何获?劳动是伟大而神圣的，劳动是生命的法则，也是它最美的果实。数十年间，卫旗和他的团队修建的高楼遍布各地，从一砖一瓦到一楼一宇，劳动和劳动者的艰辛，于卫旗当是浸骨入髓，他向伟大的科学家致敬，也向农民、建筑工人、打工者等普通劳动者致敬。劳动是世界上一切欢乐和一切美好事物的源泉，所以劳动成为人类的本能和自觉，所有的劳动就是生命的全部过程。早春的大地，草色如绿绒，遥看近却无，农人已在躬身耕种。在《早春（一）》中，他写出“何劳布谷殷勤唤，早有田人垄上耕。”在《山中吟》里，他写“笠翁耕陇亩，兴起吼秦腔。”在卫旗的笔下，既有劳动者披星戴月、汗流浃背的辛劳写照，也有“敢将高厦插云碧，诗圣再无茅屋忧”的博大胸襟和济世情怀。诗人的心志，可见一斑。

卫旗的诗词，歌咏自然。

“诗人对宇宙人生，须入乎其内，又须出乎其外，入乎其内，故能写之；出乎其外，故能观之。入乎其内，故有生气；出乎其外，故有高致。”古往今来，山川河流、花草树木、春夏秋冬，所有世界上呈现的自然事物，莫不是诗人歌咏吟唱的对象。写景，重在以景状物，意在借景抒情，难在情景交融，胜在缘景造境。王国维进而将艺术境界分为三种基本形态：“上焉者，意与境浑；其次，或以境胜；或以意胜。”卫旗除了学习诗词，几乎没有任何业余爱好，偶有闲暇，便去爬山，一人踽踽独行，沿途的一峰一石、一花一叶、一草一木，皆信手拈来，或登高望远，或移步换景，发思古之幽情，消胸中之块垒。卫旗写景，触景生情，情至而境生，境又由心而生，从而达到了内外一体、物我两忘、浑然为一的境界。“东风拽我衣，无意到桥西。飞燕高低见，萌芽已破泥。”“拽”字入近体诗，卫旗当是敢为诗家先，一个“拽”字，堪称神来之笔，巧妙地完成了主体与客体的转化互换，诗人能与花鸟共忧乐，且携东风舞春秋。“鸡描竹叶长，狗绘玉梅详。天地浑然色，沧沧大画张。”《乡村雪野》一诗，静中有动，动中有静，以小见大，由近及远，仿佛徐徐展开的巨幅画卷，具象逼真的画面，呈现了白茫茫大地真干净的高渺深远。

卫旗的诗词，揭示哲理。

“诗可以兴，可以观，可以群，可以怨。”孔子的“兴观群怨”说系统地概括了文学或者诗的审美功能、认识功能、教育功能和批判功能。卫旗以指南针、天平、气球等这些日常生活中随处可见的普通物品入诗，揭示深刻的道理，形成共同的认知，产生诗意的共鸣，寄托普遍的情感，体现文学的教化。崇德向善、求真尚美，理应是全社会共同的价值追求和道德准则。卫旗对现实中的丑恶进行了揭露和批判，彰显了作为诗人的正直和良心。“只有居高势，才能口若河。滔滔声不绝，老调唱山歌。”《瀑布》等诗作，托物喻理，用反讽的手法，嘲弄讥讽当下存在的一些不良现象。“生津热汗收，叶转冷风流。一意惟消暑，无求频摆头。”这样的诗句，充满了人生的机巧与睿智，机锋毕现，显示了作者的独特视角和敏锐犀利。哲理诗重在明理，其审美价值往往减弱，而且不易出新，这倒是诗家在涉足此类题材时需要注意的。

卫旗的诗词，吟唱真情。

“人之诗文，先取真意。”《萤火堂集》全书流淌的，是真情。卫旗笔端涌动的，是亲情、乡情、友情。卫旗深深地怀念自己逝去的亲人，他的父母、兄长，他在梦中和他们相见，回忆他们辛劳的一生，感念他们的养育扶助之恩，歌咏他们的优秀品质和传统美德。日月可鉴其心，岁月可证其真。为什么我的眼里常含泪水？因为我对这土地爱得深沉……身处高楼林立的城市，卫旗一次次对故土乡野深情地凝眸回望——故乡是先辈们长眠的地方，故乡是游子第一次背起行囊出发的地方，故乡是每个人心中最美最亲的天堂。挥之不去的是乡愁，回不去的是梦中故乡。卫旗深深地爱着自己脚下的土地，爱自己的家人、亲人，也珍惜身边的同事、朋友。卫旗经常与我有言，人这一辈子，一定要做好三个方面的事，一是身为公家人要做好公家的事，二是身为社会人要做好朋友的事，第三才是作为家中一员要做好家里的事。闻之令人动容。“尘路多过客，逢君倍可亲。开怀频劝盏，倚醉约来春。”醉不可倚，倚的是人世间最宝贵的真心真情！

卫旗的诗词，观照生命。

对酒当歌，人生几何？千百年来，无数的诗人都在追问、在深思，也在探寻、在回答，生命的终极意义到底是什么？是“苟利国家生死以，岂因祸福趋避之”的担当，是“人生自古谁无死，留取丹心照汗青”的舍生取义，是“生当作人杰，死亦为鬼雄”的豪迈，是“仰天大笑出门去，我辈岂是蓬蒿人”的狂放不羁，是“纸屏石枕竹方床，手倦抛书午梦长”的闲适自在，是“竹杖芒鞋轻胜马，谁怕？一蓑烟雨任平生”的泰然旷达。生如夏花般绚烂，死如秋叶般静美。哪怕卑微的尘土，也有飞翔的自由。在遥远的未来，人，应当实现自由而全面的发展。

纵览全书，在《萤火堂集》中，有对名人、亲人的追思，有对主体、个体的唱诵，有对自我、本我的写真。透过一行行诗句，能清晰地看到生命的翱翔和灵魂的舞蹈，窥见诗人对生命的紧密追随、深度关切和诗意张扬。其实质，是自觉秉持中华优秀传统文化，凸显对生命由衷的尊重和诗性的加持，辉映生命的尊贵与崇高、丰润与自由。

“案头寻好句，梦里有诗香。”这

既是现实主义的写生，也是浪漫主义的情致，更是理想主义的美好，读来怎不心驰神往？卫旗这样憧憬自己往后的日子："收藏游侠气，恬淡度余年。尘世仍风雨，云心自琴弦。解装随里俗，遥夜枕高眠。逢友添清酒，言欢日落边。"你来人间一趟，就要努力向上生长，把生命向世界绽放，芬芳之后，是恬淡与安详。生命，是一个过程，无法穿越，不能删减，拒绝逃避。

"感人心者，莫先乎情，莫始乎言，莫切乎声，莫深乎义。诗者，根情，苗言，华声，实义。"《萤火堂集》中的大部分作品，有情、有言、有声、有义，有的甚至根深叶茂、花香果沉。虽然也有少数作品过于直白，意象的采撷组织、意境的布设营造不够诗意，但我相信，以卫旗对诗词的热爱、对生命的体悟、对自身的修炼和他丰富的人生阅历，假以时日，他一定能吟诵出更多源于心灵的佳律好咏。

"町畽鹿场，熠耀宵行。"两千多年前的《诗经》中，就有这样描绘萤火虫的诗句。千百年来，小小的萤火虫被诗人赋予了许多美好的意象。黑夜里，萤火虫在独自放光，在这漆黑的夜里，只有你是明亮的，一点轻轻飞行的光，一个穿透幽暗的希望。所有的生命，都应该像花朵一样，盛开在光明的中央。

卫旗把自己的第一本诗词作品集取名为《萤火堂集》，寓意自己的诗词作品如同暗夜里的一点萤火，微乎其微。但，小诗微光，微火成炬，每一丝光亮，汇聚起来，就能成为一束光，温暖人们的目光，烛照心灵，甚或熠耀前行的道路，让世界更加明亮璀璨。

距离我住处不远，有一幢在这个城市难得一见的哥特式建筑，圆拱形的楼顶和高耸入云的尖顶蔚为壮观，夜晚的华灯总要为塔尖镀上一层金辉，定格为城市高处诗意的光芒，远远望去，令人怦然心动。这个区域的地标性建筑，就是卫旗带领他的团队亲手修建并装修的。作为一个在这座城市生活、工作了三十多年的人，卫旗半生奋斗的历程已然告诉我们：他来人间一趟，盖起了高楼万丈，还在心中构筑了"萤火堂"，以宵烛之力发亮发光，以对诗词朝圣者般的虔诚，浅吟轻唱。

诗词艺术之丰饶高雅，每每令我心生欢喜；诗词写作之难，一直令我心存敬畏，望而却步。《萤火堂集》付梓之际，卫旗嘱我写序，我推辞再三，最终怕辜负了卫旗对我的信任和恳托，勉为其难、吭吭哧哧写下以上这些文字，深感力不从心、词不达意，就当是为《萤火堂集》的面世抛砖引玉、请教方家吧。

孟永鹏，中国自然资源作家协会会员，甘肃省作家协会会员，供职于甘肃省地质环境监测院。

女性视角生命意识

——我看吕敏讷的散文写作

雨 眠

吕敏讷是甘肃近些年来写作水平提升很快的一个女性散文作家，她习惯用女性的视角，观察、体味、反映云淡风轻且丰富多彩的乡村风物与生活，这也是她散文作品的一大特色。

《倾斜的瓦屋》是她新出的一本散文集，像一种生活的写真，客观呈现了乡村存在的具体形态。当你打开书本的时候，那些童年的稍峪村、父亲的旧院子、倾斜的老屋、外爷外婆、大舅二舅、忠烈的小赛虎、顺驯的老骡子等扑面而来。

她的书给予读者生活的经验和知识。比如："二月二一过，地上冒着一层一层白汽。枯草丛里冒出鹅黄的嫩芽儿，篱笆边上，芍药的红芽尖顶破皲裂的干土，小飞蛾嘤嘤嗡嗡起来。燕子衔着泥巴和小柴棒，在屋檐下叽喳。"或者，"通往二楼的楼梯，在正厅房和东厢房之间的小间隙设置，其实是在一面矮墙上挖出的土台阶，陡峭、逼仄，仅容身材匀称的一个人通过。楼梯下是炕烟洞，炕烟和火舌从方形的黑洞伸出来，烟没了方向，丝丝缕缕敷在土台子上，起风了，顺便着风攀着房檐冲向屋顶的天空，瞬时四散不见。终年经受炕烟熏烤，墙皮乌黑发亮，琥珀状的烟柱在墙面四处爬行，冷却后凝结成黏稠坚固的一颗颗铆钉，一层又一层，沥青一样爬满墙面，闪着乌亮的光，散发着烟火泥土混合的特殊腥味。"

"细微之处总关情"，知道才是了解，了解才能同情，才能经由对象实现自己的表达。注意生活的细处，捕捉对象的细节，看到的，听到的，感到的和思想到的，女性细密的文字之网，打捞同时也筛选着内心的留存，吕敏讷如此这般的叙描，无论其表现的对象是自然还是人事，高度细密、精准的知识和经验的呈现，不仅确保了其表达的良好质感，也营造了一种特殊的书卷趣味。

当然，不仅是客观外在环境的真实具体，相较于外在的真实具体，吕敏讷更富质感的写作，让客观的叙描不知不觉之中转换成为主观的抒情，充分体现写作者主体在和对象遭遇之时具有的心理波动。比如：“二娘通常在拐角处的一间小屋子里批阅作业，那间屋子里摆满了学业本和红墨水瓶，每一个墨水瓶里都插着一支蘸笔，长长的硬塑料笔管，又长又尖的笔头，可以卸下来的那种。那个神奇的红笔，在作业本上划出不同的线条，功效会有天壤之别，我仔细聆听过那个红笔尖在本子上发出的嗤嗤声。对勾永远那么跳跃，好似老师微笑而上扬的嘴角，轻盈而欢快；叉号永远那么沉重，恰如老师发怒而紧锁的眉头，用力让不同方向的两条线段错误地交叉在一起，打架似的，那个愁眉苦脸的符号，有时会将本子划破。”

心理的情景，或者情景的心理，吕敏讷散文写作中常常存在的主客体之间的转换，确保了“石头就是石头，星星就是星星”的文学感性存在原则，其准确的描叙能够勾起同代人亲切稔熟的往事回忆。“我，是这一茬中最安静的孩子，因为安静和胆小，总是离群索居，喜欢一个人在某个角落里，眼睛像镜头一样抓取一些画面，就像一个被放在时光深处的录像仪。三十年后，我把一些镜头回放出来，那个学堂就被孩童的一片嬉笑怒骂填满。”如此这般的文字，其所呈现的，是镜头捕捉的过去的画面，但也是一个孩子的安静胆小，过去和现在隔了三十多年，心里储放太久的回忆，被情感所不断发酵，便自然成为浓浓的抒情了。

客观的主观，主观的客观，是景物，也是感情，主客高度混溶于一体，文字的表现回到存在，是事实也是意义，古人习惯将其名之曰“境界”，而我则喜欢称之为“现场”。

一村，一河，一山，一草一木上浮动的春夏秋冬，然则又是乡村留下的故事，或是父老乡亲和生老病死、恩怨情仇的命运……

吕敏讷的写作，体现了一个认真生活的写作者的伦理原则：只有当回事了，存在才能始终是存在，被良心所反复擦拭，保持它们原本的色泽和光亮；也呈现了一个有志于创造的写作者的追求：从周作人、汪曾祺一路的传统而来，同时又始终忠实于自己的心，努力将时间空间化、现场化，在回忆的临摹之中，让回忆成为表现，力争或希望完成或实现自己——即马克思所讲的艺术在至高意义上，只能是人的本质的对象化。

书写生老病死的疼痛和贫穷饥饿的苦难，但同时不为疼痛和苦难所淹没，努力剔抉着人生于衰败荒芜之中的努力和温情；细心注目于身边人事景物的兴衰荣枯，但与物同春或者将心比心，是一个女性写作者的敏感、怯弱、浪漫、善良和坚韧。

“世界只是一面镜子，它通过万物制作着我的镜像。我由此所能做的，也便只是看到自己。”虽不能至，心向往之。吕敏讷的散文写作，虽然在对象内化的充分性和叙描的节奏把握上还存有不少问题，但她在写作上所付出的努力，已远远超越了许多自然写作者，具有了伦理和审美的双重意识，激活了藏匿于时间深处的回忆对象，而且也触动了许多读者的悠远乡愁，营造了陇南山水葱茏的艺术景观。

“有个天天向前走的孩子，

他只要观看某一个东西，他就变成了那个东西，

在当天或当天某个时候那个对象就成为他的一部分，

或者继续许多年或一个个世纪连绵不已。

早开的丁香曾成为这个孩子的一部分，

青草和红的白的牵牛花，红的白的三叶草，鹟鸟的歌声，

以及三月的羔羊和母猪的一窝淡红色的小崽，母马的小驹，母牛的黄犊，

还有仓前场地或者池边淤泥旁一窝啁啾的雏鸟，

还有那些巧妙地浮游在下面的鱼，和那美丽而奇怪的液体，

还有那些头部扁平而好看的水生植物——所有这些都变为他的成分，在某个部位。”

忘记了是谁写的，但读《倾斜的瓦屋》，我却不断地想起这首诗。

最近一两年，她的散文写作，呈现出深厚的文化历史底蕴，在表达与布局方面也有了提升与飞跃，她在拓宽格局的同时，也让自己的写作逐渐趋向于生命与内心的深处。

是金子总要发光的，祝福她再接再厉，在新时代文学征程上走得更远、飞得更高。

雨眠，本名王元忠，中国文艺评论家协会会员，高校教师。

十一部作品列入中国自然资源作家协会重点扶持项目

2024年4月21日，中国自然资源作家协会六届六次主席团会议在四川省宜宾市兴文县举行。会议审议了中国自然资源作家协会2024年重点扶持项目，经主席团遴选甄别，共有十一部作品列入我作协重点扶持项目，现公布如下：

周习
纪实文学《烟霞志》

贾志红
纪实文学《阿河滩之恋》

张艳
纪实文学《地下一千米》

葛小明
散文《大树独立街头》

吴小军
纪实文学《沧海渡明月》

左中美
散文《一江打开两岸》

赵志友
长篇小说《星空》

吕敏讷
小说《在人间：画个圈圈》

刘学刚
散文《脚踏沃野，筑梦乡村》

陈慧君
长篇小说《捕风捉影》

冯连伟
纪实文学《沂蒙之水》

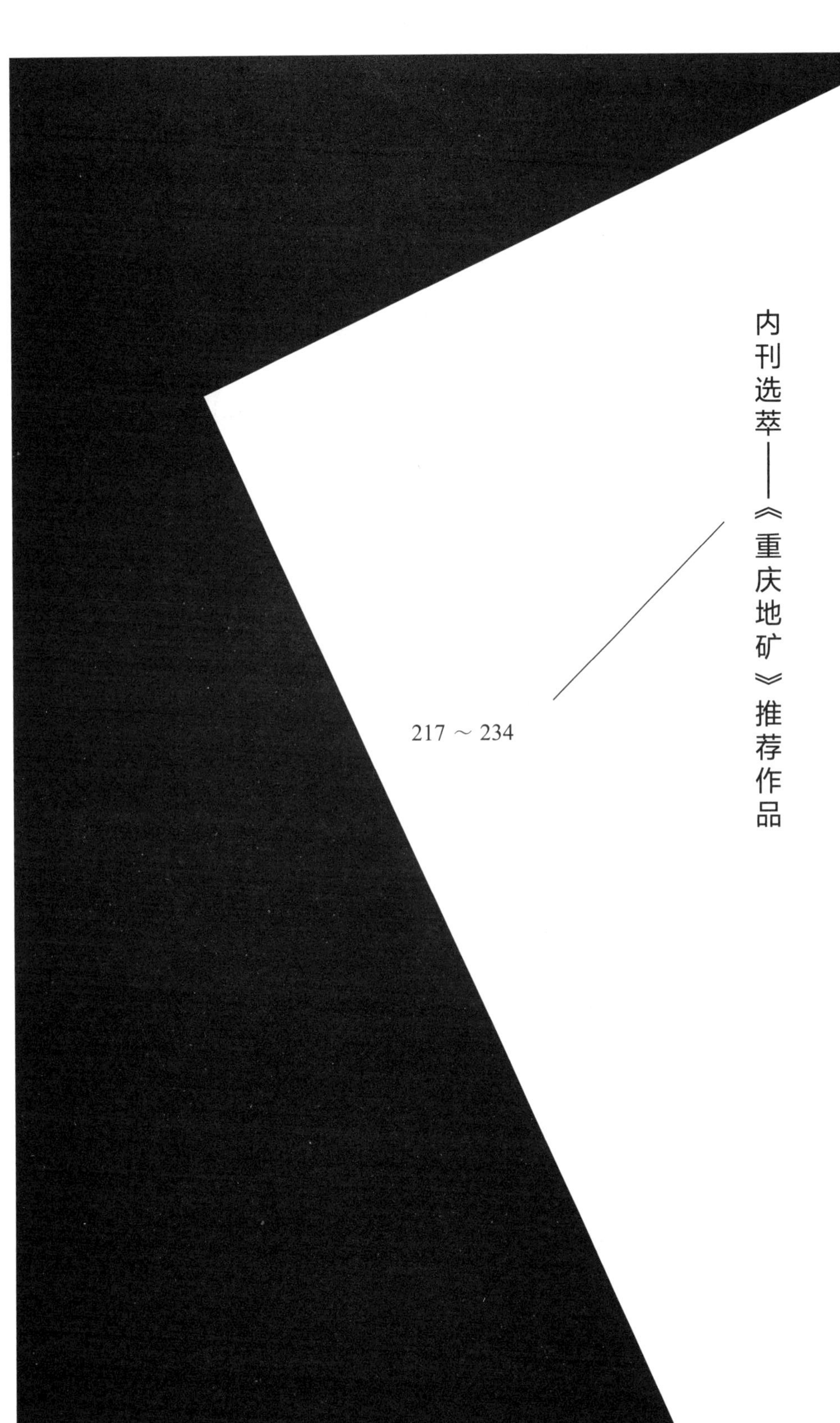

内刊选萃——《重庆地矿》推荐作品

217 ~ 234

梁平书（组诗）

蒋宜茂

七年后的遇见

七年未曾有痒
依旧有初恋的心动与腼腆
“七匹马”跨越的雄姿
掠起石马山顶的风云

“赤牛卧月”的足印
掩隐于草坪
嵌刻于正龙寺公园壁间
瑞丰亭的眼神
注视着“万石耕春”
翻卷的画面

集成电路产业园
荡溢出人工智能
互联网孕育的大数据
五彩缤纷
城市头脑焕发的慧光
辐射分明

高梁山分泌的津液
绕道张星桥过滤
印制成双桂湖的封面
五线谱灵动的路网楼宇林荫
影影绰绰涌流的人群
闪烁着产城融合与
绿色智慧凝结的姻缘

双桂湖畔

高梁山端坐万年
发须浓密
未曾秃顶
脉脉含情的眼眸
观照出双桂新城
胸前的明镜

蓝天、浮云、楼宇
游人与草木的葱翠
一群群嬉戏鸣啾的水鸟
渐次悉数入镜

一片片荇菜，
穿越三千年悠悠时光

簇拥着齐步走来
未凸现“参差荇菜，左右流之”的基因

依偎着波光粼粼的湖面
绽放出朵朵灿黄
一组组鲜活的动词
拽住夜幕上闪烁的繁星
泼黑书写镌刻
沁人心脾的画卷

一阵阵清风徘徊眼前
与我深情对视，久久相拥
娓娓道出双桂湖的前世今生
是夜，醉迷双桂湖畔
与悬浮窗前的明月聊天
悠然间，在澄澈的湖心
我看见了自己满面尘灰的倒影

梁平风韵

高梁山横亘绵延
依偎住一片诗画平畴
镶嵌在渝东北的璀璨明珠
明代大儒来之德故里
西南佛教祖庭双桂堂
悠悠禅云飘荡

云龙，屏锦
仁贤，礼让
聚奎，文化
新盛，紫照
这些言简意赅的词藻
标识着神奇土地上
乡镇的名号
函养山水底蕴
沉淀民风传承

明月山托举的皓月
洒泻多情的清辉
竹丰湖的轻舟
载满了百里竹海
飘来的风情万种
祥云弥漫的石马
在梁平人心中奔走
“万石耕春”的孺子牛
风雨兼程
笃写韶华春秋

牧歌变奏

平畴诗画
舒展高梁山
与明月山的色彩与博大

龙溪河的波纹与鸟鸣
印映出龙溪河的嬗变
“土瓦房前一条河
鸭鹅游荡对唱歌
小鹅追逐小鸭跑
互问快乐不快乐”

龙溪河畔居民
以前哼唱的“抬儿调”
成了河中鱼群的佐料

清风荡漾的牧歌
在田园里生长变调

“四面青山下
龙溪鱼米乡
千家竹叶翠
百里柚花香”
镶嵌出一幅幅
绿色本底生意盎然的乡村图画

双桂堂

双桂堂因古桂两株
矗生院内得名
筹建于明末清初

破山祖师大慈大慧
化险为夷，度一方生灵
息战火之传奇
沉淀民间
竹禅大师云游万里
庙堂与江湖留下厚重足迹
“西南佛教禅宗祖庭”
底蕴恢宏幽深
揽胜观瞻者如云

寺后万竹山
竹林群居列阵
鹤鸟翩翩飞鸣
朝辉涂抹阵阵钟声
暮鼓唤醒惺忪黎明

寺前潺潺清溪
昼夜不息，冲洗着
那些遁入空门者的尘埃与祈愿

寺前石狮
寓居深山岩石万年
闭目修炼，酝酿造型
缘遇佛性能工巧匠
咆哮的轰鸣
拽住来往路人的心

沐浴开山清风
忍着撕心裂肺的剧痛
精雕细磨，钻花翻飞
脱胎长骨，款款出笼

蹲立寺前，人群簇拥
昼夜昂首挺胸
姿态威严，渗透呈慈容
傲视百余年世事沧桑
胸前的铃铛不曾摇响

铃铛幻影成鼻梁
狮头佛面，庙堂滋养
背倚古树荫凉
庙门大树狮座相距有章

观风雨自在
读行人的步履与彷徨

静听晨钟暮鼓回响
任寺前溪水远去
膜拜升腾环绕的佛光

夜吟

此时的月亮与星星
被沉重的夜摁进深睡眠
远处璀璨的灯火
摇曳出半张双桂湖的脸

高梁山的头颅
梳理出千年思绪
极目深邃的苍天
大片荇菜聚汇湖面
伸出鹅黄的小脑袋
演绎着湖光琴弦的浅唱与低吟

雾气弥漫袅绕
稀释了划过湖面的鸟鸣
万籁俱寂泄漏的歧义
被汪汪碧湖漂洗后消遁
高梁山抖落的一地夜色
未曾掩隐双桂湖澄澈的眼睛

百里竹海的笛音

用脚丈量你的长度
你深邃得不可揣摩
老骥伏枥的竹山
横亘的脊背长满寿竹
竹浪从头顶涌至幽谷
竹簇的子孙们
接肩比踵
站列成一幅幅八阵图

松柏参天
红豆杉点缀其间
仍禁不住南来北往的风牵引
骨子里的虚怀，俯仰随心
清风涌流
问候络绎的游人
倾身颔首

峰峦搅碎了黑夜
月亮起身隐退
疏朗的星星站立山巅
蛙鸣浑厚
雌雄难辨
遍野竹木开始抱团
振臂抒情
奏响让老鹰展翅
出窝的笛音

梁山驿

风尘隐埋过的梁山驿
闪出一段纤细的腰身

扼守蜀道
沟通南北
东出西进的古道
锈迹斑斑
抖落的风霜雪雨
书写出满路传奇

“一骑红尘妃子笑”的马蹄声
自百里竹海的幽暗处响起
陆放翁瑞丰亭上
“按歌舞”望长空的身影
洋溢出浓郁的唐宋风韵

百多年前
英国旅行家伊莎贝拉·伯德女士的考证
留存下驿道峡谷廊桥与民房的照片

不必写
硝烟弥漫的赤牛城
抵御外敌的古寨营
也不必写
真儒来知德
独树一帜的太极图
瑞光千古
禅宗巨擘破山海明
西南佛教祖庭双桂堂
蜚声中外
文峰塔绽放的灵秀
与悠悠青云相融
千秋“万石耕春”
演绎着高粱山下的沃野平畴

蒋宜茂，重庆市丰都县人。中国作家协会会员、中国自然资源作家协会全委委员。诗文散见于《人民日报》《光明日报》《农民日报》《诗刊》《中华诗词》《中华辞赋》《中国校园文学》《星星》《红岩》《绿风》《延河》等文学月刊。曾获第六届大地文学奖、第七届中华宝石文学奖。出版诗集《窗外》《向青涩致敬》《古风心韵》等。

望　山

杨佳桦

初夏，天气格外反常，雨水也特别充沛。六月，应该是2023年以来第5次区域性大暴雨，渝东北部分区县大面积出现橙色风险预警，地灾防治形势严峻。领导十分担心我们驻守同志在区县的工作开展情况，于是在这周天下午，带着我直接来到了巫山。

雨一直下着，恰如领导牵挂的心情，没有停歇。到了巫山，天已经渐黑，因为在车上已通过微信交流，所以刚到宾馆，一放下行李，我便联系上了208地质队的驻守地质工程师范良刚，他已经常驻这里好些年头，这个时候也已经下班。

我在宾馆附近找了家饭馆，来往的食客不少，刚好可以坐下来感受一下巫山的烟火气，同时也可以边吃饭边聊天，两全其美。有点像老友见面，当然范良刚本身也是老同志，高级工程师，是地灾防治工作的专家，大家都比较随意，有啥说啥，并不见外。

在聊天的过程中，领导特别问了些关于巫山、关于工作、关于生活的问题，当然，这也是单位比较关心的问题。

范良刚说："巫山是画家的天堂、诗人的远方，放眼望去，这里的水有灵气、山有仙气，最具代表性的便是小三峡、巫山红叶。这里真的是旅游的好地方，特别是现在通高铁了，很多游客都愿意来这里。所以啊，作为一名地灾防治驻守工程师，保护巫山，让我的人生感觉充满了意义！"

"这几天到处都在下大雨，大家应该很忙吧！"我在一旁问道。

"唉！这几天下暴雨，恰巧又赶上高考，忙哦！今天我主要就排查了驻守区域内的学校周边，看看是否有地灾安全隐患，不过还好，没有发现啥问题，不然到时候出现个地灾，影响到高考就麻烦了。"

"那也是，但是你们自己也要注意安全哦，大意不得！"听着范良刚讲完，领导有些郑重地说道。"大家做地灾防治，要讲奉献，但也要想着自己是家里的顶梁柱，千万要注意安全。"

"唉！已经快一个月没有回家咯，还是蛮想念家人的"听着领导这么说，范良刚也是长长地叹了口气。"等高考结束了，等天气放晴了，就抽个时间请个假，回去陪两天家人。”

“那是肯定的，婆娘娃儿也需要陪伴！”我深表赞同。

因为范良刚同志还要回去整理今天巡查的工作资料，我和领导也有第二天的行程安排，所以吃完饭，又聊了一会，大家便各自分开。说实话连续坐了 5 个多小时的车，着实是有些疲乏了，回到宾馆，我再次确定了明天的工作安排，便洗了个澡，一头栽到床上就睡了过去。

第二天上午，我有幸参加了长江巫山段和大宁河两岸的危岩调研工作，及时掌握到了长江航道的地质地貌信息。行船至此，我当时就被两岸的风景迷住了，船走江上，两岸相随，我不禁想到了唐朝李频的诗“拥棹向惊湍，巫峰直上看。削成从水底，耸出在云端。暮雨晴时少，啼猿渴下难。一闻神女去，风竹扫空坛。”古人尚且如此，这便是巫峡的魅力吧。在古代，诗仙李白应该乘舟经过这里，徐霞客也在这里写过《三峡》，还有温庭筠、杨炯……我在船上，笔直的山崖，倒影在江面，江风拂面，涟漪散开，荡起一圈一圈。

调研结束的时候，已经差不多中午十二点。吃过午饭，领导说，要去看看那些重点地灾隐患点的情况，我们也不休息，便开车直接朝着大山走去。一路上，我们看了几个比较典型的治理工程，像是将军穿了盔甲，看着那些加了格构、打上抗滑桩的山坡，山坡青绿，整体看上去比较壮观。领导说：“我们做地灾治理工作啊，最高的境界就是融入自然、尊重自然，隐患消除之后，最好就是看不出人为治理的痕迹。”我觉得这句话说得很对，在工程治理过程中平衡好自然景观和地质安全的关系，是极高的专业艺术。

向着大山而行，一路上，我注意到公路边有不少滚落的石块，虽不影响通车，但还是存在安全隐患，某段路上，我看到有个老伯在清理公路边的积石，出于好奇，我示意司机大哥开慢点，然后摇下车窗给他打了个招呼，“嘿，大伯，下雨天还在忙呢！”

大伯转身看我，呵呵一笑，“是啊，这几天雨下得大，很多地方都有垮塌，我把公路上的石块清理一下，你们好过路！”

“谢谢您了，大伯！”我顿时肃然起敬。

“没啥，我是这片地方的群测群防员，是本职工作。”

“这是做好事，您也要注意安全。”我从车上给老伯拿了瓶矿泉水，因为还要赶着去见看下一个地灾隐患点，所以没做过多停留，便开车离开。

“现在大家的地灾防范意识还是提高了很多。”我感叹着说道。正感动于大伯的敬业，这个时候，司机大哥突然提醒我看车外，我顺着他的指示看去，车窗外，在那成片成片的田地里，一行一行，种植着某种植物，规整有序，没有一丝杂乱，看上去十分震撼。司机大哥说，这应该是当地的致富产业，就和他的老家一样，能很好提高村民的收入。

“也是啊，这一路过来，看着村民的房子、公路，说句心里话，这里的乡村振兴搞得还真不错。”我回望路过的砖瓦房，很多外墙还画着画、写着字，不由由衷地感叹。

在导航指引下，车子一路开到了某处峡谷，我给驻守地质工程师打了个电话，他告诉我说穿过峡谷就到了，他在那里等我们。

峡谷很窄，车子一路颠簸，偶有水滴落下，夹杂细雨声滴答滴答，当时的车顶，响起了清脆的音乐。

“初极狭，才通人。复行数十步，豁然开朗。”几分钟后，当车开出峡谷那一刻，我看到了飞流直下的瀑布，看到了近山的云雾环绕，看到了崖下隐约的村庄，那一刻，我仿佛进入了陶渊明先生的桃花源。

驻守地质工程师龚强正站在一处眺望台上，他告诉我们说，那村庄便是下庄，这崖上的公路，就是天路，这条路凝聚着下庄人民的血汗，是一条渴望村民幸福的康庄大道，是一条来之不易的致富天路。

我问龚强为什么在这儿？龚强说，守望下庄不仅仅是下庄人民的事，也是他的事，作为一名驻守地质工程师，他要盯着这些崖壁，因为天路是人为开凿的，这些崖壁很可能会掉落石块，特别是下雨天。所以他得来这里看看，不能疏忽大意。

看着领导和龚强望着那崖壁上的岩石，看着他们认真地讨论着工作，再看着远方的山，白云围绕，风景如画，是啊，这是我们的工作。

“无限风光在险峰”，有些风景注定是充满危险的，就像那对面的山，风景如画，那片山应该也有我们的驻守地质工程师吧。

美好的事物往往需要大家的守护。

这时的雨渐渐地停了，薄雾渐起，我望着山，驻守地质工程师望着山，领导也望着山，我们都望着山。

杨佳桦，重庆市地质作协主席团委员。

背影弯弯

夏榕岭

在我生命中，“背影”第一次见于朱自清先生的《背影》，从他的回忆里尽显着一个父亲对儿子朴素而深沉的爱。

我很喜欢李健的一首歌《父亲写的散文诗》，每当听到“我的父亲老得像一个旧报纸……”这句歌词，我就不由得思念起我的父亲，和李健相比，我很幸运，我的父亲一直陪伴着我。

我的父亲很平凡，很早我就想为我的父亲记录点什么，但是写父亲我一点也不擅长，就像父亲表达爱一样，总是那么内敛、温柔，触近了会隐身、稍远了又会徘徊犹豫，就在那个刚刚好的位置，给我圈定一个保护区，做我倚靠的山，任我撒欢。

听说父亲年轻时是一个小白脸，瘦瘦高高，皮肤白皙，比妈妈还白上几度，再看看现在的爸爸，真是不可思议，印证了我们年轻人的一句话“岁月是把杀猪刀呀”。岁月二字隐藏了太多，任时光流逝，似轻描淡写般，是释然更是无奈。

父亲生于一个农村家庭，父亲的父亲是村里的会计，爷爷去世得早，我生得晚，对爷爷的印象只停留在长辈们只言片语的描述和想象里，但是从大家口中我能感受到爷爷是一个正直有担当的人……父亲在家中排行老三，下面还有个弟弟和妹妹，在传统农村家庭里父亲这个位置或许是最容易受到忽视的。父亲的老师是他的姑姑和姑父，在姑辈的眼里爸爸是同龄人中成绩最优异的，但是因为家庭原因，他不得不如兄长们一样早早奔波于生计。

我的父亲坚定、有担当。父亲懂事很早，在懵懂年纪就和兄长们一起挑起家庭担子，二十五六岁，家里的弟妹大了，又认识了我的母亲，和我母亲组成了小家，渐渐有了我，有了弟弟，又肩负起养育儿女经营家庭的责任，转眼间我和弟弟长大成人，父亲也已走过他的前半生。父亲这半生为我们所有人而活，唯独没有为他自己。

父亲传统、沉稳，中华民族的优良美德在我父亲身上体现得淋漓尽致，他孝敬父母、尊重他人、疼爱家人，从不与外人争执，也不会去议论任何事情，正直、善良、心胸开阔，别人替他总结了一句：他是个“老实人”。我的父亲气性温润，唯独和他的宝贝儿女会产生分歧，青春期的我和弟弟是父亲眼中“不省油的灯”，随时让他崩溃失态，现在想起来有些许幽默，青春期的叛逆和传统夹带着的些许古板思想的碰撞，那真是理不清谁对谁错，以至于从小我的印象里“老实人”三个字就带有各种各样特殊含义。

我的父亲是一名技术人员，算是特殊工种，工作非常辛苦，但他非常敬业，在我眼中是个“热血青年”，他可以为了工作废寝忘食，无关乎物质，他有自己坚持的东西，他认定的事他会坚信是正确的，不受外界环境影响。就这样在岗位上一干就是近三十年。

中学前，父亲在我心中没有太多存在感，由于工作特殊，父亲需要全国各地出差。小小的我不懂事，对父亲心有不满，最终幻化成对他的不尊敬，把他的话当耳旁风，挑战他的权威。加之妈妈一直是被爸爸宠着的，妈妈就像家中的第三个小孩，不会在孩子面前隐藏情绪，对于爸爸各种场合缺席，家中一切大小事只能由她照料，从最开始的理解，渐渐地转化为了一些怨气，就这样，大人营造的特殊气氛加上小孩心中装着的不满，父亲就成了出气筒。不过父亲还是父亲，他将我们所有的小情绪都包容下来，不解释，笑眯眯地继续爱我们，是的，爱是包容，不说只做。慢慢长大了，我才体会到父亲的不易，家很温暖，远方很美，但是牵绊注定了他不能停下脚步去追寻。

父亲为人坦荡，像一颗螺丝钉一样守住自己的一亩三分地，坚守在岗位上。妈妈会因为父亲太劳累且安于现状，不愿意接受提拔而指责他没有上进心，有时我也会觉得父亲太固执，不为自己考虑，太愚蠢，没有成事的气魄。事后爸爸笑着跟我说，因为萝卜和坑的关系，这种事他是万万不会做的，他的选择未必会给他的前途带来一片光明，但是或许会给别人带来至暗时刻。

我的父亲影响我很深很深，儿时因为父亲在生活中的频繁缺席让我不喜欢他，以至于别人说我像父亲我会生气。随着逐渐成长，我发现我越来越像我的父亲，我也越来越想他。

他是我人生道路上的第一位老师，他对父母的感激、对妻子的爱、对儿女的关心、对家庭的责任、对朋友的真诚和对工作特殊的爱都值得我一生受教。他就像是我心中的一个灯塔，我一直在向他靠近，他发出的光总会总会让我有新的发现，吸引着我，对他又有更多敬佩。

他像一座山一样保护着我，我有烦恼，会与他说，他会应我：“我的女儿，你不要怕，爸爸永远在你身后支持你！”我有喜悦，会与他说，他会应我：“我的女儿好乖哟，不愧是爸爸的好女儿，老爸祝贺你！但是以后也要戒骄戒躁，脚踏实地，加倍努力！”我遇挫折，会与他说，他会应我：“你要相信自己，老爸相信你！困难一定会被你战胜的，加油！”我有天马行空的想法我都会与他说，因为，我知道，我的父亲他会静静听我说完然后毫无疑问地给我勇气让我追梦。

背影弯弯，这就是我的父亲，温润如玉地滋养着我的一生。

夏榕岭，重庆市地质作家协会散文委副主任。

“兴文杯”第七届中华宝石文学奖在四川兴文颁奖

2024 年 4 月 23 日，“兴文杯”第七届中华宝石文学奖颁奖典礼在四川省宜宾市兴文县举办。

中华宝石文学奖是我国自然资源题材文学作品的最高荣誉奖项，于 1990 年设立，五年一届，由中国作家协会创联部和中国自然资源作家协会共同举办，对繁荣自然资源文化、培养自然资源作家起到了重要推动作用。第七届中华宝石文学奖评奖活动，得到了自然资源系统内外广大作家、文学爱好者的支持和关注。

中国作家协会副主席白庚胜，西藏军区原副政委、《中国诗界》主编吴传玖，中国地质调查局原党组副书记、常务副局长王宝才，中国地质大学（北京）党委副书记、纪委书记刘伟，中国大地出版传媒集团有限公司党委副书记彭健，中国自然资源作家协会主席陈国栋，中国自然资源作家协会副主席周伟莨、胡红拴、高洪雷、施建石，中国作家协会创联部会员处处长刘皓，中国地质大学（北京）自然文化研究院常务副院长刘晓鸿，四川省、宜宾市、兴文县作协及相关部门领导以及获奖代表等参加颁奖典礼。

银杏的爱恋

张宗然

十月的细雨飘飘洒洒地落在银杏树上，他在和银杏来场深情告白，“银杏啊银杏，你是那么的青春美丽。”银杏听着细雨的低呢，小脸蛋害羞起来，爱意萌生，染色体随之变化，从叶的边缘慢慢染上些许嫩黄色，绿色和黄色的分界并不分明。

某日，从不打扮的银杏和闺蜜们窃窃私语：“我心悦细雨，他滋养了我干涸的心灵。”看着陷入爱河的银杏，闺蜜们投来羡慕的目光并纷纷献策，帮助她梳妆打扮。绿油油青涩的银杏叶被金黄慢慢浸染，直至叶脉处，直到整片叶子完成了完整的换装。盛装后的银杏高贵不可方物，午后的阳光透过缝隙照在银杏叶美丽的脸庞，闪着金灿灿的光。

十一月的细雨温柔地抚摸着银杏的每一个叶片，爱不释手。“银杏啊银杏，你就是我梦中的新娘。”银杏欢快地笑着，发出清脆银铃般的音符。微风来了，开怀的银杏叶像长上翅膀的蝴蝶，在空中转一个圈后又飘飘悠悠落到任何它想去的地方。越来越多的叶子落下，成了银杏雨。

寒冷的十二月终是来临了。持续的降温让银杏叶懊悔身体过于轻盈与单薄。她在努力稳住身形，等待爱人的到来。她在风中呐喊：“亲爱的，请带我走，我好冷……”然而，她的爱人似乎被魔法定住了身躯，在最需要的时刻终究没有出现。

银杏终日以泪洗面，金黄色的头发，已不见爱恋时的光泽。依然漂亮的外表失去了灵魂，仿佛一夜来到暮年。

受伤的银杏叶落在一片万寿菊丛，她敏感地察觉到万寿菊颜色太过艳丽。当黑压压的乌云遮住头顶，接着瓢泼大雨来临，豆大的雨点打在银杏叶本就布满伤痛的身体上，格外的疼。银杏叶抱紧身体，慢慢地把头低下去，缩成一团，直到以奇怪的姿势躲在万寿菊下寻求些许的温暖。

新的一天来临，久违的太阳慢慢爬上天空，在这个寒冷的冬季发出温热的光。这稍微的暖意并没有让受伤的银杏叶舒展身体，她依然紧紧地缩在一起，似乎已经经历了太多的伤痛。

在连续几个好天气后，园丁们来了，他们把新落的银杏叶收集起来，在草坪上装饰成“欢迎回家”的字样。受伤的银杏默默地看着，无神的眼睛被“家”所刺，她爆发式地痛哭了一场。她的爱情，她的家园已经不是梦想中的样子。在彻底的发泄后，银杏抹干眼泪，她坚信在明年，当春天来临时，她一定会焕发新生。此时的银杏完成了她人生中的第一次修炼。

银杏每一次修炼完成都会为自己画上一个圈，那是她的年轮，在画完第八十一个年轮时，终于修成正果。

银杏的一生都在受伤、修复中缓慢度过。它明白了，在人生的道路上，会遇到一个又一个的坎坷，过完一关又一关。成长过程就是自我修炼的过程，待到内心充满力量，取得真经时，便能随心所欲不逾矩，从而走得更远。

张宗然，重庆市地质作家协会散文委主任。作品见于《中国青年作家报》等报刊。

那双眼睛

向守军

认识他，是我在支教的时候，离现在已经十多年了，但我一直记得那双眼睛。

九月初，太阳热情似火。我来到一所百年老校支教。学校里有一棵特别大的榕树，翁郁葱茏，支干遒劲，仿佛一把大伞，为上体育课的孩子们撑起了一片阴凉。

一天，我正在树下上体育课，学校领导走到树下，让我去教一个班的语文，并担任班主任。

刚进教室，孩子们满眼疑惑地望着我。我拿起点名册，点到小T的时候，我看到一个头大、身小的大眼睛男孩，歪歪扭扭地站了起来。他不自然地微笑着，嘴角抽搐了几下，头极不自然地向左摆动几下。他局促地站在那儿，仿佛是一个阴暗角落里被压弯了的小豆芽!

“老师，他是我们班里最差的学生。”一个班长模样的清秀女生站起来说。

“老师，他叫摆脑壳。你看，他总会这样。”小T旁边的一个男生站来模仿着。

“老师，他是我们班的一个傻瓜!”一个白白胖胖的孩子坐着，大声地说。

这无疑是一颗炸弹：孩子们有的在放声大笑；有的拍起了桌子；有的甚至站起来，想看清小T的表情，也顺便看看我的细微表情。

小T站在那儿，如同一个笼中困兽。泪光闪动，眼神里，有一种东西——绝望，对，就是绝望！他的头，机械性地甩得更严重了。正常人头部甩动几次，都会晕得难受半天。很难想像，他是如何艰难地度过每一天?

我表情凝滞住了，原本是想点名认识这些纯洁的孩子，没有想到，却先看到了孩子们性格里残酷的阴暗面：别人的残缺，竟然会这样给他们带来恣意的欢乐？难道这就是我要教的“可爱”的孩子们?

我用眼光扫了一眼全班，严肃地盯在了刚才说别人傻瓜的孩子脸上。

我一字一句地说：“说同学是傻瓜的人，也许……”后半句我没讲完，就定格住了。

教室里静得可怕。

“老师，刚才我不该说他最差。小T是我们班里最爱劳动的同学。”那个班长模样的女生站起来说。

“那是，那是，他总是为老师收拾讲桌，义务扫教室外的走廊。”另一个孩子说。

话风，在我的注视下，改变了风向。

后来，我从数学老师那儿，知道了这个孩子的过往：他是在爸爸吸白粉期间被妈妈怀上的孩子。他的妈妈早就不知所踪。现在，他生活在爷爷奶奶的庇护下。这个可怜的孩子，深深地牵引着我的关注。

下课时，我假装无意地走到他旁边，摸摸他的头，问问他吃了什么，今天又做了什么。他先是恐惧——甩开他的头，慢慢地主动向我靠近。一天下课的时候，他居然主动拉住了我的手。同班的孩子都笑起来：“你们看！你们看！小T在拉向老师的手！”

我感受到他的小手在我的大手里，是那样的冰凉。我坚持拉着他，仿佛在输送他学习下去的勇气。

日子就在匆匆忙忙的教学生活里过去了。学校的大榕树，也穿上了秋装。黄叶一片片地落到地上，无声地诉说着光阴的脚步。我也在这匆匆的时光里，感受到孩子们对我的信任所带来的满足感。

孩子们不再喊小T“甩脑壳”。他也越来越信任我。有时，我正办公室里改作业，他的身影在门口一晃，不见了。我看到后微微一笑。

一个深秋的早晨，天气有些微凉。一个六十来岁的老妇人，紧张地站在教室门口。她拉着小T的手，笑盈盈地望着我。头上的丝丝白发，无声地诉说着她经历过的沧桑。

“向老师，你好！我是小T的奶奶。”她说。

“您好！您今天到学校，有事吗？”

“我听孩子说，你对他很好，我想来看看你。”她正说着，从怀里拿出一个红包，迅速地揣进了我的上衣口袋里。

我快速地拿出红包，往她的口袋里放。正在推搡间，我脸色一沉，轻声地说：“小T奶奶，请您听我讲：您家里的状况，我了解到一些。无论如何，这个，我无论如何都不会收。我知道您和他爷爷，有多辛苦，才把小T养这么大。我是老师，我的职责是教好每一个孩子，给他们带去班集体的温暖。您看，这孩子的眼睛里，不是有更多的自信了吗？”

听了我的话，小T奶奶没有再坚持。她待在原地，我拉着小T的手，向教室里走去。

“小T，给奶奶说再见！”小T向奶奶挥了挥手，我也点头挥手。回头间，我看到，小T奶奶昏黄的眼睛里，有晶莹的泪光在闪动。

我对小T更细心了。有时，还会单独给他报听写，讲古诗，讲写好一件事的几要素。我没有让他变成优等生的点金手。我愿尽我所能，改变他，哪怕一点!

记得那年期末，他考了六十七分。这是他读书以来，第一次脱离语文学困生群体。

拿通知书那天，教室里，充盈着一种喜悦。我特别肯定了小 T 的进步，孩子们的眼睛不可思议地睁大了。掌声哗哗，经久不息。我看到小 T 的眼睛旁，又有一颗晶莹的泪珠在闪动。

一年过后，我不再教小 T 这个班级。偶遇，总在不经意间，他还是会牵我的手，久久不放。

多年过去，我仍记得那双眼睛。每当想起他，内心总会为他感到丝丝隐忧，但愿他一切安好!

有人说，现在的老师不是蜡烛，无私地燃烧自己，照亮别人；而是电灯，需要输电，才会发出光明。

不，我深信，廉方能聚人，洁方能服人，身正方能带人，无私方能感人。我愿心含悲悯之心，做扬清风、守本心的人民教师。

向守军，重庆市地质作家协会会员。

第七届中华宝石文学奖获奖名单

小说类

获奖作品：

龙仁青《白马驮湖》

余一鸣《湖与元气连》

王方晨《大地之上》

杜鸿《大城小市》

王宗坤《极顶》

提名作品：

朱阅平《护林侯》

柳未未《黄沙漫卷》

王樵夫《石榴红了》

王选《青山隐》

郭东《蓝鲸凯利历险记》

报告文学类

获奖作品：

房伟《太湖万物生》

熊燕《扶贫路上群英谱》

王江江《一片林，一家人，一条心》

刘景明《奔跑的橙子》

陈聪《大地赤子李德威》

提名作品：

陈松平《护砂猎人，在江上》

陈志宏《守护一山鸟鸣声》

高立鹏《长征路上看退耕·赣南散记》

王楚健《大陈岛之恋》

毋世朝《重返昆仑》

散文类

获奖作品：

安宁《万物相爱》

王少勇《珠穆朗玛日记》

吉布鹰升《自然课》

罗铮《一江名赣》

肖辉跃《醒来的河流》

提名作品：

李达伟《苍山》

刘汉斌《阅草集》

吕敏讷《倾斜的瓦屋》

赵丰《河流记》

张赫凡《野马家园：野放野马观察日记》

诗歌类

获奖作品：

马行《无人区的卡车》

蒋宜茂《古风心韵》

张伟锋《山水引》

何其三《山水绝句三百首》

孙大顺《山水之弦》

提名作品：

马亭华《煤炭书》

梁智强《修辞窑洞》

王富祥《越过夏天的地界》

曹克斌《故乡的原野上》

梁景启《冰子闲吟集》

评论类

获奖作品：

空缺

提名作品：

刘军《以新的视野打量传统文学经典》

修成国《胸藏锦绣——王蒙研究》

科普类

获奖作品：

空缺

提名作品：

毕研波《地球来了》

剧本类

获奖作品：

周子健《地苑赤子》

特别贡献奖

杨沐《南繁——筑牢中国饭碗的底座》

《僰人简史》编撰委员会《僰人简史》

贾煜《龙门阵》